Youp van 't Hek

Is Youp leuk?

2008
Amsterdam
Uitgeverij Thomas Rap

Ben ik leuk?

Goeie vraag. Of het antwoord moeilijk is? Nee hoor. Het antwoord is gewoon: JA! Ik ben namelijk leuk. Erg leuk zelfs. Zou toch raar zijn als ik op een podium ging staan terwijl ik zelf vond dat ik niet leuk was. Of dat ik wekelijks een stukje in de NRC schrijf, terwijl ik denk: wat een vervelende column. Nee, ik doe dat omdat ik vind dat ik leuk ben. En af en toe ben ik zelfs onweerstaanbaar leuk.

Er is nog een reden waarom ik leuk ben. Die reden is heel simpel: een grote groep vindt mij *niet* leuk. Sterker nog: vindt mij verschrikkelijk. Ik lees dat, ik hoor dat, ik voel dat en ik snap dat. En daar ben ik blij mee. Heel blij zelfs.

Over smaak en zeker over humor valt wel degelijk te twisten en het is mooi om daar oeverloos over te discussiëren. Ben ook vaak zo trots op het feit dat bepaalde mensen mijn humor verschrikkelijk vinden. Het zijn meestal types van wie ik niet eens wil dat ze me leuk vinden. Sterker nog: ik stop met mijn vak als zij mijn werk richting hemel prijzen.

Hierbij 129 NRC-stukjes van de afgelopen vijf jaar. De bedoeling is dat u er om lacht of glimlacht. Wat binnenpret voor het slapen gaan. Of gewoon wat regels voor tussendoor. Niks meer, niks minder.

Veel plezier en/of ergernis.

Youp van 't Hek
Amsterdam, februari 2007

Stilte

Je herkent het volk aan zijn ambulances. Als er in Nederland een kantjeboord-hartinfarct naar het ziekenhuis vervoerd wordt, dan kan er hooguit een schamel zwaailichtje af, maar hier in Italië raast de ziekenwagen met loeiende sirenes door de stad, terwijl hij alleen maar onderweg is om te tanken.

Heerlijk land, prettig lawaaivolk. Werken van acht tot één, dan lunchen en slapen tot een uur of half vijf, daarna nog een paar uurtjes aan de slag en vervolgens om een uur of half tien aan tafel. En goed aan tafel. Minstens negen smaakexplosies per maaltijd. En onderhand uitzicht op beeldschone vrouwen. Het verschil tussen Perugia en Alphen aan den Rijn is niet alleen de architectuur. Vier weken lang was het constant 35 graden. Op twee regenbuien na en die waren dusdanig heftig dat meteen het hele huis blank stond. Daar hou ik van. Niks mals buitje. Donder wil ik. Donder, bliksem en hectoliters water tegelijk. Het deed me deugd dat het in Nederland continu hondenweer was, daar we hier een behoorlijke huur betaalden. Nu hadden we daar wat aan. Niets is frustrerender dan veel geld betalen voor iets dat je thuis ook hebt. De plek waar ik zit, hou ik angstvallig geheim. Waarom? Omdat het er toeristenloos is en wat mij betreft blijft dat zo.

Geen Toscane dus. Mijn ouders toeterden vroeger in het buitenland als ze een andere Nederlandse auto zagen. Als dat nu nog de gewoonte was, had ik afgelopen vier weken vijf keer moeten toeteren. Dat vind ik een mooi gemiddelde. In Zuid-Frankrijk zie je zoveel landgenoten dat je een lucifer tussen je claxon kunt doen. Via Zuid-Frankrijk zijn we hiernaartoe gereden en ik heb op de strandjes aan de Côte d'Azur goed gekeken. Vooral om de ruimte die iedereen heeft, moest ik erg lachen. Dus je staat in Nederland dagelijks een uur in de file te stinken en dan ga je tijdens je vakantie bedje aan bedje op een kiezelig strandje Nederlands liggen praten. Het enige wat ontbreekt is een man met een barbecuetang, die je om het uur komt draaien. En je kunt er met je zoon geen balletje trappen. Vorige week belde een vriend en hij vertelde mij dat hij in zijn Zuid-Franse badplaatsje veertig bekenden was tegengekomen. Veertig! Hij vond dat heel vervelend en gaat volgend jaar weer. Die veertig anderen trouwens ook.

Het is hier stil, doodstil. En mooi, bloedmooi. Mocht je behoefte hebben aan mensen, dan rijd je binnen een uur naar Rome. Wij waren zo slim om dit op een van de drukste dagen te doen. Ik zou als ex-katholiek de kinderen even de Sint-Pieter laten zien. Samen met 2,5 miljoen jubeljongeren werden we door de kerk geperst. En allemaal waren ze blij. Huilend van geluk gingen ze liggen bidden. Mijn zoon en dochter keken hun kinderogen uit. Of die katholieken altijd zo raar deden? Of ik dat vroeger ook gedaan had?

Een week later zijn we teruggegaan om de kerk écht te bekijken. Lang hebben we naar de biechtstoelen staan loeren. Eerst mocht ik uitleggen hoe het werkt, vervolgens werd er getimed hoe lang iemand binnen was, en daarna hoe lang hij moest bidden. We zagen een echtpaar. Hij was in twee minuten klaar en bad een weesgegroetje of drie. Zijn vrouw bleef een kwartier binnen en moest daarna nog een halfuur op de knietjes. Mijn fantasie bedacht de zonde. Het was een saaie man en ik gaf haar gelijk. Ondertussen blijft het een heerlijk geloof. Je rotzooit je een slag in de rondte en na vijf onzevaders ben je weer helemaal schoon! Waarom willen mensen graag in een massa? Ik bedoel de jubeljongeren, het Lowlands-festival, de Sail-kudde en het Uitmarkt-legioen. Iedereen weet hoe druk het er wordt, gaat er vervolgens heen om na afloop te klagen hoe druk het was. Ook volgend jaar gaat iedereen weer naar Zuid-Frankrijk. Ik hoef deze plek dus helemaal niet geheim te houden. Niemand wil hier namelijk heen. En daarom is het hier zo stil. Als iedereen van de stilte hield, was het hier stampvol geweest.

Pushond

Oogcontact tussen het 'slachtoffer' en zijn beulen is verboden. Er mag geschopt en geslagen worden. Overtreedt het slachtoffer het oogcontactverbod dan gaat hij naar een zogenaamd *strafkamp*. Daar kun je gedwongen worden om vijftig *push-ups* te maken. Tijdens het uitvoeren van deze straf kan een van je beulen zijn knie in je nek plaatsen om zo te voorkomen dat je je straf kunt uitvoeren. Onderhand kun je een tekst als *jouw moeder is een kuthoer, die haar geld achter het raam verdient!* naar je hoofd krijgen. Mocht je als slachtoffer protesteren, dan kan een van je beulen zijn knie hard onder in je wervelkolom plaatsen, terwijl je hoofd aan je haren naar achteren wordt getrokken en je te horen krijgt: 'Wou jij mij tegenspreken, pushond?'

Waar gaat dit stukje over? De nazi's? De kameraden van Pol Pot? Griekse kolonels? De vriendjes van Máxima's papa? Nee hoor, dit stukje gaat gewoon over het ontgroenen van corpsballen! U weet wel: de kinderen van de crème de la crème van het Nederlandse bedrijfsleven.

U denkt nu: hij haalt een oud lijk uit de kast. We gaan terug naar de tijd van de Utrechtse roetkapaffaire bij het toenmalige gezelschap *Tres Faciunt Collegium*. Voor de jonge lezers: dit was in de jaren zestig een dispuut van iets te ver doorgefokte adel en bij een ontgroeningsritueel, toen de leden door de drank en de incest niet meer uit hun ogen konden kijken, stikte een jonkheertje. Ach ja, jeugdige overmoed! Kan gebeuren. Maar daar doel ik niet op. Ook niet op de vroegere hockey-international Jaap V., die ooit in Amsterdam een hockeybal van het kaalgeschoren hoofd van een aankomend corpslid zou slaan en de lieve jongen totaal buiten westen mepte. Jaapje was dus toch een minder goede hockeyer dan hijzelf dacht. Hij raakte de verkeerde bal.

Maar daar gaat het stukje ook niet over. Het gaat gewoon over de ontgroening bij de Rotterdamse Studenten Vereniging *Hermes*, beter bekend als het Rotterdams Studenten Corps. Dit speelde zich onlangs af in het militaire kamp 't Harde op de Veluwe. Stomtoevallig ken ik een dom jongetje dat daar lid wilde worden en hij was deels slachtoffer, deels getuige van deze martelpraktijken. Hij is uiteraard weggelopen en daarom mag hij erover vertellen. De anderen is het op straffe van uitsluiting verboden om over de psychische en fysieke mishandelingen naar buiten te treden.

De vader van het mannetje heeft een verontwaardigde brief naar het bestuur van dit clubje gestuurd. De president van het clubje, ene Speelman, is in de auto gesprongen om het allemaal te komen uitleggen. Hij ontkende niets, alleen het rammen met hockeysticks kon hij niet bevestigen.

Het mannetje waarover het gaat, is mijn neefje en ik heb gisteren een familieberaad bij elkaar geroepen omdat ik wil dat het kereltje wordt opgenomen in een psychiatrische inrichting. Dit in verband met zijn iets te ruime fantasie. In de tijd van de maatschappelijke verontwaardiging over zinloos geweld, Meindert Tjoelker, Joes Kloppenburg en Daniel van Cotthem gebeurt dit namelijk niet. En je mag ook corpsballen niet zomaar vals beschuldigen. U denkt nu misschien: maar als tien procent waar is, dan is het toch al bij de beesten af! Een woord als *pushond* verzint zo'n kind toch niet?

Onzin! Ik zeg dat het niet gebeurd kan zijn. Mensen doen dat niet! U zult daartegen inbrengen dat de baas van de ballenbak het zelf heeft toegegeven en dat doet zo'n jongen toch ook niet zomaar. Als ik Rotterdamse corpsbal was, zou ik die Speelman eerst ritueel martelen en daarna royeren. Je bent toch wel een verschrikkelijke softie als je als president van de club aan de vader van zo'n kind gaat toegeven dat het allemaal waar is. Volgens mij moet hij ook opgenomen worden en ik zou door een goed advocatenkantoor laten uitzoeken of mijn neefje en Speelman niet voor het gerecht gedaagd kunnen worden wegens laster!

Daarbij valt het allemaal enorm mee. Het kan nog veel en veel erger. Het verhaal gaat dat bij de Utrechtse studentenvereniging *Veritas* dit jaar een jongen rondliep met de bijnaam *Hitler.* Hij drukte sigarettenpeuken op een studentje zijn bovenarm uit. Maar dat laatste geloof ik dus allemaal ook niet!

Pushond (2)

Sinds mijn stukje van vorige week over het Rotterdamse Studenten Corps, ben ik ontgroeningsdeskundige geworden. Mijn telefoon gloeit de ganse dag en uit het hele land komen de reacties van ballen, ex-ballen, semi-ballen en namaakballen.

Bij alle verhalen staat het kotsen mij nader dan het lachen, maar het is toch ook wel weer leerzaam. Laat ik beginnen met de namaakballen van het Utrechtse *Veritas*. Zij waren afgelopen woensdag in Nova, maar omdat op dat moment veel mensen naar de leuke wedstrijd van PSV zaten te kijken, herhaal ik nog even de hoogtepunten: de feuten werden dit jaar bijeengedreven in een donkere ruimte, alwaar zij in kleermakerszit op de grond moesten plaatsnemen, het hoofd moest tussen de knieën, onderhand klonk er harde muziek, die heel smaakvol overging in de herkenningsmelodie van *Schindler's List*. Verder werden ze vijf keer per nacht wakker gemaakt met angstaanjagend geschreeuw en oorverdovende housemuziek, er vielen kinderen flauw, wassen was verboden, een meisje met een oogziekte werd voor 'schele' uitgemaakt, een lid drukte zijn peuk uit in de bovenarm van een jochie en een andere jongen moest een tijd met zijn handen tegen de muur, waar tegenaan gepist werd, staan. Dit alles kwam tot ons via het geheime dagboek van een meisje, dat overigens aan het eind vertelde gewoon lid van *Veritas* te willen worden. Curieus. Wat mij in alle reacties en verslagen vooral opvalt, is dat alle clubjes het woord pushond bezigen en dat urine zeer geliefd is bij de studentjes. Een Amsterdamse bal was vorig jaar voor straf pisfeut en moest bij zijn dispuut onder tafel met een po zitten. Als een van de jongens moest pissen, dan kwam hij. Uiteraard zeken de rijkeluiszoontjes niet in de po, maar over zijn handen en armen. De pisfeut is overigens gewoon lid geworden van dat dispuut. Wederom curieus. Ook bereikte mij het bericht dat bij het Groningse *Albertus Magnus* de studentjes vorig jaar op een gegeven moment door de urine van de ouderejaars moesten kruipen. Dit laatste wordt door een meisje van het Albertus-bestuur expliciet ontkend. Mijn bron, een Albertus-lid, houdt vol dat het wel waar is. Laat ik maar zeggen dat ik ze allebei niet geloof. De vice-preses van het bestuur ontkende overigens niet dat er vorig jaar een op een nazi lijkende jongen voor de sociëteit paradeerde, die de studentjes moest controleren op hun nummer. Tijdens de introductie hebben ze namelijk geen naam, maar alleen een nummer! Leuk idee! Op verzoek van de buurt is de SS'er op een gegeven moment naar binnen gegaan. Een vriend van mij was in de softe jaren zeventig actief lid in Rotterdam. Hij is een klein mannetje, verkleedde zich in de groentijd nog wel eens als feut en ging er op de sociëteit gewoon bij zitten. Het aardige was dat zijn beulen hem niet herkenden, terwijl hij toch een heel actief lid was. Hoe dat kwam? De jongens die ontgroenden waren zelf nooit op de club. Die kwamen in september van hun ruftende kamertjes omdat ze het lekker vonden om te schelden en te vernederen. En dat is nog steeds zo. Het zijn binnen de studentenverenigingen altijd de frusties die ontgroenen. Er moet iets licht fascistisch in je sluimeren. Datzelfde fascistische trekje herkende ik afgelopen maandag in het optreden van Willibrord Frequin, die de moordenaar van Gerrit-Jan Heijn onder een obscuur viaductje stond op te wachten. Vooral de manier waarop hij de vrouw van Ferdi E. die zijn straf bijna heeft uitgezeten, benaderde was ronduit stuitend. Hij bracht die vrouw op een dusdanige manier in beeld dat ze eigenlijk nooit meer over straat kan. Is dit nou niet een keer een leuk klusje voor de studenten van *Veritas, Albertus Magnus* en dat Amsterdamse dispuut? Je hoeft geen peuk op die gluipkop uit te drukken, maar met honderd man over hem heen zeiken kan volgens mij geen kwaad. Ik wil dat graag filmen. Of zal Ferdi E. na dit akkefietje, zelf al plannen hebben? Ik geef hem geen ongelijk. E. hoeft alleen niet op losgeld te rekenen. Niemand zal namelijk betalen! Willibrord Frequin is gewoon een hele gore, smerige pushond!

Pushond (slot)

Niet snel zal ik u verwijzen naar een kappersblaadje als *Nieuwe Revu*, maar deze week staat er een alleraardigst stuk in over het ontgroenen bij het *Utrechts Studenten Corps*. Een handige journalist heeft zich als *student* onder de feuten gemengd en schrijft daar een prachtig artikel over. Ook nu weer de vaste rituelen: met voeten op hoofden staan, mensen in een bad met visafval gooien, vernederen, afbeulen, etc. Tijdens het lezen van dit zeer goed geschreven artikel vroeg ik mij af hoe de ouders van die jongens dit vinden. Ik bedoel de ouders van de beulen. Zijn ze trots dat hun zoontje dat allemaal kan? Wat is die opvoeding toch lekker gelukt!

Het *Amsterdams Studenten Corps* had dit seizoen bijna de primeur van de eerste studentendode. Een meisje viel twee weken geleden van een balkon tijdens de *Insmijt*, een ritueel waarbij de nieuwe leden vanaf een balkon via een zeil naar beneden worden geflikkerd. Er hing wel een vangnet, maar dat zat vast met een stukje *sisal*. En dat brak. Het meisje lag een paar uur in coma. Of dat laatste door de val kwam, is niet bekend. Het kan ook gewoon door de drank zijn geweest. Voor hetzelfde geld was de lieve schat hartstikke dood geweest en had de Senaat de jacquetjes en zwarte mantelpakjes weer uit de kast kunnen halen. Ze adverteren dan wel altijd heel chic in deze nette krant en nemen een paar dagen rouw aan. Het zijn echt keurige jongens en meisjes. Goed opgevoed. Ze weten hoe het hoort.

Mij is de laatste weken vaak de vraag gesteld of ik tegen studentenverenigingen en ontgroenen ben. Natuurlijk niet. Volgens mij kan ontgroenen zelfs hartstikke leuk zijn. En het hoeft ook niet soft, maar je schoen door een oververmoeid kind laten likken is toch gewoon fascistisch? Inmiddels heb ik verhalen gehoord, die ik niet eens op durf te schrijven. Die gaan zelfs mij te ver! Elke corpsbal kent de meeste anekdotes en weet dat ze waar zijn! Ze zijn mij zo vaak bevestigd, maar... *'Je hebt het niet van mij!'*

Het televisieprogramma *B&W* wilde afgelopen week aandacht aan de gruwelijke ontgroeningsexcessen besteden, maar dat ging niet door. Niemand durft er namelijk in het openbaar over te praten. Geen enkele student wil op de televisie. En de enkeling die wel durfde, werd door de vereniging teruggeroepen en bedreigd met sancties! Laf? Ja! Wees dan een kerel en leg even uit waarom je slaat, schopt en psychisch vernedert.

Maar goed, ik stop ermee. Deze verbaasde *knor* houdt ermee op. Het heeft al genoeg inkt en papier gekost. Ze gaan hun gang maar. Bij de volgende dode stuur ik wel een bloemetje!

Eén ding moet ik nog wel even rechtzetten: in mijn eerste *Pushond* rakelde ik nog een keer het hockeystickincident van de vroegere hockey-international Jaap V. op. Ik schreef een verhaal op dat ik al jaren ken. Er was een hockeybal op een kale kop van een feut gelegd, Jaap zou slaan, sloeg mis en de student ging knock-out. Ik checkte dit verhaal nog even bij wat vrienden en schreef het op. Gisteren ontving ik een uiterst vriendelijke brief van Jaap. Daarin schrijft hij dat de feiten in de loop der jaren wel wat aangedikt zijn. Wat is er op 18 september 1962 gebeurd? Er was een plastic bekertje op het hoofd van een zekere Eric geplaatst, Jaap zou dat er afslaan met een rieten wandelstokje, sloeg mis, de jongen in kwestie was niet bewusteloos, maar had een bloedende wond van hooguit een centimeter. Jaap schaamt zich hiervoor diep, vindt dat hij terecht veroordeeld is en heeft die straf uitgezeten.

Bijna veertig jaar later wordt hij echter nog steeds door dit incident achtervolgd en de feiten zijn inmiddels behoorlijk verdraaid. Het rietje werd een hockeystick, het bekertje een hockeybal en de hoofdwond werd een bewusteloze student. Onzin dus. Ik bied dan ook openlijk mijn excuses aan Jaap aan. Duizend keer sorry voor het feit dat ik deze *borrelpraat* zo klakkeloos heb opgeschreven.

Hoe het komt dat ik deze fout gemaakt heb? Nooit gestudeerd!

Gore moed

Dierendag leek 1 april. Ik las een stukje over minister Laurens Jan Brinkhorst, die bereid is een proef te doen met een grote *landbouwfabriek*. Hij had een rapport ontvangen van de Nederlandse Raad voor Landbouwkundig Onderzoek (NRLO) en dat gaat over een gigantisch gebouw van zes verdiepingen, met plaats voor driehonderdduizend varkens, 1,2 miljoen kippen, een zalmenkwekerij en bovenop het gebouw komen kassen. Die dieren eten het tuinafval en de planten groeien weer op de dierenmest.

Een geweldig idee. Vooral omdat het, volgens de bedenkers, enorm veel ruimte- en milieuwinst oplevert. Door de samenwerking is ook nog eens minder transport nodig. Als de *fabriek* ook nog bij een zeehaven komt, ligt zij meteen dicht bij de aanvoer van het veevoer. Laurens Jan denkt aan Rotterdam. De minister is het met de onderzoekers eens dat er veel weerstand tegen het plan kan komen en hij erkent dat er sprake is van 'een zekere vervreemding' als varkens in flats worden gehouden, maar hij laat zich daardoor niet weerhouden. Volgens de minister is innoveren altijd controversieel. Geld zal het probleem niet zijn, wel de kennis en moed.

Persoonlijk vind ik dat we veel verder moeten gaan. Als je een gebouw met driehonderdduizend varkens en meer dan een miljoen kippen neer kan zetten, dan is het ook mogelijk om het gebouw drie keer zo groot te maken. En als je dan tien van die fabrieken op een rijtje zet, is in één klap *de Peel* varkensvrij. Het zal die beesten toch worst zijn of ze nou in Brabant of in Rotterdam gemarteld worden? Als je het voedselwalhalla op de nieuwe Maasvlakte bouwt, dan hoef je voor de nodige energie alleen maar een klein pijpleidinkje naar Pernis te leggen. Maar waarom bouwen we er niet meteen een abattoir naast?

En wat dacht de minister van een hele grote McDonald's? Dan bouwen we ook nog wat superkoeienstallen!

De laatste tijd erger ik me namelijk nogal aan het feit dat ik, als ik in de file sta, links en rechts grote stroken groen met runderen zie. Ten eerste staan die beesten in de uitlaatgassen, dat gaat ten koste van de groei, en ten tweede zijn er veel mensen die een huis zoeken. Een makelaarsclub maakte onlangs bekend dat er in ons land een schrijnend tekort is aan huizen boven de zeven ton. De ruimte is er, alleen moeten we de koeien even stallen. Verder denk ik dat we die Maasvlakte hoe dan ook veel beter kunnen benutten.

Ik heb nu gezien hoeveel blijheid de olympische medailles ons gebracht hebben en vroeg me af of het geen goed idee is om een groot topsportcentrum naast de landbouwfabriek te plaatsen. Een *Epodrome* met vijftigmeterbad, een atletiekbaan, een turnhal en een hockeyzaaltje. En dan houden we die sporters vier jaar binnen. Beetje clenbuterol in het drinkwater en ook het voedsel wordt per atleet aangepast. Dus iedereen zijn eigen dosis nandrolon in de yoghurt. Daarnaast bouwen we een flinke gevangenis met een celletje of zesduizend en ik ben eerlijk gezegd ook voorstander van een heel groot geriatrisch complex.

Zeg maar gerust: *dementenstallen.* Een bedje of vierhonderd op een lopende band. En die gaat dan langs de ontbijtzaal, de koffieautomaat, de lunchpakkettencontainer, daarna een paar uurtjes door de donkere middagslaaptunnel, een halfuurtje door een klein stukje buitenlucht, dan langs de limonade- en theetanks, drie kwartier door de bezoekhal, alwaar de familie kan knuffelen en dan naar de televisiezaal. Daar mogen ze dan kijken naar mensen die tegen een fikse vergoeding vrijwillig in een huis in Almere zitten. Of we de dementen ook nog gele plastic flappen in hun oren moeten doen, valt te bezien. Persoonlijk denk ik aan een duidelijke tattoo op de onderarm! Tegenstanders denken nu natuurlijk meteen aan een nummer met daaraan verbonden allerlei nare associaties met de Tweede Wereldoorlog, maar een beschaafde streepjescode kan heel vriendelijk staan. Als we ze maar kunnen scannen.

Volgende week heb ik zowel met Laurens Jan als de NRLO een onderhoud en neemt u van mij aan: u hoort nog van ons. Het worden heerlijke tijden. Het is geen kwestie van moed, maar van gore moed.

Open brief

Lieve mevrouw Bos,

Zover ik heb begrepen bent u de moeder van de geblondeerde Coby uit het Veluwse Ede, die afgelopen zondag de illusie had dat zij ondertrouwde met een hele rijke heteroseksuele Belg. Zij was in de televisiestudio bij het programma *Ja, ik wil... een miljonair* met twee andere blonde snollen die, net als uw dochter, bereid waren om alles te doen voor geld.

Als je dochter gaat tippelen achter het Amsterdamse CS, kan je het in je dorp redelijk lang stil houden, maar als ze achter het raam van het grootste bordeel van Nederland gaat zitten, dan heb je als moeder een probleem. Iedereen kijkt en praat erover. De bazin van Van den Ende, hoerenmadam Marijke Schaaphok, is namelijk niet bepaald een type dat er een discreet snollenhol op nahoudt. Integendeel. Iedereen moet kijken en helaas voor u: iedereen keek!

Of ik gekeken heb? Natuurlijk. Of ik gelachen heb? Ik heb verschrikkelijk gelachen. Vooral toen de Belg tevoorschijn kwam. Ik riep onmiddellijk: 'Wat een nicht!' En ik zal u maar meteen bekennen: ik ben op dit gebied geen kenner. Verre van dat zelfs.

Via een zeer betrouwbare bron in Aalsmeer wist ik trouwens zaterdag al dat hij voor Coby zou kiezen! Heel Aalsmeer wist dat.

Waar ik het meest van geschrokken ben, zijn de beelden van het publiek dat bij dit programma aanwezig was. Eerst zag ik de ouders van een van de andere twee temeiers zeer gespannen hand in hand zitten. Het leek net of ze in de wachtkamer van de *intensive care* zaten te wachten op de chirurg die zou komen vertellen of hun dochter het wel of niet zou halen. Op dit moment ben ik aan het uitzoeken of deze ouders nog minderjarige kinderen onder hun hoede hebben. Als dat zo is, zal ik proberen om deze lieverds daar via de Kinderbescherming weg te laten halen. Mijn advocaat zegt dat ik op basis van de videobeelden een zeer goede kans maak.

Ook was ik erg onder de indruk van de snikkende aanstaande schoonmoeder. Zij had haar zoon geadviseerd om uw dochter te nemen. Ik denk dat dit op basis van het kapsel van uw Coby was. Lekker fris jongenskoppie! Niemand laat zijn eigen kind alleen!

Het ontroerendst waren uw andere kinderen, die hectoliters water uit hun ogen lieten ontsnappen toen de Hasseltse homo voor uw dochter koos. Zelden heb ik zoveel zusterliefde gezien. Wat schrokken die lieve, eenvoudige, beetje boerse vrouwen. Zij hadden natuurlijk ook allang gezien dat hun verse zwager Stef een eersteklas rugridder was en je gunt je zus veel, maar dit niet. Toevallig zapte ik vlak na het jawoord van uw dochter langs een paar andere kanalen en zag huilende Palestijnen en Joegoslaven. Ik wist niet dat het programma daar ook uitgezonden was.

Ondertussen had ik begrepen dat u op religieuze gronden niet in de studio aanwezig was. Wat een geluk! Mocht u het wel op de televisie zien of laat uw geloof dat ook niet toe? Ik hoop voor u het laatste. Dit gun je namelijk geen enkele moeder. Elk gezin heeft een kind dat niet wil deugen, maar meestal kan je die schande beperken tot de dorpspomp of het regionale sufferdje. In dit geval keken meer dan twee miljoen mensen. Bent u deze week binnen gebleven? Gordijnen dicht? Stekker uit de telefoon? Dat u dit op uw oude dag nog moet meemaken! Ik heb oprecht meelij met u. Hoop ook dat u niet heeft hoeven zien hoe de 'ambtenaar van de burgerlijke stand', een werkelijk derderangs oetlul, aan uw aanstaande schoonzoon vroeg of hij de kus nog een keer over wilde doen! Wat een geile viespeuk was dat.

Ik heb begrepen dat u een tijdje wilt onderduiken en bied u volgaarne een van mijn drie huizen aan. U mag daar zolang blijven als u wilt en u hoeft geen dubbeltje huur te betalen. Ik ben namelijk een echte miljonair. Dus geen frankenrijkaard, maar gewoon een guldenspatser en sterker: de euro kan ik ook nog aan! U zit daar samen met mijn vriend Joop van den Ende, wiens smeulende burn-out na zondag weer geheel is opgelaaid!

Gajes

Afgelopen maandagavond belden wij onze huisarts. De klus had geen spoed, wel haast. Hij kwam met spoed en had geen haast. Na een tijdje liet hij een gerust gezin achter. Aardige man. Mijn vorige huisarts was ook een aardige man en Gerard, de huisarts uit mijn jeugd, was een van de aardigste mensen die ik überhaupt gekend heb. Ik ken nog een paar huisartsen en het valt me altijd op dat het leuke mensen zijn. Vriendelijk, betrokken en begrijpend.

Natuurlijk lees ik ook regelmatig over eikels, die in een weekenddienst tegen een epileptische diabeet met darmkanker, die net getroffen is door een dubbele hartinfarct, op vrijdagavond zeggen: 'Neem maar een paracetamolletje en ik kom maandagmiddag wel even kijken'. En ik geloof ook best dat ze bestaan, maar ik ken ze niet. Er zijn natuurlijk ook patiënten die de dokter zo vaak voor niks hebben laten komen, dat de arts op een gegeven moment denkt: krijg het aan je lip! Toch ken ik ook die dokters niet. Waarschijnlijk heb ik geluk gehad in mijn leven, maar van mijn vrienden hoor ik ook nooit dit soort verhalen.

Medisch specialisten wilden vijftien jaar geleden nog wel eens zeuren en zemelen over hun centjes. Of wij wel wisten hoe lang ze erover deden om die jaarlijkse vier ton bij elkaar te schrapen. En of wij wel een idee hadden hoe duur zo'n

Blaricumse villa was en of wij verstand hadden van zwembadprijzen. Maar zover ik weet, werkten ook die dokters tijdens hun centengezeur gewoon door.

Meer dan tien jaar geleden trad ik een keer op voor een soort Rotary in Oosterhout en had wat grapjes over de *geldnood* van de medisch specialisten gemaakt. Na de voorstelling kwam de vrouw van een kno-arts redelijk overspannen op mij af en ging bijna schreeuwend tekeer. Mijn grapjes over de hoge doktersinkomens waren haar volledig in het verkeerde keelgat geschoten. Vlak langs haar hete aardappel. Zij had mijn speellijst ondertussen doorgenomen en samen met haar man uitgerekend dat ik ook goed was voor minimaal vier ton op jaarbasis! Dit bedrag ging hard door de foyer. Ik gaf haar gelijk en zei: 'Maar ik zeik er niet over'.

Ik denk dat het echtpaar tegenwoordig, op de vlucht voor de fiscus, door de straten van Brasschaat cabrioot. Ik vond ze lief.

Maar huisartsen die ik ken, hoor ik nooit over geld praten. Nou ja, soms. En wat mij dan altijd opvalt is dat het geen armoe, maar zeker geen vetpot bij de dokter is. Je hoort ze trouwens vaker over te weinig tijd. Zowel voor zichzelf als voor de patiënten.

Daarom was ik verbaasd dat ze afgelopen dinsdag naar het Malieveld trokken om te protesteren tegen de onvermurwbare mevrouw Borst. Ook nu moet ik weer zeggen dat hun argumenten niet onredelijk op mij overkwamen. Ik zag aardige mannen en vrouwen met een aantal goede voorbeelden.

Maar waar ik zo verschrikkelijk om moest lachen waren de politiepaarden. In wel drie kranten zag ik de foto van die vrolijke dokters, die zich eigenlijk een beetje schaamden dat ze hun zieken een paar uur in de steek lieten, en daarnaast die relbestrijders. Alsof het om een horde hooligans ging. Zal er ook nog een peloton ME hebben klaargestaan?

Ik zie de hoofdcommissaris voor me, die de week doorneemt: geen risicowedstrijd, geen Koerden, geen verongelijkte varkensboeren, maar... ho, ho, ho: huisartsen! Hij slaat onmiddellijk groot alarm en schrijft het volgende dienstbevel: *Kijk het waterkanon nog even na en fouilleer sowieso alle demonstranten op slag- en steekwapens! En als ze van de route afwijken onmiddellijk slaan. Geen discussie aangaan! Raddraaiers op voorhand arresteren en afvoeren. Let vooral op de militante groep uit Den Dungen en Berlicum, herkenbaar aan hun bivakmutsen. Extra waarschuwing: sommigen zijn vuurwapengevaarlijk!!!*

'S Avonds komt hij voldaan thuis, kust zijn vrouw, aait zijn kinderen over de bol en pakt de *Haagsche Courant* en de *NRC* erbij. Tevreden gaat hij zitten lezen, terwijl hij op de televisie het RTL-nieuws, het NOS-journaal en het regionale nieuws langs laat komen. Alle journaals spreken van een ordelijk verlopen demonstratie.

'Dankzij mij', bromt hij in zichzelf. 'Dankzij mij is al dat gajes weer de stad uit!'

Cowboys

Twee weken geleden zat ik in een hotel in het Friese Oranjewoud en daar viel mijn oog op een foldertje, waarin aangekondigd werd dat er op zaterdag 4 november in datzelfde hotel een *Wildwestavond* wordt gehouden. Er klinkt dan country-and-westernmuziek, er zijn cowboyhapjes, er is een mechanische rodeostier en bij aankomst krijgt iedereen een cowboyhoed. Het hotel is geen lullige dorpsherberg, maar een redelijk luxe tent.

Toen ik het foldertje las, vroeg ik mij af: gaan daar nou mensen naar toe? Zijn er nou grote volwassen mannen te vinden, die tegen betaling een avond lang een cowboyhoed opzetten en een holster omhangen? Mijn zoontje is onlangs tien geworden en zijn partijtje moet nog gevierd worden. Maar ik weet zeker dat deze *cowboyavond* het niet haalt. Hij zal zeggen: 'Sorry papa, ik ben nu tien hoor! Dan wil je echt iets anders!'

In eerste instantie denk je: daar komt niemand op af, de directeur staat die avond in zijn cowboypak eenzaam in de hal te wachten op eventuele gasten en is blij met een busje geestelijk gehandicapten van het nabijgelegen gesticht. Maar ik ben bang dat ik er helemaal naast zit. Ik denk dat het aanstaande zaterdag hartstikke druk is en niet alleen daar. Ik vrees dat er in het land nog veel meer cowboybijeenkomsten zijn en dat al die aanwezigen een hartstikke leuke avond hebben. Sterker nog: ik denk dat er zelfs selecties kunnen plaatsvinden. Aanvraag genoeg. De geestelijk gehandicapten die zich aanmelden, kunnen met een smoes geweigerd worden. Het is namelijk voor de gewone mensen niet prettig als je je een avond lekker in je cowboypak loopt te ontspannen, dat er dan zo'n kwijlend plukje *Arendsogen* tussen loopt. Zit je net lekker op je rodeostier, toch al een plek waar je je behoorlijk moet concentreren, en dan zie je zo'n groepje stakkerds naar je loeren. Dat is lastig.

Mijn vrouw wil zaterdag niet mee, maar ik heb me onder een andere naam ingeschreven en kijk nu al uit naar een heerlijk avondje *prairiegevoel.* Als het me goed bevalt, dan denk ik erover om een eigen hoed, holster en pak te kopen en op dit soort avonden te paard te komen. Velen zullen mijn voorbeeld volgen en er zal tweespalt tussen de cowboys ontstaan. Wij, de paardenjongens, gaan namelijk een beetje lacherig lopen doen over de softe autocowboys. En ik sluit niet uit dat er op een bepaald moment een cowboyavond uit de hand loopt en dat er klappen vallen. Sterker nog: misschien wordt er wel geschoten. Ik heb mij trouwens ook al laten vertellen dat een concurrerend hotel een indianenavond wil organiseren en als die een succes worden, dan kunt u wel raden wat er gebeurt. Dat wordt hard tegen hard. Het zou best eens kunnen dat op een avond de cowboys van Partycentrum Van der Vaart een rechtstreekse aanval doen op Hotel Tjaarda, waar de indianen op dat moment een onschuldige regendans uitvoeren. En dan is het oorlog.

Helemaal zeker weet ik nog niet of ik ga, daar mijn hond Snuffel en ik ons ook moeten voorbereiden op *Dancing with dogs,* een geheel nieuw initiatief van onze nationale dierenvriend Martin Gaus. Je hoeft niet met je trouwe viervoeter te slijpen en zijn of haar voorpoten op je schouder te draperen, maar je moet wel dansen. Deze *sport* is overgewaaid uit Amerika en we kunnen ervan uitgaan dat het net als de cowboyavonden een enorm succes zal worden. De eerste wedstrijd is op 4 december en Gaus zit samen met de Belgische doggydance-kampioen in de jury.

Drinkend hou ik me al jaren staande, maar nu de D66'er mevrouw Borst het plan heeft opgevat het zuipen onbetaalbaar te maken (wat vindt Van Mierlo daarvan?), overweeg ik een mooie zelfmoord en als God mij vraagt waarom ik de wereld heb verlaten, zal ik het haar uitleggen: in een chique hotel liepen ze in een cowboypak en tien kilometer verderop was er een danswedstrijd tussen mensen en honden. En dat trok ik echt niet meer. God zal mij medelijdend aankijken en zeggen: 'Neem een borrel! Je hebt hem verdiend.'

Radeloos

Het televisieprogramma *Kinderen voor Kinderen* werd in het Zaantheater in Zaandam opgenomen. In datzelfde theater was op dat moment ook een bijeenkomst van de Ahold-directie. De Ahold-bobo's kregen van een paar Ratelband-achtige malloten trommels, waar ze hard op moesten slaan. Het zal wel een oefening om te ontstressen zijn geweest. Of het ging erom dat, als je eenmaal met z'n allen voor lul hebt gestaan, dat de saamhorigheid vergroot.

Doe maar een gooi. Elk antwoord is goed. In elk geval stonden op een gegeven moment een kleine honderd kinderen oog in oog met de trommelende managers. Verbazing alom. Zeker bij die kinderen. Het is natuurlijk bijzonder sneu als je als onschuldig kind zomaar opeens geconfronteerd wordt met een zooitje trommelaars in driedelig grijs. Altijd het idee gehad dat vaders hard werken voor hun centen. En het was natuurlijk even treurig voor de directeuren, die onmiddellijk voelden hoe ze in die kinderogen compleet voor joker stonden. Persoonlijk vind ik het een mooi tijdsbeeld. De radeloze welvaart. We weten het echt niet meer. Tot nu had ik altijd gedacht dat ze daar in Zaandam redelijk normaal en nuchter waren en dat dat de reden van hun kruideniersSucces was, maar ook daar zijn ze dus gek geworden.

Donderdag zat ik in de trein naar Delft en raakte in gesprek met een hele leuke dame. Ze werkte als beleidsmedewerker voor de provincie. Brutaal vroeg ik waar ze vandaan kwam. Van een congres. Wat voor congres? Een vuilverwerkingscongres. Daar ging het erom hoe je mensen leert dat ze op tijd de goede bak buiten zetten en dat ze hun glas netjes naar de glasbak brengen. Dat is toch gewoon een kwestie van een foldertje richting de inwoners van de bewuste stad, dacht ik. Niks daarvan. Op het volgens haar volkomen humorloze congres kwam een hoogleraar in de gedragskunde uitleggen hoe je mensen kunt leren dat ze geen batterijen in de biobak gooien. Een hoogleraar gedragskunde! We hebben het nog steeds over het buiten zetten van de vuilnisbak. Toch niet een handeling dat je zegt: daar heb ik tien jaar mavo voor nodig, wil ik dat een beetje snappen. Toch werd er een congresje aan gewijd. Er was ook een trotse ambtenaar uit Sint-Oedenrode, die mocht uitleggen dat zijn gemeente kampioen was. In dit Brabantse dorp zijn de glasbakken het volst. En dat komt volgens de ambtenaar door het goede gedrag van de burgers. Natuurlijk niet. Het zijn daar gewoon verschrikkelijke zuipschuiten en het is daar 365 dagen per jaar carnaval. Het hele dorp is zwaar aan de drank. De glasbakken puilen uit. Eigenlijk had de man het congres stotterend van schaamte met een enorme kegel moeten toespreken, maar niks daarvan. Trots als een pauw mocht hij oreren.

In Den Helder is de computer van de Koninklijke Marine bijna gecrasht omdat hij tot zijn nek afgevuld was met harde porno. Bij gebrek aan vijand zitten onze Hollandse jongens de hele dag te leuterpeuteren en zijn hun vrouwelijke collega's met allerhande periscopen op zoek naar de nog steeds niet opgespoorde G-plek. Het zogenaamde *Ingerukt mars!* bekijk ik, sinds ik dit weet, met hele andere ogen!

Ondertussen heeft de rechter een officier van justitie recht in zijn gezicht uitgelachen omdat hij de beroemde beursfraudezaak volledig heeft laten verslonzen. Het was een waslijst van fouten. En laten we over de zaak van mensensmokkelaar Ö. maar zwijgen. Die mocht, terwijl hij eigenlijk uitgeleverd had moeten worden, rustig doorgaan met zijn handel. Deze communicatiestoornis leverde vijftig dooie Chinezen op. Echt erg is het niet, want het waren illegalen. Dus die hadden hier toch niks te zoeken. Maar hoe komt het? Wordt er op het Openbaar Ministerie wel genoeg getrommeld of zitten ze daar ook de hele dag achter hun computer te vingeren en te rukken? Mij verbaast niets meer. Wordt het niet hoog tijd voor een congresje? Dat we eens een paar dagen aan verdachtenbehandeling en strafafwikkeling besteden. En dan nodigen we een jongleur, een banketbakker en een leeuwentemmer uit. Waarom? Geen idee. Gewoon voor de fun. Wat maakt het nou uit? Als we ons maar vermaken.

Wei-gevoel

Vorige week maakte ik mij vrolijk over de directieleden van Ahold, die in een theater met een trommel voor de buik hadden gestaan. Inmiddels is mij uitgelegd waarom ze zo raar moesten doen. Allemaal in dezelfde maat! Voelt u de diepgaande filosofie? De neuzen dezelfde kant op dus! Zo'n krantenstukje maakt veel los. Allerhande zakenmensen hebben mij inmiddels op lacherige toon de meest verschrikkelijke bekentenissen gedaan en ik ben erachter dat het met ons land echt heel erg gesteld is. We zijn een open inrichting en schamen ons niet meer. Er wordt wat afgeleden op congressen en seminars, er zitten dagelijks wat mensen voor Jan Joker op een schouwburgstoel en ik ben bang dat er onder de kneuzen heel veel NRC-lezers zitten.

Ik zal geen namen van bedrijven noemen, hoewel mijn pen jeukt! Wel wil ik wat sessies doornemen. Op een congresje verscheen een steltloper met een bol wol in zijn handen. Deze bol werd, terwijl de steltloper de draad in handen hield, naar iemand gegooid. Deze persoon moest de draad ook weer vasthouden en de bol naar iemand anders gooien. Dit ging een tijdje zo door. Op een gegeven moment werden er van achter uit de zaal een bolletje of twintig gegooid en binnen een halve minuut was de hele zaal met knotten wol aan het gooien. Totdat de dienstdoende psycholoog de zaak stillegde en aan de opgewonden meute vroeg: 'Wat hebben wij nu gemaakt?' Niemand wist het, maar het antwoord moest zijn: een netwerk!

Een wildvreemde jongen vertelde mij dat hij onlangs in een congrescentrum met het hele bedrijf alle namen van de werknemers had gezongen. Er was een melodie gemaakt, er verscheen een heuse dirigent, via de overheadprojector kwamen de namen op een scherm en voor hij het wist stond de hele zaal uit volle borst te zingen. Sappig detail: alle mensen kregen een petje op en de lolbroeken droegen dat petje achterstevoren! Toen ze na de pauze terugkwamen, was de motivatietrainer zogenaamd boos dat iedereen weer op zijn oude plek was gaan zitten. Dat was te voorspelbaar gedrag. Waarom ze dat deden? De jongen antwoordde dat zijn trui op de stoel lag en dat zijn tas daar nog stond. Het leek hem redelijk raar om bij een ander zijn tas te gaan zitten! Dat leek hem zelfs onbeschoft. Hier had de boerenkoolpsycholoog uiteraard geen antwoord op. Een andere vriend vertelde mij dat hij onlangs een zaal binnenstapte en daar lagen tweehonderd hooggeschoolden in een witte overall ontspannen op de grond. Voor in de zaal lag een goeroe op een soort bed, begeleid door rustgevende muziek, het volkje geestelijke kalmte in te praten. Voel je adem, besef de lucht in je lijf en laat alles gaan! Wat ik niet snap, is dat iedereen klakkeloos meedoet. Ik zou toch echt weigeren. Mijn stelling zou zijn: ik ben ingehuurd om de boekhouding van deze wc-pottenfabriek een beetje creatief bij te houden, maar ik wil toch echt niet de Marseillaise liggen zoemen, omdat dat het wijgevoel versterkt. Opzouten met die onzin of ik neem ontslag! Als ik directeur van zo'n bedrijf was, zou ik zo'n gebakkenluchtverkoper zeker inhuren en hem vragen om iets heel vernederends te bedenken.

Daarna zou ik achterin de zaal plaatsnemen en iedereen die eraan meedeed op staande voet ontslaan wegens gebrek aan persoonlijkheid. Dom kuddegedrag. Wei-gevoel dus. Oprotten en nooit meer terugkomen. Waarom doen mensen mee? Waarom zo'n lage schaamtedrempel? Meeklappen is toch iets voor analfabeten op een schlagerfestival? Wie legt mij dit een keer uit? Zelf heb ik ook een klein bedrijf en ik heb geen seconde moeite om mijn personeel te motiveren. We hebben een oergezonde deal: zij werken en ik betaal ze. Als ik ze zou vragen om voor het groepsgevoel in de Ardennen aan een den te gaan hangen, zouden ze collectief ontslag nemen. En terecht.

Maar eigenlijk snap ik het ook wel. Het zijn allemaal autoverkopers die de hele dag op de dichtgeslibde wegen in de file staan en moeten proberen nog meer auto's te verkopen. Dat is het probleem. Niks meer en niks minder.

Golfballetjes

Dus ik zit in die hele dure hotelkamer, zo een met een ordinaire jacuzzi en veel te dikke badjassen. Open 's nachts de minibar en stuit op een setje golfballetjes met de naam van het hotel erop. Daar kan ik nou zo lang over nadenken. Wie verzint dat nou? Wie komt nou toch op het lumineuze idee om drie golfballetjes in de koelkast te leggen? In eerste instantie dacht ik nog dat het een soort yuppenbonbons waren, maar nee hoor: echte golfballetjes. Ze staan ook op het voorgedrukte minibarformulier. Golfballs/golfballen *f* 14,50. Is hierover vergaderd? Heeft iemand binnen de directie van Bilderberg het voorstel gelanceerd tijdens een doordeweekse vergadering?

'Jij nog een idee, Jan?'

'Misschien is het leuk om in elke kamer een setje golfballetjes met onze naam erop in de koelkastjes te leggen! Toch een leuk souvenir voor de mensen!'

'Prima idee Jan, vraag een prijsopgave en rapporteer dat volgende keer. Ik denk trouwens dat we bij een kwantumafname op een enorme korting kunnen rekenen!' Gaat het zo? Ik ben geen zakenman, maar het lijkt me toch ongeveer zo gegaan. Er moet toch iemand zijn kinderachtige vinger hebben opgestoken. En die heeft zonder schaamrood geroepen dat het misschien leuk is om drie golfballetjes in de koelkast te leggen. Dezelfde man komt 's avonds thuis, drinkt nog een glaasje met zijn vrouw en legt zijn wrede plan op tafel.

'Ik denk dat mijn golfballenvoorstel er doorkomt!'

'Welk golfballenvoorstel?'

'Waar ik het gisteren over had. Om op elke kamer drie balletjes in de minibar te leggen'. Die vrouw natuurlijk ook enthousiast. Het is nog een dolle nacht geworden. De liefdesvonk knetterde in de echtelijke sponde. Zo'n man met zulke ideeën, daar droomt toch elke vrouw van.

Onderhand kijk ik naar het ronde bubbelbad, waar je zonder diploma niet in durft. Alleen de badmeester ontbreekt. Zal hier nou wel eens een zakenman in gaan zitten bubbelen? Er kan met gemak een hoer bij! Heerlijk lijkt me dat: met een Thaise snol in je bubbelbad en weten dat er drie Bilderberg-golfballetjes in je minibar liggen. Wat is het toch een genot om succesvol te zijn. Ik denk onderhand aan God en dat zij waarschijnlijk een liederlijke hekel aan succesvolle zakenmannen heeft. Daarom heeft zij eerst het bubbelbad bedacht en daarna de legionellabacterie uitgevonden. Ik lees onderhand over koeien die vleesafval moesten eten en daar terecht krankzinnig van zijn geworden. Gelukkig is de waanzin besmettelijk en sterft een aantal mensen op gruwelijke wijze. God ziet het vast en zeker glimlachend aan. Zo schijnen varkensboeren in de hel te komen. Hoe die hel eruitziet? Je wordt in het donker vastgezet tussen stangen en moet de hele dag naar liedjes van Robert Long luisteren.

Mijn hotelkamer heeft ook nog een aparte douchecabine en de douchekop is zo groot, dat als je de douche aanzet, John Bernhard dit op de weerkaart ziet. In een brochure van het hotel staat onder het kopje *De Kunst van het Ver-*

wennen dat je voor zeshonderdvijfentwintig gulden een 24-uurs Valmont Vitaal Arrangement kan nemen. Je krijgt dan een gezichtsbehandeling, een massage, verdwijnt een tijdje in de vibrosauna/ontspanningscabine en je wordt gemanicuurd. Verder ga je op de zonnebank, onder de gezichtsbruiner, wordt je haar lekker gedaan en uiteraard staan het verwarmde bronnenzwembad, de sauna en het stoombad tot je beschikking. En je slaapt in een kamer met drie hunkerende golfballetjes in de minibar. Als je op zondag gescrubd wil worden, dan betaal je zeven tientjes toeslag. Ik denk persoonlijk aan het programma met de karwendel- of de Dode Zeemudpakking. Hoewel de diepreinigende rugpeeling me ook wel wat lijkt!

Ik moet maar steeds aan die arme Claus denken. Dat die lieve man op zijn oude dag een vorkje heeft moeten prikken met een vriendje van de gruwelijke Videla.

In mijn minibar staat ook een blikje Haagsche Hopjes. Ik heb trek en open het. Ik ben niet de eerste. Mijn voorganger heeft het blikje voorzichtig ontzegeld, een stuk of tien snoepjes opgegeten, de papiertjes teruggedaan in het blikje, het zegeltje teruggeplakt en het blikje weer naast de balletjes gezet. Rijke mensen! Heerlijk volk!

Roken

Veel dingen zijn slecht. Van Duitse biefstuk kan je de ziekte van Creutzfeld-Jakob krijgen en als je daarna met je gsm naar je neuroloog belt, heb je kans dat je er nog een hersentumor bij krijgt. Die tumor kan je binnenkort declareren bij Libertel en Ben. Net als je longkanker. Dan moet je echter niet bij je telefoonboer zijn, maar bij Philip Morris en zijn vriendjes.

Zelf ben ik op het ogenblik met computerleverancier Compaq in gevecht over mijn muisarm. Nergens in de bijsluiter staat dat je dat soort klachten kan krijgen. Mijn advocaat claimt voorlopig zes miljoen en we hopen op de helft. Kilo's geleden ben ik gestopt met roken en ik mag zeggen dat ik stevig pafte. 'Een weggooiaansteker per dag', riep ik ooit in een van mijn programma's en ik denk dat ik er toen niet ver naast zat. Ik heb het een jaar of vijftien volgehouden. Of ik daarna zo'n asbakloos type ben geworden? Nee hoor. Iedereen die bij mij thuis komt, mag zich helemaal scheel roken. Ik vind het ook nog lekker ruiken. Of het me stoort dat ik op dat moment een meeroker ben? Natuurlijk niet! Mijn vrouw rookt, mijn dochter rookt, mijn beste vriend rookt en ik geef ze alle drie graag een vuurtje! Op mijn vele treinreizen ga ik nooit bewust Niet Roken zitten. Ben je gek. Ik ben sowieso al blij als ik in de trein een zitplaats heb. Mijn vrouw, dochter en vriend mogen bij geconstateerde longkanker alleen niet tegen mij zeuren. Maar misschien slepen ze mij nog voor het gerecht omdat ik ze ooit een vuurtje heb gegeven. Of omdat ik aanleiding heb gegeven door die asbak op tafel. Mij verbaast niks meer. Door het roken sterven ook veel mensen op jonge leeftijd aan hart- en vaatziekten. Of dat de wachtlijst bij de cardioloog langer of korter maakt, weet ik eigenlijk niet.

Ik heb dus geen hekel aan roken, maar waar ik wel onbedaarlijk de pest aan heb, is aan de Vereniging van Niet-Rokers. Je moet toch echt zwaar gestoord zijn, wil je voor zo'n clubje tijd hebben. Wat zijn dat voor mensen? Een roedel Wassenaarse huisvrouwen met te veel vrije tijd? Ik las dat ze bij Madame Tussaud geprotesteerd hebben tegen het wassen beeld van Annie M.G. Schmidt. Waarom? Omdat Annie een sigaret in haar hand heeft. Annie geeft niet het goede voorbeeld! Wat is dat nou voor onzin. Annie rookte! En niet weinig. Ik kan me niet herinneren dat ik Annie M.G. ooit zonder sigaret heb gezien. Dampend ging zij door het leven en volgens mij is zij het bewijs dat roken helemaal niet slecht is. In elk geval niet voor je humeur. Tot op hoge leeftijd bleef zij hartstikke blij, schreef heel lang het ene leuke kinderboek na het andere, vrolijkte het land op met een aantal prachtige musicals en had eigenlijk alleen last van haar blindheid. En volgens mij word je van roken niet blind. Waar bemoeien die mensen zich mee? Annie rookte als een ketter, genoot er zichtbaar van en had helemaal nergens last van. Sterker nog: vooral aan het eind van haar leven, toen ze niet meer kon lezen, genoot ze dubbel van haar sigaretje! Als ik de sigarettenindustrie was, dan zou ik aan haar zoon Flip van Duyn vragen of ik Annie mocht gebruiken voor een wervende commercial. Doe als Annie. Rook!

Steek de ene met de andere aan. Je wordt in elk geval geen humeurige zeurbejaarde!

Ik heb dankzij het niet-rokersclubje eindelijk weer eens een goed voornemen. Morgenavond om twaalf uur stoppen een paar honderdduizend mensen met roken en ik begin weer. De familie telt af en de vlam gaat in mijn Gauloise! Even duizelig, maar daarna weer helemaal terug. En ik zal zorgen dat ik nog beroemder word dan Annie en dat ik ook in het waxinemuseum kom. Onder één voorwaarde: dat ik tussen Annie M.G. en Harry Mulisch in kom te staan. Annie met de peuk, ik met sigaar en Harry met die prachtige pijp! Ik ben dan volmaakt gelukkig. Met dank aan Annie en vooral aan dat clubje frisseluchtterroristen.

Patiënten

Nou lees ik weer dat de Patiëntenvereniging aan de huisartsen gevraagd heeft om op 15 februari niet te gaan staken. Ik kauw al een halve ochtend op het woord *patiëntenvereniging.* Wie zijn dat? Hoe word je daar lid van? Op welk moment bedenk je: ik word lid van een patiëntenvereniging? En waar kan je ze vinden? In de Gouden Gids? Wie zitten er in het bestuur?

Wat zou mijn vrouw ervan zeggen als ik op een dag zou melden: 'Donderdagavond kan ik niet, want dan heb ik een bestuursvergadering van de werkgroep *Wachtkamerleed* van de Patiëntenvereniging Midden-Nederland!' Zitten er ook echtparen bij die club? Hebben ze ook wel eens een gezellige feestavond? Doen ze wel eens een uitstapje? Hoe is de vereniging ontstaan? Zomaar? Op een druilerige dinsdagmiddag in de wachtkamer bij een dorpsdokter in Juinen? Wie begon? Op welk moment dacht iemand: patiënten aller landen verenigt u! Wie vond dat er een vuist gemaakt moest worden? Hoeveel leden heeft de club? Ik heb wel eens een jaar dat ik geen dokter zie. Mag ik dan lid blijven?

Tijdje geleden heb ik me al verbaasd over de club *Rover.* Dit staat voor Reizigers Openbaar Vervoer en deze mensen gaan tekeer tegen de NS. Ook dit is een mistig gezelschap.

Hoe werkloos moet je zijn om hier tijd voor te hebben? Hebben zij ook weer een aparte trein- en busafdeling? Voelen de metroleden zich gediscrimineerd? Kan je ook 1e Klas-lid worden? Wie is hiermee begonnen?

De ANWB snap ik. Daar ben ik ook lid van. Waarom? Omdat ze een aardige monteur langs sturen als je met pech staat. De rest interesseert me niet. Die intens burgerlijke *Kampioen* komt bij ons niet uit de wikkel! Maar hoeveel leden heeft Rover? Hoeveel leden heeft de Patiëntenvereniging? Ik ben geen clubmens. Integendeel. Mijn zoon voetbalt op een club. We komen, hij voetbalt, ik kijk hoe hij voetbalt, we drinken een kop koffie en we gaan weer. Aan de muur in het clubhuis hangen inschrijfformulieren voor kerstdiners, klaverjaswedstrijden, bridgedrives en andere gezellige zaken. Ik weet zeker dat heel veel mensen het daar hartstikke leuk hebben, maar aan mij is het niet besteed. Sommige mensen zíjn de hockeyclub of wonen op de toneelvereniging! Ze zijn twintig uur per dag in het clubhuis. Strijken de hoekvlaggen, leggen de gevonden voorwerpen op alfabet, hebben om het uur bardienst, trainen de pupillen, krijten de lijnen, borstelen het kunstgras en nieten het krantje. Ik weet ook dat die mensen hard nodig zijn en ik gun het ze. Het redt bijna al hun huwelijken. Ik snap ze zelfs. Ze willen graag een potje hockeyen of toneelspelen. Maar wie wil er nou reiziger of patiënt zijn?

Ik snap niks van clubjes en partijtjes. De gereformeerde mevrouw Grabijn-van Putten heeft een klacht ingediend bij de Commissie Gelijke Behandeling omdat ze zich als vrouw binnen de SGP gediscrimineerd voelt. De SGP is een enge zwartekousenclub van godvrezende mannen en ik zou daar als vrouw niks mee te maken willen hebben. Laat ze lekker. Daar wil je toch niet bij horen? Die mevrouw Grabijn is een ernstige patiënt en moet lid worden van een hele andere club. Zo wil je als homo toch ook niet in de rooms-katholieke kerk trouwen? Ook al denken de meeste geestelijken daar totaal anders over en zijn zij gaarne bereid om Jan & Jan in de kerk te huwen! Wat zitten die nichten nou te mutsen? Richt een eigen kerk op! Benoem de Heilige Gerard Reve, boetseer een beeldje van die oude gek, zet hem op een altaar en ga devoot op de knietjes! Homo's schijnen drie keer zo snel in een depressie te raken als een hetero. Nou, ga al die onzin dan een beetje uit de weg en blijf uit de buurt van achterhaalde instituten.

Is er al een club van kraslotkrassers? En hebben de filerijders zich al verenigd? En hebben alle wereldsterren die zich buitenechtelijk oraal hebben laten bevredigen door een dame onder een bureau of in een bezemkast al een club? Bill Clinton en Boris Becker zoeken nog lotgenoten. Hoe meer clubjes, hoe meer patiënten.

Tourneegeluk

Natuurlijk zijn wij Bekende Nederlanders op onze hoede. De *zaadroof* van Boris Becker is ook bij ons als een bom ingeslagen. Panisch werd ik gebeld door een zeer bekende acteur, een bijzonder populaire zanger en een bij de vrouwen uiterst succesvolle columnist en televisiepersoonlijkheid. We kwamen tot de simpele conclusie dat we moeten uitkijken. Na orale seks moet je het meisje nog zeker tien minuten bij je houden en iets met haar drinken.

Het gerucht gaat dat een fan van Syb van De Kast een half Fries dorp zwanger van hem heeft gekregen. Daarom is Syb zo van slag en reageert hij zo gebeten op een onschuldig liedje over hem. De baby van Boris is elf miljoen dollar waard. Mijn advocaat en mijn accountant rekenen op dit moment uit wat een baby mij netto zou kosten.

Ik zit in Maastricht in mijn vaste hotel aan het Vrijthof en ben zielsgelukkig. Gisteravond stond ik na de voorstelling in een bruisend café en zag de halve Maastrichtse toneelschool dansend op de tafels staan. Beeldschone meisjes en uiterst vrolijke jongens. Maastricht is een prachtstad en ik ben er zo graag. Mooie winkels en aardige mensen. Vanochtend ging ik even de stad in om een pakje kranten te kopen, toen de mevrouw van de receptie mij vroeg of ik heel even tijd had. Het hoofd van de Huishoudelijke Dienst wilde mij namelijk even spreken. Ik wachtte netjes in de hal en een aardige vrouw kwam uit de lift. Ze begon met een onweerstaanbare Maastrichtse tongval.

'Ja meneer Van 't Hek, twee jaar geleden heeft u hier ook geslapen en toen heeft u iets op de kamer laten liggen, dat ik maar niet naar uw huis heb gestuurd, omdat dat niet leuk is voor uw vrouw!'

De receptioniste keek uiterst triomfantelijk mijn kant uit en genoot van mijn betrapte blik. De laatste keer Maastricht gierde door mijn hoofd. Meisjes? Cocaïne? Belgische schandknapen?

De vrouw vervolgde: 'Ik heb het op mijn kantoor bewaard en dacht: als hij weer komt dan geef ik het aan hem. Want nogmaals: het zijn geen dingen die je graag naar iemands huis stuurt, want dan komt u misschien in de problemen'.

Ik knikte dankbaar en licht in de war, daar ik mij niks kon herinneren. Ik schaats niet zo vaak scheef, omdat ik niet kan schaatsen. Ik bood aan even met haar mee te lopen en samen verdwenen we in de lift. Daar pookte ze de kachel nog even lekker op. 'Ik had het natuurlijk ook naar uw kantoor kunnen sturen, maar dacht meteen: misschien komt uw vrouw daar ook wel en dan heb je alsnog de poppen aan het dansen!'

Ik keek haar aan en vroeg me af of ze mij iets verweet. Had ze het geheim tot nu toe bewaard of heeft ze op menig verjaardag verteld wat zich op een eenzame januarinacht in mijn Maastrichtse hotelkamer heeft afgespeeld? Heb ik het clichébeeld van de artiest bevestigd? Heeft ze ooit in een slechte bui overwogen om mij te chanteren door te dreigen om de door haar gevonden overspelbewijzen naar mijn huis te sturen? Heeft ze begrip voor een man onderweg? Altijd hotel. Altijd alleen. We kwamen aan op de tweede etage, ik hield de deur voor haar open en liep stil achter haar aan. We kwamen in het opgeruimde kantoortje en zij overhandigde mij een plastic tasje, dat heel zacht aanvoelde. Dampende slipjes? Een gelipstickt T-shirt?

'Wat zit er in?', vroeg ik trillend van de zenuwen.

'Twee overhemden die u in de kast had laten hangen!'

'Maar waarom durfde u die niet naar mijn huis te sturen?'

'Ik dacht: dan krijgt u vast ruzie met de vrouw omdat u zo slordig met de kleren bent. Je moet geen slapende honden wakker maken'.

Uiterst dankbaar nam ik het pakje in ontvangst en bracht het naar mijn kamer. Mijn huwelijk is gered. Mijn vrouw heeft de overhemden inderdaad nooit gemist en ik moffel ze vanavond onopvallend tussen het wasgoed. Heerlijk Maastricht, heerlijke stad met een prachtig hotel en een schat van een vrouw, die nog eens een geheim kan bewaren.

Geweldig

Dit weekend verschijnen de recensies van mijn nieuwe theaterprogramma en laat ik kort zijn: de van mijn jongste broer geleende hockeystick staat klaar. Eén foute kritiek op dit meesterwerk en er wordt geslagen. Ik heb de adressen van de recensenten bij de hand en ik zit binnen tien minuten in mijn auto. En wie me niet gelooft? Praat met de onderwijzer van mijn dochter. Dit wonderkind kreeg op haar basisschool een havo-advies en dat is helaas iets beneden onze stand. Gymnasium en voor minder gaan de Van 't Hekjes niet. De klappen zijn reeds gevallen. In dit geval was het een oude honkbalknuppel uit mijn Bussumse HCAW-tijd. Met datzelfde stuk hout los ik ook altijd mijn voorrangsproblemen in het verkeer op.

Gisteren vertelde een meneer van de televisiewinkel dat de reparatie van de video niet meer binnen de garantieperiode viel. Ik heb alleen even gedreigd en ben benieuwd wat er op de bon staat als ik hem dinsdag ga halen. Mijn reputatie in de buurt is bekend en ik ga ervan uit dat de man verstandig is. De winkel heeft grote ruiten. Vanmiddag moet mijn zoontje voetballen en ik hoop dat het beter gaat dan de vorige keer. Hij speelt uit en dat houdt in dat de tegenpartij de scheidsrechter mag leveren. Vlak voor de winterstop was er een scheidsrechter zo onverstandig om mijn zoon geen penalty te geven, terwijl hij duidelijk werd neergelegd binnen een straal van drie meter van het doel. De man gaat volgende week voorzichtig weer werken. Voorlopig halve dagen. Na zijn voetballen moet hij tennissen. Bij die wedstrijdjes tegen andere kinderen tel je samen met de vader of moeder van de tegenstander. Met mij krijg je geen ruzie. Alleen heb ik een iets ander zicht op *in* en *uit*. Als mijn zoon slaat, reken ik tot en met het parkeerterrein goed. Anders? Hoe zal ik het zeggen? Ik gebruik niet graag geweld, maar als het niet anders kan... Mijn Canal+-decoder is regelmatig stuk en om de zoveel dagen bel ik voor vierenveertig cent per minuut met de Helpdesk van deze sympathieke pornozender. Inmiddels weet ik waar ze zitten. Nog één keer een storing en ik kom even langs. Om te praten. In eerste instantie. En wie niet wil luisteren...

Met Nina Brink moet ik ook nog even een gesprekje hebben over mijn *Wolletjes* en ook bij Maurice de Hond moet ik nog even langs. Niet dreigen, maar gewoon even zeggen wat ik niet wil. Ik heb hem zo geloofd! Ik ga ervan uit dat Maurice mijn verlies bijpast, anders...

Volgende week komt mijn dichtbundel *Vredesduiven op til* uit. Een bundel pacifistische poëzie. In eerste instantie zag mijn uitgever het niet helemaal zitten, hij vond het allemaal nogal mistig en de metaforen iets te vet aangezet. Na een goed gesprek heb ik hem ervan overtuigd dat het beter is als hij het wel uitgeeft. Ik vroeg niet om een riant voorschot, maar kreeg het wel. Aardige man.

Of ik nog wel eens een wielklem krijg? Na dat laatste incidentje nooit meer. Ik zag die parkeerwachter vorige week weer lopen. Wel in een andere wijk, maar toch: hij werkt weer. Dus het viel allemaal wel mee.

Veel vrienden van mij hebben problemen met hun puberende kinderen, maar ik nooit. Ze luisteren heel goed. In het begin niet, maar dat heb ik heel vlug gecorrigeerd. De huisarts vertrouwde de verwondingen in eerste instantie niet en wilde een vertrouwensarts inschakelen. Ik heb hem aangeraden om dat niet te doen. Een verstandige man.

De tandarts heeft het ondergebit van mijn zoontje mooi hersteld. Hij stelde wel een paar vervelende vragen. 'Sommige kinderen wisselen gewoon een keertje vaker', heb ik gezegd en daar heb ik het bij gelaten.

Mijn vrouw heeft dit stukje tot zover gelezen en vond dat ik het niet naar de krant kon sturen. 'Dan weet de hele buurt dat jij losse handjes hebt', zeurde ze. We kregen woorden. Gelukkig niet zo lang. Ze rust nu lekker uit in het OLVG. Afdeling Noord 4, kamer 8, bezoek van vier tot negen en ze is gek op bloemen.

Putlucht

Hoorde weer zo'n aandoenlijk kakkersverhaal. Het gaat over de nouveaux riches. Je hebt heel veel geldbulkers, die per se willen golfen en dan het liefst op de oude clubs van ons land. Dus geen ziekenfondsgolf in Zeewolde of Almere. Nee, ze willen status. Maar die oude clubs willen een beetje *Porsche-vrij* blijven. Niet te veel proleten dus. Geen vijftigers met opgespoten blondjes van twintig jaar jonger. Geen beursbengels en internetmalloten. Maar hoe weer je het poenerige type? Door een ballotage in te stellen. Of een gewone ledenstop. Geen file bij hole zestien.

Maar als je internetmiljonair bent en dan ook nog een die nooit in *World on Line* getuind is, laat staan dat je in Newconomy gehandeld hebt, dus je hebt geld en je wilt golfen met de echte stinkerds, dan doe je een poging om toch van zo'n klassieke golfclub lid te worden. Je wilt namelijk tussen de bomen spelen en niet tussen twee viaducten bij Rijswijk of op een stukje gifgrond in de schaduw van die treurige Arena, laat staan op een oude vuilnisbelt in Spaarnwoude. Dan ga je bieden. Je probeert je in te kopen. Maar dat lukt niet omdat het oude geld niet gevoelig is voor je poen. Ze zijn zelf al aan alle kanten afgevuld en zitten niet op de gebroken witte kwartjes van de Aalbersjes, de Mensjes en De Molletjes te wachten.

Maar nu het ontroerende verhaal. Een aantal poenerige types die ondanks hun centen overal geweigerd werden, hebben nu zelf maar een clubje opgericht. Alles is te koop. De golfclub heet zelfs *Golfsociëteit* en is gevestigd in de achtertuin van een van de pandjes van ons koningshuis. Het schijnt geopend te zijn door een van de heteroseksuele prinsjes. Als je slecht slaat, raak je hun oma op Soestdijk. Een vriend van mij is er binnen geweest en sprak over een onwaarschijnlijke luxe. Clubfauteuils, ruwe handdoeken, sterrenkok, heel veel personeel en dit alles in een ideale legionella-temperatuur. Voor vierentwintigduizend gulden kon je een aandeel kopen en dat is voor die types een kwestie van een keer slepen met hun creditcard. Bonnetje naar de zaak en de fiscus betaalt de helft. Gewoon zeggen dat je met relaties staat te putten. Daarnaast is het lidmaatschap nog vierentwintighonderd gulden per jaar. Voor de echte yup natuurlijk ook peanuts. Gelukkig hebben we zoveel nieuwe rijken dat je nu al geen lid meer kunt worden van de club. Natuurlijk heb ik even gebeld of ikzelf lid kon worden. Helaas. Vol is vol. Ik heb ook altijd pech.

U zult zich afvragen wat is er nou zo aandoenlijk? Het aardige aan de club is dat er niet wordt gegolft. Het gerucht gaat dat nog geen 10% van de leden er een balletje heeft staan meppen. De rest heeft betaald, maar blijft thuis. Een enkele verdwaasde rijke doolt af en toe een paar holes en gaat dan maar weer naar huis. Nagekeken door het voltallige personeel, dat desolaat gaat staan wachten op de volgende verveelde. De open haard knappert, de boxen kotsen Mantovani, de kaarsen branden, de wijn is op temperatuur, maar er is niemand. De kok heeft de ingrediënten voor de meest exquise gerechten klaar liggen, maar er zijn geen eters. De plee ruikt naar chloor, de handdoeken zijn dik en warm, het gras ligt er biljartlakerig bij, de vlaggen wapperen, maar het is er angstaanjagend stil. En waarom? Geen idee. Het lijkt me om gek van te worden. Je golft om gezien te worden en niemand ziet je. Da's pas sneu.

Of ik het zielig voor de sociëteit vind? Natuurlijk niet. Het is een film. De man die eigenlijk niet zo goed kan golfen, stuntelt op hole twaalf en als hij omkijkt ziet hij het complete personeel in uniform vanachter een van de ramen staan kijken. Ze mogen niet lachen van de baas, maar zo gauw de golfer verder ploetert, gieren ze het uit. En ze worden nog betaald ook. Dat heet nou wachtgeld. Waar dit alles gebeurt? In Den Dolder. Daar zit toch ook dat gekkenhuis? Dat klopt. En nu zitten er twee.

Spoorboekenbaldadig

De NS wordt de nieuwe sponsor van de CPNB, dus de kans is groot dat het Boekenbal in plaats van traditioneel op dinsdag volgend jaar op woensdag wordt gehouden. Een dag vertraging. De Spoorwegen hebben wilde plannen.

Vanaf september kan een dichter je coupé binnenstormen, die een vers gedicht begint voor te dragen. Ik weet dat je niet zomaar aan de noodrem mag trekken (*Misbruik wordt gestraft!*), dus zullen we hem uit de rijdende intercity moeten flikkeren. Laten die Spoorwegen er nou toch eerst eens voor zorgen dat die treinen op tijd rijden en laten ze hun weinige centen voorlopig investeren in wissels, loketten en iets vrolijkere conducteurs in plaats van in lollige zaken als zinloze boekpromotie. Ik weet wel een goede slogan voor beide partijen: *Sta vaker stil met een boek!* Dit jaar was het jaarlijkse boekenfeestje multicultureel. Dat hield in dat hele lelijke vrouwen van hele lelijke boekenboeren, dichters en schrijvers zich hadden gehuld in een hele lelijke kaftan, die ze waarschijnlijk geleend hadden bij de plaatselijke carnavalsvereniging. Dat was beter dan andere jaren. Dan zag je meestal lillend vrouwenvlees van ver voorbij de consumptiedatum in veel te blote jurken. Wat mij betreft mogen ze volgend jaar allemaal in een Arabische soepjurk. En in veel gevallen ben ik ook niet tegen het hoofddoekje. Sterker nog: sluieren die handel. Ze worden er echt veel aantrekkelijker van. Ik zag een redactrice van het damesblad *Opzij* met een hoofddoekje om. Dat was duidelijk een knipoog naar de domme opmerking van haar bazin Cisca Dresselhuys, bij wie vrouwen met een hoofddoekje er niet inkomen! Wat is daar nou tegen? Zo'n doekje draagt ze toch vrijwillig! Zelf gebruikt Cisca dagelijks een kilootje of tien aan make-up en andere smeermiddelen en daar zeggen wij toch ook niks van? Mogen vrouwen met siliconenborsten wel bij dat blad? Voor veel dames is dat ook een geloof! Een vriend van mij is islamiet en vertelde mij onlangs dat het best een handig geloof is. Je mag, als dat in jouw ogen nodig is, je vrouw af en toe een corrigerende dreun verkopen. Dus ze dragen geen hoofddoek, maar een voorzorgsmitella.

Dit jaar was het Boekenbal multicultureel en alleen Jan Mulder en ik hadden het een beetje begrepen. Alle mannen stonden heel suf met hun eigen vrouw te zwijgen en wij hadden ons laten vergezellen door een prachtige donkere vrouw. Jan ging voor een beeldschone Somalische en ik had mijn vrouw voor een avond ingeruild voor een bloedmooi negerinnetje van twintig jaar jonger. Toch kreeg ik amper aandacht van de media. Sterker nog: van niemand. Ik was ook te laat. Ik had eerst mijn kunstjes nog in Uden moeten verkopen. Dat mijn chocoladebruine Lindsey geen aandacht kreeg, kwam niet omdat zij niet mooi is, maar omdat alle mannen nog kermden, kreunden en stoomden van mevrouw Rushdie. De bodyguards waren niet voor die lichtloensende Indiase baard, maar voor zijn beeldschone vriendin ingehuurd. Zelden zo'n kortademig Boekenbal meegemaakt. Astmatische mannen probeerden mij uit te leggen dat ze bloedstollend was en hun vrouwen hoorde ik keffen dat ze wel meeviel. Ze was volgens de dames al door

Vanessa bijgespoten, werd per uur lelijker en ze had meer make-up dan Cisca D. Toen ik ze zo fel hoorde schelden, wist ik het helemaal zeker: ze moest onverdraaglijk mooi zijn. Wat is het leuke van het Boekenbal? Dat je een stukje decor mag slopen en mee naar huis nemen. Ik sloop trouwens niet alleen op het Boekenbal. Ook als ik bij Ajax kom, moffel ik regelmatig een Europacup onder mijn jas.

Op de dansvloer kwam ik haar tegen, via het damestoilet zijn we gevlucht en op mijn kantoor heb ik haar zacht en teder gekust. 'Ik ben gek op lelijke mannen, Youpie', fluisterde ze hees. 'O, Padma', snoof ik zachtjes in haar oor. Vanuit een hoek keek de vier jaar geleden door mij gejatte buste van Simon Carmiggelt glimlachend toe. Als iemand wist wat vreemdgaan was...

Spoor bijster

Donderdag sprak ik een Utrechts corpsbaltype, dat onder de naam *Pater Nostre de la Mairu* van het gefingeerde bedrijfje Oberon mij probeerde te polsen of ik bereid zou zijn om op 7 januari 2002 op te treden tijdens het huwelijk van onze kroonprins. Het zou gaan om de informele bijeenkomst na de officiële plechtigheden. Omdat ik gek ben op studentengrappen heb ik maar meteen 'ja' gezegd, terwijl ik normaal nooit speel op bruiloften en partijen. Dit gesprekje was wel erg doorzichtig, maar ik heb de lieve jongen beloofd dat hij als beloning voor zijn moeite deze column zou halen. Voor echt goede studentengrappen moet hij echter nog even in de leer. Iets minder opzichtige naam en iets minder nerveus. Nu leek hij wel van *de Panorama.* Hij wilde trouwens liever een afspraak met mij dan in de krant. Wanneer hij kon? In de week van 1 april.

Belangrijker vraag is hoe het mond- en klauwzeer uit Ierland, Engeland en Argentinië naar ons land is gekomen. Via kalveren, kippen en waarschijnlijk onze prins, die daar in nog steeds niet ontsmette landbouwkringen rondbanjert.

De slachting wordt groot, maar als je 15.000 eenden en 200.000 eendagskuikens in een hal propt, dan vraag je om dit soort ellende. Vroeger waren het kippenhok en de stal aan de beurt, maar nu de veeteelt letterlijk een industrie is, vindt er een gruwelijke slachting plaats.

Toch ook weer een hoop geleerd. Nooit geweten dat eenden uit Argentinië met een vrachtvliegtuig naar ons land kwamen. Hoe voel je je als eend als je wordt gevlogen? Lijkt mij super-de-luxe en zelfs licht opwindend. Eerlijk gezegd denk ik dat we onszelf qua voedsel volledig bij de staart hebben en dat er best eens een wereldwijde ramp zou kunnen volgen.

Een Staphorster dominee ziet het als een straf van de Heer, maar we betalen gewoon de tol van onze geldlust. De combinatie van de boer die te vlug te veel wilde verdienen en de consument die absoluut niet wilde betalen, wordt ons uiteindelijk toch fataal. De straf voor onbeperkt spareribs eten! De enigen die deze weken mazzel hebben zijn de varkens die uit voorzorg geruimd worden. Nou hoeven die beesten niet langer in hun donkere hokken te zitten en hebben ze geen kans om alsnog ziek te worden. Anders waren ze een paar weken later geruimd. Lekker woord: ruimen!

Kan er ook niet een mensenvervoersverbod komen? Ik probeerde afgelopen week van Amsterdam naar Tilburg te komen, maar dat is volstrekt onmogelijk. Maandag vertrok ik om half vier per auto uit Amsterdam en om tien voor acht strompelde ik gebroken de Tilburgse schouwburg binnen.

Ga dan met de trein, zult u denken. Dat heb ik dinsdag gedaan. Om vier over half vijf hoorde ik op het Amsterdamse Amstelstation dat de intercity van zes over half vijf naar Den Bosch niet reed, om vijf voor vijf stapte ik in een stoptrein naar Utrecht en deze bleef een minuut of twintig voor Utrecht staan omdat er in verband met werkzaamheden maar één spoor beschikbaar was. Vervolgens vertelde de omroepster van Utrecht-CS dat onze trein naar Den Bosch niet op spoor 12, maar op spoor 9 arriveerde en het zou me niet verbazen als deze aardige mevrouw binnenkort bij een logopediste loopt in verband met overbelaste stembanden. En al haar wijzigingen in de treinenloop hadden niks te maken met de acties naar aanleiding van het ongewenste machinistenrondje om de moskee! Iets over half zeven zat ik in een trein naar Den Bosch. Helaas moesten we daar even wachten tot een defecte goederentrein van de rails was verwijderd. Even was een halfuurtje. Zou het een idee zijn als de NS het vorige week aan de CPNB toegezegde miljoen investeerde in beter materieel?

Wat dat betreft is de vraag: is er wel een vervoersverbod? Je kunt niet eens vervoerd worden. 's Nachts lukt het nog een beetje, maar verder zitten we muur- en muurvast.

Mooi slot van een beschaving: een totaal ontwricht volk dat helemaal klem zit en ziet hoe de door henzelf bijeen gedreven beesten met honderdduizenden tegelijk sterven. Een bijbels tafereel. En daar hoor ik ze nou niet over bij de TV-kapper.

Telefoonslaaf

Heerlijke donderdag. Door een storing bij de KPN zat ik volstrekt geïsoleerd op mijn prachtige Maastrichtse hotelkamer. Normaal heb ik per dag een keer of tien of vaker contact met mijn impresariaat. Dit loopt of telefonisch of via mail. Mijn bedrijfje loopt op die manier gesmeerd. Maar dan moet de telefoon het wel doen. En die deed het dus niet. Het mobiele netwerk scheen het wel te doen, maar ik ben nog steeds niet in het bezit van zo'n ding.

Toevallig werd ik afgelopen week op vriendelijke wijze gevolgd door een aardige journalist die wel een mobieltje bij zich droeg. Uiteindelijk bereikte men mij via zijn mobieltje. Waar? Op het Onze Lieve Vrouweplein. Voor ik het wist liep ik daar als een derderangs cokedealer met het mobieltje aan mijn oor. Het schaamrood droop van mijn gezicht. Tijdens de conversatie werd ik aangeschoten door een statige heer die zich hardop afvroeg hoe het met de wereld verder moest nu zelfs ik, die hij zich, mede door deze wekelijkse column, herinnerde als een van de felste tegenstanders van het openbare *gemobiel* op een van de mooiste pleinen van Nederland zag bellen. Ik legde het hem uit.

Toch is het leuk dat we volstrekt afhankelijk van de telefoon zijn geworden. Vroeger mochten wij bij mijn ouders thuis mondjesmaat telefoneren. Het was te duur. Als ik iets aan een vriendje wilde vragen en ik wilde bellen, dan zei mijn moeder: 'Fiets er maar even heen. Er mankeert je toch niks aan je benen?' En dan ging je, of je zag van de achteraf dus toch niet zo belangrijke vraag af. Mijn kinderen vragen nooit of ze mogen bellen. Ze bellen. En ze internetten. In het begin wist mijn zoontje niet eens dat dat per telefoon ging en dus geld kost. Hij internette, maar had geen idee hoe het eigenlijk werkt.

En het telefoonverkeer wordt steeds vernuftiger. Laatst belde ik een vriend op zijn werk in Amsterdam, werd door de telefoniste doorverbonden en kreeg hem aan de lijn op een Poolse hotelkamer. Men sms't, wapt, ontvangt voetbaluitslagen en aanstaande zondag kan een atleet tijdens de Marathon van Rotterdam via een chip in zijn schoen op zijn mobieltje zien wat ongeveer zijn tijd zal worden.

In de loop der jaren ben ik volstrekt afhankelijk geworden van de telefoon en mijn laptop, het kleine platte doosje waar al mijn post, teksten en brieven inzitten en waarmee ik regelmatig op het net surf. Voorstelling voorbij, stille nachtelijke hotelkamer, dus ideaal om alle post door te nemen en te beantwoorden. Verder speelt hij op dit moment een cd'tje van Maria Callas met prachtige aria's. Vorige week liet ik mijn laptop in een Romeinse huurauto staan. Het ding is inmiddels terecht, maar het duurt even voordat DHL hem hier heeft. Die gaan alleen snel in de tv-reclame. Ondertussen heb ik een reserve-laptop, maar eigenlijk ben ik volledig geamputeerd. Alles zit in dat kleine doosje. Halve liedjes, stukjes column, wonderlijke gedichten, opzetjes voor een nieuw boek, een volgend programma of een dom nachtelijk probeerseltje.

'Had je dan geen back-up?' vraagt iedereen. Nee, is het simpele antwoord. Ik had me dat wel duizend keer voorgenomen, maar heb het uiteindelijk nooit gedaan.

Dus de KPN had storing en ik zat naar een bijna lege laptop, waarmee ik niet het internet op kon, te loeren. Ook ik ben de slaaf van de techniek geworden.

Maar het kan allemaal nog veel erger. Twee weken geleden stommelde ik 's nachts door het heerlijke Groningen. Een student liep mij foeterend voorbij.

'Weet je wat ze gedaan hebben, Youp? Ze hebben net in *De Vlaamse Reus* mijn mobiel gestolen'.

'Maar die kan je dan toch laten afsluiten, zodat men er niet mee kan bellen?' probeerde ik deskundig uit de hoek te komen.

'Daar gaat het niet om', somberde de aardige jongen. 'Ten eerste was het kreng hartstikke duur, maar wat veel erger is: er zaten zeven prachtige meisjes in, waarvan er drie bijna altijd wel wilden!'

'En die nummers heb je niet thuis opgeschreven?'

Hij keek me aan of hij gras in de Arena zag groeien en vervolgde treurend zijn weg. Arme jongen!

Vier mei

'Hoe laat begint de wedstrijd?' vroeg een man afgelopen maandagavond aan zijn wildplassende buurman, die met een stevige straal het zadel van een aan de brug geketende meisjesfiets probeerde te verwijderen.

'Ik weet niet eens tegen wie ze spelen', was het antwoord. Humor? Nee hoor. De twee wisten na bijna vierentwintig uur tanken absoluut niet meer waarom ze daar waren. Ze herkenden Amsterdam, het Centraal Station, de stinkende meute was oranje en iedereen keek kogellam. Dus was het voetbal. Het kon ook een MKZ-protestje zijn. Als er maar gevochten werd! Of de rellen mij verbaasden? Nee hoor, ik heb de crème van de natie door mijn buurt zien trekken en het was allemaal uiterst verheffend. Het gaat echt goed met Nederland. Nog niet zo lang geleden had ik met mijn kinderen een gesprek over euthanasie en zij vroegen wanneer wel en wanneer niet. 'Als er geen kwaliteit van leven meer is', citeerde ik voorzichtig een beroemd ethica. Op Koninginnedag kwamen mijn kinderen erop terug. Mocht je deze dolende massa preventief ruimen? Mijn antwoord was volmondig ja! Mijn zoon heeft met een of ander sinaasappelspelletje een halfuurtje op een plein gezeten en ik heb hem als bezorgde vader vanaf een terras gadegeslagen. Of ik populair ben? Ja. Niemand, maar dan ook echt niemand, kon langs mij lopen zonder mijn naam te noemen. Eerst zag je ze kijken, dan overleggen en daarna kwam een van de provincio's met Kootwijkerbroekse tongval melden dat ik Youp van 't Hek was. Of ik dat wel wist. Ook mocht ik een aantal mensen ontmoeten die minder gecharmeerd waren van deze grappenmaker. Ik was een *tyfusteringkankerjood*, een *sijpelende droplul* en eentje heeft me helemaal gekwetst door me voor Joop Braakhekke uit te schelden. Het gaat echt fantastisch met ons land. Peper heeft zijn onderscheiding teruggegeven. Hij begint het eindelijk te snappen. Zal Máxima gekeken hebben? Wil ze nog steeds koningin van dit losgeslagen zooitje worden of heeft ze inmiddels krijsend haar koffers gepakt?

Wie het aandoenlijkst waren? De kakkers in hun gordelsloepjes. De mannen in zo'n ontspannen oranje-rood-wit-blauw Holland House-overhemd (een krijgertje van de zaak!) en de vrouwen in iets geks oranjerigs. Een beetje lauwe witte wijn, een picknickmandje sandwiches en maar spelevaren. Wassenaars joelen naar andere bootjes, die daarop weer Goois terugkirden.

U zult zeggen: 'Die vechten tenminste niet!' Nee, die hebben daar hun clubhuis in Leiden voor. Las gisteren dat er bij de Leidse corpsballen van *Minerva* op Goede Vrijdag weer dusdanig gefeest is dat een bestuurslid zijn beide polsen heeft gebroken en ook een ander raakte behoorlijk gewond. Een aanvaring met wat reünisten. We hebben het nu over de leden van de Raden van Bestuur van de grote multinationals, keurige medisch specialisten, chique advocaten en ander gajes. Gisterochtend sprak ik met mijn tienjarige zoon over de jaarlijkse Dodenherdenking. 'Dus ik zou ook zijn afgevoerd?' sprak hij verbaasd achter zijn brilletje. Ik moest dit bevestigen. 'Gelukkig kan dit nu niet meer gebeuren', voegde hij er onschuldig aan toe. Ik zweeg. Ik hou hem graag zo lang mogelijk gelukkig. En geluk is voor de dommen. Ik durfde niet te zeggen wat ik werkelijk dacht na de stille tocht oranjeklanten door mijn eigen binnenstad. Ik weet niet of mijn zoon in hun schaduw ooit veilig is. Gisteren sprak ik als voorzitter van de Vereniging van Verontruste Cabaretiers met onze toekomstige koning over het herstel van het fatsoen. Hij had weinig tijd. Moest eerst naar een reunistenfeestje op *Minerva* en daarna vissen met zijn aanstaande schoonvader. En ik moest ook weg. Ik had een schnabbel bij Stan Huygens van *De Telegraaf*, alwaar ik Harry Mens, Pim Fortuyn, Annemarie Jorritsma en Thomas Lepeltak aan het lachen moest zien te maken. Het is me niet gelukt. En daar ben ik toch zo trots op. Wat ik tegen mijn zoon gezegd heb? 'Vier de lente. Vier mei!'

Rijen

Rijen in een wagentje. Het ritje van Amsterdam naar Bergen aan Zee deed ik afgelopen woensdag in precies drie uur. Dan moet je een snellere auto kopen, denkt u waarschijnlijk. Maar mijn auto is redelijk ordinair, kan heel hard en ik heb de afgelopen jaren de kosten van het voorarrest van Mink K. met mijn bolide al zeker drie keer bij elkaar geflitst. Huisgerookt, dubbel getrokken en stinkend aangebrand strompelde ik mijn auto uit en schreeuwde wanhopig dat ik de komende vier dagen niet meer in dat kreng ging zitten. Alleen al op de ring heb ik zeker anderhalf uur stilgestaan. Maar dat komt door die werkzaamheden, denkt u nu. Nee, want die zijn gisteren pas begonnen. Ik denk dat ik er morgen een uurtje of zes over doe. Gisteren hoorde ik op het nieuws dat Rijkswaterstaat het fileleed wil verzachten door de automobilisten maandag een optreden van Paul de Leeuw aan te bieden. En als je niet van Paul de Leeuw houdt? Sterker nog: als Paul de Leeuw het ergste is wat je als mens kan overkomen? Dan sta je in de zinderende zon in de eindeloze file en opeens verschijnt hij op je voorruit. Als je naar een artiest wilt, koop je een kaartje en ga je naar de concertzaal of het theater, maar in de file? Op wie kan ik als automobilist nog meer rekenen? Maak ik ook nog kans op Frans Bauer, Marianne Weber of Ben Cramer?

Gaat de NS-directie dit ideetje overnemen? Een laatste klantvriendelijkheidsoffensief voordat ze worden ontslagen? Opeens komt Vader Abraham je coupé binnen en begint een potje te smurfen. Of wat te denken van Imca Marina of het ploegje imbecielen van Starmaker? *Treintje* Oosterhuis is een wat al te gemakkelijke woordspeling.

Waar haalt Rijkswaterstaat de gore moed vandaan om mij te confronteren met een artiest? Ik word al gek als ik een bedrijf bel, in de wacht wordt gezet en vervolgens twintig minuten moet luisteren naar de meest gruwelijke klanken van allerlei abjecte zangers. Ik wil zelf bepalen wanneer ik wie zie of wat hoor. Wie dit stukje leest, heeft er zelf voor gekozen, maar stel je voor dat je de krant uit de bus haalt en het papier begint via een of andere supersonische minichip tegen je te praten. En je hoort mij dit stukje voorlezen, terwijl je een notoire Youp van 't Hek-hater bent. Ik zou onmiddellijk mijn abonnement opzeggen. Ik ken overigens veel NRC-lezers die dit stukje wekelijks lezen om zich dood te ergeren, maar die hebben dit hoekje zelf opgezocht en zijn gewoon oliedom.

Paul de Leeuw in de file is volgens mij een denkfout, maar je hebt dus geen keuze. Opeens staat deze gezellige nicht op je bumper te kwelen. Het doet een beetje denken aan het doodzieke kind dat ongevraagd geconfronteerd wordt met een zooitje quasi-vrolijke comaclowns. Je vergaat van de pijn, piekert over je veel te korte elfjarige leven dat misschien wel gaat eindigen en daar staan zomaar opeens twee van die gesjeesde kleinkunstpatiënten in je kamertje koddig te doen. Ik heb al laten vastleggen dat mijn kinderen dit bespaard blijft. Maar dat moet je tegenwoordig keihard in je verzekeringsvoorwaarden laten opnemen. Hoe je dat meldt? Je belt je zorgverzekeraar, wordt in de wacht gezet en moet vervolgens twintig minuten naar verschrikkelijke bukmuziek luisteren om daarna te kunnen vertellen dat je geen roodneuzige stomaclown aan het bed van je stervende kind wilt.

Bij Ajax worden we dit seizoen bij elke thuiswedstrijd getrakteerd op een optreden van een of andere derderangs nep-Hazes en dat zijn zware minuten. De artiesten worden aangeboden door een kroeg met de naam *La Bastille*. Een ding weet ik zeker: niemand van mijn vrienden zal daar ooit een pilsje drinken. Bij dat soort muziek kan bier niet schuimen.

Binnenkort kom ik Paul de Leeuw ergens tegen en informeer naar zijn carrière.

'Gaat heel goed', zegt hij dan. 'Enorm succes. De mensen staan in de rij. Sterker nog: files. Hele lange files!'

Tsja. Soms wil ik dood. Ik vroeg mijn dokter om vrijwillige euthanasie. Geen probleem. Ik sta op de wachtlijst.

Terrasbabbeltje

Dwarrelend door Den Haag kom ik op een oudedamesterras terecht. Keurige Haagse bejaarden babbelen over ene Louise. Louise is oud en Louise is ziek en Louise gaat dood, begrijp ik stiekem meeluisterend vanachter mijn krant, waarin ik lees dat De Beurs naar De Beurs gaat. Louise wordt op korte termijn afgespoten, maar de familie is het nog niet eens over de datum. Mijn oog valt onderhand op een bericht over een Franse mevrouw van 62, die draagmoeder was van een kind van haar broer. Het eitje was niet van de oude dame, maar gewoon geleasd van een donoreitjesbatterij. Wanneer Louise afgespoten wordt, hangt van haar zoon Henk af. Van de oude cappuccinodames begrijp ik dat Henk een bloeiend bedrijf in de Verenigde Staten heeft en niet zomaar even weg kan. Het ruimen van zijn moeder moet wel in zijn planning vallen. Onderhand lees ik dat ze in Rotterdam nu hartritmestoornissen kunnen verhelpen door een deel van het hart dood te vriezen. Henk zit middenin een fusie of een overname en kan niet makkelijk tijd voor zijn moeder vinden. Een van de dames legt uit dat na de dood natuurlijk ook nog een crematie of een begrafenis volgt. 'Je bent zo een week verder', oppert een krasse oma. En ze heeft gelijk. Ik lees dat als Nederland met voetballen wint het hele land condoomloos van bil gaat en er de volgende ochtend een schreeuwende vraag naar morning-afterpillen is. De dochter van Louise, de zus van Henk dus, gaat met Henk praten. Voor Louise is de pijn ondraaglijk, maar zonder Henk wil ze niet dood. En de dokter gaat met vakantie. En Louise wil per se dat haar eigen huisarts het doet. Ik lees in een klein berichtje dat het Bedplascentrum in Meppel is gered.

Ik dwaal af naar Amerika en zie succesvolle Henk in zijn prachtige villa in discussie met zijn Amerikaanse echtgenote. Het gaat over zijn stervende moeder. Moet hij wel of niet gaan? Hij is niet voor niks aan de andere kant van de oceaan gaan wonen. Onderhand lees ik dat er in de zaak Marianne Vaatstra een onschuldige asielzoeker is gearresteerd om het volk gerust te stellen. Dat is datzelfde volk dat een erectie krijgt als Kluivert scoort. Henk maakt ruzie met zijn vrouw, die vindt dat hij moet gaan. Henk rekent voor wat het kost. Hij heeft het niet over het ticket, maar over de uren die hij niet op de fabriek kan zijn. Hoeveel orders loopt hij mis? Henk is de fabriek. Hij begint over zijn broer Karel, die aids heeft en waarschijnlijk voor oktober de pijp uitgaat.

'Dan moet ik wéér', klaagt Henk. Hij kan natuurlijk zijn moeder vragen het nog een paar weken op de morfine uit te zingen en dat Henk dan een paar weken eerder gaat. Hij begrijpt dat hij dit niet hardop kan zeggen.

Onderhand kauw ik op alle Volendam-info en geloof gewoon niet dat we door zoveel horken worden bestuurd. Begrijp wel steeds beter dat het volk massaal geil wordt bij een Nederlandse voetbaloverwinning.

De dames schakelen over op het witte voetje van Máxima, terwijl ik lees dat ze bijna 1,4 miljoen per jaar gaat verdienen. Het onderwerp Louise is afgerond met de tekst: het zal wel vrijdag worden.

Ik lees dat de voorzitter van de Club van Huilende Mannen de presentator Henny Huisman bedankt heeft, omdat Henny veel baanbrekend werk voor de huilende man heeft verzet.

Mijn vrouw belt wanneer het Nederlands voetbalelftal weer speelt. Niet dat ze van voetbal houdt, maar ze heeft zin in seks.

Ik ben met mijn hoofd nog steeds in Amerika, waar de ruzie hoog oploopt. 'Je moeder sterft maar één keer', oppert de Amerikaanse echtgenote van Henk, 'en daarna hoef je nooit meer naar dat pokkeland!'

'Pokkenland', verbetert Henk.

Ik zie Henk zijn besluit nemen om naar het sterfpartijtje van zijn moeder te gaan. Hij belt het reisbureau en bedingt een korting!

De dames rekenen af en stappen op. Ik vouw mijn krant op, betaal mijn koffie en ga ook maar weer eens verder.

Moeder mag weg.

www.uitvaart.nl

De actrice Sylvia Millecam is overleden en haar fans rouwen digitaal. Het is even wennen. De eigenaar van de condoleancewebsite liet aan de pers weten dat de internetpagina een enorm succes was. Duizenden mensen bezochten via hun pc het condoleanceregister. Waarom? Waarom wil de eigenaar dat de pers weet dat zijn rouwpagina een succes is? Het is een vreemd persbericht.

Computerrouw. Ik vind het eerlijk gezegd wel een beetje lui huilen. Je gaat het internet op, surft naar www.condoleance.nl, klikt op de naam van de overledene, stamelt een paar woorden en je gaat weer verder. Sommigen pakken waarschijnlijk, omdat ze toch op die pagina zijn, de suïcidale schilder/popster er ook nog even bij. Op de condoleancepagina zijn geen advertenties, maar er staat wel bij dat de site eigendom is van www.uitvaart.nl. Als je daar heen gaat, zie je dat het hartstikke commercieel is. Vreemd.

Uiteraard ben ik even langs geweest op de bewuste pagina en ik moet zeggen dat ik het merendeel van het rouwbeklag nogal schriel vond. Het is allemaal nogal karig, drieregelig afraffelwerk. Maar het is natuurlijk ook wel heel moeilijk om iets te schrijven als je iemand niet kent. Die duizenden, waar ze het in de krant over hadden, heb ik niet gevonden. Misschien zijn die al doorgemaild naar de familie.

Wie kan mij deze vorm van condoleren helder uitleggen? Als je de familie wilt troosten met wat lieve woorden, dan doe je die woorden toch in een gesloten envelop? Het zijn toch jouw woorden, die bestemd zijn voor de nabestaanden en die gaan anderen toch geen flikker aan? Als ik, niet een van de onbekendste Nederlanders, sterf, krijg ik dan ook een website van www.uitvaart.nl? Een site, waarop de familie Den Dungen uit Zevenaar kan melden dat ze altijd graag naar me keken op de televisie? En wat denkt de familie Den Dungen? Dat hun woorden mijn weduwe en kinderen troosten? Hopen ze dat ik het lees in het hiernamaals? Heeft God een internetaansluiting? www.godmail.com.

Ik zie de huiskamer van de familie Den Dungen. Mevrouw Den Dungen vraagt aan haar man wat hij boven toch aan het doen was. Meneer Den Dungen vertelt dat hij namens de familie de weduwe van Youp van 't Hek even gecondoleerd heeft met het verlies van haar liefhebbende echtgenoot. Vooral dat hij vrijwillig onder een supportersstrein is gegaan, vond Den Dungen heel erg voor de vrouw van de cabaretier. Door zijn suikerziekte in de periode voor zijn dood maakte hij een nogal verwarde indruk. Zo dacht hij dat hij ongeneeslijk ziek was.

Misschien wordt mevrouw Den Dungen wel loeilink. 'Hoezo gecondoleerd namens ons? Je weet toch dat ik die man een abjecte seksistische hetero vond en dat ik altijd als eerste wegzapte als die dikke kop met die bril op de buis kwam! En zijn vrouw vind ik een journaalbarbie aan wie ik niks te melden heb! Ga maar rectificeren. Mail maar dat ik het niet betreur dat hij dood is. En feliciteer haar. Toch nog kans op iets moois in haar leven!'

Duizenden hebben de vriend en familie van de veel te vroeg gestorven actrice digitaal gecondoleerd. Duizenden onbekenden. Duizenden onbekenden hebben de behoefte om ergens te schrijven dat ze het erg vinden dat de mooie comédienne dood is. Zodat iedereen het kan lezen. Dat iedereen weet dat J. de Boer uit Appelscha het erg vindt. Net als F. Visser uit Veere. De website-eigenaar heeft een persbericht van het succes gemaakt. Misschien krijg je binnenkort een soort bezoekersrecord. Wie de meeste digitale condoleances na zijn of haar dood mocht ontvangen. Maar het nieuwste doodgaan hoorde ik vorige week. Iemand die ongeneeslijk ziek is, heeft als euthanasiedatum de laatste dinsdag in september geprikt. Dan is namelijk iedereen terug van vakantie. En als hij op dinsdag doodgaat, is de crematie op zaterdag en zijn de meesten vrij. Dus dan wordt het lekker druk.

Dit laatste is niet door mij verzonnen. Het werd mij gewoon verteld. Ik heb de crematie vast met potlood in mijn agenda gezet. Dan kan ik het nog weggummen als hij eerder gaat. Toen een vriend mij vorige week belde om te vragen of ik op 11 september op zijn feestje kwam, zei ik dat ik niet kon omdat ik een begrafenis had.

'Dat is zo'n oude grap', zei hij geïrriteerd en hing meteen op.

De crash

Even een welvaartsnieuwtje: de nieuwe Amsterdamse woonwijk IJburg krijgt verwarmde tramhaltes. Als je op een stoeltje zitten gaat, gaat er vanzelf een straalkacheltje aan. Dus het wordt een stuk aangenamer voor de daklozen. Als het experiment bevalt, krijgt de hele stad dit soort haltes. Hoe ik dat weet? Al zappend kwam ik langs onze plaatselijke zender en dan hoor je nog eens wat... Ik wilde even weg uit New York, weg uit het nog steeds niet te bevatten rampgebied. Net als iedereen heb ik de beelden nu een keer of honderd gezien en ze willen maar niet wennen. Je krijgt me niet murw. Nog steeds loer ik totaal verbijsterd naar een B-film, waar ik normaal nooit naar toe zou gaan.

De crash, die het nationale gekrakeel rond de krankzinnige Jomanda, de gulzig graaiende Boonstra en de doodzieke Singh Varma met haar walgelijke aanstelleritis deed verstommen. De crash, die ons gisteren drie minuten deed zwijgen. Ik zag ook een stilstaande trein van de NS, maar dat waren archiefbeelden.

De crash, die iedereen verbijsterd heeft. Welke god leunt nu tevreden achterover en murmelt: 'Zo, dat zal ze leren.' Kent God Allah wel? Weet zij wel dat ze een zoon heeft die Jezus heet? Heeft ze ooit van Krishna, trimurti, Varuna en andere Hindoetypes gehoord? Als God echt bestaat zou zij ieder geloof moeten verbieden. De crash, die er in eerste instantie voor zorgde dat het aandeel Koninklijke Olie steeg. Er zijn dus types die op televisie zien hoe de ramp zich voltrekt en hun bank onmiddellijk opdracht geven dat er gekocht moet worden!

De crash, veroorzaakt door een klein groepje baardige tulbanden, die gewapend met een paar scheermesjes de hele wereld lieten schudden en huiveren. Ze verlammen met een perfect georganiseerde actie een land dat zich met een ruimteschild wil wapenen tegen de vijand. Duizenden doden, honderdduizenden ontroostbare familieleden en miljarden angstige mensen. Het bewijs is geleverd: vanaf nu kan elk vliegtuig overal op gegooid worden. Je moet alleen zelf ook dood willen, maar dat is voor hen geen enkel probleem.

De crash is het begin. Als de Verenigde Staten een aanval doen op Afghanistan en andere schuilplaatsen van de fundamentalisten, dan is de Heilige Oorlog pas echt begonnen. Hun wraak zal mierzoet zijn. Ze deinzen nergens voor terug. Dat bewijs is inmiddels geleverd. En de vijand hoeft voor zijn aanslagen niet stiekem het land in gesmokkeld te worden. Het paard van Troje staat allang in de gang. Drie tickets, een paar pakjes Gillette, een gemiddeld passagiersvliegtuig en ze kunnen alles bombarderen wat ze willen. En als we die oorlog verliezen? Moet mijn vrouw dan gesluierd over straat? En hoe gaat het dan met De Vagina Monologen? En Big Brother, mag dat wel? De Amerikaanse ramp heeft daar geen invloed op gehad. Een gepiercet jochie tongde donderdagavond vol in beeld een omgebouwde gozer die hij net een uur kende en volgens Patty Brard, die praat en kijkt alsof er bij haar ook ooit iets naar binnen is gevlogen, wordt het de komende dagen alleen maar spannender. De beetje tuttige ouders van zowel de jongen als van de omgebouwde gaven beschaafd commentaar bij de bedbeelden van hun vrijwillig opgesloten kinderen. Ik ben liberaal in hart en nieren, vind dat alles moet kunnen, maar heel af en toe verlang ik naar een fluwelen Taliban die op dit gebied een beetje orde op zaken stelt.

De crash is het begin van een duivelse tijd. Angst wordt de komende tijd de dictator van ons allemaal. Ik baseer dat niet op feiten, maar op mijn gevoel en op de beelden van de ongeletterde fanatici, de aanhangers van onder anderen Bin Laden en andere types, die echt alles doen om hun doel te bereiken. Tegen zelfmoordacties doen we niks. Helemaal niks.

De crash, waarvan niemand weet hoe lang hij zal gaan duren. Normaal duurt zo'n film anderhalf uur en loopt hij redelijk goed af, maar nu zou hij wel eens heel lang kunnen gaan duren en of de film een happy end krijgt, is ook nog niet helemaal zeker.

De crash is het begin van een angstige periode en ik heb het gevoel dat er bij de gemeente Amsterdam een helderziende werkt. De verwarmde tramhaltes kunnen wel eens heel hard nodig zijn. Hoewel? Doen de kacheltjes het dan nog wel? En zijn er wel genoeg haltes voor zoveel daklozen?

Feestbeest

Zo kan het niet langer. Dagelijks spoken de eerste videobeelden van Máxima door mijn hoofd. Ik zag een jonge, uitdagende studente in normale meisjeskleren een beetje dronken op een tafel dansen. Zoals het hoort op die leeftijd. Feestbeest. Partytijgerin. Ze bewoog haar lippen sensueel, de seks spatte uit haar Zuid-Amerikaanse ogen en ze had duidelijk gezonde schijt aan de hele wereld! Heerlijke beelden.

En toen? De schat is verliefd geworden op een aardige jongen. Een prins zelfs en het is de bedoeling dat ze onze koningin wordt. Leuk? Hartstikke leuk. We moeten trots zijn dat we zo'n mooie meid als staatshoofd krijgen! We moeten haar koesteren, haar glimlach inlijsten, haar oogopslag *screensaven*, haar verschijning tot nationaal testbeeld bombarderen. Wat een leuk mens. Niet bijzonder mooi, maar vrolijk en lekker!

Maar wat is er gebeurd? Ik zag haar afgelopen week door Rotterdam en Flevoland sjouwen. Ik zag een verpieterde tut, een degelijke voorleesmoeder uit Amstelveen en de buurvrouw van Jan Peter Balkenende. Alle erotiek is eruit geramd. Ze ziet eruit als de voorzitster van de Ermelose UVV, de vrouw van een gereformeerde ouderling, de bibliothecaresse van de zondagsschool te Hollandscheveld, bestuurslid van de CDJA-afdeling Terneuzen of bobo van de Internationale Hockeyfederatie. Die kleren, die schoenen, die steunkousen, dat haar.

Hoe kan ze nou toch zo met zich laten sollen? Was ze te sexy ten opzichte van die tuttige Petra Brinkhorst en die brave Marilène van den Broek? Is Trix jaloers? Is ze bang dat ze haar totaal overschaduwt? Dat doet ze ook. Ze veegt al die vrouwen binnen die familie in een klap op een grote grijze hoop.

Weet ze wel dat ze in een familie van mafkezen terecht is gekomen? Opa sjoemelde met vliegtuigcentjes, oma was in de ban van Maffe Greet, een toenmalige Jomanda, en – wat natuurlijk veel en veel erger is – las de liefdesbrieven van de minnaars van haar dochters. Sterker nog: ze speelde dit liefdesproza door aan een zekere Van Lennep, een grafoloog. Deze moest dan controleren wat voor vlees ze in de koninklijke kuip had. Die Van Lennep was natuurlijk ook weer een derderangs charlatan. Alleen bij Claus had hij het goed. Schaamteloze Pieter ging na drie lessen bij een dove Schiedamse pianoleraar in het openbaar op een podium zitten pingelen, de man van Irene dacht serieus dat hij koning van Spanje zou worden en van de man van Marijke hebben we helemaal nooit meer wat gehoord. Die is op onze kosten de noorderzon achterna. Is allemaal niet erg, in elke familie is wel wat, maar het is natuurlijk wel zonde dat die spetterende Máxima zich aan dit zooitje ongeregeld aanpast.

Eerlijk gezegd vind ik Willem-Alexander een leuke gozer en als ik iemand een spetterende vriendin gun, dan is hij het wel. Maar wat gebeurt er? De Taliban van Trix kwam langs en ze is in de smakeloze afdankjurken van haar schoonmoeder gehesen. Veel erger is het dat ze het toelaat.

Zelden zag ik zo'n diep ongelukkige Emma Bovary door

de polder sjouwen en ik verzeker u: ze smeedt een wild plan. Ze mailt al weken met een Argentijnse ex en op een ochtend is ze weg. Ze valt in de gloeiende armen van een vurige minnaar, die die mantelpakken woedend van haar mooie lijf scheurt en ze in één klap in de open haard werpt. Hij bezorgt haar de mooiste uren. Ze schreeuwt, huilt, vonkt en geniet en ze belooft hem om nooit meer weg te gaan. Hij vergeeft haar alles.

Een ontredderde Alex doolt onderhand door het paleis, vervloekt zijn stijve hoedjesmoeder, spuugt Eef Brouwers met al zijn regeltjes recht in zijn gezicht en droogt onderhand zijn bittere tranen.

En Máxima komt niet meer terug, kickt af bij haar Don Juan, die haar alle hoeken van de liefde laat zien. Heel af en toe roept ze nog heel hard: 'Mooi! Heel mooi! Wat woont u hier mooi in Lelystad!'

Daarna gaat ze drinken. Veel en sterk.

En Trix? Trix is opgelucht. Blij dat ze haar kwijt is. Ze heeft haar altijd al een losbol gevonden. Ze las het al in haar eerste liefdesbrief.

Of dit echt gebeurt? Nee hoor, ze krijgt een aanrijding! Dus het zal wel bij een vluchtpoging blijven.

Scheepswrakbouwer

Een vriend van mij werkte bij de KPN en is onlangs ontslagen. Hij belde me die dag lachend op. 'Ik ga er niet minder van werken,' sprak hij monter, 'want ik deed al jaren niks.' Hij kan prachtig vertellen over de logheid van de telecomreus, de formuliericratie aldaar en volgens hem is het Rotterdamse KPN-kantoor aan de voet van de mooie Erasmusbrug gebouwd door een architect met toekomstvisie. De voorpui helt gevaarlijk voorover. Symbolischer kan het bijna niet. Net als het feit dat de KPN het Nederlandse profvoetbal financieel steunt. Het ene drama leunt op het andere. Want als die twee een wedstrijd doen bij wie de kanker het meest is uitgezaaid, dan weet ik nog niet wie er gaat winnen.

Morgen bij de voetbalwedstrijd Ajax-PSV in de Amsterdam Arena is bijna het hele stadion drooggelegd. Wij, de gewone jongens die uitsluitend voor het voetballen komen, hebben daar geen enkele moeite mee. In ons vak gaat het nooit verder dan een kopje koffie en een cola met een Mars voor de kinderen. De skyboxhouders, de f-side dus, heeft tegen de drooglegging geprotesteerd en na overleg met het Ajax-bestuur en de politie is er besloten dat de Chablis en de champagne toch gewoon rond mogrn gaan. Ik vind het terecht. Het is namelijk onmogelijk om nuchter in een skybox te vertoeven. Je moet in zo'n bezemkast zo snel mogelijk een slok nemen, zodat je in een bepaalde aangename roes raakt. Stel dat je je zou realiseren waar je echt was. Opeens zie je jezelf met je zakenrelaties en hun diarreebruine dames, die iets te veel van de zonnebank gesnoept hebben, in een skybox staan. Opeens merk je dat je met een toastje zalm bij het voetbal staat te praten over de schandalig lage honorering van Adje Scheepbouwer van ••• en dat die man een soft watje en een oprechte weldoener is, omdat hij het voor zo'n schijtsalarisje doet.

'Een wat mindere optiebonus ontslaat wel gemakkelijker', likt de een de kaviaar van zijn bovenlip, terwijl de ander meldt dat er wat hem betreft veel meer mensen uit moeten. 'Volgens mij moeten er nog zeker tienduizend de straat op geflikkerd worden, verslikt een ander zich in zijn getruffeerde foie gras in een gelei van Château d'Yquem. Dat zijn geen zaken die je nuchter kunt bespreken. Daar moet bij gedronken worden. Daarbij heb je kans dat je een damesgesprek opvangt en dat gaat in die kringen meestal over opgespoten lippen, afgezogen damesreten, opgevulde tieten, weggespoten rimpels en strak gespannen buiken. En wat dat allemaal kost. Neem dat maar eens tot je, met alleen een spaatje blauw.

Natuurlijk zal het gesprek gaan over de omzet van Harry Potter. Niet over de inhoud van de film, laat staan over de inhoud van de boeken? Nee, over de omzet en de merchandising en hoe je er nog meer uit kunt slepen, zodat je ook je tweede vrouw kunt laten liften. Nee, daar moet een klein borreltje bij. Anders gaat het niet.

Je moet de bouwfraudeurs begrijpen en naar huwelijksmoppen van Ron Brandsteder luisteren en babbelen met goede vrienden van Harry Mens en je staat oog in oog met clickfondstypes en ander AEX-geteisem. Dat kan niet nuchter. Daar moet wat alcoholisch bij.

Je moet over Porsches praten, over nog meer te bouwen winkelcentra, over de schoonheid van de interieurs van Jan des Bouvrie en over de huizenmetamorfoses van zijn vrouw Monique, die zo lekker brutaal met kaasdoek en pasteltinten stoeit. Dat kan niet zonder jenever. Daar moet je onbedaarlijk bij zuipen.

Je moet naar Ajax kijken. Een club die zwakker is dan FC Kopenhagen, weggespeeld wordt door NAC en Heerenveen en onder leiding staat van een trainer die net als Louis vindt dat Marco van Basten een diploma moet halen. Marco van Wie? Marco van Basten moet eerst een diploma halen. Dat vinden Louis & Co. Volgens mij moeten Louis & Co op cursus bij Marco! Bacardi cola graag. Anders red ik het gesprek niet. Bacardi Marcola zal je bedoelen.

Drink maar jongens, drink maar door. Het gaat goed met de wereld. Het is één groot KPN! Is er oorlog? Waar?

Golfoorlog

De biologische klok moet na een jetlag worden begeleid en in het Amsterdamse Okura Hotel kan dat. Hoe? Met een nepzon. Het licht zet via je netvlies de biologische klok in je hersenen gelijk en die klok onderdrukt het slaaphormoon melatonine. Dit alles volgens een heuse Franse professor in de lichttherapie. Vroeger stond zo'n type te schreeuwen op de kermis.

Het gaat erom dat de zakenman zo snel mogelijk herstelt van zijn verre vliegreis. Dat moet ook wel, want sinds Scheepbouwer en Rijkman Groenink weten we wat die types per seconde kosten, dus ze moeten op tijd weer kunnen praten, denken, overnemen en ontslaan. Of ik lacherig word van dit soort kulberichtjes? Zeer lacherig zelfs. Op het proesterige af. Vooral als ik lees dat de directeur van het Okura Hotel (de goede man schijnt zichzelf *president* te noemen) meewerkt aan het verkopen van het Philipslichtsetje. Hij meldt dat hij op zaterdag uit Japan kwam en op zondagochtend alweer op de golfbaan stond. Dat laatste cliché bevalt me zeer. De golfbaan. Lekker originele directeur. Wat doet de man op zondag? Golfen.

Hoorde onlangs het verhaal dat iemand aan een vrouw van middelbare leeftijd vroeg of zij en haar man ook golfden, waarop de vrouw antwoordde: 'Nee, wij neuken nog!'

Ik ben zo blij voor de president van het hotel dat hij na een vliegreis weer zo vlug kan golfen. Vroeger moest hij na zo'n reisje uitslapen en schoot het golfen er vaak bij in. Een golfloos weekend is voor de gemiddelde manager verschrikkelijk. Want op de golfclub moet je netwerken. Tijdens het putten solliciteer je, doe je voorkennis op en regel je wat optiezaakjes. Eigenlijk is golfen belangrijker dan werken. Waarom vertelt de president van het hotel nou niet dat hij op zondagochtend beukennootjes zoekt met zijn oude moeder, zakdoekje legt met zijn demente schoonvader of zijn suikerzakjesverzameling alfabetiseert? Dan zou ik diezelfde avond nog in het Okura gaan eten. Waarom lees ik nou niet dat hij op zondagochtend graag op het slappe koord danst, op ukeleleles zit of een houten model van de Titanic in elkaar lijmt? Leuke man, zou ik dan denken en ik zou minimaal een week in het hotel gaan wonen. Maar de president golft. Neemt zelfs een lichtbadje om op tijd weer op de *green* te staan. Wat zijn zakenmensen toch een sneue soort. Ze praten hetzelfde, denken hetzelfde en ontspannen ook nog eens op precies dezelfde manier. Golfend.

Niets is lekkerder dan een jetlag. Je komt thuis van een verre reis, kruipt bij je slapende vrouw in bed, maakt haar romantisch wakker, laat haar alle hoeken van de liefde zien, je ontbijt met je kinderen en je duikt weer heerlijk je nest in. Licht uit, telefoon af en even zonder paspoort naar dromenland. 's Middags word je wakker, je bent een beetje rozig en gruizig, je dineert met je gezin en je vertelt over je subtropische avonturen. De overzeese cadeautjes voor de kinderen komen op tafel en omdat je een paar dagen weg bent geweest, vertel je aan de kinderen dat je nu juist een paar dagen thuis blijft. 'Nu gaat papa al dat geld opmaken dat hij de afgelopen dagen heeft verdiend!' Dan leef je, dan besta je, dan heb je niet voor niks gewerkt. Maar zo is het dus niet meer. Meteen onder de zonnebank, twee zware zaklantaarns op je ogen en zo snel mogelijk weer die vergaderzaal in en de golfbaan op.

Ik rijd al jaren een paar keer per week langs het Okura Hotel en altijd denk ik: ik moet daar eens Japans gaan eten. Men zegt dat het lekker is. Ik ben er in mijn dertig Amsterdamse jaren nog nooit binnen geweest. Maar nu lukt dat dus echt nooit meer. Nu ik weet dat er ergens in dat gebouw een paar mannen in een lichtbad liggen bij te tanken, opdat ze zo snel mogelijk weer op de been zijn, krijg ik er geen sushi meer door mijn keel. Het leven is zo prachtig zinloos dat ik af en toe denk: er is niets tegen een mooie zelfmoord! Van het Hilton? Nee, ik weet een nog zinlozer hotel.

Hoteldebotel

Het gastvrije Twentse hotel op de grens van Hengelo en Enschede, waar ik al heel wat jaren kom, heeft een nieuwe directie. Of de huidige directie heeft een van hogerhand opgedragen bezuinigingscursusje gedaan, maar er waait een nieuwe wind. Soberheid troef. Het kan natuurlijk ook zijn dat de directeur na 11 september bekeerd is tot de islam. Misschien is hij een van de bekeerlingen waar onze Osama over sprak? Wie zal het zeggen.

Het ziet er in mijn kamertje allemaal heel karig uit. Een klein stukje zeep, een flesje shampoo en een lege minibar met daarin een briefje dat ik cola in de automaat op de gang kan vinden. Een blikje kost daar f 3,25 en de automaat accepteert uiteraard geen papiergeld. Je moet muntjes hebben. Voor één blikje heb ik wel genoeg kleingeld, maar ik deel mijn kamer met drie vrienden plus een Wierdens stripteasedanseresje en haar zes strakke Almelose vriendinnen. Echt de beste snollen van de streek! En van seks word je dorstig, zeker van groepsseks. We krijgen dit nachtje aangeboden van de plaatselijke aannemer die nog wat guldens heeft die niet makkelijk te wisselen zijn. 'Laten we ze dan maar opneuken,' stelde hij ons voor. We helpen hem graag.

Weet de hoteldirecteur dat wij in de bruidssuite met een paar ongesluierde mokkeltjes onbedaarlijk bezig zijn? Ik denk het niet. Mijn vrienden zijn een beetje nerveus. Zo weinig zeep en zo veel vrouwen. 'En wat moeten we doen als de pers hier lucht van krijgt?' piepen ze nerveus.

'Alles ontkennen,' vertrouw ik ze toe. 'Buitenechtelijke seks bestaat niet.' Een van mijn vrienden sabbelt zo zacht op de blondste van het stel dat ze hem de bijnaam Kluivert heeft gegeven.

Terwijl ik me door de Almelose snol voor de vierde keer laat nemen (ik heb een nogal hoog nandrolongehalte en dan kan je volgens mijn huisarts weken doorgaan), kijk ik ondertussen naar de video van Bin Laden. Of ik ben dronken of het beeld is echt zo wazig. Is het Osama wel? Als je met de grootste precisie de Twin Towers, de ultieme erecties van het kapitalisme, om kunt leggen, de wereld kan laten schudden op zijn grondvesten en als het je lukt om Nederlanders, de meest goddeloze wereldbewoners, tot de islam bekeerd te krijgen, hoe kan het dan dat je zo'n sukkel bent dat je een lullige video in het huis van een van je companen achterlaat? Dat kan toch nooit dezelfde man zijn? Is het Osama wel? Of is het gewoon een andere Afghaan? Of is het een door de Amerikanen ingehuurde amateurtoneelspeler en is het geheel geregisseerd door Steven Spielberg of Jeroen Krabbé? Het kan Osama niet zijn.

Een van de snollen vraagt op streng Twentse toon of we getrouwd zijn. Ik ontken alles en raad mijn vrienden hetzelfde aan. Ze begint een moralistisch babbeltje over huwelijk en monogaam zijn.

De aannemer vraagt of ze zijn centen nog wel wil. Dat wil ze wel.

'Kop dicht en doorneuken,' snauwt hij haar toe. 'En als meneer Van 't Hek later problemen krijgt omdat hij hier op dit moment in dit gezelschap op deze kamer was, dan ontken je alles! Noem hem maar een saaie zeikerd! Begrepen?' Het meisje knikte timide.

'Heb je een eigen website?'

Ze knikt bevestigend.

'Dan zet je op je website dat je niet weet of er cabaretiers bij waren en dat je zeker weet dat er geen alcohol gedronken is omdat de hoteldirecteur een islamietje is en uitsluitend cola-light in zijn automaat heeft!'

Het meisje knikt weer. Haar vriendinnen zijn ondertussen te druk met mijn vrienden bezig om de instructies van de Twentse bouwfraudeur werkelijk te volgen.

Als iedereen weg is, bel ik eens rustig met mijn gezinnetje. Mijn vrouw vraagt of ik gelezen heb wat er in Kopenhagen is gebeurd.

'Schande!' riep ik iets te snel, 'wat een verwende miljonairtjes!'

'Vermaak je je in Twente?' vraagt ze voorzichtig.

'Het is hier nogal saai. De hoteldirecteur is of moslim of een blauwknopige GPV'er.'

'Morgen ben je weer thuis', stelt ze mij gerust. 'Gaan we lekker scrabbelen!'

Door de muur van het gehorige hotel hoor ik mijn buurman ook 'schande!' roepen. Hij roept het nog iets oprechter dan ik. Wie mijn buurman is? De aannemer!

Kerstmuts

De weerman heeft sneeuw beloofd, dus regent het. Het wordt een zeiknatte herfstkerst. Heel Nederland heeft zijn coniferen en Intratuinberkjes volgehangen met kerstboomlampjes. Het is namelijk Kerstmis, dus moet het gezellig zijn. En kerstboomlampjes geven die sfeer. Mochten de vrienden van Bin Laden een bommetje op ons land willen gooien, dan zijn we vanuit de lucht goed te zien.

Wat kan Kerstmis gruwelijk zijn. We werden dit jaar bij ons thuis ook weer verblijd met een paar kerstkaarten met martelbaby's erop. Een foto van de verse peuter met een kerstmuts op. Soms meerdere kinderen en af en toe zelfs het hele gezin. Meestal is de foto in september genomen. En dat is te zien.

Afgelopen zondag raakte ik verzeild in het Limburgse Valkenburg. Daar hadden ze in de grotten een kerstmarkt georganiseerd. Als je naar binnen wilde, moest je ongeveer een uur in de rij staan. Ik heb de rij gezien. Duitse windjackgezinnen met allemaal een kerstmuts op. Sommigen hadden ook nog een verdwaalde schoonmoeder mee. Ook met een muts? Ja!

Vannacht wandelde ik van mijn favoriete Groningse café *De Sleutel* naar mijn comfortabele *Hotel de Ville.* De kortste weg is door de hoerenbuurt. Daar is het altijd Kerstmis. Ik heb deze route al vele malen in mijn leven gelopen en ik moet elke keer weer lachen als ik een langsfietsende student een beetje medelijdend naar me zie kijken. Het heeft ook wat treurigs: zo'n klein mannetje, middelbare leeftijd, redelijk succesvol in het theater en dan 's nachts om een uur of drie in een vreemde stad helemaal alleen door een ros straatje. Bikinimeisjes in laag-bij-de-grondse skyboxjes tikken tegen de ramen. Ik dank voor de aandacht en knik vriendelijk terug. Een meisje likt met haar tong tegen de ruit. Ik ga ervan uit dat ze denkt dat dat er erotisch uitziet. Valt nogal mee. Ik wil haar wel als interieurverzorgster. Lijkt me lekker. Dan vraag ik haar of ze elke vrijdag de schuifpui wil likken. In bikini uiteraard. En met een kerstmuts op.

Ik mijmerde al wandelend nog wat na over de beeldschone roeister van Aegir, die mij in de kroeg vertelde dat ze met gemak honderdvijfendertig kilo boven haar hoofd kon slingeren. Haar aardige vrienden bevestigden dit. Ze deed dat ook wel eens met mensen. Vooral lastige mannetjes. Ik vond het een mooi moment om te vertrekken.

In het hotel scharrelde ik nog wat door de vrijdagkranten en werd erg vrolijk van een bericht over een erotisch getint kerstdiner bij de Partij van de Arbeid. Er waren wat blotetietendanseressen op een podium verschenen. Vooral de feministen (of is het feministes?) waren boos geworden. Ze vonden het dansje ronduit seksistisch. Rick van der Ploeg, het door zijn eigen partij uitgekotste, chronisch met zichzelf tevreden parmantje van de partij, had zich tussen de schaars geklede dames gewurmd en tegen de protesterende partijgenoten geroepen dat de ranzige nachtclubact bedoeld was om het lesbische deel van de fractie te behagen. Da's pas humor! Heeft Melkert ook meegeloeid? Bronstige Adje met een kerstmuts op!

De werkelijkheid overtreft altijd mijn stoutste fantasieën. Ik las een bericht over een Utrechtse rechter, die een Salomonsoordeel moest uitspreken over een urn as. Gescheiden ouders ruzieden over de resten van hun gecremeerde kind. De wijze rechter heeft geadviseerd dat ze eerlijk moeten delen. Ik zie die mensen nu zitten met dat cokedealersbalansje, waarop ze theelepeltje voor theelepeltje hun kind uitscheppen. Hoop niet dat een van de twee verkouden is. Voor je het weet, nies je je halve kind over je ex. Bij ons thuis kan dat een aardig probleem worden. Mijn vrouw is voor cremeren en ik ben voor begraven. Dus als een van onze kinderen na de scheiding overlijdt, kan dat nog interessant worden. Moet ik dan met een cirkelzaag de rouwkamer in? Eerlijk delen? En welke helft krijg ik dan? Ik stel voor dat we kop of munt doen. Als ik win, kies ik voor de bovenste helft en vraag ik aan de beeldschone roeister of ze het kindsdeel het heelal in wil slingeren. Ver weg van de mensheid.

Hoe ver? Zo ver mogelijk!

Smeltjusouders

Als ik werk, zie ik de televisiepulp niet. Dan sta ik 's avonds op de planken. Maar nu ik vakantie heb stuit ik al zappend op de goorste Aalsmeerse arbeidersblubber. Woensdag viel ik in *Partner Gezocht*, een programma waarin een ge-scheiden windjacksukkel uit een onooglijk provinciegat een oproep doet en vertelt dat hij een vrouw zoekt. De week erna reageert een drietal Vinex-teefjes en die vertellen op lijzige toon dat ze wel wat in hem zien. Van die vrouwen waarvan je onmiddellijk snapt dat ze nog niemand hebben en ook nooit iemand op natuurlijke wijze zullen tegenkomen. Je ziet droeve alleenstaandenavonden vol ploegende zonderlingen, maar alles blijft alleen.

Naar aanleiding van die filmpjes reageert het windjack. Hij kiest uit een van de drie kandidates. Een *date* wordt geregeld, de RTL-camera is erbij en vervolgens zie je een supersuf stel met elkaar dineren in zo'n oerdegelijk koperenpannenrestaurant. De frituurlucht komt uit je televisie. Na het mislukte etentje komen de twee zielenpoten afzonderlijk in beeld en mogen ze vertellen wat ze van elkaar vinden. Beide partijen worden ondervraagd door een hekserige RTL-dame die maar één ding wil: kijkers en niks anders dan kijkers. Ze weet hoe die man voor lul loopt, ze ziet met eigen ogen hoe sneu die wanhoopsvrouwen zijn, maar dat kan haar echt niks schelen. Misbruik die eenvoudige zielen, wring ze uit.

In mijn fantasie zag ik de ex van het gescheiden windjack plat van het lachen op de laminaatvloer liggen. Ze belt een van haar vriendinnen om te vragen of ze snel de televisie aan wil zetten, zodat ze met eigen ogen kan zien wat een sneue lul haar ex toch is. Met hem heeft ze een aantal jaren een huis bewoond, diverse kerstbomen opgetuigd, een bed gedeeld en erger nog: kinderen verwekt en gekregen. Want dat vind ik weer erg. Dat dat spul kinderen heeft en dat die kinderen hun horkerige vader op televisie moeten zien. Is het geen goed idee om de Raad voor de Kinderbescherming onmiddellijk te laten ingrijpen als er weer sneue ouders op de televisie verschijnen? Ik stel voor om die mensen stante pede uit de ouderlijke macht te ontzetten. Snelrecht. Vader komt thuis van de opname van een debiele Aalsmeer-quiz en treft een totaal verlaten huis aan. De kinderen zijn opgehaald en anoniem ondergebracht bij een wat ouder, televisieloos echtpaar in Drenthe. En wordt het niet tijd dat we een keer een Endemolheksenverbranding op televisie uitzenden? Dat zal scoren. Een grote brandstapel vol Patty Brardjes, Minouches en andere babes. Gooi die enge Robert ten Brink er ook maar bij. De cameraploeg moet wel een beetje afstand houden, omdat die neptieten kunnen ontploffen en dat geeft spatten op de lens. Een live-verbranding lijkt me heerlijk. En de kinderen van de misbruikte smeltjusouders zijn voorlopig stukken veiliger.

Diezelfde woensdagavond viel ik in een programma met de titel *Bij de Politie.* Een camera reist met agenten mee en zij zijn drukker met het acteren voor de camera dan met het werk waar wij ze voor betalen. Staat mijn pet recht? Zit mijn haar goed? Kom ik goed over op de televisie? We zagen een wanhopige, psychotische ziel, die op tweehoog alle ramen uit haar woninkje sloeg en de totale inboedel scheldend kort en klein sloeg. De agent rolde voor de camera een plastic lintje af en legde onderhand uit dat hij een roodwit lintje uitrolde om de mensen op afstand te houden. Er waren geen mensen. De psychotische ziel kon elk moment springen. De agent legde met rechte pet en goed gekamd haar uit dat hij op hulp wachtte. Opeens wist ik waarom die vrouw zo gek geworden was. Het was natuurlijk de vrouw van dat zielige windjack, die net haar man in het programma *Partner Gezocht* had gezien. Ze dacht aan haar kinderen die hun vader op televisie zagen stumperen en werd acuut gek, hartstikke gek. Niet wetende dat een John de Mol of een zelfde soort emotiepooier haar onderaan de trap met een draaiende camera stond op te wachten.

Voortaan springen. Bovenop die cameraploeg! Spring ze dood. Hartstikke dood.

Staatslot

'U krijgt er twee vlaggetjes bij,' zegt de staatslotenverkoper tegen de verbaasde klant.

'Wat voor vlaggetjes?'

'Staatsievlaggetjes! Die kunt u op uw auto doen en als de fotograaf van de Staatsloterij uw auto fotografeert, dan maakt u kans op een autoradio. U mag ook zelf een fijne foto van uw auto maken en die per e-mail opsturen naar de Staatsloterij.'

'Waar moet ik ze op mijn auto doen?'

'Aan de voorkant, net als op het plaatje. Het is een ode aan het prinselijk paar!'

Ik volg de dialoog tussen de staatslotenverkoper en de klant. Kinderachtiger kan het toch niet worden. Bij aankoop van een staatslot krijg je twee lullige plastic vlaggetjes cadeau en het ergste is: de klant accepteert het pakketje bijzonder gretig. Hij zegt ook nog: 'O leuk, wat aardig van de Staatsloterij.' Buiten doet hij ze meteen op zijn auto. Het gaat met zuignapjes. Ik kijk er vol medelijden naar. Grote kerel van een jaar of vijftig, een heuse baan en thuis een gezin, doet twee vlaggetjes op zijn middenklasser. De auto lijkt opeens op de voorste wagen van de rouwstoet. Komt door die lullige vlaggetjes. Mooi symbool. Lijkwagen met levend lijk.

Ik zie de reclamejongens van de Staatsloterij bij elkaar in vergadering. Een van de creatieven vraagt het woord.

'Zullen we iets doen rond het huwelijk? Een huwelijkstrekking of zo? En is het leuk om de klant dan een cadeautje te geven? Iets in de vorm van een vlaggetje en dat we daar dan weer een prijsje aan verbinden? Dan plakken ze de vlaggetjes graag op hun auto! De gratis opblaaskroon was ook een geweldig succes.'

De vergadering is enthousiast en men vraagt hem zijn plan snel uit te werken. Welke Chinees gaat de half miljoen vlaggetjes produceren? Zijn ze op tijd klaar? Komt er een stevige ondersteuningscampagne in de media?

's Avonds komt hij thuis en vertelt aan zijn vrouw dat zijn vlaggetjesplan razend enthousiast ontvangen is. Zijn vrouw is ook blij. Zij doet er nog een schepje bovenop en oppert het plan om tijdens het volksfeest in de Arena bij de ingang gratis vlaggetjes uit te delen, zodat het volk naar de prins en zijn meisje kan zwaaien!

Er worden er meteen vijftigduizend bijbesteld. Wel iets grotere vlaggen. Beetje het formaat waarmee het publiek bij voetbalwedstrijden zwaait. En de reclameman weet dat het een succes wordt. Binnen een paar weken rijdt een groot deel van Nederland met twee staatsievlaggetjes op zijn auto. Een ode aan het prinselijk paar. En in de Arena zal het publiek zwaaien. Vooral de vakken Brabant en Overijssel zijn niet te stuiten. Op de muziek van de uiterst gevoelig gezongen koninklijke hit van Marco Borsato zwaaien ze zich een tennisarm.

De reclameman ziet zijn succes. Geniet bij zijn televisie. Kijk nou toch, wat leuk. Vijftigduizend deinende onderdanen, zwaaiend naar het prinselijke sprookje. Kijk haar lachen. Kijk hoe ze geniet. Wat een leuke vrouw. Wat zijn ze verliefd. Wat een geluk! Wat een spetterende idylle.

Ze denkt aan Argentinië, Buenos Aires krijst door haar hoofd, de kroegen, de mensen, de vrienden, het warmbloedige pampavolk en nu staat ze oog in oog met Jansens en De Vriesen en andere Hollanders. Wat een bloemkoolvolk. Ze wil niet meer. Ze kan niet meer, maar ze moet.

De prins zwaait terug. En zijn meisje ook. Op dat moment zijn ze al murw. Hun hoofden zijn van binnen bont en blauw gebeukt door hun onderdanen. Al die festiviteiten, al die gruwelijke types achter de dranghekken. Ze kan geen oranje meer zien.

'Blijven glimlachen', adviseert Alex zijn Máxima en ze doet het. Ondertussen haat ze het gruwelijke poldervolk met zijn borduursels, liedjes, fanfares, klompendansjes en ander debiel gereutel. Ze minacht al die Nissantjes met hun vlaggetjes, maar ze moet blijven lachen.

'Hoe lang nog,' huilt ze 's avonds tegen haar prins.

'Tot je dood, liefste. Glimlachen tot je sterft. Vooral naar de geketende burgemeesters, de invaliden, de bejaarden en de medaillewinnaars. Glimlach, doe of je ze serieus neemt, zwaai en zwaai en zwaai en zwaai. Dat is je leven, zo moet je verder. Dat is je staatslot!'

Blond & blind

'Anders had hij het mij wel verteld,' zei de lieve Máxima over het feit of haar vader wel of niet iets wist van de martelingen en verdwijningen van de politieke tegenstanders van de verschrikkelijke Argentijnse junta, waar hij zelf deel van uitmaakte. Wat een naïeve schat. En dat wordt onze koningin. Opeens zie ik de eettafel van de Zorreguietaatjes voor me. We hebben het over 1978. Papa komt wat later thuis. De kinderen zitten al aan hun toetje. Hij informeert naar de studieresultaten van zijn kroost en de kinderen jokken keurig dat het goed gaat.

'En jij papa? Druk?', vraagt de kleine Máxima.

'Inderdaad,' antwoordt de sympathieke kindervriend Jorge. 'We hebben er deze week weer een hoop preventief moeten ruimen.'

Omdat papa op landbouw zit, vraagt de lieverd: 'Dieren papa?'

'Nee pop, mensen. Mensen die het met papa en papa's vriend Videla niet eens zijn.'

'Hoe doen jullie dat papa?'

'We pakken ze op, martelen ze tot ze namen noemen, donderen ze dan in een vrachtvliegtuig en flikkeren ze boven de oceaan naar beneden.'

'Dan zal je wel moe zijn papa? Ga je slapen?'

'Nee ik ga nog even dansen vanavond. Anders krijg ik stijve heupen!'

Zo zie ik nu ook het kind van Ronald Koeman voor me. Papa komt thuis van het trainingskamp in de Algarve, informeert bij de kinderen hoe het op school gaat en om geen antwoord te hoeven geven vraagt zijn zoon:

'Is dat nou waar Papa wat er in de *Weekend* en inmiddels in alle kranten staat?'

'Hoe bedoel je?'

'Wat ik bedoel? Ik heb het over dat geile miepie, dat de meest heftige dingen over jou en haar beweert!'

'Ja jongen, papa heeft die derderangssnol een keertje of vijf helemaal uitgewoond en zij heeft papa op het gebied van de liefde een hoop dingen geleerd. En daarom moet mama niet zeuren, want die heeft daar heel veel baat bij gehad. Mama en ik hangen tegenwoordig regelmatig in de gordijnen of de kroonluchter. En dat was vroeger wel anders. Als je het al bijna twintig jaar op zijn Gronings doet, dus heel saai recht op en neer en altijd op vrijdagavond of zondagochtend, dan ben je wel toe aan een beetje variatie.'

Het is wel heel erg dom van onze toekomstige koningin dat ze denkt dat haar vader het haar wel verteld zou hebben. Ook lekker dat onze kroonprins weer even ouderwets meeblunderde. Kok had het hem na zijn misstap in New York nog zo goed uitgelegd, maar ja... blond hè. Nog blonder is Ronald Koeman, die terecht een proces won van het putluchtblaadje *Weekend* en zijn overwinning vierde met een rehabiliterend interview in *De Telegraaf*.

Afgelopen zaterdag prijkte hij samen met zijn vrouw supertuttig voorop deze kwaliteitskrant. In het interview vertelde hij dat het een schande was wat de roddelpers wel niet allemaal flikte tegenwoordig. Nou mag je dat overal vertellen, maar niet in *De Telegraaf*, de moeder van het weekblad *Privé*, dat weer is opgericht door de vunzige grafschenner Henk van der Meijden. Het seksuele leven van wie dan ook gaat ons niets aan. Of het nou wel of niet waar is. Al laat Ronald zich wekelijks dubbelklutsen in een Fiatje 500 door Joop Schafthuizen en Pim Fortuyn met zijn volledige nieuwe fractie, dan moet hij dat lekker zelf weten. Mij gaat het niet aan en geen enkele randdebiel mag erover schrijven. Dus ga dat gajes uit de weg. En met dat gajes bedoel ik zeker *De Telegraaf*. Anders ben je niet alleen blond, maar ook nog blind.

Ronald en zijn vrouw kunnen veel leren van de film *Fatal Attraction*. Waarom wordt de roddelmaffia trouwens steeds zo mild gestraft? Waarom krijgen die bunzings geen miljoenenclaims, zodat ze het voor altijd afleren? Een miljoenenclaim is volgens mij nog te weinig. Je moet zo'n roddeljournalist oppakken, martelen tot hij namen van collega's noemt, daarna in een vrachtvliegtuig laden en boven het *Nauw van Calais* lekker dumpen. Ik zou dat klusje graag klaren. En later zou ik nooit aan mijn kinderen vertellen dat ik aan deze verdwijningen heb meegewerkt. Ik ben namelijk niet blond. Net als papa Zorreguieta.

Stinkend rijk

In veel cafés mogen dronken types graag wat studentikoze stellingen op de muren van het herentoilet kalken. Zo las ik twintig jaar geleden: 'Vrouwen gebruiken parfum omdat ze van huis uit stinken.' Veel verder dan een glimlach kwam ik niet, maar ik moest er nog wel vaak aan denken. Waarom besprenkelen sommige mensen zich zo overdadig? Onzekerheid? Rijkdom? Geen idee. Als kind moest ik niets hebben van eau-de-colognetantes of andere stinkdames. Ook nu verbaas ik me vaak over Old Spice-mannen, vaak vertegenwoordigers of autoverkopers. Dat stinken is een denkfout. Het stoot af. Ooit stond ik op het punt een dure auto te kopen, maar door de veel te geparfumeerde verkoper vluchtte ik de showroom uit.

In principe speel ik nooit voor groepen, maar de uitzondering bevestigt de regel. Een tijdje geleden maakte een klein landelijk theater een foutje en was de zaal op een van de avonden voor driekwart gevuld met relaties van de sponsor, een of andere grote onroerendgoedboer. Ik had kunnen weigeren, maar besloot om te spelen. Ik was zelf ook wel benieuwd of ik verschil zou voelen. Onmiddellijk! Het doek ging op en ik keek in een zaal vol hockeyhoofden, alsof ik voor de VVD-afdeling Laren en Blaricum schnabbelde. Maar het ergste was de geur. Een mengeling van liters

Chanel, Nina Ricci en andere smurrie woei mijn kant op. Vooral de bedwelmende, misselijkmakende hoeveelheid viel me op, en ik weet nog dat ik het publiek toevertrouwde dat als mijn vrouw zo zou stinken, ik haar voor het neuken een uurtje buiten zou hangen. De avond verliep verder vrolijk, maar ik moet er nog wel vaak aan denken.

Waarom drenken sommige dames zich zo verschrikkelijk in de parfum? Mijn eigen vrouw heeft altijd een vleugje van een bepaald merk om haar heen hangen en ik vind dat heerlijk. Maar als ze zich echt zou besprenkelen met liters stinkwater, zou ik haar vrolijk verzoeken of het wat minder mag. Nou kun je dat tegen je eigen vrouw zeggen, maar tegen vreemden wordt het toch een probleem. Wanneer zeg je dat? Dat iemand adembenemend naar aftershave of eau de toilette stinkt en dat het je eetlust totaal verpest. In sommige restaurants geldt tegenwoordig een rookverbod omdat de geur van een goede havanna de smaak zou bederven. Ik rook zelf niet, maar vind een sigaar en zelfs een sigaret heerlijk ruiken. Ik zou, als ik een chique eettent had, eerder een parfumverbod instellen. Niets is erger dan zo'n ruftende Wassenaarse bontjas, die langs je voorgerecht komt. Niks is smeriger dan lavendelbiefstuk of een Paco Rabanesoepje.

Afgelopen woensdag zat ik in het prachtige Teatro Nacional de Sao Carlos, het schitterende operahuis van Lissabon. Dit is een van de mooiste theaters ter wereld en ik had mij zeer verheugd op *Il Trovatore* met de vermaarde Katja Pellegrino als Leonora. Ik had na heel lang wachten een soort staanplaats in een van de allerhoogste loges in dit magnifieke, twee eeuwen oude theater en was om het gebouw goed te kunnen proeven al heel vroeg aanwezig. Tot twee minuten voor aanvang ging het goed. Toen kwam er een bedwelmende minkjas binnen. Een gehaarlakte Portugese, die zo strak stond van de White Linnen dat de hele loge, bestaande uit twaalf stoelen, aan het kuchen sloeg. Eerst de mevrouw voor me, toen de meneer naast me en ikzelf werd uiteindelijk bevangen tijdens een van de mooiste aria's. Ik schaamde me diep, maar verliet kuchend, hoestend en proestend de loge. De stinkmevrouw keek uiterst geïrriteerd om. Nu begrijp ik waarom de parfumerieafdeling van De Bijenkorf op de begane grond zit: dan vlucht iedereen onmiddellijk het gebouw in en stelt het vertrek zo lang mogelijk uit. Toen ik na de werkelijk prachtige opera het betoverende theater verliet, zag ik aan het hoge bontjassengehalte dat ook hier in Portugal de kunst vooral door de rijken wordt genoten. Daar heb ik geen bezwaar tegen, maar wel tegen stinkend rijken. Katja Pellegrino in combinatie met het prachtige theater was al adembenemend genoeg.

Meteen na de voorstelling ben ik naar het herentoilet gerend en heb staande op de porseleinen pot vlak onder het plafond op de muur *pecunia olet* geschreven. Een variant op de wijze woorden van keizer Vespasianus. En bedenkend dat zijn naam op anus eindigt, verliet ik kinderachtig gniffelend het pand.

Shockschade

Deze week vertelde een letselschadeadvocaat op de radio dat we binnenkort ook shockschade op de dader kunnen verhalen. Wat shockschade is? Voorbeeldje: je bent dierenvriend en je ziet dat een invalide met zijn karretje een overstekende moedereend en haar zeven jonkies schept. Je krijgt dat beeld niet van je netvlies gepoetst, slaapt er slecht van, je werk lijdt eronder, je komt bij de Riagg en na veel therapieën verdwijn je uiteindelijk in de WAO. Dan kun je de invalide voor het gerecht dagen. En als je kunt aantonen dat zijn ongeluk de oorzaak is van jouw shockschade, kun je je inkomensverlies bij hem declareren. En als er bij hem niks te halen valt, leg je gewoon beslag op zijn rolstoel.

Dus dat wordt gezellig. De familie Bin Laden kan aardig wat claimpjes tegemoet zien. Maar hoe ver gaat het? Je bent supporter van Leeds United en in de laatste minuut zie je dat je droom aan diggelen wordt gekopt door de vrolijke Tukker Jan Vennegoor of Hesselink. Je bent daar zo ziek van dat je een week niet kunt werken. Kan je dat declareren? En bij wie moet je dat declareren? Bij Vennegoor of Hesselink of PSV of de UEFA? En hoe krijgt doelman Klos (geen bijnaam) van Glasgow Rangers het blije gezicht van Pierre van Hooijdonk uit zijn verdrietige hoofd?

Een illegale Marokkaanse homoseksueel heeft een zinderend contact in een Rotterdamse darkroom. Zijn anonieme partner maakt van opwinding een sprongetje en raakt met zijn blote kont het lichtknopje. Hij ziet met wie hij het afgelopen kwartier bezig is geweest, herkent de man aan het sympathieke kapsel en weet dat hij het is die hem binnenkort het land uit wil jagen. Trauma dus. Is dit shockschade? Kan hij Spong bellen? Of belt Spong meteen de lijstrukker om te vertellen dat er een aanklacht aankomt?

Je hebt een kaartje voor de musical Grace, je hebt wekenlang verheugd op een spetterende avond theater met alle Nederlandse sterren, die voor jou de vonken van de planken zullen spelen en wat gebeurt er? Je staat voor een dichte deur. Je was die avond namelijk de enige en de producent heeft besloten de handdoek in de ring te gooien. Dat is toch een shock! Geen Grace.Een Graceloos leven. Ik zou daarna weken niet kunnen werken. Kan je dat bij de failliete theaterproducent verhalen?

Je zapt, drukt op het verkeerde knopje en ziet een onsmakelijk zwetende Peter Jan Rens bezig in een Zorglote-rijshow en je ziet een enthousiast publiek. Geen beeld dat je makkelijk kwijtraakt. Je zit op een tribune en naast je doet de oranje wolk Erica mee aan de wave. Dit zou voor mij zeven weken ziektewet betekenen. Sterker nog: je komt er niet overheen.

Wat te denken van een Duitser die begaan is met de wereldproblematiek zoals de brandende oorlogen en de schreeuwende honger en die moet toezien hoe zijn bondskanselier een rechtszaak aanspant om aan te tonen of hij zijn grijze slapen wel of niet kwast! Bij die ijdele Schröder mag je toch een schadeloosstelling eisen?

Mag ik ook een shockschadeclaim indienen bij het cabaretduo Plien & Bianca? Afgelopen woensdag bezocht ik hun prachtige voorstelling Ngorongoro, waarin zij onder andere twee gelifte Gooise hockeydames onbedaarlijk leuk persifleren. In die voorstelling zit een act die zo verschrikkelijk hilarisch is dat ik er de hele dag aan denk. Lezen lukt niet, schrijven gaat moeizaam en een beetje gesprek voeren is zinloos. Ik zie Plien & Bianca in hun niet na te vertellen briljant stukje slapstick. Dit is zo komisch dat ik besluit om volledig gefrustreerd met mijn vak te stoppen en de financiële schade bij de aardige dames te gaan claimen. Alleen al om die vijf fantastische minuten moet iedereen de voorstelling, die verder ook geweldig is, zien. Zover ik weet zijn alle voorstellingen van de dames, ook bekend van hun televisieprogramma Zaai, hartstikke uitverkocht.

Ik mag zacht hopen dat de shockschade in de toekomst niet te verhalen valt. Ik weet namelijk hoeveel mensen een nakende hekel aan mij hebben en ik vrees dat een simpel rondje supermarkt me dagelijks een paar ton gaat kosten.

Pianohooligan

Al een tijdje heb ik een abonnementje op de serie Meesterpianisten in het Amsterdamse Concertgebouw en ik beleef daar bijna altijd heerlijke avonden. Jaloers kijk ik vanaf het balkon naar de grote vleugel met daarachter de solist, die door zijn spel zo'n heel gebouw laat snorren van genot. Dat iemand dat kan: helemaal alleen, zonder bladmuziek, gewoon uit het blote, overvolle hoofd de mooiste Chopins, Schumanns en Beethovens laten klinken! Ik vind dat magisch en het vervult mij met een bodemloos respect. Alfred Brendel is al dertig jaar mijn absolute held.

Ik ben een slechte concertganger. Ik zit niet stil, erger nog: ik beweeg mee. Mijn vrouw schaamt zich rood als ze naast me zit en mijn dochter meldt in de pauze altijd zo hard mogelijk dat ze mij niet kent en er niet bij hoort. Ik kan er niks aan doen. Als ik iets mooi vind, ga ik meebewegen. Hoe dat gebeurt, weet ik niet precies, maar het schijnt te gebeuren. Tijdje geleden vroeg een terecht zeer geïrriteerde mevrouw die op de stoel voor mij had gezeten na afloop van een van de concerten of ik er voortaan mee op wilde houden. Ze vond het verschrikkelijk en had door mij een vreselijk concert gehad. Ik heb mijn excuses gestameld. Ze had gelijk. Ik ben een pianohooligan, alleen ben ik het mezelf niet bewust. Als ik haar adres had gehad, had ik haar als zoenoffer een enorme struik bloemen gestuurd of een mooie fles champagne of allebei. Juist ik, die vindt dat elke hufter van wie tijdens een recital of concert zijn mobiele telefoon afgaat, een Concertgebouwverbod van minimaal drie jaar moet krijgen, moet me schamen voor mijn puberaal meebewegen.

Ik ben niet alleen een pianohooligan, maar ook een museumextremist. Onlangs werd ik in Rome bijna verwijderd omdat ik veel te raar en hard over het parket stampte. Twee suppoosten werden ingezet om mij te verzoeken de tent te verlaten. Waarom ik dat deed? 'Gewoon enthousiast' was niet het goede antwoord. Maar dat was wel de reden. Na veel en lang praten (mijn Italiaans is ronduit belabberd!) werd ik een gedoogbezoeker en begeleid door een peloton ME'ers heb ik de expositie mogen afmaken. Op mijn tenen uiteraard.

Het was maar goed dat die mevrouw er afgelopen zondag niet bij was, want toen heb ik me domweg misdragen. Ik was al gewaarschuwd dat de avond voor twee pianisten, in dit geval Enrico Pace en Igor Roma, zeer bijzonder zou worden. In mijn periferie zwerft een echte kenner. Hij had me al gewaarschuwd dat het wel eens prachtig zou kunnen worden. Ruim op tijd namen wij plaats in een bomvol Concertgebouw. Zelfs voor het orgel waren stoelen gezet. De sfeer was prettig geladen. Mooie opgewonden spanning hing er.

Wat er daarna gebeurde kan ik niet meer omschrijven. Het was werkelijk fantastisch en werd een van de mooiste avonden die ik ooit in het Concertgebouw beleefd heb. En ik heb daar in de loop der jaren best wel wat kilometers liggen.

De volgende dag las ik in diverse recensies allerhande

vaktermen die ik niet meteen begreep omdat ik een muzikaal onbenul ben, maar ook alle recensenten waren unaniem lyrisch. De zaal gloeide bij Brahms, dartelde bij Bartók en bij de 'Tweede suite voor twee piano's' van Rachmaninov ontplofte het publiek bijna van waardering. Ik was dronken en stoned tegelijk. Ik heb veel mooie dingen gezien en gehoord, maar dit was zeker een van mijn mooiste avonden ooit. Je kijkt naar de een en denkt: dit is fysiek onmogelijk wat hij doet. Dat zie je ook bij de ander. Dan klinkt het ook nog eens fantastisch. Hoe die twee piano's zich mengden was absoluut hemels. Ik heb er de hele week nog last van gehad.

Ik ben bang dat ik me als een beest gedragen heb. Zat uitsluitend op het puntje van mijn stoel te zuchten van aanstormende gekte. Ik bied dan ook via de krant mijn excuses aan voor mijn gedrag. En zeker aan die aardige mevrouw schuin voor me, die trouwens zelf ook zat te swingen. Wie dat was? De koningin.

Leefbaar Hilversum

De Trompenbergbuurt in Hilversum. Daar wonen de nette mensen. Of ze zijn rijk geboren of ze hebben goed geboerd in gereedschap, voorkennisaandelen of allebei. Ze wonen mooi. Prachtig zelfs. Chique, lommerrijke lanen en schitterend onderhouden tuinen. Ze zijn lid van de Hilversumse Mixed Hockey Club of van de Hilversumse Golf Club, of van allebei. Ze tennissen in de zomer op het rulle gravel bij Het Melkhuisje. De meeste wonen met hun opgeblonde tweede cabriovrouwtje, tegen wie ze hun eerdere echtgenote hebben ingeruild. Toen de tietjes herfstig werden, is zij vervangen door een meisje van kantoor. De kinderen hebben vanaf hun negende een mooie mountainbike, een eigen computer, de nieuwste Nintendo, een televisie en dvdspeler op hun kamer en uiteraard de nieuwste Nokia aan de broekriem. De au pair is Tsjechisch of Georgisch, dus lekker goedkoop en als de villa verbouwd moet worden, komt er een roedel illegale Polen, die door de week in de verwarmde garage mogen slapen. De garage is verwarmd zodat de Daimler gemakkelijk start. Ook de auto wordt verwend. Sommigen hebben nog een zwembadje bij het huis en daar zijn opvallend veel minder kut-Marokkanen dan in het Amsterdamse Sloterparkbad. Als er een negerin over de Bachlaan loopt, hebben ze een goed telefonisch alarmsysteem. Nummer dertien belt nummer vijftien, die vervolgens nummer zeventien belt en die waarschuwt nummer negentien. Zo houden ze de zwarte vrouw in de gaten tot ze zien waar ze naar binnen gaat. Dan checken ze even of het de nieuwe Ghanese werkster is. Meestal klopt dat. 's Winters geurt het 's avonds en in het weekend naar de vele open haarden, Jan des Bouvrie heeft de smakelozen geadviseerd bij de inrichting van hun stulpjes. Verder lezen ze allemaal *De Telegraaf* omdat dat op hun niveau is en *NRC Handelsblad* omdat die bij iedereen in de bus valt. Fiscaal hebben ze alles goed voor elkaar. Zelfs bij de Intratuin vragen ze nog een bonnetje met BTW.

Maar de bewoners van de Trompenbergbuurt hebben een probleem. Er komen asielzoekers naar hun buurt. Losse Flodders werden ze in de spoedvergadering van buurtvereniging De Parken al genoemd. Die film hebben ze natuurlijk allemaal gezien en begrepen. Maar ze zijn echt in hoogste staat van paraatheid. De gemeente wil namelijk tachtig asielzoekers in het voormalige verpleeghuis De Wulvenhorst plaatsen en dat is voor de Gooise crème de la crème iets te veel van het goede. De sociale woordvoerder van het proletenclubje heeft al laten weten dat hij eigenlijk voor de asielzoekers opkomt en eist meer ruimte voor deze ontheemden. Ze moeten het huis niet met zijn tachtigen delen, maar met zijn dertigen. De buurt heeft de paar miljoen euro voor de aankoop van het pand al opgekotst.

Wat zal de angst van de Gooise rijken zijn? Waardevermindering van hun rietgekapte droomwoninkjes? Criminaliteit? Volgens mij puilt de wijk al uit van de misdadigers. Zakelijk hebben ze stuk voor stuk de meest schimmige constructies, waardoor ze bijna geen belasting betalen. Verder hebben ze ordinaire optieregelingen en slurpen ze op die manier hun bedrijven volkomen leeg. Dan ben je toch niet bang voor een paar insluipers? Daarbij zijn de alarmsystemen dusdanig dat zelfs een strontvlieg niet ongezien het pand kan betreden.

Volgens mij is het juist goed als er een stuk of tachtig arme sloebers door de buurt slenteren. Ze kunnen goedkoop de gazonnetjes maaien, de schuttingen beitsen, de auto's in de was zetten en de blaadjes uit het zwembad vissen. En misschien is het leuk als ze elke avond aan de rijkeluiskinderen vertellen waarom ze op de vlucht zijn. Dan leggen ze uit wat folteringen zijn en wat onderdrukking inhoudt. Misschien willen ze omschrijven hoe honger voelt. Als een vrouw vertelt dat ze gevlucht is omdat ze niet besneden wilde worden, zal een klein hockeykakkertje ongetwijfeld uitleggen dat zijn moeder ook besneden is en dat het maar een paar dagen pijn deed. Dan mag de gevluchte vrouw uit Eritrea uitleggen dat er een verschil is tussen een borstcorrectie, melkzuurinjecties plus een strakgetrokken tennisreet en een besnijdenis door moslimfundamentalisten. Dan heeft het zoontje toch nog wat geleerd.

Orgelpijpen

Mooie foto van de verfrommelde paus met zijn gekreukte Amerikaanse kardinalen. Allemaal vieze oude jurkmannen, die bij elkaar kwamen om eens even stevig over seks te praten. Ze vonden het heerlijk. Tijdens de opwindende woorden van de Heilige Vader doolde bij de een een tochtige non door zijn gedachten, een ander droomde van een hitsige kapelaan in netkousen en weer een ander zag zichzelf in de ballenbak van de plaatselijke Ikea met zeven blote misdienaartjes. Het was een kortademige lentebijeenkomst in het warme Rome. In de verder geheime, plezierig broeierige vergadering somde de paus allemaal op wat er niet mocht. En dat was veel. De paus ging diep in op de smeuïge details. Met kloppend kruis zaten de bejaarde mannen te luisteren naar de fantasierijke kinderporno.

Toen God de mens schiep, wist ze dat deze diersoort zich voort moest planten. Als ik er nou voor zorg dat dat lekker is, heb ik daar geen omkijken meer naar, moet ze gedacht hebben. Ik zorg er gewoon voor dat de mens er eigenlijk de hele dag zin in heeft. En je kunt zeggen wat je wilt, maar dat is God goed gelukt. In mijn geval zeker. Graag onderschrijf ik de woorden van Oscar Wilde, die ooit schreef: Al vinden ze iets nog lekkerders uit, ik zal het er altijd bij blijven doen!

Maar de gelovige mens stelde allemaal onnatuurlijke

spelregeltjes op. Roomskatholieken moeten van hun baas als konijnen condoomloos tekeergaan en zoveel mogelijk nazaten op de redelijk volle wereld zetten. En de priesters moeten juist weer aan geheelonthouding doen. Die moeten hun erecties steeds bestraffend toespreken. Een natte washand schijnt ook te helpen. Natuurlijk is dat niet te doen. God heeft ons dieren een instrument gegeven om het leven enigszins draaglijk te maken, om regelmatig te ontladen en ik moet zeggen: alleen tijdens seks ben ik gelovig. Goddelijk gevoel. Het celibaat is dan ook een regelrechte aanslag op de natuur.

Officieel mag een priester nog niet eens de hand aan zichzelf slaan, maar neemt u van mij aan dat er heel wat wordt afgepunnikt in het klooster en de pastorie. Of de huishoudster helpt meneer pastoor een handje, of de pastoor doet aan de kapelaan nog een keer voor wat niet mag of hij doet af en toe een klein schietgebedje. Veel nonnen dragen een ring om hun vinger omdat die hun echtgenoot is.

Toen ik twaalf was, ging ik naar het Klein Seminarie Hageveld in Heemstede. Daar woonde ik met een paar honderd jongens en een flink aantal priesters bij elkaar. Er is nooit iets gebeurd dat niet door de beugel kon, maar ik weet nog wel dat er af en toe een raar sfeertje hing. Ik heb toch een paar keer bij een mij troostende priester op schoot gezeten, waarvan ik achteraf dacht: raar! Het was absoluut niet prettig. Nogmaals: er is niets onoorbaars gebeurd, maar het was groezelig. Jongen van twaalf in korte broek bij vreemde man van in de veertig op schoot.

Hand rust op bovenbeentje. Ik ontweek de kamer van de bewuste priester.

Ieder normaal denkend mens weet dat het zaad kruipt

waar het niet gaan kan en dat bepaalde menselijke driften door niets en niemand in te tomen zijn. Geslachtsdrift is de basis van vele huwelijken, echtscheidingen en moorden. Dus wat er nu in de Verenigde Staten naar buiten komt verbaast toch niemand? De schade valt me nog mee. En het beperkt zich natuurlijk niet alleen tot de VS. Het roomse zaadoverschot is een wereldwijd probleem.

Wordt het geen tijd om de roomskatholieke kerk officieel te verbieden omdat het instituut toch een gevaar voor onze kinderen is? Want de katholieken kunnen wel roepen dat het celibaat het vrijwillige offer van de priesters is, maar in te veel gevallen mislukt het. En zolang ze met elkaar in een bezemkast hutseflutsen vind ik alles best, maar op het moment dat ze aan onze kinderen gaan zitten, begint er in mij iets te koken. Kortom: verbied deze criminele organisatie, die aanzet tot kinderporno en hele werelddelen zeer bewust aan aids ten onder laat gaan. Het zal veel kinderen enorm opluchten.

Echte stranddag

Elk jaar is het weer spannend op de eerste echte stranddag. Een zogenaamde echte stranddag valt altijd in het weekend. Dan is namelijk iedereen vrij. Verzengend zonnetje, gloeiend zand, geur van factor 8, bonkende transistor, af en toe een zoemend reclamevliegtuigje, supersonische ligbedden, fris opgetiete blondjes, jongens met sportschoolschouders, veel Bacardi Breezers (lege flesjes na afloop op het strand laten!) en we liggen het liefst zo dicht mogelijk bij de strandopgang. Dat heeft twee voordelen. Niet te ver lopen en iedereen ziet je.

We liggen en hangen in de zinderende zon, sluimeren tussen slapen en verschrikkelijk vervelen, lezen af en toe wat soapnieuws in een blaadje en vetten elkaar een beetje loom in. Soms trappen we kort een balletje op het harde strand.

Elk jaar is het leuk om op de eerste echte stranddag wat nieuwe gezichten topless te zien. In de winter gaat steevast een deel van mijn vrienden van hun vrouw af wegens te weinig spanning en nog minder spontane keukentafelseks, zoals vroeger. Vrij snel komen ze dan met verse, strakke meisjes, die erg demonstratief hun kauwgum kauwen en allemaal op hetzelfde Leidsepleintoontje praten. Een van de vaste meisjesregels is: 'Doe mij een marlborootje van jou' en ze eindigen hun mobiele telefoongesprekken steevast met een keer of drie: 'Is goed' en het onvermijdelijke 'doei'.

Het leukste van de eerste echte stranddag zijn de nieuwe tattoos. Mijn nieuwe tattoo zit op mijn bil, maar steekt zijn kopje net boven mijn zwembroekband uit. Da's heel spannend. Je ziet die ondeugende meisjesogen van een soort slangenmeisje kijken en je vraagt je af: hoe ver loopt ze door onder zijn zwembroek? En nog belangrijker: waar eindigt ze? Het geeft mijn lijf een hele nieuwe dimensie.

Afgelopen zondagochtend had ik me er echt op gekleed. Leuke witte broek, die iets onder mijn heupen valt en een hemdje dat mijn navel bloot laat. Krijgt mijn piercing ook meer lucht! Is goed voor de chronische ontsteking. Ik koop op dit moment de literflessen Sterilon in groothandelsverpakking (twaalf halen, elf betalen!), maar ik ga het waarschijnlijk wel redden.

Mijn linker tepelpiercing heb ik afgelopen april noodgedwongen operatief moeten laten verwijderen. Ook een deel van de tepel ben ik kwijt, maar ik krijg waarschijnlijk een donortepel. Mijn tongpiercing draag ik alleen in de weekends. Dan kan het weefsel door de week goed herstellen. Zonder tongpiercing werkt lekkerder. Ik werd een beetje moe van mijn eigen geslis en hij tikt vaak irritant tegen mijn voortanden. Op het strand gaat het wel, maar op het toneel is dat gewoon lastig. Als ik mijn vriendin kus doe ik hem altijd in. Mijn vrouw maakt het niet veel uit. Die vindt het allebei lekker.

Mijn nieuwe tattoo was een enorm succes en ik durf te stellen dat ik van alle jongens veruit de mooiste had. Mag ook wel voor vierhonderd euro. De tattoo is gedurfd, zeer erotisch en toch weer niet opdringerig. En hij combineert heel leuk met de tweekoppige tijger op mijn schouder.

Ik kan niet uitleggen hoe leuk het gevoel van de eerste echte stranddag is. Je moet niet zeggen: 'Ik heb een nieuwe tattoo!' Dat is slap. Ze moeten hem ontdekken. Opeens roept er een: 'Kolere, krijg nou wat, doe jij je broek eens naar beneden!' Het spel is dan dat je zegt dat je dat niet doet en dat dat niet belangrijk is en voor je het weet staat iedereen om je heen en trekt een van de meisjes aan je nieuwe ballenknijper. En als je dan alle verbaasde ooooh's en aaaah's hoort, dat is zo heerlijk. Dat geeft zo'n gloeiend gevoel. Dan weet je waar je het voor deed. Dan heb je niet voor niks een paar uur op je buik gelegen.

Zondagavond heb ik uren in de catalogus van Tattoo-Jimmy gebladerd om te kijken wat het volgend jaar wordt. Ik overweeg om mij na de zomer helemaal kaal te scheren (ik ben op dit moment de enige van de strandgroep die dat nog niet gedaan heeft) en dan wil ik op mijn hoofd een paar goudvissen laten aanbrengen. Twee gewone en een sluierstaart. En vanuit mijn nek wat waterplanten.

Zomerscrabble

Door de chronische regenval deze zomer is er in ons vakantiehuis fiks gescrabbeld en op dit moment kicken we daar rustig van af. Nog maar twee potjes per dag. Het waren er negen. Tussen mijn vrouw en mij gaat het altijd uiterst fanatiek en met de kinderen speel ik beduidend zachter. Help ze af en toe voorzichtig. Toch is dat steeds minder nodig. Mijn zoontje legde gisteren het woordje *ver*, ik vulde dat aan tot *verlos* en mijn dochter maakte daar op drie keer woordwaarde *verloskamer* van. Onze jongste wist wel wat dat was: een kamer in een ziekenhuis waar hoogbejaarde patiënten uit hun lijden worden verlost.

Kind van deze tijd dus. Ik dacht aan de prachtdood van de vijfentachtigjarige dame die vorige week tijdens een zonnebad op een van onze stranden is overleden en vroeg me af of we in Nederland niet een klein stukje kust konden reserveren voor lieve oude schatten voor wie het leven verder niet meer hoeft. Gezien de groeiende bejaardenberg is dit een zeer goede sociale voorziening. En wat is er tegen? De onsmakelijke naaktlopers hebben ook een paar stroken strand veroverd, dus waarom de *euthanasisten* niet? Mooi strand, zonnig weer, pilletje en lekker liggen. En als je in zee wilt, is er niemand die zeurt dat je niet te ver mag. Je kan kiezen voor een symbolische zonsondergang op een nazinderend strand of echt wegsmelten in de volle hitte van een kokendhete zomerdag. Dan wordt de crematie goedkoper. Je bent namelijk al voorgebakken. Mocht je begraven willen worden, dan lijkt een idyllisch kerkhofje net achter de duinen mij een fantastische en ook zeer praktische oplossing. En niet zo duur, want er zijn genoeg Duitsers die een diepe kuil voor je willen graven.

Een van de kinderen vraagt ondertussen of het woord *hemze* mag? Hij denkt aan *hemze* jas of *hemze* fiets. Ik reken het goed, maar de rest van de familie niet. Ondertussen laat ik mijn gedachten gaan over minister Nawijn die de immigratie met tachtig procent wil indammen. Dus dat wordt nog maar een klein plukje vluchtelingen. Ik vroeg me af of we het Naardense paleis van minister Heinsbroek daar niet voor kunnen gebruiken. Dat wordt dan het nationaal asielzoekerscentrum. Je kan er de vijfhonderd mensen makkelijk in kwijt en Herman hoeft met zijn gezin nergens asiel aan te vragen, daar ze her en der nog een vrolijk vakantiestulpje hebben staan. Trekken we de tuinen van Ferry Hoogendijk en Jan des Bouvrie erbij voor de sportvelden plus wat te bouwen slaapzalen en daarna hoeft geen enkel dorp nog bang te zijn dat er hongernegers in hun gemeente komen.

Mijn zoon schuift de letters op zijn bordje en ik denk na over het bericht dat de nieuwe erectiepil ook je geheugen schijnt op te frissen. Dat hebben wetenschappers in Maastricht ontdekt. Hoe? Ze vroegen aan die oudjes wanneer ze de laatste keer seks hadden gehad, het antwoord was 'gisteren' en voordat ze die pil slikten konden ze het zich absoluut niet meer herinneren. Misschien een idee om die pil aan bouwfraudeklokkenluider Bos te geven. Want die ging donderdag toch echt voor de korsakovtrofee. 'Weet ik niet.

Kan ik me niet herinneren. Is te lang geleden'. Wat een kronkelaal. Ik begrijp nu waarom deze alzheimerpatiënt er bij Koop Tjuchem uitgeflikkerd is.

Als ik met mijn vrouw of vrienden scrabble, heb ik amper tijd om na te denken. Het gaat fel en we gunnen elkaar geen enkel woord. Soms laat ik de mooiste woorden weken op mijn bordje liggen omdat een van mijn tegenstanders anders in de beurt na mij te veel punten krijgt. Defensief scrabbelen dus.

Dit jaar was absoluut mijn scrabblejaar. Geen potje verloren en de tegenstanders avond aan avond zeer depressief naar bed gestuurd. Mijn beste vrienden waren zielsgelukkig op de dag dat ze weg mochten en hun verdere vernederingen bespaard bleven. Ik ben nu helemaal murw gescrabbeld. Aquaria, lynxen en hyena's dansen door mijn hoofd. Dat is overdag. 's Nachts komen in mijn overvolle droomhoofd de mooiste woorden. Gedachtegoedverkwanseling, curriculum-vitaesjoemelaar, miljonairsachtertuintjespolitiek en schaduwboekhoudingvuilniszak. Maar dat zijn woorden die niet mogen. Niet bij scrabble. In Nederland wel.

Prijsneuken

Volgens *Vrij Nederland* is het Nederlandse seksleven dor en uitgeblust. In de nieuwbouwwijken is er op vrijdagavond nog wat machteloos echtelijk gefrunnik. Er zijn echter geen prikkels meer. Het is ook moeilijk op een verwarmd waterbed onder een elektrische deken in een veel te heet gestookte slaapkamer en dan ook nog met iemand die je al dertig jaar door en door kent. Legpuzzelen is spannender. Het is trouwens niet alleen een probleem van de gehuwden. Ook de jongeren zijn afgestompt. De overdaad aan porno wordt door hen massaal weggezapt en de pagina's in de *Hitkrant* en de *Break-Out* waarin ze op hun elfde al leren wedstrijdbeffen en hindernispijpen, worden al jaren geeuwend opzijgeschoven.

Het enige dat de Nederlandse man nog opwindt is het betere bordeelwerk. Dat begreep ik donderdag uit een verslag in *de Volkskrant* over de steeds tragischer wordende Adje Bos, die zijn klokje o zo graag liet luiden in een hoerenkast in de Haarlemmermeer. En niet alleen zijn eigen klokje. Een directeur van Rijkswaterstaat mocht hem dan ook in een illegale, strakke Thaise snol van zestien duwen. Allemaal op kosten van de baas van Adje. Als hij klaar was mocht een projectleider van Rijkswaterstaat naar boven. Die koos voor een triootje met twee Poolse hongerdellen, die samen jonger waren dan zijn oudste dochter. Adje vroeg om valse eetbonnetjes en gaf die aan zijn baas Henk Koop. Bos kan dit alles nog terugvinden in de schaduwboekhouding die hij aan zijn eigen voordeur had gebonden. Die actie doet me steeds aan vijf december denken. Zo deden wij het ook toen de kinderen nog geloofden. Zal Adje ook een buurman op de deur hebben laten bonken? Inmiddels is hoerenloper Bos ontslagen en zijn de directeur en de projectleider geschorst. Die zitten thuis en moeten iedere dag bij elk bakje koffie nog een keer aan hun uitgedijde moeke uitleggen hoe het dan ook alweer ging met die hoeren. Hun bekentenis heeft wel een voordeel: ze hoeven nooit meer de hond uit te laten. Volledig huisarrest. En van het vrijdagse, verplichte gefrunnik in de echtelijke sponde zijn ze ook verlost. Het oude velletje wenst niet meer gestreken te worden, althans niet door de directeur en ook de projectleider moet het voorlopig hebben van zijn fantasie.

Door de enquête hebben we afgelopen dagen onomstotelijk kunnen vaststellen dat de Nederlandse bouwwereld pure maffia is en bestaat uit een stelletje door- en doorcorrupte hoerenlopers, die geen enkel middel schuwen om een order voor een veel te hoge prijs binnen te slepen.

Daarom ben ik zo blij met minister Nawijn van de LPF, die al die illegale snollen het land uitflikkert. Dat scheelt twintig miljoen per kilometer snelweg.

Verder ben ik heel blij met het aangekondigde ethische reveil van onze kersverse minister Heinsbroek van de LPF. Er komt reclame voor normen en waarden! Gisteren hing er een plastic zak aan mijn voordeur en daar zaten de scenario's al in. Het worden heftige spotjes. In eentje zie je een enorme villa en een voice-over vertelt ons dat het asociaal is om daar met een vrouw en twee kinderen in te wonen, terwijl er ruimte is voor tientallen weesjes of gehandicapten. In een ander spotje zie je een verlaten tuin zo groot als twee cricketvelden en de ongeschoren eigenaar meldt dat je die tuin een paar uur per dag open moet stellen voor allochtone hangjongeren die zelf geen ruimte hebben. Dat scheelt een hoop criminaliteit. Vooral het spotje *Geld maakt niet gelukkig*, waarin je Afrikaanse hongerbeelden ziet, raakte mij. De stem zegt: 'En sommige mensen houden honderdveertig miljoen euro voor zichzelf!'

Overdonderd door zoveel waarheid heb ik mijn huizen gisteravond schuldbewust te koop gezet. Het geld gaat naar de derde wereld. Maar volgens de makelaar gaat het lang duren.

'De markt zit tegen. Vroeger had ik uw huis binnen een kwartier gesleten aan een pooier en die had er een mooi creditcardbordeel van gemaakt, maar door de bouwfraude en het harde illegalenbeleid van de LPF is de markt volledig ingestort. Geen snol meer te krijgen. Nederland doet thuis weer aan seks!'

'Niet in bed!'

'Nee, via de internetpagina's van het geschorste Kamerlid Eberhard!'

Door De Mand

Chaos in de bestuurskamer van korfbalclub DDM. Er is ruzie. De omhooggevallen advertentieverkoper weigert om door het uitgerangeerde fotomodel-in-de-war uitgemaakt te worden voor omhooggevallen advertentieverkoper. Dat pikt de omhooggevallen advertentieverkoper absoluut niet. De ranzige sekswebsite-exploitant, die bevriend is met het uitgerangeerde fotomodel in de war, schudt zijn geverfde hoofd en zegt tegen de omhooggevallen advertentieverkoper 'fuck you' en 'dikke lul'! Dat pikt de omhooggevallen advertentieverkoper niet en hoewel hij in eerste instantie de relatie met het uitgerangeerde fotomodel-in-de-war en de ranzige sekswebsite-exploitant met het geverfde hoofd nog wel had willen lijmen, is dit de druppel en stelt de omhooggevallen advertentieverkoper de portefeuillekwestie niet onder stoelen of tafels, zoals hij het zelf zo mooi zegt. Integendeel: de omhooggevallen advertentieverkoper dreigt met opstappen. Hij wil een eigen club beginnen. Onderhand staren de apathische leden naar de suffe blouse van de omhooggevallen advertentieverkoper. Hij draagt een blouse met zogenaamd Burberrymotief. Deze tuttige ruit wordt normaal alleen gedragen door Gooise weduwen die ooit door geldnood gedwongen naar Brasschaat gevlucht zijn en zij hebben er vaak ook nog een zelfde paraplu en hoedje bij.

In droeve provinciehotels staat in de hal nog wel eens een vitrine van de plaatselijke modeboer en deze glazen kastjes mogen graag uitpuilen van de Burberry. Het is een muffe ruit, die je tegenwoordig ook bij de Zeeman en op de Albert Cuyp kunt kopen. Iedereen die naar de omhooggevallen advertentieverkoper in de tutblouse kijkt, weet dat smaak niets te maken heeft met zijn bestuurlijke kwaliteiten, maar toch... Ze zien hem in de kledingwinkel, hij komt het pashokje uit, kijkt onzeker naar zijn vrouw en zij knikt dat het wel kan, terwijl iedereen ziet dat het niet kan.

De verkoopster weet niet waar zij haar proesten moet laten en duikt snikkend van het lachen weg achter een kassa. De rest van het personeel hangt huilend achter de afgeprijsde broeken. Nogmaals: de tutblouse is slechts een omhulsel, een bijzaak, heeft niets met de man zelf te maken, maar toch! Hij trekt het aan, gaat erin over straat, staat ermee op de voorpagina's van kranten en sjouwt ermee door het Journaal. Je kan bijna niet meer naar de omhooggevallen advertentieverkoper luisteren. Je ogen en je oren worden naar de tutmutsenblouse gezogen en je denkt automatisch: wat een omhooggevallen advertentieverkoper. Gelukkig heeft de omhooggevallen advertentieverkoper niks te melden, dus je mist geen woord. Je kan je volledig concentreren op het ruitje. Burberry is het uniform van de vrouwen die geen seks meer willen.

Het oorsmeer van de omhooggevallen advertentieverkoper wordt onderhand smeuïg gehouden door de vochtig lispelende ex-hoofdredacteur, die dagelijks plannetjes in de gehoorgang van de omhooggevallen advertentieverkoper fluistert. Dit keer slist hij vochtig: 'Herman bellen!' Herman is de buurman van de ex-hoofdredacteur en heeft een dusdanige natuurlijke flair dat hij op den duur de leider van het zootje moet worden. Het zootje heeft namelijk een enorme behoefte aan een leider. De club is ooit met een leider begonnen. Of liever gezegd: de leider is met de club begonnen en had noodgedwongen wat leden nodig. Lege koppen. Zetelvulsel. Dat was gauw gevonden. Een keer roepen en de zaal was vol.

Terwijl iedereen apathisch staart naar de blouse van de omhooggevallen advertentieverkoper en half luistert naar het hysterische gehuil van het uitgerangeerde fotomodel-in-de-war en de ordinaire woorden van de ranzige sekswebsite-exploitant is er gedoe bij de deur. Een lid staat een fotograaf te slopen.

Dan gaat de telefoon. De bond. De omhooggevallen advertentieverkoper vraagt waarvoor ze bellen.

'Of we meedoen aan de competitie.'

'Welke competitie?', vraagt het apathische zetelvulsel in koor.

'De korfbalcompetitie', zegt de man van de Korfbalbond.

'Hoezo?'

'Jullie zijn toch die nieuwe korfbalclub. Jullie hebben je ingeschreven voor de competitie en die is al een tijdje bezig!'

'We zullen er zijn', lispelt de ooit door Shell geholpen exhoofdredacteur in het oor van de omhooggevallen advertentieverkoper met de tutblouse, die dat onmiddellijk herhaalt. De rijen zijn gesloten.

'Kent iemand de korfbalregels?'

Het blijft angstaanjagend stil.

Lijktoerisme

Donderdagavond spraken twee uiterst mutsige dames op de televisie over hun teleurstelling dat de kist dicht was. Dat was toch wel jammer. Ze kwamen trouwens niet alleen voor de dierbare overledene. Ze waren ook gekomen om een keer een kijkje in het paleis te kunnen nemen en dit was hun kans geweest. Wat zijn domme mensen toch schaamteloos.

De prins procedeerde regelmatig tegen roddelbladen en zover ik weet won hij altijd. Ik vond dat geweldig. De laatste keer sleepte hij vanaf zijn ziekbed het weekblad *Privé* nog een keer voor de rechter. En hij won weer met vlag en wimpel. Hetzelfde periodiekje voor gekneusde kleutergeesten kwam deze week met een *special* over de prins. Je moet maar durven.

De aasgierige redactie had de afgelopen maanden in alle rust gewerkt aan dit speciale Clausnummer. Ik heb het blaadje niet gelezen, maar ik ben ervan overtuigd dat veel sterren op het Gerard Joling- en Joop Braakhekke-niveau het gevoel hebben dat ze een echte vriend verloren hebben. Ook zullen veel Vanessa's heel wat siliconentraantjes plengen.

Het maken van dit lijkenpiknummer was maandagochtend alleen een kwestie van het invullen van een paar details en de boel kon naar de drukker. Dit gebeurde trouwens niet alleen bij *Privé*. Alle kranten en weekbladen hadden de reportages over de prins al klaarliggen. En ook bij de NOS lagen de portretten gemonteerd op de plank. Oud-premier Lubbers heeft deze zomer over de toen nog levende prins mogen vertellen dat hij een bijzonder mens was. Luguber? Zeer! Maar Lubbers heeft er klakkeloos aan meegewerkt en Maartje heeft het item zonder bezwaar opgenomen.

Gisteren werd ik door *Studio Sport* gebeld of ik wilde reageren op de gewelddadige dood van de sympathieke trainer Guus Hiddink.

'Die is toch niet dood?', reageerde ik onthutst. Het antwoord was nee, maar de kans was groot dat hij na een tweetal bedreigingen een dezer dagen zou worden omgelegd en dan hadden ze vast wat reacties. En als ik het deed of ik dan meteen even wilde reageren op de dood van prins Bernhard, prinses Juliana en Rinus Michels.

Uit alle publicaties begrijp ik dat de prins vooral een *familyman* was. Ik zag dan ook drie zeer verdrietige jongens bij Paleis Noordeinde staan. Drie jonge dertigers, aardige kerels, die hun vader na een slopend ziekbed hadden verloren. Wilde ik dit wel zien? Nee dus. Toen mijn eigen vader negen jaar geleden na een langdurige ziekte door de dood uit zijn lijden werd verlost, was ik zowel verdrietig als opgelucht. Verdrietig om het feit dat ik hem nooit meer zou spreken en opgelucht omdat hij niet langer hoefde te lijden. Daarna heeft mijn vader in ons ouderlijk huis een paar dagen opgebaard gelegen en hebben mijn broers, zussen en ik er een beetje omheen gescharreld. Het waren rare dagen, maar het was wel heel lekker dat je als kind af en toe even die kamer in kon lopen om hem nog een keer te zien voordat hij voorgoed aan de aarde werd toevertrouwd.

Die kans hebben de verdrietige prinsen dus amper gehad. Zij zien op de televisie hoe duizenden totaal vreemden langs hun vaders kist trekken. Hun dode vader is opgeëist door het gepeupel, dat zegt dat het verdrietig is. Ik zou als zoon gek worden en ze allemaal mijn tuin uit schelden. 'Oprotten, wegwezen, het is onze vader en verzin een ander uitje om je zinloze leven door te komen!'

Eigenlijk hoop ik maar één ding en dat is dat de aardige prins heel vredig in een mooi kamertje in Huis ten Bosch ligt opgebaard, zodat zijn familie af en toe even heel hard bij hem kan huilen en dat het verdrietige gepeupel een diepe buiging naar een lege kist heeft gemaakt. Dat vind ik nou humor.

Rouwclown

In de wereld van de Cliniclowns heerst een duidelijke pikorde. Je begint als pupil te oefenen op een gepeld amandeltje, een beenbreuk of een simpele besnijdenis, waarna je door kan stoten naar de amputaties, de weggenomen galblazen en zware hersenschuddingen. Als je echt goed bent – en dat duurt even – dan word je *comaclown* op de Intensive Care. Niet te verwarren met de *cromaclown*, die meer het brandwondenwerk voor zijn of haar rekening neemt. Verder heb je de pleisterclowns, maar dat zijn afgekeurde cliniclowns, die alleen maar allochtone ziekenfondspatiëntjes voor hun rekening nemen.

Sinds deze week is er een nieuw fenomeen bij: de rouwclown! Deze gekke dwaas kan je begrafenis komen opleuken. Hoe? Terwijl jij met de familie bitter staat te wenen om je doodgeslagen kind, zit de rouwclown een paar zerken verderop naar je te loeren. Hij brengt lucht in je verdriet. Soms roept hij: 'Ik ben er niet hoor, let maar niet op mij' of hij dwarrelt wat rond met een oud koffertje. De rouwclown wil de mensen uit hun kramp halen.

Of ik de rouwclown in een bizarre bui verzonnen heb? Nee hoor. Hij bestaat echt. Afgelopen maandag las ik erover in het *Haarlems Dagblad*. Daarin stond een klein interview met de twee gesjeesde clinibroeders. We hebben in Nederland inmiddels twee rouwclowns, te weten Roelof van Wijngaarden en Frans Custers. Je kunt ze via de Haarlemse begrafenisbegeleidsters Brokking en Bokslag boeken. "Doet u mij een eikenhouten kist, zeventig koffie met cake en graag twee rouwclowns! Misschien is het leuk als clown Eppie (die met die grote schoenen) bij vader in de kist gaat liggen en meteen na aanvang - als de saaie voorzitter van de nog saaiere bridgeclub aan zijn saaie speech begint - op het deksel bonkt. Dan gaat de kist open en komt hij met een glimlach eruit. Ik hoop alleen dat hij zich niet, zoals veel clowns doen, bedient van een half-Duits accent. Vader heeft namelijk in het verzet gezeten, dus dat ligt gevoelig. De aanwezigen zullen schrikken, maar dat is ook de bedoeling. Dat is een goede afleiding. Is het ook niet zo zwaar voor de kleinkinderen. Dus Eppie komt uit de kist en als clown Rudolf dan vanachter uit de aula tegen Eppie roept: 'Hé, wat doe jij nou?' en zij houden een vrolijk dialoogje, waarin ze wat gegevens over vader verwerken, dan brengt dat enorm veel lucht. Vervolgens gaat Eppie terug in de kist, die laten we daarna zakken en dan roept hij vanuit de oven heel hard: 'Au heet, au heet!' Hierna nodigt Rudolf ons uit om naar de condoleanceruimte te komen en misschien is het aardig als hij daar nog wat met ballonnen vouwt".

Zelf ben ik van plan om aan het eind van mijn theaterloopbaan een carrière als trouwclown op te bouwen. Proestend ga ik naast de ambtenaar staan, val hem tijdens de speech steeds in de rede, vertel dat de bruidegom al een keer getrouwd geweest is, dus waarom zouden we hem nu wel geloven? Ook zal ik uitleggen hoe hij zijn kinderen uit zijn eerste huwelijk emotioneel verwaarloost en dat hij sjoemelt met de alimentatie.

Zal ik ooit een rouwclown meemaken? Ik ben bang dat ik

mezelf tijdens zo'n begrafenis niet echt in de hand kan houden en dat het voor de tranenplengers een vrolijk schouwspel wordt. Ik graaf met mijn handen een verse kuil en zet de rouwclown er, met zijn handen op zijn rug gebonden, tot zijn kin in. Tot diep in de nacht hoor je zijn stem over het knekelveld schallen. Als de bard in Asterix!

Je zal bij het graf van je oude vader komen en er zit een droeve August op zijn zerk. Die zit te zwaaien naar een andere begrafenis. Je jaagt zo'n schenner toch onmiddellijk weg.

We zijn gek. In de war. De weg kwijt! Alles is toneel. Het verdriet om de dood moet worden ingekleurd omdat de mens niet meer alleen en eenzaam mag huilen. Zelfs de gijzeling is niet meer in een ouderwets vliegtuig. Alles is theater!

Toegift

Om kwart over acht daalde hij afgelopen zondag onder een klaterende ovatie de trap van de grote zaal van het Concertgebouw af. Ik heb het over Daniel Barenboim. Na dertig jaar terug in Amsterdam. Hij begon met Mozart. Een heerlijke sonate. Stevige ovatie. Hij ging de trap weer op. Andere pianisten doen dat nooit. Die doen dat pas als ze klaar zijn. Hij moest volgens het programma nog een stukje Beethoven spelen. Dan was het pas pauze. Vreemd. Hij bleef twee seconden boven en zweefde weer naar beneden.

Toen zag ik het: meneer was een ijdel applaustrekkertje. Hij boog naar de zaal, naar het balkon, naar de twee andere tribunes naast het orgel en ging weer zitten. Beethoven. Niet zo mooi als Brendel, maar wel hartstikke goed. Na de pauze daalde hij weer af. Nam kamerbreed applaus. Buiging, buiging, hupsakee. Daarna vier stukjes Liszt. Tien over tien was hij klaar. Trap op en meteen weer terug. Buigen, buigen en nog eens buigen. Toegift. Scarlatti. Ik ben daar gek op. Wij klappen, hij buigen, nog een stukje Scarlatti. Prima. Mooi geweest. Voor we het wisten zat hij weer. Nog een stukje Scarlatti. Na een goed diner wil ik geen kilo kaviaar naar binnen geplamuurd krijgen.

De zaal klapte en klapte, sommigen gingen weg, ik wilde ook weg, maar dacht steeds: misschien gebeurt er nog iets heel bijzonders. Domme gedachte. Iemand vertelde me dat zijn record achttien toegiften was. Nu was ik na zes riedeltjes al helemaal duizelig en misselijk. Stoppen, dacht ik, maar hij stopte niet. Integendeel. Trap op, trap af en hup daar ging hij weer. Na elf toegiften sloot hij de piano en maakte hij een gebaar dat hij ging slapen. Het was tien over elf. Een vol uur toegiften. Draaierig liep ik naar buiten, maar bij de tramhalte stond een vleugel en daar zat hij weer.

'Alleen voor jou', sprak hij zacht. 'Rachmaninov!' En hup daar ging hij. Ik pakte mijn fiets, op naar café De Zwart aan het Spui. Dorst, louter dorst, niets anders dan dorst. Ik zette mijn fiets tegen het pand van Ypma Piano's. En wie zat daar in de etalage? Precies.

'Nog een etude,' kermde hij. Ik spoot naar huis en trof daar een ontstelde oppas. Er had zojuist een meneer aangebeld en die was achter de piano gaan zitten. Ik hoorde het meteen. Daar zat hij achter onze eenvoudige ziekenfonds-Yamaha. Satie. Gratis Satie.

'Rot op,' schreeuwde ik. 'Stoppen, wegwezen, mijn huis uit, het is mooi geweest' en rende naar boven, maar daar zat hij alweer. Achter de piano in mijn werkkamer.

'Bach. Klein stukje Bach', sprak hij zogenaamd bescheiden. Een stukje mocht, maar hij was niet meer te stoppen.

'Ga nou weg', huilde ik. 'Het was mooi, u kunt het, u bent een prima pianist, maar ik wil niet meer. Ik heb voor dertig jaar genoeg gehad'. Ik sloeg de klep op zijn dure vingers. Het deed hem niks. Hij verdween naar beneden en even later hoorde ik de piano van de buren. Hij speelde een klein stukje Haydn. Anderhalf uur later hoorde ik mijn anders o zo bescheiden buurvrouw hem het huis uitschelden. Hij liep naar zijn auto, haalde een vleugel uit de achterbak en gaf onder het licht van een lantaarnpaal een Prinsengrachtconcert. En het gaat maar door. Om de minuut belt hij ons op en speelt het antwoordapparaat vol. Kom ik een theater in Naaldwijk of Papendrecht binnen dan zit hij op het podium te pingelen, zet ik mijn autoradio aan dan speelt hij op alle zenders en als ik de koelkast opendoe dan zit hij daar.

Opgevouwen op een klein pianootje speelt hij Schubert. Onderhand is hij drie keer opgehaald door de politie, maar zo gauw hij vrij is, zit hij met een piano in de achtertuin. Hij voer vannacht met een bootje door de gracht en bleef twee uur dobberen ter hoogte van mijn pandje. Niets helpt. Totaal doorgebarenboimt huil ik me door de week. Hij heeft me beloofd om dit weekend te vertrekken en dertig jaar niet meer terug te komen. Wat mij betreft graag. Zoveel ijdelheid kan niemand hebben.

Emigreren

Op tournee zit ik vaak in mooie hotels. Zo'n hotel met een badjas. Maar ook wel eens niet. Nu zit ik in een treurig bedrijvenparkje in een bordkartonnen tent, waar ik de telefoongesprekken van de kamer naast me letterlijk kan volgen. Er zit een zakenman. Handelaar in lulkoek. De gordijnen in mijn kamer zijn van een soort vitrage. Hele lelijke vitrage. En hele dunne. Als God het licht aandoet, ben ik wakker. Van dubbel glas heeft men hier nog niet gehoord. De vrachtwagens rijden dwars door mijn bed. Het hotel ligt op een kruispunt van drukke wegen. Hele drukke wegen. Verder is het hotel van geplastificeerd spaanplaat en heeft het een systeemplafond. Als je me ergens impotent mee kunt krijgen dan is het met een systeemplafond. De inboedel van mijn kamer heeft een zeer hoog Ikea-gehalte. En dan ook nog de lelijkste spullen van dit multinationale woonwarenhuis. Gefineerde kasten, een kalfslederen bankstel, dat werk.

Ik snap de bommenplaatser dan ook onvoorwaardelijk. De afperser heeft waarschijnlijk ooit een week in deze kamer gebivakkeerd en na de marteling besloten om de Zweedse meubelboer groots en stevig aan te pakken. Smartengeld. De hoteleigenaar is trouwens niet dom. De bar is zo lelijk dat je het er alleen maar stomdronken uit kan houden. Lijkt mij een prima verkooptruc, waar ik overigens niet ingetrapt ben. Ik zal de naam van het hotel niet noemen. Straks heb ik een proces aan mijn broek. Net als het blad *Lekker*, dat door het Hilversumse restaurant Joffers voor de rechter is gedaagd. Een journalist had in het blad geschreven dat het bij Joffers niet te knagen was en dat pikt Joffers niet. Joffers wil dat het blaadje uit de handel wordt genomen. Volgens mij is het dom van Joffers. Ik ben geen lezer van het blaadje *Lekker* en zou, als de zaak niet onder de rechter was gekomen, nooit geweten hebben dat je bij Joffers beter niet kan gaan eten. Nu weet ik dat je er absoluut niet heen moet. Je hebt in Hilversum waarschijnlijk geen al te ruime eetkeuze, maar één ding weet ik wel: ga niet naar Joffers. Dat weet ik niet van de *Lekker*, maar van Joffers zelf, die het goed onder de aandacht heeft gebracht.

Het voordeel van een droevige hotelkamer is dat je je wel goed op je werk kunt concentreren. Ik werk hier aan een officiële klacht tegen de Nederlandse ambassadeur in Tokio. Ik wil Trix vragen of ze onze man aldaar onmiddellijk wil terugroepen. Waarom? In de Japanse hoofdstad werd onze nationale fatsoensmoralist Willibrord Fréquin door de politie gearresteerd omdat hij mensen die met een parachute van een wolkenkrabber sprongen had gefilmd. Je mag in de Japanse hoofdstad alleen zonder parachute springen. Anders word je gestraft. Mede dankzij de hulp van de ambassade heeft hij maar heel kort in de cel gezeten. Dat mag je het ambassadepersoneel toch redelijk kwalijk nemen. Is hij van de straat, heb je de kans om het land geruime tijd van deze Gooise gluiperd te verlossen en dan ga je je best doen om hem vrij te krijgen. Vreemd. Fréquin vertelt dat hij tegen de politie geschermd heeft met de leugen dat hij goed bevriend is met Willem-Alexander. Als ik Alex was zou ik het wel weten: een proces wegens smaad. Je wilt toch een hoop horen over jezelf, maar niet dat deze engerd tot je vriendenclub behoort. Heb wel begrepen dat Willibrord alsnog gearresteerd kan worden. Laten we het beste hopen.

Verder ben ik geroerd door het verhaal van de Italiaan die vierenveertig jaar geleden tegen zijn familie zei dat hij naar Amerika vertrok. Men heeft niets meer van hem gehoord. Kon ook niet. De man had zich heel behendig ingemetseld in zijn eigen huis en vervolgens doodgeschoten. Nu werd zijn skelet gevonden. Samen met zijn geweer, twee koffers en een afscheidsbrief. Hij wist dat hij ongeneeslijk ziek was en wilde zijn familie verder niet lastigvallen. Ontroerend.

Laat er nou naast mijn hotel een filiaal van een bekende bouwketen zitten. Ik denk dat ik even een metselsetje ga scoren. Lezers, ave. Ik ben naar Amerika!

Bedelstraf

Het proefballonnenblazersensemble LPF heeft weer iets nieuws verzonnen. Ze willen de bedelaars hard aanpakken. En vooral de agressieve bedelaars. Kamerlid Eerdmans vertelt dat sommige mensen de straat niet meer op durven omdat ze door aalmoesvragers gedwongen worden geld te geven. Dat is nou nog eens krasse taal. Ik ben een straatmens, woon in het hart van Amsterdam, toer langs alle grote steden en heb nooit last van die mensen. Bij mij om de hoek zitten een paar opvanghuizen voor daklozen en die *cabrio's* vragen altijd heel vriendelijk om een kleinigheidje voor de dorst. Het hangt meer van mijn bui dan van mijn saldo af of ik wat geef. Ze worden echter nooit agressief, achtervolgen me niet, laat staan dat ze overgaan tot straatroof. Volgens hetzelfde Kamerlid wil het daar regelmatig in uitmonden.

Wat is bedelen? Een vriendin van mij woont in het chique Gooi en om haar schuldgevoel te dempen loopt ze regelmatig met een bedelbus van een of ander goed doel door de rijke Bussumse wijk *Het Spieghel*. Dit is een heel chique, lommerrijke buurt, waar films als *Schatjes* of *Flodder* probleemloos opgenomen hadden kunnen worden. Een gemiddelde villa doet daar twee miljoen euro. Je vraagt je wel eens af: waar blijft al dat bouwfraudegeld? Nou, ga daar maar eens kijken. Mijn vriendin vertelde mij over de magistrale smoezen die de gefortuneerde mensen verzinnen om niet te hoeven geven. Ze loopt eerst een paar honderd meter een oprijlaan op en krijgt dan de kakkersuitvluchten te horen.

'Mijn man gireert altijd' of 'Geen kleingeld in huis' zijn nog de meest fatsoenlijke verzinsels. Vooral die laatste is nog wel vrolijk. Ik zou onmiddellijk zeggen: 'Dan geef je toch groot geld!'

Vaak wordt er niet eens opengedaan. Ze ziet mevrouw telefoneren en de kinderen furieus nintendoën, de bel schelt hard door de ruime hal, de labrador blaft zich hees, maar niemand reageert. *Goois doof* noemen we dat. Ze hoort nog net dat er naar de Poolse au pair van twee euro per uur wordt geschreeuwd dat ze niet open mag doen. Het is een oud verhaal.

Helemaal leuk is de uiteindelijke opbrengst van de bedelbus. Wat de rijken namelijk vooral ruimhartig geven zijn overhemdknopen en verlopen buitenlandse munten. Belgische franken, Italiaanse lires en zinloos nikkel uit heel verre streken. Want de papa's doen natuurlijk vooral zaken in lagelonenlanden en dan hou je regelmatig wat curieus kleingeld over. En wat moet je met drie muntjes uit Sierra Leone? Die geef je aan het Astmafonds. Ik vind haar verhaal altijd weer aandoenlijk en ze kan het me niet vaak genoeg vertellen. De kramp van de rijken. Heerlijk. Ik gok dat het in Blaricum, Wassenaar en Vught niet veel anders is. Hoe word je rijk? Zo dus.

Wil de LPF eigenlijk dat het collecteren ook verboden gaat worden? Zeker nu bekend geworden is dat die zogenaamde goede doelen hun geld amper uitgeven. De meeste opbrengsten worden opgepot en omgezet in aandelen en obligaties.

Het is koud, het vriest, goedgemutst scharrel je door de stad, je sjouwt je twee tennisarmen aan kerstcadeaus, je loopt nog bij de fysio voor de pijn in je schouder die je overhield aan de sinterklaascadeautjes en een junkmagere bibberbril vraagt iets voor een borreltje. Wat is er dan leuker dan even je tassen met de totaal zinloze inhoud neer te zetten en een euro in die koude klauw te duwen? Het schaamrood vlamt toch van je wangen? De sinterklaas- en kerstinkopen zijn ondanks de desastreuze acht jaar Paars hoger dan ooit! Elke Nederlander is tien kilo te zwaar. Als het nationale overgewicht is opgelost, zijn de wachtlijsten in de gezondheidszorg onmiddellijk verdwenen.

Als ik die Eerdmans was, zou ik me voorlopig drukker maken om het jatten dan om het bedelen. Een bedelaar vraagt het tenminste nog netjes. En met jatten bedoel ik niet alleen kasgraaiende Albert Heijn-bezoekers, maar ook de bouwfraudeurs. En als hij wil weten hoe dat bouwfrauderen in zijn werk gaat? Praat eens met vastgoedjongens. Die werken, lunchen, dineren, bordelen en skyboxen dagelijks met grote aannemers. Dus die weten er echt alles van. Waar je vastgoedtypes kunt vinden? Geen idee!

Pedagogium

Recordomzetten supermarkten. Pinverkeer totaal op hol geslagen. De computer kon het aantal handelingen niet aan. Nederland vierde het kerstfeest al schransend en zuipend op de *puinhopen van acht jaar Paars.* De koningin waarschuwde voor verloedering. Dat is haar werk. Ze deed dat op een uur dat iedereen zijn roes nog lag uit te slapen. Had ze het een uurtje later gedaan dan was de hele zooi alweer lam geweest. Ik luisterde met een half oog naar de televisie. Mijn vrouw bereidde onderhand in de keuken een voorafje van kaviaar op een bedje van kreeft met een sausje op basis van foie gras. Het was nog een hele klus geweest om al die ingrediënten te krijgen. Overal uitverkocht. Albert Heijn had alleen nog Chinese konijnen.

In dezelfde krant waarin ik de wijze woorden van de koningin nog eens nalas, zag ik een bericht over een *wipexpres.* Dat is een trein van een gerenommeerde parenclub, die een nachtje door Nederland gaat rijden. In die trein gaan uitgebluste echtparen het met elkaar doen. Mij lijkt het het absolute summum om door een vreemde vrouw uit Appelscha te worden gepijpt in een boemelende trein. Vooral tussen Vlaardingen en Schiedam. En onderhand wil ik uitzicht op haar met goedkope aftershave besprenkelde echtgenoot die zich om mijn mooie vrouw bekommert. Je mag hopen dat de NS de trein na afloop goed uitsopt. Wie die trein gaan schoonmaken? Diepgelovige moslims.

In mijn bus viel vorige week een folder van de *Amsterdamse Stichting Welzijn Binnenstad*, de gordel dus. Wat ons wordt aangeboden? Onder andere een centrum voor opvoedingsondersteuning en ontwikkelingsstimulering. Dat zijn nog eens scrabblewoorden. Het centrum heet Pedagogium en je kunt er opvoedhulp halen. Hoe? Boeken, folders, spelvormen, themakoffers en video's. Verder is er een inloopochtend, een opvoedspreekuur en je kan naar zes bijeenkomsten van de cursus *Beter omgaan met pubers.* De veertienjarige hangdochter vraagt aan de ouders waar ze vanavond naar toe gaan? Naar de cursus *Beter omgaan met pubers*! Je krijgt als kind toch een totale slappelachberoerte. Ik zou onmiddellijk al mijn collega-pubers uitnodigen, de hele wijnkelder leegtetteren en me in een zeer zware coma blowen. Al is het maar om te kijken hoe mijn suffe ouders reageren als ze thuiskomen. Gewoon even zien wat ze die avond geleerd hebben.

Zelf ben ik vooral geïnteresseerd in de cursus *Muziek op schoot.* Je kan meedoen aan muziek voor baby's van 4-12 maanden, 12-18 maanden of 18-24 maanden. Bijna een reden om op korte termijn een kind te maken. Liefst in een trein. Ik heb nooit met mijn moeder kunnen knuffelrock-'n-rollen en dat ervaar ik nu als een duidelijk gemis. Onmiddellijk vraag je je af of zo'n cursus loopt. Hoeveel moeders gaan met hun kind op muziekcursus? Moeders? Op het moment dat ik dit schrijf besef ik dat ik veel vaders discrimineer. Opeens zie ik zeven grachtengordelvaders met hun baby in zo'n draagtuigje op hun buik op een lullig muziekje door een zaaltje van het Pedagogium hupsen. Op sokken uiteraard.

Onderhand glimlachen ze vredig naar elkaar. Na afloop bespreken ze onder een schuimende cappuccino het succes van de cursus en een van de vaders vertelt hoe blij hij is met de spelbegeleidster, die één keer per week twee uur bij hem thuiskomt om hem te assisteren bij het puzzelen en blokjes bouwen met de kleine Jasper. Ook dit levert het Pedagogium namelijk. Gedurende negen maanden kan je een spelbegeleidster thuis krijgen.

Een andere vader vertelt dat hij helemaal veranderd is sinds hij een paar keer per week aan bodyshaping en stretching doet. Terwijl hij daar is, gaat de kleine Martijn naar de dreumesgroep.

Heerlijke combinatie.

Zelf voel ik erg veel voor de *ouder/kind-doemiddag*! Ik zie het mij al voorstellen aan mijn zoon. We gaan lekker naar de doemiddag, beetje modderen met andere mislukte ouders. Glimlachend reis ik door de verveelfolder voor volwassenen. Zoveel welvaart. Zoveel onzin. Levensmoe word ik ervan en overweeg me voor de wipexpres te werpen. Dat doe ik dan ergens in een niemandsland, zodat hij drie uur stil komt te staan en al die seksbeluste types elkaar de trein uit ruften.

Babyboom

Vorige week las ik de rouwadvertentie. Ik twijfelde nog even of hij het wel was. De rouwkaart die die dag in de bus viel, bevestigde het. Donderdag hebben we hem begraven. Vier maanden kansloos ziek geweest. Toen hij het ontdekte was het al te laat. Zo gaan die dingen dus.

De korte dienst was sober mooi. Paar rake gedichten, goede muziek, verdrietige woorden en toen gingen we de druilende regen in. Een meute leeftijdgenoten. Veertigers, bijna vijftigers. Allemaal verdrietig. Stil verdrietig. Wat moet je zeggen? In de schaduw van de dood bazel je meestal maar wat. Een mevrouw hoorde ik zeggen: 'Gecondoleerd en nog de beste wensen!' Radeloze wartaal op 2 januari. Volkomen begrijpelijk.

We schuifelden naar het graf en ik had alle tijd om te kijken. Ik was lang niet op een kerkhof geweest en zag een nieuwe trend. Kabouters, kerstmannetjes en opgetuigde kerstboompjes. Op het graf van een vrouw stonden een bordje met twee oliebollen en een champagneglas. Ook was er een vuurpijl in de grond gestoken. Waarom een vuurpijl? Misschien was, gezien het ontbindingsproces, een rotje beter geweest.

Ooit was ik op het Indonesische eiland Sulawesi, het voormalige Celebes, en bezocht daar de Toradja's. Hun hele leven staat in het teken van de dood. Na de dood begint het pas. De aarde is niks anders dan een voorportaal. Tijdens je leven werk je als man aan het graf van je familie. Dat bouw je of laat je bouwen. Liefst hoog in een bergwand. Voor de begrafenis bouwen ze een bamboesteiger, de overledene wordt bijgezet in het hooggelegen graf en de steiger weer afgebroken, zodat niemand bij het graf kan. Vooral geen dieven. De overledene krijgt namelijk vaak haar of zijn sieraden mee. Een hoog graf is daar kostbaar. Dus hoe lager je bent, hoe dichter je bij de grond komt te liggen. Vaak zet men eten en drinken bij het graf. Als een poes het voedsel oppeuzelt, dan gelooft men dat de overledene verder leeft in de poes.

Overleden baby's worden bijgezet in een boom. Er wordt een gat in de stam gemaakt, het babylijkje wordt erin geplaatst en het gat wordt met hars dichtgesmeerd. Het kind groeit naar de hemel. Ieder dorp heeft zijn eigen, meestal centraal gelegen, babyboom. Dus niet elk kind zijn eigen boom. Integendeel. Het is een grote dikke boom met vele baby's. Als de mensen op de rijstvelden werken, kijken de doden vanuit hun graven op hun neer. Voor veel graven is een soort balkonnetje gemaakt en daarop staan poppen, die de overledenen moeten voorstellen. Ik vind het wel wat hebben. Altijd werken in de schaduw van de enige werkelijkheid: de dood.

De begrafenis is bij de Toradja's zo belangrijk dat ze vaak jaren sparen voor de ceremonie. Als ze op het moment dat iemand doodgaat geen geld hebben, balsemen ze de dode en wachten tot ze genoeg hebben om diegene een mooie begrafenis te bezorgen. De dode ligt soms wel twee jaar bij de familie in de hut. En die hut is niet zo groot dat oma een eigen kamer heeft. Ze ligt gewoon op een apart matje in de ouderlijke slaapkamer. Ik mag daar tijdens een slapeloze nacht nog wel eens aan denken.

Maar ook bij ons wordt het graf dus steeds belangrijker. Ik kan mij van mijn ouders niet herinneren dat ze ooit naar het graf van hun ouders gingen en zelf heb ik hun laatste rustplaats in de acht jaar dat ze dood zijn slechts twee keer bezocht. Eén keer om de steen te bekijken en één keer in een opwelling. Ik kwam langs het kerkhof en had een uurtje over. Het is geen luiheid of oneerbiedigheid en ik snap iedereen die het wel doet, maar ik heb er niks te zoeken. Dus zal ik er ook niks vinden.

Mijn blik ging over het kerkhof en ik zag al die brandende kaarsen, olielampen en waxientjes. Die moeten ook brandend gehouden worden. Dus moet je minimaal eens in de drie dagen naar het kerkhof. Therapeutisch tochtje. Onderdeel van de rouw waarschijnlijk. Ik snap het echt goed, maar rijd er toch met een grote boog omheen. Veel te bang dat ze me houden.

Conservatieten.nl

Zit in Parijs en zag een clochard met een mobieltje. Tegenover mijn hotel lag hij op een stuk karton in iets dat ooit een slaapzak was. Met wie hij belde? Ik denk met thuis.

Of ik Nederland mis? Niet echt. Via het internet en een enkel op straat gescoord *Telegraafje* volg ik de lijsttrekkers. Bos haalt Balkenende langzaam in en Zalm speelt sneu paniekvoetbal. Aandoenlijk en volledig ongevaarlijk. Wie is er nog bang voor Gerrit? Wie gelooft dat hij echt boos is? Niemand toch. Zijn campagneteam heeft tegen hem gezegd dat hij de aanval in moest zetten en dat hij zijn tanden moest laten zien! En wat zagen we? Een slecht zittend kunstgebit. Gerrit moet na 22 januari een leuke baan zoeken. Wessanen zoekt een topman, bij Heineken is net een gozer uit de Raad van Bestuur vertrokken en zo zijn er nog wel wat van dat soort functies. Maar hij moet niet meer in de politiek. Toen hij na Paars II vertelde dat hij vier jaar lang eigenlijk niet in dat kabinet geloofd had, heeft hij bij vriend en vijand echt volledig afgedaan. De chronisch schaterende succesminister, die op iedere Prinsjesdag met het koffertje boven zijn hoofd stond te juichen, maakte zichzelf in een paar zinnen volledig ongeloofwaardig en belachelijk. Hij heeft dat natuurlijk onmiddellijk gevoeld en is van een zelfverzekerde minister van financiën veranderd in een zeepogende, stamelende lijsttrekker. Toen ik hoorde dat hij met die twee babes van BNN ook weer achter een flipperkast heeft gestaan, toen wist ik het helemaal zeker: op naar het arbeidsbureau.

CDA en PvdA eindigen zo'n beetje gelijk en moeten - of ze willen of niet - samen een kabinet vormen. Cohen lijkt mij een prima premier. Geen Balkenende als hoogste baas. Die kon in zijn vorige, zogenaamd eensgezinde club niet eens orde houden, laat staat in het komende, iets meer verdeelde regerinkje.

Heerlijk is het om te lezen hoe de politieke gnomen zich roeren. Eerst las ik dat Winnie de Jong van Depressieven.nl haar blote prammen in de *Panorama* laat zien. Moest eerst heel lang denken. *Panorama*? Bestaat dat nog? Het laatste exemplaar heb ik dertig jaar geleden bij kapper Van Pelt aan de Bussumse Stationsweg zien liggen. Bij het woord Panorama denk ik aan muffe vertegenwoordigers, sigarenlucht en ongewassen Opelrijders. Via de internetsite van het *Algemeen Dagblad* kon ik de foto's van het voormalig fotomodel downloaden. Zuchtend en steunend nam mijn laptop de plaatjes tot zich.

'Moet dit?', kermde mijn zwarte Compaq en ik moest het ding gelijk geven. Het is inderdaad een *voormalig* fotomodel en wat was ik blij dat ze alles bedekt liet. Na de mevrouw goed te hebben bekeken heb ik snel op *delete* gedrukt. Veel te bang dat ze zou gaan praten. Mijn laptop zuchtte opgelucht. De foto's waren wel sexy bedoeld. Als seks de trend wordt dan kan *D66* zich voortaan ook beter *D-soixante-neuf* noemen.

Las ook ergens dat er een aandoenlijk dwergendebat met Emile Ratelband en nog wat kneuzen heeft plaatsgevonden. De Arnhemse positivo zat aan tafel met iemand van de partij die wil dat alle vrouwen één keer per jaar gratis haarkrullers krijgen, plus een man die wil dat alle Vinexgazonnetjes centraal kunstmest ontvangen en een mevrouw, die vindt dat de giraffen in de Nederlandse dierentuinen in de winter verplicht coltruien moeten dragen. Onze Emile sloeg wat racistisch om zich heen, maar wie luistert er nog naar hem? Hij emigreert als hij geen zetel haalt. De vraag is voor hoe lang.

Wat ik ga stemmen? Iets links. Thom of Femke. Waarom geen Jan Marijnissen? Dat vind ik niks. Veel te veel Waku-Waku. Ging zelfs bij Harry Mens zitten glunderen. En vooral die inzet van zijn dochter is mij iets te spruitjes. Dat kind is slecht opgevoed. Een dochter hoort te puberen en dwars tegen de ouders te zijn. Dus de dochter van Jan Marijnissen moet lid van de VVD of LPF worden, anders is de opvoeding mislukt. En wie niet kan opvoeden, kan ook niet regeren. Dus het wordt of Femke of Thom.

Ik gooi woensdag wel een muntje!

Zorgfraude

Door de Amsterdamse binnenstad rijdt een paar keer per week een ouderwetse kar van Heineken. De wagen wordt steevast getrokken door twee prachtige zwarte Friese paarden. Het zou toch wel heel toevallig zijn als diezelfde paarden gisteren die koets van Cor van Hout door de stad hebben getrokken. Moest ook veel aan Trix denken. Dat juist op haar verjaardag een rouwstoet, die sterk aan de begrafenis van haar eigen echtgenoot deed denken, door Amsterdam moest gaan.

Het was een bloederige week. Buiten de afrekening in Amstelveen vloeide het bloed in twee rechtbanken en een gevangenis. In Assen sneed een pedo zijn eigen keel door. Dom. Hij kan beter zijn lul eraf hakken, dacht ik toen het las. Ik weet dat deze opmerking de krant zeker tachtig ingezonden brieven oplevert. Veertig van mensen die het volledig met mij eens zijn, twintig van mensen die vallen over het woord *lul* en twintig van mensen die mij uit gaan leggen dat pedofilie een afwijking is waar ik niet mee mag spotten. De brieven van de club *Stop je leuter in een kleuter* reken ik uiteraard niet mee.

Totaal verbaasd las ik over de Albanese verdachte die zwaaiend met een vuurwapen de Arnhemse rechtbank binnenkwam en een Officier van Justitie gijzelde en ernstig verwondde. Dat je als overvaller op die manier een juwelierszaak binnenstapt, snap ik, maar normaal pak je iemand na zijn arrestatie het wapen toch af? Of denk ik nu heel ouderwets? Nog verbaasder las ik het bericht over de creatieve therapeute in Leeuwarden, die werkte met zwaar geestelijk gestoorden. 'Hier heb je een priem, een vijl, een beitel, een hamer, een schroevendraaier en een zaag! Succes ermee!' De vrouw wordt deze week begraven. Een sobere stoet brengt haar naar haar laatste rustplaats. Geen koets.

Verbaasd was ik ook toen ik las hoe de gemiddelde arts, tandarts, apotheker en patiënt de verzekering tilt. Vrouwen die in twee jaar negen kinderen baren, kankerpatiënten met zestien stoma's, bejaarden bij wie vier benen zijn geamputeerd, tandartsen die per patiënt twee kilo tandsteen weghakken en apothekers die zeven chemokarren in drie gezinnen storten. Ieder streekziekenhuis mag je aanduiden als een *criminele organisatie.* Maar die verzekeringen vragen er ook om om getild te worden. Heel lang geleden werd ik opgenomen in een ziekenhuis en mocht ik lekker duur op een kamer liggen. Ik trek graag volle zalen, behalve als ik ziek ben. Er werden wat ingewikkelde, zeer dure onderzoeken gedaan, 721 co-assistenten hebben op me geoefend en twee assistenten zijn op me gepromoveerd. Na een dag of veertien (de ligprijs was toen ongeveer 1.200 gulden per dag) werd ik genezen verklaard en vrijgelaten.

Ik was echter vergeten dat ik al een kleine anderhalf jaar mijn verzekeringspremie niet had betaald. De aanmaningen lagen op de beroemde stapel links op mijn bureau. En ik kreeg dan ook na een maand of wat een rekening van een kleine 20.000 gulden thuis gestuurd. Het AMC had de nota goed gespecificeerd. Dat geld had ik op dat moment absoluut niet en ik kon twee dingen doen. Failliet of een grote bek. Ik koos voor het laatste, pakte de telefoon en begon meteen tegen de receptioniste van de verzekeringsgigant te schreeuwen. Zij verbond mij door met de afdeling *Schelden* en daar herhaalde ik op luide toon mijn klachten. Wat ze wel niet dachten. Ze hadden nooit gereageerd op mijn verhuisbericht! Ze hadden mij tegenover het ziekenhuis voor schut gezet. De mevrouw had duidelijk een klantvriendelijkheidscursus gedaan, begon mij te kalmeren, raadde mij aan alles terug te sturen en dan zouden ze het nog eens bekijken. Ik heb snel mijn anderhalf jaar achterstallige premie betaald en de boel teruggestuurd. Nooit meer wat gehoord.

Later sprak ik een jongen die bij die club werkte en hij legde uit dat het verhaal hem niks verbaasde. Dat het daar logger werkte dan bij een Russisch ministerie. Absoluut niet verbaasd. Dus ik hoor ook bij die criminelen. Ik ben ook een van de verzekeringstillers.

Hoe deze crimineel begraven wil worden? Doe maar zacht en stil en zonder paarden. Drie kinderen en een vrouw is een lieve rouwstoet. Ik heb niet zoveel vrienden.

Apostrof

Een kogellamme koningin die tijdens een etentje in slaap dommelt, een incompetente schoonvader die een Dominicaanse huishoudster bezwangerd heeft en in andermans belastingaangiften en geheime dossiers van de Sociale Dienst snuffelt, een ruftend rijk broertje dat jaloers is op de sportauto van zijn nieuwe zwager, een welgemeend *fuck you* dat door de koninklijke paleizen galmt, neefjes die gewoon over iets anders gaan praten als de blaaskakerige hoofdpersoon begint te babbelen, afluistermicrofoons, onderschepte post, een hofdame die weigert een hand te schudden, een vlag met een tweedehands familiewapen, die op de huwelijksdag hoger wappert dan het vaatdoekje met het wapen van de familie van zijn vrouw, enzovoort, enzovoort.

De hoofdfiguur is ook nog een bijstandsbaron die amper geld heeft om de jaarlijkse contributie van de hockeyclub Amsterdam te betalen en hij bezit uiteindelijk geen druppel blauw bloed. De baantjes die hij aan zijn schoonouders opgaf, kloppen ook niet en ik laat de nitwit met zijn prinses in een veel te groot kasteel in Frankrijk wonen. Vaak doolt hij er waanzinnig doorheen.

Dit zijn de ingrediënten van mijn nieuwe musical *Oranjebitter*, die ik volgend seizoen in Carré ga spelen.

Ikzelf speel de rol van Willem van Rottenberg tot Nieuwkerk, een operettefiguur die een meisje bij een prettig gestoorde moeder weghaalt. Die moeder klaverjast dagelijks met berken en kastanjes en zit in een discussiegroep met negen vrolijke dolfijnen. Het wordt geen soloprogramma. Ik speel met een aantal acteurs en actrices plus een stevig zootje figuranten die ik van het Leids en Amsterdams Studentencorps haal. Een en dezelfde actrice speelt alle prinsessen, die stuk voor stuk ministersdochters zijn. Bekakte tongval en alles wat ze aanroeren is volslagen onbelangrijk.

Na de pauze komt de maffiose bruiloft in een Franse kathedraal en dan laat ik de foute schoonvader van een andere prins opduiken. Hij heeft kleverige bloedhandjes, is geweigerd op het huwelijk van zijn eigen dochter, maar grijpt nu de kans om bij deze charlatans toch nog een tweedehands koninklijk huwelijkje mee te pikken. Voor het fotoalbum.

Het wordt mijn musicaldebuut en ik schrijf niet onder de naam Youp van 't Hek, maar domweg onder mijn nieuwe artiestennaam *Apostrof*! Vorige week zag ik dat ik volgens de lezers van deze krant de populairste cabaretier van Nederland ben. Eerlijk gezegd wist ik het al. Sterker nog: ik ben het niet alleen volgens lezers van deze krant, ik ben het volgens heel Nederland. Terecht. En ik heb van alle cabaretiers ook nog eens de grootste bek, de dikste kop, het meeste geld en de mooiste vrouw. Dat laatste doet niet terzake, maar is wel mooi meegenomen.

Nu ik een nieuwe rol ga spelen en zich een nieuwe fase in mijn artistieke leven aandient, is het ook tijd om me een andere identiteit aan te meten. Eerst wilde ik gaan werken onder mijn letter. Gewoon Y, maar helaas was A.F.Th. mij voor. Ik wil nog verder gaan dan deze schrijver en hou uit mijn naam alleen de apostrof over. Dus volgend jaar zegt u tegen elkaar: 'Heb jij de nieuwe Apostrof al gezien?'

De première van *Oranjebitter* is op zaterdag 18 oktober in Carré en na zes weken verhuizen we voor twee maanden naar het Nieuwe Luxor in Rotterdam. Voor de première ga ik met de recensenten van *Volkskrant, Telegraaf, NRC, Parool* en *Trouw* bij de buren, het Amstel Hotel, eten. De recensent van het *AD* mag niet mee. Niet omdat hij altijd lullig over me schrijft, maar omdat die krant tegen die tijd verfrommeld is tot een Dordts sufferdje. Mijn manager zal na het diner de door mij geschreven recensies aan de kritische journalisten uitdelen. Ze mogen kiezen uit drie koppen:

Apostrof overtreft zichzelf,
Apostrof zweeft boven de Olympus
of
Magistraal begin van een machtig epos.

En vooral de scène waar ik als Willem van Rottenberg tot Nieuwkerk de vloer aanveeg met alle collega-cabaretiers, die ik uitmaak voor te zwaar geschapen nitwits, zal ik prijzen.

Oranjebitter is niet de eerste, maar de nulde van een serie koningsdrama's. En aan het eind verschijnen ze in boekvorm. Zevenhonderd bladzijden. En wat mijn uiteindelijke streven is? Ik ga proberen dikker dan mijn boek te blijven.

Liegangst

Op naar Londen, Arsenal, voetbal dus. Jongensuitje. Ouderwetse uitwedstrijd van Ajax. Beetje overmoedig ging ik in het vliegtuig naast haar zitten. Of ze ook naar het voetballen ging? Nee, maar ze wist er wel veel van. Dat bleek mee te vallen. Ze vertelde wat ze wel in Engeland ging doen. Werken. Ik vroeg haar hoe het met de liefde was. Voor mij een standaardvraag, die ik graag stel aan vreemde vrouwen. Dat was ingewikkeld. Ze woonde samen in het Drentse Hoogeveen met een schat van een man. Beetje *te* schat van een man. Doorzonambtenaar met kinderwens.

Dat is niet erg, maar bij mijn vliegmachinebuurvrouw bruiste en vlinderde er nog van alles. Zij was meer toe aan een cabrio, een gespierde surfneger en een avontuurlijke wereldreis. Haar Drentse vriend was zeer tevreden met hun bestaan, terwijl zij honger had. Honger met haar hoofd, haar hart en heel haar lijf.

Ze was een maand of wat geleden tegen een Engelsman aangelopen, had knetterseks met hem gehad, was gaan zweefleven en wist het nu even niet meer. Haar Drent was lief, vertrouwd en licht depressief. Vooral van dat laatste was ze bekaf. Al zes jaar lang moest ze hem om de dag opbeuren en bevestigen dat hij leuk was, hartstikke leuk zelfs. En dat was hij niet. Ze loog dus tegen hem. Ze loog dat ze hem leuk vond. Hij was gewoon geeuwend saai. Een soort Amstelveen! Haar leven lang was ze hier bang voor geweest. Liegen tegen je lief dat je hem leuk vindt.

Of ik een advies had? Zij was dertig en ik al oud en wijs! Ik vroeg haar nog wat ordinaire details en kreeg die ook. Ze zou haar Britse lover nu ook weer zien en wist al dat ze zouden eten in een hip restaurant, drinken in een rare pub en dat ze zouden dansen. En lachen. Veel en hard. Voor de seks, na de seks en waarschijnlijk ook tijdens. Haar Drent vond uit eten zonde van het geld, drinken dom en in Hoogeveen kon je nergens heftig dansen. Hoogeveen is nou eenmaal geen Londen. Als je in Hoogeveen danst, ken je de hele dansvloer en in Londen ken je niemand. Dus kan je wild, los en in de war. Ze vroeg weer om een advies. Of ik wel eens met dit botte bijltje gehakt had? Ik zweeg verstandig en kreeg nog meer zinderende feiten.

Een bed & breakfastweekend aan de kust, een verzonnen zakenreis en een uitje naar Chelsea. Met haar Engelsman was ze ooit naar Chelsea geweest. Wat moest ze doen? Ik moest haar adviseren. Ik zei dat ik niet kon oordelen, maar dat ik, als ik het allemaal zo hoorde, in elk geval wel wist dat ze bij de muffe depri-Drent weg moest. Daarna zou ze vanzelf merken of de ongecompliceerde Engelsman het eigenlijk wel was. Nu was het natuurlijk allemaal leuk omdat het illegaal, dus spannend was, maar misschien was het, als het allemaal wel mocht een hele saaie sukkel. De gezagvoerder zette de landing in.

Ze vond het zo raar dat ze mij alles verteld had. Niemand wist het. Haar beste vriendin zelfs niet. Ik was de eerste bij wie ze volkomen leegliep. Maar ik was dan ook zo vertrouwd. Ik was bijna familie. Ze had een paar video's, alle boekjes, was drie keer in het theater geweest en had nu het gevoel of ze tegen haar broer zat te praten. Haar Drent kocht op zaterdag altijd de NRC. Enkel en alleen om mijn stukje!

Tien keer had ze op het punt gestaan om tegen hem te vertellen dat ze een vonkende minnaar had ontmoet en dat ze eindelijk weer zout op haar huid geproefd had, maar steeds was hij over een nieuwe stofzuiger, vloerbedekking of *Idols* begonnen. Daar hield de Drent van. De Drent keek graag naar *Idols*!

Hoe moest ze het hem vertellen? Ik stelde haar voor dat ik onze ontmoeting vandaag in de krant zou zetten en dat zij bij thuiskomst tegen hem zou zeggen: 'Weet je naast wie ik op de heenweg in het vliegtuig zat?'

Hij heeft dit stukje nu uit en weet alles. Sorry, maar het is beter zo. Voor allebei!

Oppertuun

In mijn familie is het één grote gebrouilleerde puinhoop, maar dat zet je niet in de krant of in een boekje. Integendeel. Je speelt op dat gebied altijd mooi weer. De vuile was blijft in de mand. Dat is bij de Oranjes niet gelukt. Een of andere gefrustreerde nepbaron is leeggelopen tegen een roddelblad en geeft met zijn ordinaire gezwatel de familie van zijn vrouw alsnog volkomen gelijk. Hij laat zien dat hij inderdaad een heel sneue lul is, die volkomen terecht wordt uitgekotst omdat je hem absoluut niet kunt vertrouwen. *Doctor* Edwin is een paar zielige beeveetjes gestart met kinderachtige namen als *Now Jones*, heeft ze niet op tijd door Ahold laten overnemen en is eigenlijk gewoon bankroet.

Een goede vriendin van mij kent Edwin nog van school en vertelde dat hij daar een treurig piepeltje was. Zo'n jongen die je je eigenlijk niet herinnert. Op de Amsterdamse voetbalclub AFC kende men hem ook uitsluitend als een huilebalkerige loser. Zo'n verwende etterbak. Aan zijn doctorstitel wordt getwijfeld. Ik vrees dat hij hoog scoort in de competitie om de Charles Schwietert-bokaal.

De enige prestatie die hij in zijn leven geleverd heeft is dat hij een derderangs prinses aan de haak heeft geslagen. Een kind dat een product van haar opvoeding is. Dochter van een vader, die zo door de ratten besnuffeld is dat hij een tijdje serieus dacht dat hij koning van Spanje kon worden en een moeder die in de groentewinkel meer met de broccoli dan met de groenteman praat. Daar word je vreemd van. Het stel woont in een Frans kasteel, had een aanstellerige bruiloft die bijna een half miljoen gulden kostte, maar waar niemand van harte naartoe kwam en nu lopen ze samen volledig leeg in een naar rechts opgerukt grachtengordelroddelblad.

Zelfs een briefje van Alexander, waarin hij zijn nichtje op nette wijze duidelijk maakt dat ze met die charlatan niet op zijn huwelijk hoeft te komen, wordt in het kappersblad afgedrukt. *Oppertuun* schrijft onze toekomstige koning in het kattebelletje. Eén fout, een negen. Je bent toch wel een derderangs snol als je dat soort privé-zaken aan een journalist meegeeft.

Doctor Edwin wilde de domheid van Alexander aantonen met een voorbeeld, waarin de kroonprins vertelde dat Voltaire een stadje in Frankrijk is. Nou is dat ook zo. Dat Edwin dat niet wist! Zelfs ik wist dat. Ik wist weer niet dat Voltaire ook een Franse schrijver was. En de nepbaron vond het nodig om te vertellen dat de prinsen, terwijl ze vanuit de koets naar het domme volk zwaaien, onder het raampje hun middelvinger opsteken. Nou was dat iets dat ik altijd hoopte dat ze dat zouden doen. Die paar honderdduizend sukkels die naar een gouden koets staan te zwaaien mag je toch gezond minachten? Ik denk dat er in de huiselijke kring wel ergere dingen over het domme klootjesvolk worden gezegd. Terecht. Klootjesvolk dat zich gedraagt als klootjesvolk mag je vierkant uitlachen. Kortom: de jongens zijn in mijn achting alleen maar gestegen.

Wat het allemaal zo leuk maakt, is dat de koninklijke familie een doodgewone familie blijkt. En daarin gebeuren heel vervelende dingen. Natuurlijk is een starnakel bezopen Laurentien geen pretje. Nuchter lijkt ze mij al een hel. En waarom zou Alexander oom Pieter niet voor boerenlul mogen uitschelden? Zal wel gebeurd zijn nadat Van Vollenhoven de koninklijke vleugel weer eens een uurtje had gemarteld. Als het waar is dat het echtpaar gesprekken met Trix op band heeft opgenomen, wordt het toch hoog tijd dat Alexander en zijn broertjes naar Frankrijk rijden om die tweederangs Von Münchhausen even boven op zijn bek te timmeren. Daar hoef je geen onderwereld voor in te huren. Dat soort klusjes klaar je zelf. Met plezier zelfs.

Als ik de koningin was, liet ik de storm in het glas oranjebitter lekker uitrazen en ging ik een weekje skiën. Maar waar? Niet in Lech, want daar zit Ahold-tobman Cees van der Hoeven. Lech is echt een plek waar je onderduikt als je in de problemen zit. Een Oostenrijks skioord in de krokusvakantie. Daar zitten vast geen Nederlanders. Cees neemt uitsluitend zwarte pistes. Zo hard mogelijk naar beneden. Heerlijk!

Regerende leugen

Als die Balkenende een beetje ballen heeft, is hij gistermiddag de kamer van de koningin binnengestormd en heeft hij haar helemaal plat gefoeterd. Waar ze de gore moed vandaan heeft gehaald om eigenhandig de BVD te bellen, een rapportje te bestellen om dat vervolgens aan het kerstdiner aan alle aanwezige zussen, neefjes en nichtjes uit te delen.

'Fax het even naar Malle Hugo in Brussel,' schijnt ze er nog achteraan te hebben geroepen. En dat allemaal buiten Kok en de toenmalige ministers om!

Durft Jan Peter dat? Haar vertellen dat de democratie een beetje anders in elkaar steekt? Zullen we Trix eens ongevraagd screenen? Wordt een dik rapport. Een zuipschuitende opa, een corrupte vader, een zoontje met een van misdaden tegen de menselijkheid verdachte schoonvader en er circuleert ook altijd nog een foto van prins Claus zaliger in een bepaald uniform. Het komt door ons gedoogbeleid dat we die poppenkastpoppen nog steeds tolereren, maar ze moeten zich wel aan de regels houden. Zal onze demissionaire minister-president haar dit durven te vertellen?

En als Trix op haar overbekende Minerva-toontje *Ja maar* piept, zal hij dan met zijn christelijke koppie durven roepen: 'Niks ja maar, kop dicht en luisteren of ik stuur

Regilio Tuur even langs! Die houdt niet van eigenwijze vrouwen.'

Vorige week mocht ik in ditzelfde krantenhoekje stevig tekeergaan tegen Edwin *Le Roi* van Zuydewijn en zijn maffe prinses, omdat ik vond en nog steeds vind dat ze allerlei privé-zaken uit de familie niet naar buiten hadden moeten brengen. Een dronken koningin en een scheldende kroonprins binnen de muren van hun eigen paleis doen niet ter zake. En dat je door de schoonfamilie niet gepruimd wordt, dat hoort bij een normaal burgermansleven. Wees blij in dit geval.

Hij had zich echter moeten beperken tot de feiten. Dat zijn schoonvader zijn dossier van de Sociale Dienst had mogen inzien, dat hij gescreend en achtervolgd was en dat zijn post werd geopend en bekeken. Dat zijn ronduit schandalige zaken, die niet kloppen. Door die dingen moet hij zich genaaid voelen en hij heeft het volste recht om die maffiapraktijken goed aan te kaarten. Hij had natuurlijk veel eerder de slimme advocaat Nicolaï moeten inhuren. Dan hadden de nepbaron en zijn vrouw al die zaken niet dusdanig vermengd dat ze door niemand meer serieus genomen worden. Nu blijft toch het beeld van een paranoïde stel, dat in hun kasteeltje de schilderijen aan microfoontjes ophangt. Het feit dat het echtpaar zelf bij het gesprekje met Eef Brouwers ook een bandrecordertje bij zich had, maakt hun zaak niet echt sterker. Prinses Margarita schijnt aan het begin van het gesprek gezegd te hebben: 'Ik neem het voor mezelf op!' En dat heeft Eef niet helemaal begrepen.

Maar goed: de vraag is of onze Jan Peter de koningin heel duidelijk kan maken dat het eigenhandig inhuren van de BVD gewoon niet kan. En dat de BVD er niet is om huwelijkskandidaten van de dochters van je wereldvreemde zus te checken. Die zus is niet eens lid van het Koninklijk Huis. Dit is gewoon regelrecht machtsmisbruik. En als je het toch nodig vindt om iemand te screenen, dan bel je even met je baas, in dit geval Wim Kok, en vraag je of hij het goed vindt.

Ik hoor haar komende kerst graag kakelen over *nurmen* en *waerden.*

Hoor wie het zegt, zal iedereen denken.

In Wijhe werkt vast al iemand aan het spandoek met de tekst *Waar is Edwin?* De plaatselijke koddebeier krijgt opdracht om het te verwijderen.

Balkje moet de koningin snel duidelijk maken waar haar plaats is. Dat ze niet zomaar doopceeltjes mag gaan lichten en zeker niet verspreiden. Dat is ronduit machtsmisbruik en daar houden wij liberale democraten niet van.

Ik sta dan nu ook pal achter Edwin. Het lijkt me een kwal van een corpsbal, maar juridisch heeft hij volkomen gelijk. Ik gun hem dan ook een schadevergoeding van miljoenen, onder voorwaarde dat we daarna niks meer van hem horen. Ik denk dat Trix inderdaad zo slim is en de zaak spoedig schikt. Paar miljoen euro en voortaan bek dicht. Dan noemen ze hem binnen de familie alsnog *een geschikte kerel.*

Werkoverleg

Maandagmiddag komt Jan Peter voor het wekelijkse overleg Huis ten Bosch binnen en het eerste dat Trix vraagt is: 'Hoe vond je het zelf gaan?'

Daarna volgt een dodelijke stilte. Trix heeft hem zien stuntelen en stotteren. Wat een wanvertoning. Stampvoetend ijsbeerde ze woensdag voor haar televisietoestel heen en weer, telkens als de nepbaron, haar nichtje en hun kleffe handjeplakadvocaat in beeld kwamen, sidderde er een heftige vloek door haar hoofd, maar ze durfde deze niet hardop uit te spreken. Deels omdat ze zo niet is opgevoed en ook uit angst dat het werd opgenomen. Ze hoort sinds kort dag en nacht gestommel in alle belendende kamers. In iedere droom ziet ze Eef Brouwers met zijn elektrische schroevendraaier in de weer.

De arme Jan Peter kijkt bedremmeld. Hij heeft het zwaar. Het gereformeerde mannetje mag volgens zijn geloof niet liegen en hij weet dat hij woensdag bijna niets anders heeft gedaan. Liegen in naam der koningin mag weer wel. Waarom? Omdat de koningin door zijn gereformeerde God is aangesteld.

Heel voorzichtig oppert de premier dat het een onmogelijke opgave was.

'U heeft zo verschrikkelijk misgekleund, majesteit. Ik

kon er echt niks meer van bakken. Heeft u inmiddels gelezen dat Nicolaï denkt aan een claim van een kleine 50 miljoen? Volgens hem is prins Charlatan een carrière als Captain of Industry door de neus geboord!'

'Welke Captain of Industry bedoelt meneer? Ik hoop niet dat hij het over de oplichter Cees van der Hoeven heeft,' zegt de koningin. 'Want die verdient niet meer zoveel.'

'Daar moet u zich niet in vergissen Koninklijke Hoogheid, want in die kringen is het heel normaal dat je via allerhande sluwe regelingen nog jaren je volledige salaris vangt. Een platina handdruk. Dat soort zaken wordt op de golfclub afgehandeld onder het motto: Cees is een vrind en een vrindje laat je niet vallen!'

'Hij mag blij zijn dat hij het Albert Heijn-personeel niet achter zich aan krijgt. Die schoppen iemand die een tube tandpasta gejat heeft al vierkant invalide. En papa betaalt dan weer de boete. Dus iemand die door valsheid in geschrifte een paar miljard heeft laten verdampen, die mag wel oppassen. Veel personeel had aandelen. Maar het gaat me niet om het geld. U betaalt dat toch? Als die gek zijn bek maar houdt. Hij heeft verraden dat de prinsjes met gestrekte middelvinger naar het volk zwaaien. Dat is imagoschade. En ik begrijp uit de jongste opiniepeilingen dat steeds meer volk met gestrekte middelvinger terugzwaait. Nog even en we moeten opzouten!'

Jan Peter heeft in de kranten gelezen dat hij iets krachtiger naar buiten moet treden en dit lijkt hem een mooi moment. Voor hij het weet zegt hij: 'Misschien is het ook wel tijd om op te krassen, majesteit. Eigenlijk hebben we alleen maar last van jullie. Vorig jaar hadden we dat gehannes met uw zoon, die eigenlijk wilde dat zijn schoonvader met zijn bebloede handjes vanuit een koets naar ons zou zwaaien.

Ondertussen moeten we tegen een burgermuts als Petra Brinkhorst prinses en Koninklijke Hoogheid zeggen en nu weer dit onbeschofte BVD-akkefietje, dat volgens u gewoon routine is. Heeft u trouwens een lijst van meer mensen die u op ongeoorloofde wijze hebt laten screenen?'

De koningin kijkt de premier woedend aan. Dit had ze van de plichtsgetrouwe snotneus niet verwacht. Woensdag stond hij nog te stuntelen en nu zo'n grote bek. Maar Jan Peter gaat verder:

'En die vijftig miljoen betaalt u overigens zelf. Dan verkoopt u maar de tiara of een paar paleisjes. Die aanleunwoning van uw ouders kan ook een maatje kleiner. Kortom: we zijn het gezeur meer dan beu. U heeft het er zelf naar gemaakt, we treffen een Van der Hoevenregeling en we spreken af dat jullie per 30 april 2004 weggaan. Mooie Koninginnedag. Wordt het in plaats van zwaaien, uitzwaaien'.

'Meneer Balkenende, u kwetst mij zeer en u gaat kilometers buiten uw boekje!'

'U bent begonnen, Majesteit. Ik pas me aan aan het gezelschap!'

'Ik ga een taxi voor u bellen!'

'Sorry, Majesteit. Ik heb al gebeld!'

'Een taxi?'

'Nee voor u! Een verhuiswagen!'

Pace

Hoe ik weet dat het oorlog is? Omdat de koningin het land uit is. Een oude traditie. Wel fijn dat ze in het verre Chili nog even op de zaak-*Margarita* inging. Vooral de ruiterlijke excuses aan haar nichtje en haar man over het feit dat ze de privacy van het paar op schandelijke wijze heeft geschonden, maakten diepe indruk.

Toevallig kreeg ik een stukje van de koninklijke kersttoespraak uit 1998 in handen. Het woord is aan Trix:

Wie kent niet het gevoel te kort te schieten en te falen jegens anderen? Dat stemt misschien mild in ons oordeel over fouten van onze medemensen. Maar wat echt verkeerd is, kan natuurlijk niet worden getolereerd. Machtsmisbruik en redeloos geweld zijn nooit te aanvaarden. Het kwaad kan zelfs tot een systeem worden dat mensen zo meezuigt dat ze stap voor stap verzanden in een praktijk van fout gedrag. Dit hoeft niet altijd een gewetenloze keus te zijn om bewust onrecht te doen. Mensen kunnen verblind zijn of hun geweten sussen door wat krom is recht te praten. In waan en zelfbedrog kunnen kwade praktijken heel lang worden voortgezet.

Als dit geen humor is. In dezelfde toespraak deelde ze ons ook nog mee dat *boete doen en vergeving schenken de mogelijkheid openen tot herstel van gemeenschap. En dat niet iedereen de bereidheid tot verzoening kan opbrengen is begrij-*

pelijk. Toch is er uiteindelijk geen andere weg.

Tot zover onze vorstin. Dus loopt het voor de maffe prinses en haar claimbaron toch nog goed af. Een kwestie van tijd.

Ondertussen is het oorlog. De webcams op de tanks zorgen ervoor dat we onszelf diep Irak in kunnen zappen. Pilsje erbij, zakje wokkels onder handbereik, heerlijk. Zolang het gifgas niet via de televisie mijn huiskamer in kan stromen vermaak ik me prima. Webcams op de slachtoffers lijkt me een optie voor een volgende oorlog. Dat het bloed tegen je beeldbuis spat.

Of ik voor de oorlog ben? Natuurlijk niet. Maar ik ben ook niet echt voor die Saddam Hussein, die iedereen overhoop schiet die het niet met hem eens is. Femke Halsema en Jan Marijnissen maken met hun tegendraadse meninkjes in dat land weinig kans. Wat ik zo fantastisch aan de Amerikanen vind, is dat ze na het bevrijden van Irak ook meteen de Koerden hun eigen land teruggeven. En daarna de Palestijnen. Tsjetsjenië popelt. Bush krijgt het nog druk.

Afgelopen week was ik in Rome. Gewoon lekker ordinair voor een potje voetbal. De hele stad hangt vol met regenboogvlaggen met het woord *Pace* erop. Wandelend door de culturele hoofdstad van de wereld stuitte ik regelmatig op vredesdemonstraties. Dat was knap irritant, want daardoor kon ik niet lekker doorlopen. Steeds werd ik door de politie een andere kant op gestuurd. Een vriend van mij miste door een betoging tegen de oorlog het eerste doelpunt, van Van der Meyde. Da's lastig. Ik was wel op tijd, maar dat kwam omdat mijn taxichauffeur GPS in zijn auto had en voor een alternatieve route kon kiezen. Dat *Global Positioning System* hebben we overigens te danken aan de vorige Golfoorlog. Kortom: zo'n oorlog is toch ergens goed voor.

Woensdagavond zaten we met een club vrienden in het stadion. Een paar uur voor het begin van de oorlog. Niemand wilde het erover hebben. Eerst voetballen. Uiteindelijk is voetbal ook oorlog. En wat voor een. De taxichauffeur bracht ons op advies van de Romeinse politie bijna tot aan onze stoel. Er liepen namelijk gewapende Roma-fans en die staken en sloegen er op los.

'And because you are Danish, it's better not to go there.' Een echte kenner deze chauffeur. Hij weet dat Ajax de club van Kopenhagen is. Na de wedstrijd moesten we een kleine anderhalf uur in het stadion blijven. Voor onze veiligheid. Buiten lagen inmiddels vijf Ajax-supporters met steekwonden. De zwaar gehelmde Mobiele Eenheid waakte over ons. Morgen is de wedstrijd PSV-Ajax en de supporters hebben de messen alweer geslepen. De *Joden* tegen de *Boeren.* Dit keer volg ik het op de televisie. Zappend tussen Basra en Eindhoven. Of zal ik met een regenboogvlag op de tribune gaan staan? Maar welke hooligan weet wat *Pace* betekent?

Golden hello!

Erg bijgelovig ben ik niet, maar als ik, zoals afgelopen woensdag, binnen een uur op de snelweg drie keer word ingehaald door een lege lijkauto, ga ik toch een mondkapje kopen.

Moet de hele week denken aan het triootje commissarissen van ABN-Amro dat bij deze bank voor meer dan tien miljoen euro in het krijt staat. Wat een armoe. Wel leuk dat die geleende bedragen tegenwoordig bekendgemaakt moeten worden. Zo'n commissariaatje is een bekend kakkersschnabbeltje. De *captains of industry* schudden eens in de zoveel tijd de kaarten en delen die aan elkaar uit. Jij commissaris bij mij, ik bij hem en hij bij jou! Zelfs Wim Kok zwemt tegenwoordig lekker mee in de graaibaai. Wat een commissaris doet? Niks. Adje Scheepbouwer was het bij KPN en zodoende kroongetuige van de teloorgang van dit bedrijf. Medeplichtige kan je beter zeggen. En toen het bedrijf bijna dood was, stapte hij niet schaamrood op. Nee, hij kwam het redden. De goedzak. Hoe hij dat deed? Hij schopte een groot deel van het personeel de ww in, van de rest bevroor hij voorlopig het salaris en zelf pakte hij schaamteloos een premie van een paar miljoen euro. Solidair met zijn mensen.

Over platina handdrukken gesproken. Hoor net dat

Máxima en Willem-Alexander boos zijn op het weekblad *Privé* omdat het allerlei foto's van hun nieuwe Wassenaarse stulpje gepubliceerd heeft. Zo vervelend als vreemden in je spullen neuzen. Tegen Trix vertelde Alex dat hij zich *gescreend* voelde. Komen we toch weer op claimbaron Edwin. Die dacht zelf dat hij ook wel captain of industry had kunnen worden. Gezien de bedragen die de schat schijnt te gaan eisen doet hij al lekker mee.

Toen ik tijdens de *Aholdcrash* las wat die Cees van der Hoeven per jaar verdiende, dacht ik: Dat salaris krijg je in een jaar nooit op. Maar daar had ik me mooi in vergist. Cees had er niet genoeg aan en moest als bankcommissaris stevig bijlenen. Tegen een vrindjesrentepercentage uiteraard. Daarom maakt Ceesje zich nu heel breed om de bijna failliete kruidenier nog een stevige poot uit te draaien. Hij moet nog wat afbetalen en wil dus een diamanten handdruk. Ik was in zijn geval met een grote AH-diepvriestas over mijn hoofd de winkel uitgesneakt. Na zo'n debacle durfde ik geen dubbeltje meer te eisen. Sterker nog: ik zou een paar miljoen terugstorten en 'sorry' op de overschrijving zetten. Maar zo gaat het niet in dat wereldje. De man die Stork naar de filistijnen hielp, zit – na het innen van een vette afkoopsom – zichzelf astronomisch af te vullen bij de NS en Boonstra kwam na zijn carrière dusdanig veel tekort dat hij het criminele circuit in moest. De krijtstreep is eigenlijk een voorzichtig gevangenispak. Boonstra was trouwens ook weer een tijdje commissaris bij Ahold. Als Cor de bak indraait, krijgt hij dan een uitkering? Ferdi E. kreeg die toen wel. Opeens zie ik Cor tijdens het luchten financiële adviezen aan Volkert geven. Want Volkert kan binnenkort ook levenslang sparen.

'Geen aandelen, Volkert. Ga in vastgoed! Stop het in

steen! Of in de bouw! En vooral in aannemers die gaan bouwen in Bagdad! Gouden handel op dit moment.'

Buiten de gouden handdruk bij het afscheid heb je tegenwoordig ook de *golden hello*. Dat is een miljoenenbedrag dat je krijgt als je als manager ergens komt werken. Bent u er nog? De *golden hello* is niet door mij verzonnen.

Ondertussen spoken nog steeds de drie lijkwagens door mijn kop. Lege lijkwagens! De Iraki's zien niet veel lijkwagens. Als ik naar de bombardementen kijk, hebben zij die niet nodig. Ze worden door de Amerikanen en de Engelsen gecremeerd en begraven tegelijk. De as van het kwaad gaat diep de grond in. Heel diep zelfs. Zonder gouden handdruk verlaten de slachtoffers het ondermaanse. De islamieten geloven in sommige gevallen weer wel in een golden hello bij de hemelpoort.

Ingehaald door drie lijkwagens! Ik moet iets doen. Allereerst iets verstandigs met mijn geld. Maar wat? Ik stop het in kunst. In Karel Appels. Even Rudi Fuchs bellen. Die krijgt vast een flinke korting.

Hoe zo'n schilderij in commissariskringen genoemd wordt? Een Appeltje voor de dorst.

Viruscongres

Als je de vogels pest dan pesten ze je op een dag terug. Door gewoon dood te gaan. Achttienduizend kalkoenen in een schuur, vijfenzeventigduizend kippen in een bedrijf, zesentwintigduizend eenden eendonterend borst aan borst. Het ongrijpbare virus zorgt ervoor dat de beesten veel korter hoeven te lijden. Ze mogen dagen eerder dood. God greep in. Je ziet de ruimingen. Graafmachines met laadbakken vol vergaste kuikens. Eet smakelijk.

De schade is enorm. Dat zegt de minister die over de vogels gaat. Hij heet Veerman. Leuke naam in dit geval. Welke schade is enorm? De economische schade. Het vogelleven telt niet. De economische schade is veel erger. Beleggingsanalisten adviseren dat je je geld nu niet in pluimveebedrijven, kippenslachterijen of andere dierenmartelkamers moet stoppen. Vannacht droomde ik van een kippenschuur met een paar honderdduizend kippen met een mondkapje voor. En niet alleen kippen. Ook varkens, koeien en vissen. Een zeewolf met een rood kapje.

Veel pluimveebeulen zijn zwaar christelijk. Ze lezen dagelijks hardop in de bijbel, prijzen de Heer, loven de schepping, zitten twee keer per zondag in een bedompte zwartekousenkerk en springen onderhand zeer schofterig om met diezelfde schepping. Wat zegt hun God daarover? Waar halen zij het recht vandaan om beesten met duizenden in het donker op te sluiten? Welke God zag dat dat goed was?

Was het een onderdeel van de formatiebesprekingen? Heeft de socialist Bos zich opgeworpen voor het welzijn van de machteloze dieren? Heeft Balkenende het aangedurfd? Of vervreemdt hij dan van zijn achterban? Na Volkert is het natuurlijk sowieso een heikel onderwerp. De schoonzus van Pim verscheen in de rechtbank in een vette bontjas. Alsof de moord en het welzijn van de dieren iets met elkaar te maken hebben.

Ik ben geen dierenvriend, ben geen lid van een bevrijdingsfront of dierenbescherming, ben geen activist, zal dat ook nooit worden, maar ik vraag me wel af waar we als mensen toch het recht vandaan halen om duizenden varkens in donkere schuren op te sluiten? Wie heeft ons verteld dat je tienduizenden nertsen in gestapelde kooien mag houden? Wie geeft ons dat recht? De C van CDA staat toch voor Christelijk? Christus was toch de zoon van God? Door hem gezonden?

Varkenspest, MKZ en nu de vogelpest. De virussen zijn gewoon solidair met die gemartelde dieren. Een virus is een levend iets en wie weet kan een virus wel denken. Misschien kunnen de virussen het niet langer aanzien en is er op een geheime plek een internationaal viruscongres geweest. En is op dat onzichtbare congres besloten dat zij de dieren gaan redden. Bevrijden uit hun martelschuren. Beter dood dan pijn.

De beesten komen in de dierenhemel. Vrij en blij dartelen ze daar rond. Een mals weiland, een schitterend bos. Met afgevulde mensenschuren aan de rand.

Eens in de zoveel jaar is er een geheim viruscongres en wordt de aardse stand van zaken doorgenomen. Dat de mensen elkaar onderling afmaken via oorlogen, vinden de virussen best, maar hou de onschuldige dieren er buiten. Er is steeds een groep extreme virussen die actie willen. Die gaan voor het terrorisme. De guerrilla. Het congres tracht ze op andere gedachten te brengen, maar het zijn jonge, niet in toom te houden honden. Geen land mee te bezeilen. Niet voor rede vatbaar. Geweld is alleen te bestrijden met geweld. Ze stammen af van het pokkenvirus. De reislust en het avontuur zit hun in het bloed.

Het laatste viruscongres was heftig. Er werd stevige taal gesproken. De blinde en dove mens moest worden aangepakt. De dieren gered. Nederland werd uitverkoren. Te beginnen in de Gelderse Vallei. Maar toen kwam er een gerucht. Er was een niet te houden splinter in de virussengemeenschap. Een RAF, een ETA, een IRA. Geen woorden, uitsluitend daden. Meedogenloos en hard. Zonder aanzien des persoons slaan ze toe. Geen dieren, maar mensen. De club is opgericht. Ze zijn begonnen. Niet mee te praten. Niet vatbaar voor welk argument dan ook. Slaan harder toe dan ooit. Zijn net begonnen. De naam is SARS. En iedereen die zich afvraagt, waar de mensheid het aan verdiend heeft, is gek. Het is oorlog.

Arm jongetje

De hele week sluipt Ali door mijn hoofd. Niet Ali Chemicali, maar dat arme Irakese jongetje. Arm is een verkeerd woord. Armloos is beter. Armloos en verbrand. Het herstel van brandwonden gaat meestal gepaard met enorme jeuk. Wie krabt het onschuldige kereltje? Het jochie dat bij het bombardement zijn ouders verloor. En niet alleen zijn ouders. Ook zijn broers en zusjes. Als er deze week geen hulp kwam, zou hij sterven. Ik hoopte voor het joch dat er geen hulp kwam. Maar God is wreed en hielp. Allah regelde dat hij naar Koeweit mocht. Daar ligt hij nu. Symbool van de Tweede Golfoorlog. Hij is de opvolger van het Vietnamese napalmmeisje. Hij hoeft nooit te klappen voor de Amerikanen. Meisje omhelzen lukt ook niet. Masturberen? Kansloos. Liften? Nee dus. Zelfs zelfmoord kan hij niet zelf.

Nederland heeft andere problemen. De top van ING is jaren onderbetaald geweest. Ik wist dat niet en vind het knap dat ze het al die jaren verzwegen hebben. De stille armoede van Ewald Kist. Manhaftig loodste hij zijn gezin door de strenge Hollandse winters. Elke avond hutspot met klapstuk. Boterhammen met schuifkaas. Gelukkig werd de socialist Wim Kok commissaris bij de ING. Hij zag samen met oud-vakbondsman Johan Stekelenburg de wantoestanden en greep in. De komende jaren worden de directiesalarissen verhoogd. Met zestig procent. Conform de markt! Bijna had de ING-top zich in het criminele voorkenniscircuit moeten begeven. En dat is een heel treurig onderwereldje. Arme Cor B. Een zeiljacht met geüniformeerd personeel in de Middellandse Zee en ondertussen lispelen aan een loketje van een desolaat Belgisch bankfiliaal om een stiekem nummerrekeningetje te mogen openen. Cor is betrapt en wordt waarschijnlijk veroordeeld tot terugbetalen en 240 uur dienstverlening. Dat is de voorlopige eis. Wat voor dienstverlening? Gaat hij de bejaarde billen van een oude moeder afvegen? Lijkt mij heel erg. Cor B. die je demente kont afveegt. En met wat voor papier? Ik vrees dat hij het minimaal met een biljet van 100 euro doet. Verder moet hij ramen lappen, po's legen, rollators kruipoliën en meer van dat soort klusjes.

Dit gun je toch niemand. Op je oude dag Cor B. om je heen. Ik hoop dat hij nog ergens een oude sok met een gering bedrag heeft, waarmee hij zijn straf kan afkopen.

De overheid zit namelijk om geld te springen. De Nederlandse voetbalclubs moeten gered worden. De clubs kunnen de Porsches van de spitsen niet meer opbrengen. Zelfs scheidsrechter Luinge kan geen bril betalen. Twente failliet, Vitesse bankroet en MVV bijna opgeheven. Je moet er toch niet aan denken. Een land zonder Betaald Voetbal. Zonder stadions waar men massaal *tyfusteringkankerkolerejood* scandeert. Geen agenten in ME-uitrusting. Geen gesloopte veewagons. Geen rellen! Dat zou toch saai zijn. Heerlijk dat de overheid bijspringt. Vitesse krijgt 29 miljoen euro. Terwijl we via de Nuon met zijn allen dat stadion al bij elkaar hebben staan douchen.

Verder hebben we het geld ook hard nodig voor het redden van de pluimveesector. Dit wordt mijn eerste eiloze Pasen. Ik laat de kinderen morgenochtend trouwens gewoon zoeken. Onderhand slapen mijn vrouw en ik lekker uit. Op een gegeven moment zullen ze janken dat ze niks kunnen vinden.

'Doorzoeken', is mijn advies, 'nooit opgeven! Neem een voorbeeld aan de ING -top. Die mannen hebben ook jaren voor niks gebuffeld.'

Op die manier hoop ik ze tot een uur of twaalf bezig te houden. Dan een paar uurtjes naar de meubelboulevard en op tweede paasdag naar De Efteling. Als je als paashaas verkleed bent, mag je daar gratis naar binnen. Ik vrees het ergste: de meest verschrikkelijke puntlassers uit Almere en Zoetermeer in een paashaasoutfit. Een file paashazen voor Kaatsheuvel. Soms droom ik van een precisiebombardement. Een kleine vierhonderd dode paashazen. Of alleen verbrand en de armen eraf.

En zo kom ik toch weer op Ali. Armloze Ali. Ik overweeg om dit weekend, vermomd als paashaas of cliniclown, naar Koeweit af te reizen. Naar de kinderafdeling van het plaatselijke ziekenhuis. Met een cadeautje voor de kleine armloze Ali.

Wat dat voor cadeautje is?

Cyaankali.

Lijktieten

Nu we het tijdperk van de opgevulde liegtieten zijn ingegaan, vraag ik me af hoe de archeologen in 4003 tegen de opgegraven siliconen aankijken. Ze vinden een skelet met twee plastic zakjes op borsthoogte. Of waarschijnlijk alleen de zakjes, daar de wurmen de rest al vrolijk hebben opgeknaagd. Ik moet ook zo vaak aan het beestje denken dat per ongeluk aan zo'n siliconenzakje is begonnen, de smerige inhoud binnenkreeg en onbedaarlijk moest hoesten. Hij had al een vieze smaak van een bitter botoxgezichtje bij de buren en dan dit er nog eens overheen. De wurmen kijken vaak weemoedig terug op de tijd dat een lijk nog een lijk was. Een mooi mager crisislijk was ooit het lekkerst, maar sinds de welvaart zijn de mensen te vet. Te McDonald's. En niets is erger dan ondergrondse misselijkheid. De wurmen hebben sowieso een rare tijd achter de rug. Wat te denken van de kunstheup, waar ooit een diertje voor het eerst op gestuit moet zijn. En een nog zacht gonzende pacemaker was in het begin ook een mysterie. Nu zijn ze gewend aan alle hartkleppen en andere inbouwprotheses. Ze eten er zorgvuldig omheen.

De Amsterdamse wurmen hebben een zware week achter de rug. Geen verse aanvoer. De ambtenaren die er voor moeten zorgen dat je na je dood een beetje behoorlijk de fik of de grond ingaat, waren massaal met vakantie en zonder de juiste formulieren en stempels mag je niet weg. De begrafenisafdeling op het Amsterdamse stadhuis was wegens vakantie gesloten. Mooie tekst op een doodskist: Wegens vakantie gesloten. De eeuwige vakantie. Voor altijd zonder zorgen, ruzies, angst, geldnood, achterklap en schuldgevoel. Nooit meer mislukken. De uiteindelijke welverdiende vakantie na een leven lang zinloos ploeteren. Maar deze week moesten een kleine honderdtwintig doden wachten op het vervoer naar de oven of het knekelveld. Uitpuilende koelkasten, opa's die uit ruimtegebrek gewoon in de familievriezer liggen en dat allemaal vanwege de afwezigheid van de gebronsde lijkenambtenaar. Er schijnt al een familie te zijn, die het niet pikte en die moeder afgelopen donderdagnacht illegaal heeft gestort op Zorgvlied. Dat scheelt ook nog eens een kleine drieduizend euro!

Maandag is het 5 mei en wordt er niet begraven, dinsdag is het Nationale Pimdag, dus het wordt woensdag. Lange zwarte files voor Westgaarde. Langzaam rijdend verkeer richting de Oosterbegraafplaats. Uitgehuilde weduwes, giechelende kleinkinderen die opa eigenlijk alweer vergeten zijn. Rouw moet vers zijn, net als verdriet.

Maar we hadden het over de chirurgische kunstgrepen van de dames tegen het natuurlijke verval. Het lijkt me voor een lijkenwasser ook schrikken. Je gokt dat een vrouw zestig is, kleedt haar uit en je treft onder die strakke kop een ongestreken lijf van in de tachtig met daarop twee siliconenbubbels, maatje Europacup. Je had het natuurlijk al een beetje aan het spreeuwennekje kunnen zien, maar je had even niet opgelet.

Hoorde van een deskundige dat de silicoontjes voor de crematie moeten worden lek geprikt, anders hoor je geplof.

En dat is niet aangenaam voor de familie. Sta je net lekker in je cake te happen, hoor je in de verte de liegtieten van je schoonmoeder knallen.

Hoorde nog wel een mooi verhaal uit een liegtietenkliniek. Een meneer meldde zich met zijn jonge vrouw. Zij kreeg van hem een nieuwe voorgevel. Leuk voor hem en leuk voor haar. Fiscaal gezien was het handiger als hij contant betaalde. Hij hoefde geen bonnetje. De dokter, ook maar een mens, ging akkoord. De operatie vond plaats, mevrouw was tevreden, meneer enthousiast en ook de dokter had extra zijn best gedaan. Zo vaak klus je niet zwart bij als chirurg. Maandag zou meneer komen betalen. Maar u voelt hem al: meneer kwam niet.

Waarschijnlijk vergeten, dacht de dokter. Na een maand werd de man voorzichtig gebeld. Hij was het inderdaad vergeten, maar deze maandag kwam hij zeker. En die maandag kwam hij zeker niet. Het proces herhaalde zich een paar keer en uiteindelijk besloot de dokter dan toch maar een rekening te maken en die naar de man zijn huis te sturen. Daar werd de envelop opengemaakt door zijn vrouw. Zij was enigszins verbaasd. Zij was rijk en gelukkig getrouwd, maar zij had geen nieuwe tieten!

Vreemd

Een Boekenbal of drie geleden raakte ik in gesprek met de schrijfster/columniste Heleen van Royen en ik kan niet anders zeggen dan dat het klikte. We spraken, dronken, lachten veel en vaak om de omhooggevallen aanwezige schrijvers en dichters met hun quasi-intellectuele prietpraatjes en we spraken af om een keer verder te praten. De volgende dag stond ze al op mijn voicemail. Ik op de hare. We lunchten in het Amsterdamse Excelsior. Wat zeg ik? We lunchten, dineerden en namen tot slot een kamer in het erboven gelegen pensionnetje Hotel de l'Europe, die ik contant afrekende. Mijn vrouw ziet namelijk mijn bankafschriften en vraagt zich anders af wat ik op een doordeweekse donderdag in een hotel op hemelsbreed een kleine vijfhonderd meter van ons huis moet.

De lunch was heerlijk, het diner exquis en de seks ronduit bodemloos. Ze genoot van mijn goddelijke lijf en ik vond haar ook wel lekker. Het was louter lust. Wat is er op tegen?

Heleen en ik raakten aan elkaar verslaafd. We sms'ten de meest opwindende taal naar elkanders van genot trillende mobieltjes, belden of mailden elkaar uurlijks en we regelden de raarste stekken om het met elkaar te kunnen doen. Bedseks vonden we ronduit saai. Waar we het deden? In de

Python van De Efteling, in de lift van het hoofdkantoor van de EO in Hilversum, terwijl Andries Knevel beneden ongeduldig op het knopje stond te drukken en achter het hoofdaltaar van de St.-Jan in Den Bosch, terwijl bisschop Hurkmans de mis opdroeg.

Wat ik thuis vertelde? Ik ben geen kantoorklerk die overwerk kan verzinnen, dus het werd autopech, file of zelfs autopech in de file, waardoor de Wegenwacht me niet kon bereiken. Ik kan sinds onze verhouding niet zonder erectie naar de verkeersinformatie luisteren.

Wat Heleen verzon? Niks. Die vertelde het gewoon aan haar brave Ton. Die lieverd zat 's avonds trouw te wachten in de doorzon van Almere en maakte, als ze afgepeigerd thuiskwam, nog een kopje kruidenthee, zodat zijn hitsige huisvrouw een beetje tot rust kwam. En hij vroeg of het lekker was. En of we ook nog gepraat hadden. Ondertussen zag zij hoe hij de keuken had opgeruimd, de cd's terug in de doosjes had gedaan, het speelgoed van de kinderen opnieuw had gesorteerd en dat hij de hoezen van de Ikeabank had gewassen. Hij vertelde ook dat hij de bedden vast had opgemaakt. Ik verzon films die ik zogenaamd had gezien, vertelde over nooit bezochte voorstellingen waarvan ik de recensies goed gelezen had, en ik had een vriend als alibi. Hij gebruikte mij thuis voor hetzelfde doel, ondertussen niet wetende dat ik het regelmatig met zijn vrouw deed.

Op een dag hadden Heleen en ik een lunchafspraak in het reuzenrad van de Tilburgse kermis en al vrijend (opwindend: onderbroekloos naar Tilburg kijken!) vroeg ik haar of ze met de trein was. Nee hoor. Ton had haar gebracht. Sterker nog: hij stond beneden te wachten. Ik zag een lullige Opel Vectra, het verplichte vervoermiddel in Almere, in de diepte. Ton stond naast de auto en zwaaide. Hij stak zijn duim op. Ze vroeg na afloop nog of ik mee wilde lopen naar de auto. Dan kon ik Ton de hand schudden. Ik wilde dat niet.

Twee weken later hadden we een afspraak in de bouwvallige parkeergarage van het Maastrichtse Vrijthof. Dat was in onze risicoseksperiode. Als we hadden geweten dat er toen vlakbij een paar gammele balkons waren geweest dan… Maar dat is achteraf gepraat. Toen we de aan alle kanten gescheurde parkeergarage verlieten, stond Ton met de kinderen op ons te wachten. De een had een suikerspin en de ander een zakje frites. Ze gingen met het hele gezin nog even door naar Valkenburg. Ze hadden er een dagje van gemaakt. Hij vroeg of het lekker was. Hij vroeg het niet aan haar, maar aan mij. Hij gaf me ook nog een knipoog en zei: 'Tot volgende week!'

De toon waarop hij dat zei. Wat een engerd. In één klap snapte ik Ton zijn ranzige SBS-programma's en ben ik met haar gestopt.

Sorry Heleen, het lag niet aan jou!

Kuilbui

Fascinerend verhaal van de man die begin april in de bossen bij Putten een graf voor zijn vrouw had gegraven, om haar daar pas begin mei in te deponeren. Een boswachter vond de kuil, zag dat dit geen kinderhandenwerk was, vond de grafgrootte verdacht en waarschuwde de politie. Deze heeft veertien dagen intensief gepost en daarna de moed opgegeven. Het bleef bij een dagelijkse routinecontrole. Begin mei was het gat gevuld en gedicht. Binnen vierentwintig uur werd de moordenaar gearresteerd.

Dus in april is de man gewapend met een schep het bos ingegaan. Lugubere tocht. Hoe diep leg je je vrouw? Voor je het weet wordt ze speels opgegraven door een banjerende golden retriever. Denk je bij het graven al waar je haar hoofd en waar je haar voeten zal leggen? Op datzelfde moment liep zij waarschijnlijk door een winkelcentrum met een onschuldig boodschappenbriefje. Pak macaroni, tomatenpuree, waxinelichtjes, koffiefilters en Parmezaanse kaas. Niet wetende dat haar man op dat moment de zoute druppels van zijn voorhoofd veegde. Misschien liep ze op dat moment op de tennisbaan, zat ze met een goede vriendin over haar huwelijksproblemen te praten of liep ze op de markt geraniums te scoren.

Ieder huwelijk kent zijn mindere tijden. We dromen allemaal wel eens van een opluchtende echtscheiding. Mijn vrouw en ik verdelen in onze zoetste dromen regelmatig de inboedel. Vaak loert mijn vrouw verdacht lang in de woninggids. Ik ook trouwens. Maar dat houdt een huwelijk fris en leefbaar. De opstapmogelijkheid. De nooduitgang. Maar een kuil!

De echtelijk ruzie met dodelijke afloop snap ik. Ze raakt je met een snerende opmerking op je zwakste plek en voor je het weet zit dat gekartelde broodmes in het hart dat ooit, lang geleden, voor jou sneller geklopt heeft. Al gauw ligt ze in een afgedankt kleed in de kofferbak van je Audi en moet je haar ergens zien te dumpen. Het wordt dan een kanaal of een snel gegraven paniekgraf. Nederland kent geen ravijnen. Maar een kuil! Een heuse kuil van twee meter bij vijftig centimeter en dan ook nog een kleine negentig centimeter diep, een maand van tevoren gegraven! Het doet denken aan een Duitse krimi.

Dit stukje wordt veel gelezen. Dus ook door mannen en vrouwen met heel slechte huwelijken en die laten op dit moment hun gedachten gaan. Ze denken nu al aan een locatie. Waar zouden ze hun kuil graven? Zondagmiddag is de wandelmiddag voor suffe windjackechtparen. Annie vindt haar man morgen nogal afwezig. Bij veel open plekken murmelt hij wat binnensmonds. Zijn ogen meten, hij vraagt zich af of hij hier met de auto kan komen en loopt weer verder. Zelfs de poedel wordt nerveus. Annie kakelt lustig over de schoonmaakbeurt van de caravan van haar zus. Hij verlangt naar de stilte. Het snoeren van dat snerpgeluid. Die laatste schep zand op dat door hem gehate gezicht. Ze mag haar bril ophouden.

Veertig jaar geleden is er in mijn kennissenkring ooit een vrouw verdwenen. De buren hoorden ruzie, de volgende dag was zij vermist. Haar man was ontroostbaar, terwijl iedereen wist dat hij het gedaan had. De politie heeft overal gezocht, hem dagen ondervraagd, maar niets gevonden. Hij woonde vrij snel samen met zijn liefje. Het hele dorp wist al jaren dat zij iets hadden. Tot nu toe heeft hij de perfecte moord gepleegd.

Getrouwd zijn en kuilen graven. Een verdachte combinatie. Duitsers graven op het strand mij iets te graag kuilen en zetten daar triomfantelijk hun hele gezin in. Ze gaan er dromend naast zitten mijmeren. Dat gaat eigenlijk nog verder. Je hele gezin! Maar dat is naïef dagdromen in de zilte zeewind. Te veel getuigen. Het blijft bij een vakantiefantasietje.

Ik stel mijn lezers een simpele vraag: Waar gaat u uw partner neerleggen? De vuilstortplaats? Gaat ze in stukken in de groene bak? Het blijft organisch afval. Of gunt u haar een mooie plek in een romantisch bos? De oplossing mag u alleen naar uzelf inzenden. Dus niet de keuken inlopen en tegen haar zeggen dat het de duinen worden.

Waar ik mijn vrouw neerleg? Levend in een prachtig hemelbed. En ik laat haar vannacht alle hoeken van de liefde zien. Maar ik heb dan ook een heel goed huwelijk!

Kakkerstrouw

Kijk op zaterdag op de trouw- en rouwpagina van *NRC Handelsblad* en zie hoe deze uitpuilt van de huwelijksadvertenties. En heb medelijden. Hoe eenvoudiger de tekst, hoe erger de ceremonie. Besef wat een organisatie er achter deze toneelmanifestaties schuilgaat. Een jaar geleden hebben Fleur en Jan Willem (voor vrienden JéWé) hun voorgenomen huwelijk gemeld aan haar moeder en haar man, haar vader en zijn verse vriendin, zijn moeder, die fulltime protestlesbienne op de Veluwe is en zijn vader, die op dat moment net opgelucht bij zijn tweede vrouw was vertrokken. Daarna zijn de broertjes, zusjes, stiefbroertjes, stiefzusjes, halfbroertjes, halfzusjes plus de negen oma's en zeven elders wonende opa's op de hoogte gebracht.

Voor ceremoniemeester Pieter Bas (voor vrienden PéBé) en de getuigen begon het toen pas. Ze moesten een leuke vrijgezellenavond voor zowel hem als haar bedenken. Vroeger was je klaar met een avond dom vollopen in een Jordaans café of een beetje zinloos kleiduivenschieten in de Achterhoek, maar tegenwoordig moet je minimaal drie dagen sneeuwgolfen in Groenland, dwergwerpen in de Schotse hooglanden of autoracen in het Italiaanse Monza. Paintball is uit. Net als survival in de Ardennen.

Maar de getuigen moeten meer. Onderschat het getuigen

bij een kakkershuwelijk niet. Het is niet tien seconden opletten of ze inderdaad ja tegen elkaar zeggen, maar een zenuwslopende dagtaak. Een jaar lang ben je in de weer voor het hoogtepunt van het treurige golfsetje dat zo nodig moet trouwen. Je moet een paar keer eten met het bruidspaar, zorgen dat er een onverstaanbaar cabaretje op het feest is en dat iedereen iets leuks instuurt. Wat voor leuks? Alle gasten moeten een gedicht maken of een bladzij met een leuke anekdote over het bruidspaar volkladden of een videoboodschap inspreken. Gedoe, veel gedoe.

Verder moet de hele dag vlekkeloos lopen. De auto's moeten in de juiste volgorde rijden, er moet een kerk zijn (waarom weet niemand, maar een kakkershuwelijk zonder kerk is ondenkbaar en als je de koninklijke dominee Ter Linden erbij kan regelen ben je helemaal geweldig!), een historisch stadhuis is noodzaak (Naarden-Vesting staat nog altijd één met stip!), een receptieruimte waar een lange rij mensen je sterkte kan komen wensen is zeker nodig en de verplichte hockeykantine voor het feest mag absoluut niet ontbreken. Een afgelegen landgoed voor het feest kan ook. Het belangrijkste is dat je kakkershuwelijk lijkt op alle andere kakkershuwelijken. Stadhuis, kerk, lunch, receptie, diner en spetterend feest.

De nieuwste trend in deze branche is om het kakkershuwelijk te sluiten in het Franse of Italiaanse dorpje waar een van de papa's of mama's een tweede huisje heeft. Als goede vriend, vriendin, dispuuts- of jaarclubgenoot word je dan gedwongen om je een heel weekend bezig te houden met het huwelijk van je vrienden. Donderdag weg en zondagavond gesloopt terug. Reis- en hotelkosten worden door niemand vergoed. In je zweetjacquet of in een lange stinkjurk in Zuid-Frankrijk. Zo leuk in dat kleine dorpskerkje.

Kijk goed naar de pagina vol huwelijksadvertenties en besef dat binnen vijf jaar vijfentwintig procent uit elkaar ligt. De rest houdt vol, maar gaat ook niet echt lekker. De kinderen redden al jaren de meeste huwelijken zonder dat ze dat zelf weten. Waarom heeft een krant geen fijne scheidingsrubriek, waarin dezelfde Fleurtjes en JéWé's kunnen aankondigen dat het vijf jaar geleden eigenlijk een zinloze dag was en dat het bij hen hetzelfde gegaan is als bij hun ouders? En dat er weer twee rekeningkinderen met weekendtasjes zijn bijgemaakt.

Zaterdag is de verplichte kakkerstrouwdag, 's avonds zijn de diners en de feesten. De liegspeeches worden uitgesproken, er wordt gedronken op een onzekere toekomst en de band speelt hard. Zo hard dat iedere conversatie onmogelijk is. En wat speelt de band? *I will survive.* In de versie van de Hermes House Band. Symbolischer kan het niet. Er moet gelald kunnen worden.

De volgende ochtend vraagt de moeder van de bruid zich af waarom haar ex gisteravond in zijn speech niet verteld heeft hoe het werkelijk gaat in het huwelijk. De moeder van de bruidegom doet precies hetzelfde.

Celdeling

Margarita, het sneue vrouwtje Piggelmee van de Oranjes, heeft veel gevoel voor humor. Op zestien januari 1998 werd van haar bankrekening een kleine honderdduizend Amerikaanse dollars overgeschreven naar haar mislukte vader. En meer dan vijf jaar later begint ze daar pas over te zeuren. Dan ben je of te rijk of niet helemaal goed of allebei. Boze tongen beweren dat de mislukte ondernemer en claimbaron Edwin hier achter zit. Het relstel wil veel geld zien, heel veel geld en is anders bereid om gevoelige informatie over de koningin en haar familie naar buiten te brengen. Dit riekt volgens een in politiek Den Haag uitgelekt rapport naar chantage. En chantage is strafbaar. Stel dat ze veroordeeld worden en hiervoor een gevangenisstraf moeten uitzitten, gaan ze dan in één cel? Want onze fietsminister Donner wil de celdeling toch gaan doorzetten.

Dat houdt in dat de vrijspraak van de twaalf vermeende moslimterroristen nog maar zes cellen scheelt. Hoe maakt men in de toekomst die indeling? De combinatie Volkert van der G. en Pieperprikker Paul T. lijkt me te gemakkelijk. Hun cel krijgt al gauw de bijnaam *Het Konijnenhok* omdat de heren allebei principieel onbespoten andijvieblaadjes knagen. Van dat veganisme word je trouwens behoorlijk agressief. De heren zijn fel tegen het doden van dieren, maar met het omleggen van mensen hebben ze geen enkele moeite. Mensenvlees is toch ook vlees? Of ben ik nu iets te streng in de leer?

Kunnen de heren Blair en Bush ook in één cel? Je mag toch zeggen dat ze de kluit behoorlijk belazerd hebben. Ze hadden gewoon trek in oorlog, verzonnen wat massavernietigingswapens en gingen lekker bombarderen. Ondertussen is er in heel Irak nog geen elastiekje van een katapult gevonden. Misschien bestaat er helemaal geen Bin Laden en hebben zij 11 september toen ook zelf georganiseerd. Sterker nog: Saddam Hussein was een undercovergozer van de CIA. Waarom die oorlog? Gewoon omdat ze zich verveelden. Bill Clinton loste dat anders op. Die ging aan Monica lebberen en de hele wereld was tot in ieder detail op de hoogte van de toegepaste technieken van het verliefde stel. Hoe het na de bekentenis van Bill aan Hillary tussen de Clintonnetjes ging, wisten we tot nu toe niet, maar gelukkig heeft Hillary het allemaal voor ons opgeschreven, zodat we het nog eens goed kunnen nalezen. Eerst was ze niet blij, maar sinds de uitgever acht miljoen dollar heeft betaald voor de slaapkamerpraatjes van de ex-presidentsvrouw, vindt ze het allemaal best. Ook Bill komt nog met een boek (Voorlopige titel: *Een sigaar pijpen!*) en ik ben bang dat de familie Clinton daarna nooit meer hoeft te werken.

Hij houdt aan zijn buitenechtelijke escapades meer over dan voormalig PSV-directeur Fons S. Of zal Fons ook een boek gaan schrijven? Is *Hiv, Hiv Hoera* in dit geval een leuke titel? Wie wil met Fons een cel delen?

Gaat Tineke Netelenbos de cel in? Uit de krant van gisteren begrijp ik dat ze de Tweede Kamer rond allerlei kostenoverschrijdingen bij de zinloze Betuwelijn toch wel heel erg misleid heeft. Op de een of andere manier moest en zou die lijn er komen. Waarom? Het zou me niet verbazen als zou blijken dat Tineke van allerlei louche aannemers een paar miljoen heeft gekregen. Voor die aannemers is dat volstrekt normaal. Die geven zelfs nog steekpenningen als ze een gevangenis of een politiebureau mogen bouwen. Maar Tineke hoeft niet bang te zijn. We krijgen gewoon de zoveelste parlementaire geeuwenquête, waarna een dik rapport verschijnt. Dit rapport concludeert dat dit in de toekomst niet nog een keer mag gebeuren en daarna tukt iedereen weer vrolijk verder. Vrolijker dan ooit. Er verandert toch niks in Den Haag. Hooguit wordt er af en toe een nieuw ministerietje voor uitgerangeerde politici verzonnen. Zoals nu het *Ministerie voor Leuke Reisjes* voor Thom de Graaf. Als Tineke zich maar niet zo schuldig voelt dat ze op parachutespringen gaat. De politici kunnen een hoop leren van Berlusconi. De wet zo wijzigen dat je nooit de cel in kan. En dat je met niemand iets hoeft te delen.

Vlieg-tuig

Een goede vriend van mij is topkok. Hij kookt al twintig jaar de Michelinsterren uit de pannen. Afgelopen woensdag stond ik samen met hem voor de rechter. We waren gedaagd door de directie van de vliegtuigmaatschappij *Alitalia*. Waarom? Ze hadden schade en waren boos. Ik leg het uit:

De twee directeuren hadden vorig jaar iets bijzonders te vieren en deden dat met hun gezinnen middels een compleet theateravondje in Maastricht, waar mijn vriend zijn restaurant heeft. Ze hadden om zes uur een tafel voor acht personen bij hem gereserveerd en wilden na het diner naar het Theater aan het Vrijthof, waar ik mijn show speelde. Ze hadden acht kaarten gereserveerd, die middag bij de kassa afgehaald en betaald.

Bij het restaurant van mijn vriend ging het mis. Ze kwamen keurig op tijd, zelfs een kwartier te vroeg en hoorden van de gerant dat het diner helaas niet door kon gaan. Het restaurant zat vol. Ze keken in een lege zaak. De gerant legde uit dat alle tafels gereserveerd waren. Maar zij hadden toch ook gereserveerd? Dat klopte, maar sommige tafels waren dubbel geboekt. Maar zij hadden vier maanden geleden, toen het gelukt was om theaterkaartjes te regelen, al gereserveerd! Vier maanden! Dat is toch ruim op tijd? Dat klopte ook, maar ze hadden niet meer gebeld dat ze zouden komen. Maar dat deden ze nooit. Dat was dan dom. Een ordinaire discussie volgde, de beide directeuren waren des duivels, hun bloed kookte en ze waren in staat om geweld te gebruiken. Hun echtgenotes hielden hen tegen. Alle andere goede restaurants in Maastricht waren ook vol, dus het werd een zompig frietje mayo.

Door het debacle waren ze veel te vroeg in het theater. Om precies te zijn: anderhalf uur voor aanvang. Daar wachtte een tweede teleurstelling. Ze mochten er niet in. Uitverkocht. Maar ze hadden tickets en lieten die zien. Datum klopte, aanvangsuur, rij was goed, stoel ook. Kortom...

De ouvreuse gaf hen gelijk, het was inderdaad vervelend, maar er was een dubbele boeking gemaakt. Per ongeluk? Nee hoor, expres. Er werd uitgelegd dat mensen vaak niet kwamen opdagen en sinds die tijd verkocht de artiest ongeveer twintig procent extra. Ze konden de volgende avond naar de voorstelling of hun geld terugkrijgen. De volgende avond was trouwens ook niet helemaal zeker. Ze kwamen op de wachtlijst. De heren legden uit dat de volgende dag iedereen moest werken en bij twee van de vier kinderen begon de proefwerkweek. Ze vertelden dat ze een jaar naar deze feestelijke dag hadden toegeleefd, dat ze niet voor niets zo vroeg hadden gereserveerd en vroegen naar de theaterdirecteur om hun beklag te doen. De directeur kwam, gaf ze volkomen gelijk, zei dat hij het ook vervelend vond, maar ze kregen geen kaartjes. Vol is vol. Ze mochten een hotel op kosten van de artiest nemen. Nee, niet dat gezellige hotel middenin de stad. Een formica motel op een kleine dertig kilometer van het centrum.

En daar ging de rechtszaak over. Ze voelden zich belazerd en bedot. Iets dat een feestje had moeten zijn werd een drama. Diep teleurgesteld waren ze teruggereden naar het westen en ze eisten nu een fikse schadevergoeding. Hun advocaat was furieus en zei: 'Heren, stel dat u met uw beide gezinnen een pinksterweekend naar Rome wilt, u heeft dat lang geleden gepland, u heeft beiden iets te vieren in de schaduw van de jarenlange vriendschap en u heeft ruim op tijd een vlucht geboekt en betaald. Niet zo'n ziekenfondsvlucht van Virgin of Basiq Air, waar je voor 10 euro vliegt en waar geloot wordt wie van de passagiers de koffie uitdeelt en wie tijdens de vlucht de piloot mag uithangen, nee u heeft een echte maatschappij geboekt, laten we zeggen Alitalia, en u heeft 350 euro per persoon neergeteld. U bent op tijd op het vliegveld, u heeft de tickets in uw binnenzak, u staat met uw paspoort een kleine anderhalf uur voor vertrek bij de incheckbalie en de dienstdoende grondstewardess vertelt u kil en koel dat het feest niet doorgaat. Dat kan toch niet? Wat zou u dan zeggen?'

'Vlieg-tuig', was ons korte en krachtige antwoord.

Hotelroereifabriek

Vorige week ontbeet ik in Rome met Annelies. Zij vertelde mij dat het roerei dat je in hotels aan het ontbijt krijgt uit blik komt. Hele grote megablikken roerei. Ze vroeg of ik, man van de wereld, echt al die jaren had gedacht dat er 's ochtends om zes uur een hotelkok eitjes stond te bakken. Dat dacht ik ja. Ze vroeg ook of het me nooit was opgevallen dat in de hele wereld de hotelroereitjes er allemaal hetzelfde uitzien. Egaal en quasi-smeuïg.

Nu loop ik al de hele week met de hotelroereifabriek van Annelies in mijn hoofd en ben ik doorlopend een beetje misselijk. Ik zie de twintigduizend eieren in de enorme pan met veertig kilo vet gaan en de enorme garde die de zaak los klopt. Dertig liter conserveermiddel erbij en inblikken maar.

Ik zit in Parijs. Vakantie? Nee, werk. Ik maak een *gedachtenbundel* over Gare du Nord. Vraag aan een kunstenaar nooit naar het waarom. Dit plan had ik al jaren en nu heb ik tijd om een week rond het vermaarde station te scharrelen. Dat is leuk. Vooral 's nachts. Interessant om te zien wat er gerommeld en gedeald wordt. Donderdagnacht bood een jochie, een tandeloos scharminkel van een jaar of veertien, mij én coke én seks aan. Allebei tegen een zeer gering tarief. Ik kreeg beginnerskorting. Hij had pech. Ik snuif nooit op donderdag en seks is al jaren gereserveerd voor de vrijdag-avond. Dan begint het weekend en heb ik tijd.

Gistermiddag werd ik aangesproken door twee nogal uitgelaten Limburgse zusjes. Ze moesten drie dagen langer in Parijs blijven omdat er gestaakt werd. Ik zei dat er volgens mij helemaal niet gestaakt werd.

'Maar dat weten onze mannen in Weert niet', lachten de dames en verdwenen zwierend richting metro. Toen ik later de krant las, dacht ik: als ik de dames was, zou ik maar gauw teruggaan naar het wulpse en losbandige Weert, want daar vervelen de mannen zich zonder jullie absoluut niet. Weert is namelijk een groot Sodom en Gomorra, waar zowel de gemeenteraad als burgemeester en wethouders zich drie keer per week in een spelonk van het raadhuis kreunend en steunend uitleven op ruige seksparty's met Marokkaanse zuigkleuters, die allemaal persoonlijk zijn afgeleverd door de Mercedes-turbo van ex-PSV-directeur Fons S. Als ik tenminste Henk Krol van de *Gay-krant* moet geloven. Henk heeft een kliklijn voor roomse ruknichten en die mogen allemaal hijgerige pamperseksverhalen vertellen. Henk neemt persoonlijk de telefoon op. Vroeger wilde een Brabo of een Limbo tegen mij nog wel eens tekeergaan over de duivelse Randstad en dat al die viezigheid in het gemoedelijke zuiden niet gebeurde, maar ik ben zo langzamerhand blij dat ik in het tuttige Amsterdam woon. Zelfs hier in de schaduw van Gare du Nord wordt de naam van het Limburgse stadje inmiddels met respect uitgesproken.

Dit soort nieuws moet ik trouwens wel uit de Nederlandse kranten halen. In de Franse kranten staat het namelijk niet. Zwangere Máxima ook niet? Nee, geen letter. Alleen als later blijkt dat Edwin, de claimbaron, de eigenlijke vader van het toekomstige koningskind is, dan heb je kans dat er tegen die tijd een paar regels vanaf kunnen. En Krajicek die met toptennis stopt? Ook niet. Maar dat is ook geen nieuws. Volgens mij had hij dat een jaar of zes geleden al gedaan.

Hier in Parijs is het relatief rustig. Er steekt af en toe een brandende wanhoop-Iraniër de straat over. Er zijn er al een stuk of wat dood. Zullen zij eerst een goed zelfmoordadvies bij de *Nederlandse Stichting Vrijwillig Leven* hebben ingewonnen? Want er is in Maastricht een *Steunpunt Zelfmoordadvies*! Wat hebben we toch een heerlijk land. Nog even en je kunt zelfmoord plegen op recept en de medicijnen worden na afloop ook nog vergoed door het ziekenfonds.

'Jij zou toch zelfmoord plegen?'

'Ja, doe ik ook, maar ik sta op de wachtlijst!'

Vanuit mijn hotel kijk ik uit op het machtige station, onder mij in de befaamde Brasserie Terminus Nord zwieren de krabben en kreeften op grote bladen door de lucht. Maandag moet ik terug zijn. Maar ik wil niet. Ik denk dat ze gaan staken.

Angsthazen

Arme minister Donner. Brulde de waarheid door de kamermicrofoon, zei gewoon dat het niet goed is als publieke figuren boetes voor anderen gaan betalen en was even vergeten dat onze eigen prins Bernhard een paar maanden eerder met veel publicitaire bombarie de Albert Heijn-boetes had betaald. Vervolgens begon hij zich in allerlei sneue CDA-bochtjes te wringen en probeerde hij uit te leggen dat hij alleen een of ander onbeduidend Kamerlid van de LPF had bedoeld en dat zijn opmerking niet op de prins sloeg. Maar waarom sloeg die opmerking niet op de prins? De oude Baarnse cowboy Bernhard is toch een publiek figuur en had toch wel degelijk een boete betaald? Dus waarom zo'n sneue LPF'er, die absoluut geen publiek figuur is, wel bedoelen en onze eigen Anjerbejaarde niet? Het was diep zielig om te zien hoe Donnertje zich probeerde te redden. Dat lukte dan ook niet helemaal, zeg maar gerust: helemaal niet. Vanwaar deze angsthazerij als het Koningshuis ter sprake komt? Voor wie is Donnertje bang? Voor Trix? Bang dat hij een reprimande krijgt? Dat ze hem laat weten dat ze zijn stijve herenrijwiel de komende maanden even niet tegen het hek van Huis ten Bosch wil zien omdat hij iets lulligs over haar bejaarde vader heeft gezegd? Ik snap er helemaal niks van. Toen Trix in de zaak van claimbaron Edwin op hondsbrutale wijze buiten haar boekje was gegaan, zag je een totaal overspannen Jan Peter stamelen en stotteren dat er volgens hem niks verkeerds was gebeurd. Terwijl iedere sukkel zag dat wat onze vorstin geflikt had democratisch en juridisch gezien gewoon niet kon. En dat moest haar gewoon even duidelijk verteld worden. Hij had naar haar paleis moeten gaan en haar even de waarheid moeten vertellen. Maar Jan Peter scheet zeven kleuren oranje van oprechte angst. Angst waarvoor? Voor een familie die door ons vorstelijk betaald wordt om hun rol in de poppenkast te spelen. Tegen die mensen mag je toch wel de waarheid zeggen?

Waarom is iedereen zo bang voor deze familie? Vanwaar dat rare respect? De vrouw van de kroonprins raakt zwanger en het halve land is van slag. Ik lees alweer een week zouteloos gezever over de vraag of de opa van de baby bij de doop mag zijn. Niet eens een vraag of er wel gedoopt gaat worden. Misschien geeft de moeder van het kind wel te kennen dat ze helemaal niet in God gelooft. Of wij wel zien wat er dagelijks in de wereld gebeurt. Of wij wel weten wat voor verschrikkingen er ooit in haar eigen vaderland hebben plaatsgevonden. Dat kan volgens haar geen enkele god toestaan en vervolgens legt ze uit dat ze daarom niet meer in hem of haar gelooft en dan ook verder afziet van het rare doopritueel met een plens water op het onschuldige babyhoofdje. Ik zou van zo'n uitgebalanceerde mening van een jonge, zelfstandige vrouw in het jaar 2003 niet raar opkijken. Ik zou het met applaus begroeten en een grote lofrede in dit hoekje van de krant schrijven. Eindelijk een oranjegirl met ballen na al die tuttige ministersdochters!

Of ik tegen het koningshuis ben? Ach, ik kan me in het poldergedoogbeleid goed vinden. Maar we hoeven niet zo krampachtig te reageren als we ze op normale wijze terecht moeten wijzen, zoals laatst met Trix in de Margarita-gate, haar schoondochter in het geval van haar bloederige papa en nu Bernhard in het geval van de Albert Heijn-boetes.

Of ik het nooit met de Oranjes eens ben? Jawel hoor. Deze week nog. Ik vond het zo moedig van Bernhard dat hij een brief naar een internationaal roddelblad heeft geschreven om te melden dat zijn familie helemaal niet zo rijk is als iedereen denkt. Ze zijn veel armer dan jaarlijks in dat kappersblaadje vermeld staat. En helemaal moedig vond ik het dat onze prins aan de redactrice vertelde dat het een aantal jaren geleden zelfs zo slecht ging met ons koningshuis dat hij een brief naar een vliegtuigfabriek heeft moeten schrijven met het verzoek of hij persoonlijk gesponsord zou kunnen worden.

Kijk, dan ben je een kerel. En daar heb ik groot respect voor!

Hittegolfoorlog

Elke dag las ik in Italië onder het genot van een graadje of vijfenveertig in de schaduw de Nederlandse kranten en begreep welke problemen mijn landgenoten hadden met hun lullige achtendertig graden Celsius. Puffen en klagen. Altijd zeurt de Hollander dat het te koud is of te veel regent, maar is het een keer een tropische zomer dan is het ook weer niet goed. Terwijl de hitte toch goed werk heeft gedaan. Veel lieve oudjes, die al jaren in verpleeghuizen in hun doordrenkte pampers zwijgend zaten te verlangen naar een natuurlijk slot van hun aardse bestaan, zijn door de zinderende hitte uit hun lijden verlost. Nog een strenge winter er overheen en de wachtlijsten zijn weggewerkt.

'De mussen vallen van het dak,' zei ik tegen mijn vrouw en moest deze uitdrukking onmiddellijk aan mijn kinderen uitleggen. Er zijn namelijk geen mussen meer. Er valt helemaal niks meer van het dak. Zelfmoordenaars. Maar die vallen meestal in de herfst.

In Frankrijk wordt het aftreden van de minister van volksgezondheid geëist omdat daar drieduizend hittegolfdoden zijn gevallen. Alle mortuaria liggen vol. Sommige lijken worden vacuüm verpakt om stankoverlast te voorkomen. Opa gaat voorgebakken het crematorium in. Misschien krijg je dan korting.

Bij ons Italiaanse huis staat dagelijks een Disney-film aan zwerfhonden bij het hek te wachten op een hapje en een slokje. Alles wat we over hebben gaat naar deze vlooiige dieren, die alles in twee happen en drie slurpende slokken naar binnen slaan. De moeder van bijna alle dieren, de snol die om de vijf maanden zwanger was van een andere hond, lag op een middag dood op de weg. Bezweken door de warmte. Twee van haar kinderen zaten er stil bij te kijken. De rest ravotte verderop in het dal alsof er niks gebeurd was. Omdat we het beest al vier jaar kenden, ging er een groot verdriet door ons gezin. Het hondje kon lachen en had de domste en trouwste hondenblik van het westelijk halfrond. En dat raakt kinderen diep in hun hart. We hebben haar in een hoekje van de tuin begraven. Alle honden keken op gepaste afstand toe en hebben de hele nacht geblaft. Diezelfde avond las ik dat je in ons land verkoelende *bodypackings*, waterijs en koele gel voor de honden en katten kon krijgen. De dierenwinkels konden het niet aanslepen.

Zelf lijkt het me prachtig als een keer een volledig strand in Juan-les-Pins sterft van de hitte. Ze liggen allemaal al keurig bloot opgebaard op hun handdoekjes en kunnen zo worden afgelegd en weggewerkt. En wie zal die rijke stinkerds missen? Wat is trouwens erger: de dood van een doodgevroren zwerver of de dood van een door de zon gebraden miljonair? De dood van de Italiaanse zwerfsloerie bij mijn huis of het hondje van een Russische maffioso met zijn jacht in Portofino? Daar was ik toevallig en ik mocht er weer eens volop genieten van de armoede van de rijkdom. Ze leggen hun jacht met z'n reet naar het stadje, gaan op het achterdek kreeft, kaviaar en oesters zitten lunchen en kijken onderhand uiterst verveeld naar het gewone volk dat vanaf de kade toekijkt. Ze zijn zelfs bijna geïrriteerd. Zo'n blik van: gun ons privacy! In hetzelfde Portofino informeerde ik in een winkeltje naar de prijs van een champagnekoeler. Hij was 20.000 euro. Ik vroeg aan de verkoopmevrouw of ze er drie had. Helaas niet. Wel twee. Dan ging de koop wat mij betreft niet door. Drie boten, drie koelers, zo is het leven.

Het gezin van het grootste jacht ging jetskiën. Om de beurt op de ski? Nee, alle vijf een eigen jetski. Waarom wordt dit soort nou nooit eens getroffen door een gezonde zonnesteek? Waarom grilt God hun rashondje nou niet een keer spontaan tot as? De kans is klein. Tien minuten later zag ik namelijk de vrouw van de boot met haar Jack Russell lopen. Aan de lijn? Nee, hij hing als een baby in een tuigje op haar buik. Ze verdween in de champagnekoelerwinkel. Ik heb er lang naar gekeken. Jammer dat ik dit beeld niet meer aan onze zwerver kon vertellen.

No music

Twintig minuten lang proberen we oogcontact met iemand van de bediening te krijgen. Zwaaien, lachen, knikken, zachtjes 'Mevrouw' roepen, kuchen, iets harder 'Mevrouw' roepen, zwaaien met twee handen, enzovoorts. Het is druk. Na twintig minuten zegt het meisje van de bediening dat ze zo komt. Ze is druk. Vijf minuten later begint de procedure opnieuw. Het is nog steeds druk. Zij ook. De mensen aan het tafeltje naast ons houden het voor gezien. Ik wuif mezelf een tafeltennispols en ga uiteindelijk op mijn hoofd op het tafeltje staan. Of er iets is? We willen iets eten en drinken. Of we niet zien hoe druk het is? Ja, dat zien we al twintig minuten. Ze brengt ons zo de kaart. Dat zo duurt een minuut of tien. Onderhand zie ik met een kalfslederen tong en een poederdroge saharakeel oceanen aan Spa blauw langskomen. We zoeken weer contact en na veel gedoe lukt het. De mevrouw komt en we bestellen. Er gebeurt weer lange tijd niks. Maar dat komt doordat het druk is. Uiteindelijk verschijnt er een wat nerveuze man met een groot blad vol drank. Hij brengt onze koffie. Die hebben we niet besteld. Dan neemt hij ze weer mee. Maar die twee blauwe spaatjes op dat blad hebben we wel besteld. Maar die zijn voor het tafeltje naast ons. Het wordt hersteld. Kan even duren. Of we gezien hebben dat het druk is? Klopt. Het is druk.

Uiteindelijk worden de spaatjes gebracht en voor de zekerheid bestellen we er meteen nog twee. Dat kan even duren want het is druk. Na tien minuten verschijnt de mevrouw bij wie we het eten besteld hebben. Klein probleem. Het gerecht dat mijn vriendin besteld heeft is op. Kan gebeuren. Het is druk. Ze bestelt iets anders. De mevrouw verdwijnt. We zitten nu bijna een uur. Het eten komt. De salades zijn prima. Maar ze zijn er ook wel dusdanig lang mee bezig geweest dat het bijna niet anders kan.

We spreken de week door. Mijn vriendin kent de buren van Cerfontaine. Ze hadden zich onlangs geërgerd aan het slecht drummende zoontje van Gerlach en heel keurig gevraagd of het wat zachter kon. Het antwoord van de familie Cerfontaine was simpel: Wat hun huis moest kosten.

Op dat moment verschijnt er een muzikant aan ons tafeltje. Ik gok een Albanees. Man met een accordeon. Hij vrolijkt het terras op. Ik ben gek op straatmuzikanten. Het grotestadsgevoel. Londen, Parijs, Rome en Amsterdam uiteraard. In één keer staat de mevrouw van het restaurant aan ons tafeltje. Zomaar uit zichzelf. We schrikken ons dood. Ze komt niet voor ons, maar voor de muzikant. Hij moet weg. Waar de mevrouw het lef vandaan haalt, vraag ik me af. De muzikant loopt op de openbare weg. Beetje schuchter wil hij verdwijnen. Ik roep hem terug om hem in elk geval geld te geven en vraag aan de mevrouw waar ze de gore moed vandaan haalt om in een liberale stad als Mokum een straatmuzikant weg te sturen. Volgens haar vinden de mensen op het terras het niet prettig. Ik opper dat ze dan niet in de Amsterdamse binnenstad moeten komen, maar op een berghelling in het Schwarzwald moeten gaan zitten. Het restaurant ligt aan het Waterlooplein! Waar hebben we het over? Daarbij moet die gozer toch geld verdienen! Net als iedereen. Volgens de mevrouw speelt hij door de muziek van het restaurant heen. Ik ben totaal verbaasd. Het grotestadsgevoel is zo nauw verbonden met de sprokkelende straatmuzikant die terrasje voor terrasje wat centen bij elkaar scharrelt. En dan stuurt de mevrouw van de yuppentent hem weg. Ronduit schande. Ik probeer de man duidelijk te maken dat hij moet blijven, maar hij loopt door. Wat een getrut. Wat Amsterdam onwaardig! Het is jammer dat de Albanezen en de meeste andere straatmuzikanten de *NRC* niet lezen, anders zou ik ze oproepen om massaal naar het restaurant te komen en daar de hele dag te spelen. Ten eerste vinden de gasten het heerlijk en wat vooral belangrijk is: het veraangenaamt het tergende wachten. Waar ze moeten zijn? Bij Dantzig.

Gangstermeisje

Trix had gehoord dat ze haar laatste stukje macht had moeten inleveren en dat haar kabinet voor elk routinewissewasje voortaan met Jan Peter moet bellen. Ze zat stuurs voor zich uit te kijken en vond het een mooi moment om de hele monarchie van binnenuit op te blazen. Gewoon een briefje naar JP met de mededeling dat ze alles inleverde. De kroon, de mantel, de koets, de paleizen en alle daaraan verbonden rechten. Ik stop met die belachelijke poespas, wilde ze aan de minister-president schrijven. Ze kon dat domme zwaaivolk op de Gouden-Koetsroute al jaren niet meer zien. Bij haar thuis werd het al jaren de *Gouden-Kotsroute* genoemd. En van al die sneue, onderdanige burgemeestertjes met hun tolprikkende, koekhappende en volksdansende onderdanen op 30 april had ze ook haar buik vol. Stoppen met die onzin. Ze zat de brief in haar hoofd al te componeren.

Ze wilde het kabinet ook vragen of ze tot haar dood in kasteel Drakensteijn mocht wonen en of er voor haar zoontjes financieel iets geregeld kon worden? Ze dacht aan de WAO of zoiets.

Na het gedoe met die oude Zorreguieta met zijn bloederige handjes was het voor haar eigenlijk al klaar met de monarchie en die Edwin de Roy van Zuydewijn had de boel helemaal voor goed vergald. En nu ze las dat haar vader ook nog met die glibberige artiestenvlo Rik Felderhof door de jungle had gesjouwd, was de maat overvol. Opheffen die achterhaalde handel. En de stervende paus hoeft ook niet opgevolgd te worden, dacht ze er in één adem bij. Het is mooi geweest met dat middeleeuwse gedoe. Het is 2003!

Op het moment dat dit allemaal door haar hoofd schoot, werd er geklopt. Mabel. De verloofde van haar zoon had thee gezet en kwam haar aanstaande schoonmoeder even moreel steunen. Ze had de laatste dagen gezien dat de meestal zo krachtige Trix aan het eind van haar eigen sprookje was.

'Ik haat die omhooggevallen claimbaron!' viel Trix voor haar doen behoorlijk uit de toon.

'Maar die Edwin slaat toch nergens op,' probeerde Mabel de zaak wat af te zwakken.

'Sloeg hij maar nergens op,' riep de boze koningin. 'Hij sloeg op mijn nichtje. Op een Belgische Eerste Hulp kunnen ze je daar alles over vertellen. Het is een soort Regilio T. Kon ik maar een journalist vinden die dit durfde te laten lekken! En dan niet een roddelgansje van de *Privé* of de *Story*, maar een veelgelezen columnist van een kwaliteitskrant. Die kan gewoon zeggen dat het een vette roddel is die door de Amsterdamse kroegen gonst, terwijl het gewoon waar is.'

'Je wilt van hem af?' fluisterde Mabel.

'Eigenlijk wel!' mokte Trix. 'Ik ben helemaal klaar met die charlatan. Door hem kan ik niemand meer eigenhandig screenen. Officieel dan. Die bange Balkenende heeft me inmiddels al laten weten dat het louter politiek is en als ik van iemand zijn antecedenten wil laten natrekken dat ik dan lekker mijn gang kan gaan. Hij tekent na afloop wel een briefje. Heerlijk zo'n gezagsgetrouwe bibbergereformeerde als premier!'

'Maar je wilt dus van Edwin af?' herhaalde Mabel. 'Ik kan dat regelen! Ik heb nog wel wat nummers van oude kennissen in mijn mobieltje! Eén telefoontje en het is geregeld. Je zegt het maar.'

Nu werd Trix toch even stil en ze keek haar aanstaande schoondochter indringend aan.

Toen vroeg ze: 'Dit meen je?'

De sarcastische glimlach van de toekomstige prinses sprak boekdelen. Trix schrok. In één keer zag ze het: het was waar! Ze zat oog in oog met een gangstermeisje. Hoe had ze hier zo in kunnen tuinen? Ze had met open armen de maffia in huis gehaald.

'Lieverd,' sprak Trix resoluut, 'zullen we 24 april maar niet afblazen en netjes uit elkaar gaan? Ik wil niet. Ik ben relmoe! Laten we voor Friso een leuke Laurentien zoeken. Leiden grossiert toch in die types?'

Mabel fronste haar wenkbrauwen en zei kort en bondig: 'Zou ik niet doen! Dan kan het met uw zoon wel eens heel vervelend aflopen! En niet alleen met hem. Nog thee?'

Familiefoto

Het is zaterdagnacht drie uur en het is geen feest bij de Van 't Hekjes. Sterker nog: het is crisis. Ik lig eruit. Vannacht mag ik nog in het logeerbed, maar op het moment dat u dit leest dool ik zo goed als zeker door de grote stad Amsterdam. Op zoek naar een hotel. Wat er gebeurd is? Veel. Heel veel.

Op 22 november was iedereen met zijn getrokken lootje meer dan tevreden. Sterker nog: bij menigeen zag ik een grimmige glimlach. Ze zouden hun varkentje wel even wassen. Traditiegetrouw vertel je aan niemand wie jouw slachtoffer is. Alleen voor hem of haar koop je een echt groot cadeau. Voor de rest heb je niks of hooguit een prul. Wij vieren het met zijn negentienen.

Omdat ik de trekking georganiseerd had, had ik ook de lootjes gemaakt en u voelt het al: iedereen had mij getrokken. Alle lootjes stonden op mijn naam. Achttien grote cadeaus lagen gisteravond om acht uur op mij te wachten. De kwetsende gedichten zou ik op de koop toe nemen.

De avond begon gemoedelijk. We namen de actualiteit door en uiteraard kwam de oliedomme Wim Deetman ter sprake. Iemand vertelde dat het vooral jaloezie van de burgemeester was. Mevrouw Deetman had namelijk de foto gezien en schijnt geroepen te hebben: 'Dus zo groot kan ook.'

’s Avonds in de slaapkamer is ze zo hard gaan lachen toen Wim zijn ruim vallende Jansen & Tilanus liet zakken. Iemand anders vertelde dat de lul uit de broek een hele oude Haagse traditie is. Edwin de Roy van Zuydewijn heeft ooit verteld dat de oranjeprinsen vanuit de koets met één hand naar het volk zwaaien en met de andere hand de middelvinger opsteken, maar ik heb al vaker gehoord dat ze veel verder gaan en hun adellijke deel uit de chaquetbroek hebben hangen. En niet alleen de prinsen. Ook Pieter van Vollenhoven doet al die jaren vrolijk mee. De eerste keer schijnt Máxima heel geschrokken te hebben gereageerd, maar zelfs Trix stelde haar gerust. De vorstin kan om deze oude familietraditie hartelijk lachen. Dat vindt zij nou satire. Prins Claus deed overigens nooit mee.

Toen de gehuurde Sint arriveerde begon de officiële pakjesavond. De eerste surprise ging mijn kant uit en ik zag een aantal familieleden bedenkelijk naar elkaar kijken. Hoe kon dit? Bij de tweede surprise was het meteen alarm, ruzie en oorlog. Niemand wilde het nog verder vieren. Dit was geen humor. Dit was domme heb- zucht. Ik heb nog nooit zoveel mensen tegelijk tegen me zien schreeuwen.

Het sinterklaasfeest heeft volgens mij iets moraliserends en ik had het dit jaar in het licht van de graaicultuur geplaatst. Een berg aan cadeautjes en ze zijn allemaal voor de baas. Ik vond het wel symbolisch. De rest van het gezelschap kreeg van mij een handje pepernoten. Ik vond het een actuele verdeling.

Enkele familieleden hadden de afgelopen weken het gedrag van de Scheepbouwertjes en andere harktypes nogal fel verdedigd en ik wilde ze op vrolijke wijze confronteren met de praktijk.

Mijn rechtse zwager mag graag schermen met de onkosten die de captains of industry moeten maken. Ik vertelde welke kosten ik voor deze avond allemaal gemaakt had. Mijn verwarmde huis beschikbaar gesteld, koffie geschonken, banketstaaf en speculaaspop geserveerd, wijn en andere alcoholische versnaperingen geregeld en daarbij heb ik de onkosten van de aanwezige Sint-Nicolaas en zijn Pieten vergoed. Vroeger had je een Sint en twee Pieten voor een kleine honderd euro zwart, maar sinds de Marokkaanse jongeren in onze hoofdstad dit seizoen een Sintje of twintig gemolesteerd hebben, bestaat het Zwarte-Pietenteam tegenwoordig uit minimaal zeven kickboksers. En die jongens komen niet voor niks.

En nu ga ik mijn koffers pakken. Ik verlaat dit huis. Als souvenir neem ik de vanavond gemaakte familiefoto mee. Ik heb hem als *screensaver* op mijn laptop gezet. Op het kleine toestelschermpje had ik het niet gezien, maar op mijn beeldscherm is het overduidelijk. Behalve bij mij hangt bij iedereen de lul uit de broek. Vrolijk gezicht: een zwarte piet met een witte. En bij mijn vrouw hoop ik maar dat hij van marsepein is.

Werkelijkheid

In het Nicaraguaanse stadje Rayti, ongeveer 600 kilometer ten noorden van de hoofdstad Managua, lijdt de hele indianenstam aan het zogenaamde Grisi-syndroom van collectieve gekte. Enkele maanden geleden heeft de ziekte zich geopenbaard. De indianen verloren hun gevoel voor de werkelijkheid en begonnen doelloos rond te rennen. Met tovenarij proberen de indianen het te bestrijden.

Toen ik dit stukje las, had ik het beeld nog op mijn netvlies van een aardige man die net vader was geworden en met zijn nog geen vijf uur oude wurm op een kussen moest rondsjouwen. Het schepsel werd getoond aan een roedel persfotografen, zodat het hongerige klootjesvolk het kind kon zien. Het door de vader persoonlijk geselecteerde journaille was nog te belabberd om te informeren naar de gezondheid van de zojuist bevallen moeder. Twee dagen later zag ik de kruiperige gezagsdragers Balkenende en Deetman met de arme vader proosten omdat hij zijn koninklijke kermiskind had aangegeven. Bij de naam Catharina-Amalia moet ik steeds denken aan een tweedehands reddingsboot op de Waddenzee. Het leven van dit meisje is nu al bepaald door een hongerig volk dat een sprookje wil. De griezelige Evert Santegoedjes slijpen likkebaardend hun potloodjes om de jeugd van dit kind te vergallen. Waar halen wij het recht vandaan dat wij een leven lang alles van dit kind willen weten? Soms denk ik erover om een prinsesjesbevrijdingsfront op te richten. Dat meisje moet bevrijd worden. Desnoods met geweld.

Ik moest ook denken aan de premier, die de hele dag mekkert over normen en waarden, maar er geen enkel probleem mee heeft dat een boer een miljoen kippen in een hal opsluit. In de ogen van de christelijke politici is niet degene die ze gevangen houdt de terrorist, maar juist hij die ze wil bevrijden. Ik denk dat de god van de christen-democraten heel anders over deze dierennormen en -waarden denkt en in het hiernamaals meedogenloos met deze dierenbeulen afrekent. En ook met de politici die deze martelpraktijken gesteund hebben.

Hoe erg is het om je gevoel voor de werkelijkheid te verliezen? Want wat is die werkelijkheid? Meer dan zestienduizend randdebielen die in een Idols-studio op een stip een liedje gaan staan steunen en kreunen, waarna ze door een jury onder leiding van een ijdele engerd met een zonnebril in zijn ongewassen haar meedogenloos worden afgeserveerd. En drie miljoen bloeddorstige kijkers die zich suf lachen als ze zien hoe een puberale puistenkop zichzelf volkomen belachelijk maakt? Als de rimpelloze Jerney Kaagman zo'n debiel neefje had, zou ze hem liefdevol beschermen en er voor zorgen dat niemand hem in deze ontluisterende toestand te zien zou krijgen. De werkelijkheid is duizenden eenzamen die dit weekend het slot van onze beschaving vieren op de miljonairsbeurs in de RAI, waar plastisch chirurgen zich in lullige standjes aanbieden om de rijkeluisteefjes strak te strijken. En de dames maar hopen dat hun man dan wel blijft.

De werkelijkheid is het kampioenschap beeldschermwerpen dat dit weekend in het Achterhoekse Ruurlo wordt gehouden. Mensen gaan daar gooien met de monitor van hun computer. Waarom? Geen idee. Totale radeloosheid, denk ik.

De werkelijkheid is het verdwijnen van de scholekster omdat de kokkelvissers de Waddenzee helemaal leegvissen. De werkelijkheid is dat je schrikt als je een mus in je Amsterdamse achtertuin ontwaart. De werkelijkheid is vaak ook grappig. Mensen die een sigaretje roken onder een afzuigkap, terwijl op de snelweg de files ons land vol kanker blazen. En er is een vrolijke werkelijkheid die ik deze week over mijn collega Frans Bauer hoorde. Als hij zijn liedjes zingt, bieden zijn fans hem vaak een roos aan. Per concert ontvangt de zanger honderden kunstzijden rozen, die hij bij de ingang van het theater voor drie euro per stuk verkoopt. De ontvangen rozen gaan de volgende dag weer in de verkoop. En de kranten maar schrijven dat hij dom is.

Nee, die indianen in het Nicaraguaanse Rayti zijn zo gek nog niet. Als ik hen was zou ik lekker blijven dolen.

Prozaccen Boys

Je heet Rafael van der Vaart, je deelt je bed met een van de meest begeerde meiden van het land, vervoert haar in een glanzende bolide, op je werk word je elke veertien dagen toegejuicht door een kleine vijftigduizend mensen, je gaat naar het EK in Portugal, je hebt de meest lucratieve sponsorcontracten en jaarlijks vang je een paar miljoen euro netto! Leuk lijstje. Elke jongen droomt zo'n leven. Maar nu komt het: de clubarts van Ajax denkt erover om je aan de Prozac, te zetten. En niet alleen jou, maar de voltallige selectie.

Ik heb het bericht zevenendertig keer moeten lezen om het te kunnen geloven. Mag een dokter eigenlijk vertellen wat hij zijn patiënten wil gaan voorschrijven? Valt dat niet onder het beroepsgeheim? Ik wil die Ajax-dokter in elk geval niet als huisarts. Voor je het weet staat je druiper in de *Story*.

Maar waarom moet Ajax chemisch worden opgevrolijkt? Om de tegenvallende resultaten? Dan weet ik nog wel wat clubs. Of omdat het halve stadion stijf staat van de rommel? Ik weet het niet, maar zelden heb ik een droever en eigentijdser bericht gelezen. Ajax, een van Nederlands beste voetbalclubs met een rijke historie en uitpuilende prijzenkast, moet van de medische staf aan de pillen! Ik werd er zeer depressief van.

En ik ben toch al niet in mijn beste dagen. Kom net uit een supermarkt waar het voltallige personeel op gezag van de directie een vrolijke kerstmuts op had. Zo'n rosbief snijdend meisje op de vleeswarenafdeling dat je vanonder die muts moedeloos vraagt of het ietsje meer mag zijn. Ik vroeg me af of de filiaalchef nu in zijn kantoortje ook met zo'n muts op zit. Had steeds de neiging om even te gaan kijken en de man te vragen of hij inderdaad zo'n verschrikkelijke hekel aan zijn mensen heeft. Vanwaar deze mutsmarteling? Waarom deze minachting van zijn personeel?

Maar ik werd meer naar de uitgang dan naar het kantoortje gezogen. Mijn gehoor werd namelijk gepijnigd door kerstmuzak. Jinglebells uit goedkope synthesizers. Waar is het ooit massaal misgegaan? Waarom doen wij elkaar dit aan? Waarom vieren we überhaupt Kerstmis? Ik kom dezer dagen bijna alleen maar zuchtende mensen tegen. Als je vraagt wat iemand gaat doen met de kerst dan steunt en kreunt men: 'Eerste dag schoonfamilie en de tweede dag naar mijn ouders!' Het is een verzoeking, een martelgang en iedereen snakt naar het uur dat het feest voorbij is. Maar als je geen zin hebt, ga je toch niet?

Wat ik ga doen met kerst? De eerste dag ga ik naar mijn aardige zusje en ik rij daar fluitend heen. Ik tref daar een van mijn broers, die ik lang niet gesproken heb en ik bereid me nu al voor op een vrolijk avondje lachen, eten en drinken. En de tweede dag komt er traditiegetrouw een grote club vrienden bij ons eten en we zijn al dagen lachend in de weer om dat voor te bereiden. We bezoeken uitpuilende winkels, kunnen kopen wat we willen, bereiden dat, schenken er een mooie wijn bij en hopen dat iedereen een leuke avond heeft. En niemand is verplicht om aan deze dis aan te zitten. Wie niet wil, zegt af. Dat is toch feest? De halve wereld sterft met vliegjes in de ooghoeken, ligt kermend in de goten van de sloppen van New Delhi en snakt naar een paar korrels rijst. En wij worstelen ons met zijn allen zuchtend door de dagen heen. Waarom ruilen we niet voor een keer?

Ik werd afgelopen woensdagavond somber toen ik in een of ander treurig sportgala zag hoe de aardige Nederlandse toptennisser Richard Krajicek bekogeld werd met tennisballen. Mart Smeets gaf een paar voorbeelden hoe er ooit met respect van internationale sporthelden afscheid was genomen, vroeg vervolgens een staande ovatie voor de voormalige Wimbledon-kampioen en liet hem bekogelen met tennisballen. Per bal ging er tien euro naar een goed doel. Het was een beschamende vertoning. En als Richard Krajicek dit weekend nog aan de Prozac gaat, snap ik hem als geen ander.

Kerstdiners

Jacques Wallage moest wennen aan de nieuwe manier van bidden. Schoenen uit, blik naar het oosten en maar buigen. 'Allah is groot, Allah is machtig', prevelde hij een keer of honderd. Papa, doe normaal, dachten zijn vrouw en dochters die onderhand worstelden met hun nieuwe hoofddoekjes. Ze knelden. In plaats van een mooie Château Margaux 1988 stond er een pot geurige muntthee op tafel te dampen. Het menu was geprint op het briefpapier van de gemeente Groningen. Niemand durfde iets te zeggen uit angst voor een corrigerende tik van de op hol geslagen burgervader. Voortaan altijd couscous met schapenvlees.

Bij Trix was het, ondanks de aanwezigheid van de kersverse wolk Amalia, ondertussen ook niet echt gezellig. Het was vooral gespannen. Een paar keer probeerde Mabel een verhaal uit haar studententijd te beginnen, maar een harde schop van Friso onder de tafel zorgde voor een voortijdig einde.

'Geen studententijd,' siste de prins. Er vielen ongemakkelijke stiltes. Op een gegeven moment stoorde Mabel zich in haar zenuwen aan een stukje hagel dat in haar haas zat. Ze spuugde het nogal demonstratief uit. De hele tafel keek haar aan. Wat zat ze nou te zeuren over zo'n lullig loden kogeltje? Ze had toch wel eens grotere kogels gezien? Jorge, de vader van Máxima, keek geïrriteerd. Dat kwam niet alleen door dat lullige stukje munitie, maar ook door zijn dochter, die veel te emotioneel gesproken had over de kleine Amalia. Ze was zo verliefd op de heerlijke baby en hoopte het kindje nooit te verliezen. Dat leek haar zo erg: als moeder je kind kwijtraken. Jorge zweeg.

Bij de Van der Vaartjes thuis wilde het ook al niet vlotten. Daar aten ze traditiegetrouw de balletjes gehakt. Maar Rafael kreeg de bal niet aan zijn vork geprikt. En telkens als hij er in wilde snijden, schoot de bal van zijn bord. Zowel hijzelf als zijn Sylvie zaten onder de vette jus. Hoe hij het ook probeerde, hij raakte de bal steeds maar half. De wanhoop spoot uit zijn ogen.

Bij Jort en Georgina was het echt knallende ruzie. Dit was hun eerste ontmoeting zonder televisiecamera's en het gesprek wilde dan ook niet echt vlotten. Zomaar gewoon met zijn tweeën. Er vielen pijnlijke hiaten.

'Anders klap je voor me als ik iets gezegd heb,' opperde Jort, maar daar wilde het opgespoten soapsterretje niets van weten. Zij stelde aan de hoofdredacteur voor om zelf een video-opname te maken. Dat praat veel gemakkelijker.

'Als ik praat, ben jij de cameraman en als jij praat *shoot* ik jou,' kirde het popje dat voor deze keer glitters in haar lipstick had gedaan. 'En misschien kunnen we de beelden nog verkopen aan AT5. Ze jengelde als een klein kind. Ze moest en zou haar zin krijgen.

Bij Gretta en Wim was het op eerste kerstdag ook niet echt lekker knus. Hoe goed ze afgelopen maandag ook hun best hadden gedaan in Nova. Gretta was boos. Het feit dat Wim eerst heel dom had verraden dat het rehabilitatiegesprek handjeklap geregeld was met een goede vriendin, de dochter van Boebie Brugsma, die in de redactie van het programma zit, was nog tot daar aan toe. Maar dat hij daarna openlijk vertelde dat zij de domste muts van Amsterdam-Zuid is, die nog niet eens wist dat er in de Tweede Wereldoorlog zes miljoen joden waren vermoord, sloeg werkelijk alles. Volgens Wim wist ze het echt niet. En nu zat hij haar aan tafel een beetje bij te spijkeren. Zodat ze op allerlei recepties niet weer een pleefiguur zou slaan. Hij legde uit dat Saddam gepakt was en Osama nog niet. Het bonkte onder haar zwart geverfde kapsel. Wie van de twee had ook alweer een baard? Wat was het toch moeilijk allemaal. Toen Wim zei dat Yasser Parkinson had, vroeg ze of Parkinson een terrorist was.

De Wallages, de Oranjes, de Van der Vaartjes, de Keldertjes en de Duisenbergjes keken treurig naar buiten. Ze wilden allemaal sneeuw en wel onmiddellijk. De enige die het vrolijk had, was Ayaan. Onder de kerstboom hief ze haar zevende glas en riep proestend: 'Op Allah'.

Katerzwijm

Net bekomen van mijn kerstdiner (rivierkreeftjesaambeien op een bedje van rucola, een heldere caviabouillon en gestoofde zeepaardstaartjes) kwam het keiharde nieuws: Jamai is officieel homo. Hij schijnt het in een radioprogramma bij BNN te hebben gemeld. In *De Telegraaf* reageren de beroepsnichten Gordon, Carlo Boszhard en Gerard Joling heel erg positief op de uit de kast gekomen Idols-winnaar. En hij schijnt vanavond in een open landauer door de Amsterdamse Reguliersdwarsstraat gevoerd te worden.

De modieus gebrilde puberzanger heeft eerst een goed gesprek gevoerd met de voorzitter van de Idols-jury (die man met die midwinterzonnebril in zijn ongewassen haar) en heeft toen besloten om het landelijk bekend te maken. Moest ook weer even denken aan een van onze prinsen, die door Eef Brouwers van de RVD officieel bekend liet maken dat hij hetero is.

De Idols-deelnemer Dewi, die een kleine vijf weken een veelbesproken liefdesrelatie met Jamai heeft onderhouden, heeft via haar beste vriendin onmiddellijk laten weten dat ze toen wel met de verse homo gezoend heeft, maar dat ze niet het bed met hem heeft gedeeld. Ze waren toen zo druk dat ze daar geen tijd voor hadden. Jamai en Dewi zijn nu hele goede vriendinnen. Je kan in zo'n geval niet vlug genoeg aan het volk laten weten dat het niet aan jou lag. Diverse vrienden van mij hebben gevreeën met dames die later pot werden en dat heeft hen toch lange tijd flink in de war gebracht. Lag het aan mij? Deed ik het niet goed? Het zijn stuk voor stuk stamelende twijfelmannen geworden. Eén vriend is het zelfs aan zijn ex gaan vragen. Over het antwoord zwijgt hij wijselijk. Een vriendin van mij trof haar man ooit in bed met haar kapper. Die lag zijn schaamhaar bij te punten. Zij is daar nooit overheen gekomen. Vooral over het feit dat het haar kapper was. Waarom niet haar registeraccountant?

Drie dagen heb ik de krant met het Jamainieuws voor mijn puberende dochter weggehouden. Mijn vrouw en ik hebben een halve nacht gefluisterd over de te volgen strategie. Hoe gaan we het haar vertellen? Zeggen we het ineens of vertellen we het in etappes? Nog zien we haar met drieduizend andere beugelbekkies voor Krasnapolsky staan krijsen. De idolen Jim & Jamai waren in het hotel en verschenen heel even als twee jonge pausen voor het raam. Ze zwaaiden nog wat onwennig naar de massa meisjes. Ik zag toen een zeer doordeweekse Jim, die op alle jongens van Nederland leek en ik zag een homo met een bril. Ik dacht: die meisjes zien toch wel dat die bril een nicht is? Later hoorde ik hem praten en wist ik het helemaal zeker. Het was een mengeling van Marc-Marie, Paul de Leeuw en mijn collega-columnist Albert Verlinde. Maar het toegestroomde legioen meisjes was blind en de dames vielen massaal in katzwijm. Katerzwijm kun je het achteraf beter noemen. Mijn dochter is natuurlijk niet de enige bij wie de held in gruzelementen van zijn sokkel lazert. Voor heel jong vrouwelijk Nederland is dit een dreun! Eerst werd hij laatste bij de World-Idols en nu nog even de snoeiharde mededeling dat hij op jongens valt. Nog erger: hij heeft al een vriend. Dus al die meisjes komen er nu achter dat ze gewoon belazerd zijn. Ze hebben toen voor niks hun dure sms'jes verzonden. Hoe zinloos is hun leven verder? Hoe komen ze hier overheen? 2004 kon niet zwarter beginnen. Waarom heeft hij het niet wat voorzichtiger gebracht? Waarom heeft hij niet eerst gemeld dat hij soms twijfelt of hij misschien...? Dan hadden de dames zich kunnen wapenen. Met elkaar kunnen overleggen. Dan hadden de jeugdpsychiaters een gezamenlijk antwoord kunnen voorbereiden. En na een week vol wikken en wegen had hij de mededeling door Eef Brouwers moeten laten doen: ik ben nicht.

Maar dit is te heftig. Dit is gewoon ronduit gemeen. Gisterochtend heb ik mijn dochter ontbijt op bed gebracht en heb ik het haar stukje bij beetje verteld. Krijsend krabde ze de posters van de muur, zeilde de stukgedraaide cd's door het open raam naar buiten en stamelde uit de grond van haar hart: 'Lelijke trol!'

Mastergame

Mooi wonen. Rijd door Wassenaar, Blaricum en Vught, wandel door het groene Laren of fiets door het prachtige Aerdenhout, het Bussumse 'Spieghel', of een andere chique villawijk. Het oogt liefdevol. De hockeystickjes van de kinderen liggen braaf op het gazon, de golfsetjes van vader en moeder staan te glimmen in de hal, mama's jeep staat heel ontspannen op de oprit en uit de schoorsteen geurt het heerlijke aroma van een heuse open haard. Maar vergis je niet. Er is zoveel leed achter de dubbele ramen. De botoxteefjes strijden om de gunst van hun man. De concurrentie met de strakke meiden van kantoor zijn ze aan het verliezen. De reet is inmiddels afgezogen, de tieten zijn bijgevuld en het gezicht is meedogenloos ontrimpeld, maar toch...

De midlifemannen zitten radeloos voor de computer. De hypotheeklasten druipen stroperig van het scherm. Het leek zo'n goed idee, die beleggingshypotheek, maar inmiddels is er vier ton verdampt. De klantvriendelijke adviseur van de bank heeft nooit meer gebeld. Verhuizen is een nederlaag, failliet is nog erger, dus wordt er bedompt gebeld met niet onbemiddelde ouders. Een paniekvoorschotje op de erfenis. Kakkersleed dus.

Geeft dit onvrede? Ja, dit geeft onvrede. Zeker als je op je platte breedbeeld de Iraanse stad Bam ziet kermen. Dan krijg je last van wroeging. Hartjeuk. Zieleczeem.

De een noemt het midlife, de ander depressie. Psychen worden geconsulteerd, peuten worden platgelopen en Prozac is een ruggensteun. De apotheker rijdt altijd met een grote glimlach door de lommerrijke lanen, de huisarts gniffelt binnenprettig en de slijter is de echte medicijnman.

Hoe komt de kakker uit zijn crisis? Jaren gebeurde dat via Landmark. Dat is een inmiddels achterhaalde cursus voor radeloze yuppen. Die stonden op zaterdagochtend met zijn allen voor heel veel geld te stamelen in een zaaltje. Je moet leren geloven in jezelf. En alles durven. De man van een vriendin van mij belde vanaf het podium huilend naar zijn bejaarde moeder om haar te vertellen dat ze zijn jeugd verpest had. 'Je was altijd bridgen en je zei nooit dat ik het goed gedaan had!' Dit alles in het bijzijn van de begripvolle groep. Mooi slot van een radeloze beschaving.

Maar nu gaan ze nog een stapje verder. De tupperware-psychotherapie. De peut aan huis. Met negen slechte huwelijken in een ruime kamer van een grote villa en dan een weekend onder leiding van een Amerikaanse muts aan je rotte relatie werken.

Je mag je echtgenoot openlijk verwijten maken. 'Hij zit de hele dag te internetten, heeft een wintersportfoto van mij als screensaver en gaat alleen nog met de muis over me heen!' Man-woman, the mastergame. Zo heet het. Lekker met andere echtparen werken aan je relatie. Gooi de blubber maar naar buiten. Huil de frustratie uit je hoofd. Maak het nog leger dan het al is! De verveelde huisvrouwtjes worden opgefrist en de vaders worden uit de midlife gesleept. Het schijnt te gebeuren op basis van een boek van de schrijfster Kristina Catalina. Een bezoekje aan www.man-womanmadeeasy.com leert je alles. Let vooral op de zoete kusjes en de roze hartjes. Zij maakt het leven in Wassenaar weer zinvol. Je gaat weer genieten van de Porsche van je man.

Als ik op zaterdagavond door een arbeiderswijk rij en ik zie het volk massaal vanaf de Ikeabank naar Idols loeren, dan word ik overvallen door een bodemloos medelijden. Maar nu ik weet dat er in de villa's en bungalows tientallen echtparen op datzelfde moment een cursus paniekvoetbal volgen, weet ik niet wat ik zieliger vind. Ik denk toch echt het laatste. Jan-Jaap, Jan-Willem en Floris-Bart vertellen aan Fleur, Fokkelien en Laetitia hoe erg het is om zes weken geen seks te hebben in de Auping. De dames komen met andere verwijten. 'Praat eens met me', komt er grienend uit. Het wedgwood staat te rinkelen in de kast. Ik ging al nooit zonder glimlach door een villawijk, maar nu is het nog erger. Bulderend en proestend met mijn neus op de claxon stuur ik mijn auto langs de hockeyvelden. Wat een prachtig leed. Waarom schudt de aarde nooit eens in die wijken? Het zou velen opluchten.

Doodgewoon

Op een school in Almelo kon je schietles krijgen. De cursus geweerschieten maakte deel uit van het project *Sport op Maat.* De kinderen vonden de traditionele gymnastieklessen nogal saai en kregen daarom deze mogelijkheid. Geweerschieten op school. De lessen hadden plaats in de Klaas Bruinsmavleugel. Gezellig.

Opeens zie ik een jongetje dat zich bij de rector meldt. Hij vindt het traditionele geweerschieten saai en wil graag op *granaatgooien.* Of dat kan. De begripvolle rector regelt het. Een halfjaar later komt er een andere leerling vertellen dat hij graag op *zelfmoordcommando* wil. Dat suffe granaatgooien is namelijk voor watjes.

Ondertussen begrijp ik dat de schietlessen in Almelo gestopt zijn. Wie zal met het idee gekomen zijn dat het schieten beter kan ophouden? De conrector?

Het is een mooi beeld. De leerlingen hebben geen zin in gymnastiek en de bange leraren verzinnen gauw iets anders. Straks oppert een leerling dat de biologielessen zo saai zijn en of er niet een cursus hoerenlopen gegeven kan worden. Hoerenlopen voor beginners. Seksuele voorlichting in de praktijk. Er is vast wel een werkloze wethouder die gastcolleges wil geven.

Toch probeer ik me de lerarenvergadering op de Almelose school voor de geest te halen. De leraar die zijn vinger opsteekt en aan de directie voorstelt om schietlessen te gaan geven. De rector vraagt waar de leraar aan denkt. Semi-automatische wapens? Uzi's? Raketwerpers? Ik zie hoe het voorstel wordt aangenomen. Hoe zullen ze dat met de geluidsoverlast gedaan hebben? Zit je een proefwerk wiskunde te maken in een lokaal dat grenst aan de gymnastiekzaal, waar ze net bezig zijn met een lekker enthousiaste schietles. En natuurlijk gaat er ook wel eens wat mis. Er wordt natuurlijk wel eens iemand geschampt. Maar dat hoort erbij. Bij een ouderwetse voetbalwedstrijd verrekte iemand vroeger ook wel eens zijn kruisbanden.

Zal er op de opleiding Bejaardenverzorging al een euthanasie-afdeling zijn? Dat je leert hoe je een te veel aan insuline spuit of hoe je Drionpastilles door de andijviestamppot mengt? De lessen ouderwets kussendrukken worden goed bezocht. En is het een idee om de leerling-verpleegkundigen in de psychiatrie suïcidelessen te geven? Dat ze de patiënten een aantal mogelijkheden kunnen bieden. 'Vandaag beginnen we met elektrisch scheren in het bad! Volgende week doen we treinspringen en balkhangen!'

De schietlessen in Almelo zijn gestopt. Sommige leerlingen waren verontwaardigd dat de lessen na de moord op Hans van Wieren niet meteen waren opgehouden. Ik vraag me onderhand af wat in Almelo het alternatief wordt. Gifmoorden voor vrijwilligers? Deze lessen kunnen alleen facultatief gevolgd worden.

Is er een schoolinspectie? Is er een minister? Weten de inspecteurs en de minister dat er in Almelo een paar levensgevaarlijke psychopaten in de schoolleiding zitten? Echt types die rijp zijn voor het Pieter Baancentrum. Wordt het geen tijd om een zwaar bewapend arrestatieteam die kant op te sturen? Commando's.

Doodstil tuur ik naar het bericht op Teletekst. *School stopt omstreden schietlessen* staat er uiterst kalm. Het bericht eindigt met de arrestatie van een leerling op een Heerlense school. De jongen was in het bezit van een gaspistool. Hij was vast onderweg naar een tentamen.

Een koksschool in Amsterdam schijnt plannen te hebben om les te gaan geven in het bereiden van mensenvlees. De leerlingen vonden het bakken van een biefstukje te saai voor woorden. Nu leren ze hoe je lerarenlul sauteert en conciërgeniertjes klaarmaakt. Er worden diepgevroren Hutu's en Tutsi's ingevlogen. Rectorenhersenen bereiden is een kunst op zich. Die zijn trouwens ook heel moeilijk te krijgen. Die zijn zo verschrikkelijk zeldzaam.

Opzijtuigje

De draagzak waarin Willem-Alexander afgelopen woensdag zijn dochter mishandelde, schijnt een kangoeroe te heten. Wat bungelde dat hompie er treurig bij. Je zag aan die martelzak dat hij zo uit de verpakking kwam. Het ging hier om imago-opbouw. De regisseur zocht duidelijk naar een eigentijds, ontspannen beeld en heeft zijn assistente naar de dichtstbijzijnde Prénatal gestuurd om zo'n tuttig ding te scoren.

'Ze wandelen ontspannen door de tuin en dan filmen we dat'. Deze woorden vielen natuurlijk op de vergadering met de burgerlijke angsthazen van de RVD. En de marionetten deden dat braaf. Weten zij veel. Terwijl ze daar ontspannen door de tuin kuierden, waren een paar uitzendkrachten druk bezig om de cadeautjes op een tafel uit te stallen. Toen het kroonprinselijk paar daar omheen ging lopen mutsen en bejaard Nederland via hun onwetende dochter toesprak, moest ik denken aan de eerste beelden van een wilde Máxima, die dronken op een tafel in New York stond te dansen. De seks spatte ervanaf. Haar lijf was wild, haar ogen vonkten en haar stralende glimlach vermorzelde elke republikein. En nu? Nu begin je bijna spontaan te sparen voor twee rollators en een beginvoorraad incontinentieluiers voor deze twee eenzame zielen. Wat een droefheid.

Ik selecteerde mijn vrienden vroeger op de kangoeroe. Als ik er eentje tegenkwam met zo'n lullige bungelbaby op zijn buik, schrapte ik hem onmiddellijk uit mijn adressenboekje. Geen draagvaders in mijn dampkring. Als ik nu een man met zo'n hangtuigje zie, krijg ik de meest verschrikkelijke beelden van de man thuis! Ik vrees voor een schort bij het koken, een zaterdagochtend zingend stofzuigen en het fluitend wegwerken van een stevige strijk. Met mannen die kunnen strijken, wil ik geen glas delen. Wat zeg ik? Geen druppel.

Het bedankfilmpje van het duo Lex & Max leverde weer aandoenlijke beelden op. Mijn tenen willen nu echt niet meer recht. Kilo's medelijden schoten door mijn vaderhart. De Belgische kroonprins en zijn vrouw konden er qua oubolligheid wat van, maar wij hebben de eerste plaats nu ruimschoots overgenomen. Wat een stijve harken en wat een slecht amateurtoneel.

Vroeger had Wim Sonneveld de prachtige conference van de stalmeester, die vertelde hoe alle krentenmikken en andere geschenken op Koninginnedag achter de rododendrons geflikkerd werden. Dat was meer dan dertig jaar terug. En je ziet: we zijn geen centimeter opgeschoten. Alle werkloze huisvrouwen uit Appelscha en Kootwijkerbroek hebben zich weer een paar tennisarmen zitten breien voor de kleine Amalia. Burgemeesters hebben officiële gemeentecadeautjes naar de baby gestuurd. We leven gewoon nog in de tijd van Swiebertje. Je ziet hem met zijn ambtsketen om de envelop dichtlikken. Het is 2004!

Alex en ik zien elkaar al jaren regelmatig en hij vroeg zich gisteravond wanhopig af: 'Wat moet ik dan? Moet ik dan zestig vuilniszakken op die tafel zetten en tegen het volk zeggen dat hun hartverscheurende gefröbel daar in zit? Dat wij gierend van het lachen al dat gepunnik in ontvangst hebben genomen en dat er al een grote container klaarstaat waar we de rotzooi na de uitzending inflikkeren?'

'Het zou wel lachen zijn,' kwam Máxima ertussen, 'en dan ga ik daarna op die lege tafel als een beest staan dansen. Net als toen. De bejaarden krijgen een spontane vogelgriep en bij de jongeren stijg ik in aanzien!'

'Ik vind alles best,' adviseerde ik mijn vriend Alex. 'Als je je maar nooit meer met die lullige kangoeroe vertoont. Je zakt echt door het ijs met zo'n Opzijtuigje. Het is voor watjes en onder-de-plakzitters'.

Lachend gingen we aan de witte wijn en tot diep in de nacht hebben we met zijn allen het echte leven doorgenomen. Alex heeft een fantastische imitatie in huis van de bibbergereformeerde Balkenende op bezoek bij zijn moeder. Over satire gesproken. Zelden heb ik Máxima harder zien lachen.

Toen ik thuiskwam, zag ik pas dat hij de draagzak aan de antenne van mijn auto had bevestigd. Er zat een briefje aan met de simpele prachttekst: Zullen we toch maar vrienden blijven?

Mijn antwoord is ja. Volmondig zelfs.

Hiep Hiep Hoera

Ik kijk glimlachend naar mijn vaderland. In Bergen aan Zee is op de hoek van de Zeeweg en de Elzenlaan afgelopen herfst een rotonde aangelegd. Niemand weet waarom. Ik kom daar al jaren enkele keren per week en heb op die hoek nooit langer dan drie seconden stilgestaan. Toch kwam er een rotonde. Ze zijn er vier maanden mee bezig geweest. Het werk werd uitgevoerd door de firma Koop Tjuchem. Dan hoef ik niemand verder iets uit te leggen. Hoeveel Bergense ambtenaren zijn er op kosten van de wegenbouwer naar de hoeren geweest?

Woensdagavond verliet ik het Zoetermeerse Stadstheater en zag in de parkeergarage een bordje hangen met de tekst *Invalideparkeerplaatsen op de vijfde etage.* En dan maar zeggen dat ambtenaren geen gevoel voor humor hebben. Je ziet de bouwvergadering. De aannemer heeft net aan de commissieleden de wintersportreisjes en bordeelbezoekjes uitgedeeld (de voorzitter mocht zelfs op de wintersport naar de hoeren!) en dan bedenkt de vergadering dat ze de invalideparkeerplaatsen vergeten zijn. Doe maar op de vijfde etage, is de oplossing, dan hebben we er maar een paar nodig.

Wat is humor? Een Israëlische buschauffeur die Rennies uitdeelt tegen het opgeblazen gevoel? Een Nederlandse soldaat met een geweer, die nog geen waarschuwingsschot mag lossen? Waarom dan dat geweer? Hij mag alleen op nichterige toon roepen: 'Joehoe!!! Ophouden! Niet plunderen jurkboys! Doe nou niet zo flauw'.

Humor ligt op straat. Net als de sneeuw. Vijf centimeter en het welvarende Nederland loopt totaal vast. 860 kilometer file. Stilstaande treinen. En nu heeft de winter van 2004 maar drie uur geduurd. Kan je nagaan als de winter een echte winter was geweest. Dan waren er reddingsacties uit Duitsland gekomen. Heuse evacuaties.

Ik dwarrel door de krant en zie een poster van twee zoenende hoofddoekjes. Autochtone homo's willen dat de *islamietjes* uit de kast komen. Waarom? Er zijn zo langzamerhand toch genoeg homo's? En waarom moet iedereen zijn seksuele geaardheid tonen? Met mijn lieve ouders had ik het nooit over hun geaardheid. Ik hoorde later pas dat ze hetero waren.

Wat is humor? Een vriendin vertelde mij dat na de crematie van haar grootvader de poes zoek was. Het hele huis werd afgezocht. Het beest verstopte zich wel vaker een dag of wat op zolder. Men dacht aan dierenverdriet. Er waren zelfs psychologen die dit *rouwgedrag* van de poes verklaarden. Oma moest gerustgesteld. Poezen liepen ook wel eens een dag of wat weg. Op zoek naar de overledene. Oma was ontroostbaar. Eerst opa dood en nu ook de poes nog pleite. Drie dagen later stond er in de krant dat een van de crematiekraaien ontslag had genomen. Overspannen. Hij had bij het in de oven schuiven van de kist van een oude man een afschuwelijke kreet gehoord. Niemand heeft het oma durven vertellen. Sterke begrafenisverhalen zijn altijd leuk. Dertien jaar geleden werd mijn zoon geboren. Het was groot feest in ons huis. Veel taart en nog meer bloemen! Na een dag of drie werd er aan het eind van de middag een sober bloemstuk bezorgd. Ik pakte het aan en voor ik de deur dichtdeed, hoorde ik de chauffeur al wegrijden. Ik zocht naar het kaartje, maar zag een lint. Een klein, zachtgroen lint. Met gouden letters stond gedrukt: *Een laatste groet – Familie Hendriks.* Ik begreep de vergissing, zocht naar de naam van de bloemist en belde onmiddellijk. Antwoordapparaat. De volgende ochtend hing ik om acht uur aan de lijn. De bloemist in paniek. Hij had het reeds begrepen. De verbolgen familie van de overledene had ook al gebeld. Toen zij 's avonds in de rouwkamer kwamen, stond er op moeders kist een groot vrolijk wit boeket. Met daaraan een kaartje met de frivole woorden *Hiep Hiep Hoera! – Herman van Veen.* Als het nou nog een kaartje van een of andere vage familie Jansen was geweest. Maar Herman van Veen!

Een mooie draai naar het theater. Theater en humor. Ik ben al jaren fan van Mini en Maxi. Zag ze halverwege jaren tachtig voor het eerst in het Nieuwe de la Martheater en heb daarna alle voorstellingen gezien. Met bewondering. Grote bewondering zelfs. Razend knap hoe zij een afgeladen zaal lieten lachen en soms bijna huilen. Zoveel mooie nummers gemaakt. Ouderwets variété. Zat vaak op het puntje van mijn stoel. Pas geleden sprak ik een optimistische Peter. Zijn hernia kwam helemaal goed, dacht hij. Maar helaas. Het gaat hem niet lukken. Jammer? Heel jammer zelfs. Ze stoppen ermee. Ze kunnen niet anders. Geen half werk. Ik maak een diepe buiging naar twee grote collega's. Ze komen terug. Dus geen *Laatste groet*! Maar zeker geen *Hiep Hiep Hoera.* Integendeel. Ik neem mijn hoed met veer af en leef met ze mee.

Jordanees poetsen

Was op reis. Vakantie? Nee, mijn dochters laten besnijden nu het nog kan. Op de terugweg in Frankrijk meldde ik me bij zo'n groen knipperende pharmacie. Ik zocht tandpasta en kon kiezen uit zeer verantwoorde en bijzonder dure tubes. De apotheker met zijn bijna montuurloze brilletje hield er een heel verhaal bij.

Mijn tanden werden witter, mijn tandvlees rozer en mijn adem een wilde, verfrissende oceaanbries. Atlantisch wel te verstaan. De prijs was zeven euro, maar dan had je ook wat. Ik kon ook nog kiezen uit andere wetenschappelijk geteste tandpasta's. Op de verpakking stonden tekeningetjes waarmee werd uitgelegd wat de rommel allemaal met je gebit deed. Er werden vitaminen en kalk toegevoegd, de dreigende gaatjes sloten vanzelf en mijn bek zou meuren als een Zwitserse alpenweide. Ik kwam niet meer van hem af. Was ik nou maar gewoon de plaatselijke supermarché ingestapt om een simpele tube ziekenfondsprodent te scoren, dan was ik overal van af geweest. Ik zwichtte voor deze Homais van Arles en liet mij voor negen euro vijftien iets op basis van macrobiotische diepzeealgen aanpraten.

Op dat moment bedacht ik dat ik ook aan een nieuwe borstel toe was. Ik kon weer kiezen. Van opgesteven dassenvacht tot Tsjechisch trollenschaamhaar dat niet alleen borstelde, maar ook weldadig masseerde. Ik wilde al die rotzooi niet. Ik wilde hard. Keihard. Doodgewoon nylon. En het liefst wilde ik een Jordan. Een ouderwetse Jordan. Die had je vroeger in soft, medium en hard. En in wel duizend kleuren. Vooral dat laatste was belangrijk. Een eigen kleur tandenborstel in het familiebekertje in de badkamer. Geen risico dat wie dan ook zijn gebit met de jouwe boende.

Vroeger kocht mijn moeder ze met tientallen tegelijk. Als je een nieuwe wilde, liep je naar het laatje en pakte er een. Altijd Jordans. Harde geselende schrobborstels. Met scherpe Medinos tandpasta! Na een stevige poetspartij mocht je best een beetje bloeden. Lekker zelfs.

Ik praat nu over het pre-elektriektijdperk. Dat heb ik overigens altijd aanstellerij gevonden: een elektrische tandenborstel. Wat een getut. De batterij het werk laten doen. Poetsen moet je zelf doen. Hard en stevig! Elektrische tandenborstels hoorden bij Gooise rijkeluisvriendjes. Echte mannen poetsen met de hand. Echte vrouwen trouwens ook!

Maar een aantal jaren geleden verdween de harde Jordan. Heel langzaam en onzeker, maar hij vertrok uit de schappen. Er was geen vraag meer naar, jokten de verkoopsters. De importeur had hem niet meer in zijn assortiment. Je zag er de meest rare borstels voor in de plaats komen. Met verende spiraalstelen, rubberen handgrepen voor een betere grip bij het poetsen en borstels met vreemde punten en kussentjes, zodat je de anders onbereikbare hoekjes ook schoon kon vegen. Prullen. Rotzooi! Ik smeekte de Albert Heijncaissières en de drogisterettes van De Trekpleister, de Etos en Het Kruidvat om me te helpen aan een oude vertrouwde Jordan. Ik schreef naar de importeur, mailde Ahold, De Bijenkorf, V&D en alle andere borstelboeren. Ik kreeg vage antwoorden. Dingen verdwijnen. Zo is het leven. Een flesje Joy of Perl is ook niet meer te krijgen. Wat dat was? Limonade.

Gisteravond stond ik in mijn Franse hotelbadkamer met een designborstel en een pasta die het midden hield tussen ansjovis, Dijonmosterd en bunzingoorsmeer. Kotsend probeerde ik er wat van te bakken. Kokhalzend smeerde ik de rommel met het ergonomisch verantwoorde zwabbertje op mijn gebit. Niks poetsen. Dweilen was het. Lappen. Sponsen. Zemen. De hele nacht slecht geslapen. Had het gevoel dat een kerkkoor van microben de Matthäus Passion op mijn kiezen repeteerde.

En vanaf nu pik ik het niet meer. Ik wil een Jordan. Een ouderwetse Jordan Hard!

Ik schreeuw het via de krant. Vraag de echte poetsers onder u om met mij mee te protesteren. Er moet een Jordan Actiegroep komen. Een patiëntenvereniging. Stille tochten! Terreur mag als de importeur weigert. Wij willen gewoon ouderwets borstelen. Hard en bloedig! Ik smeek om de terugkeer van de klasssieke, batterijloze Jordan! Poetsers aller landen verenigt u!

Octopussy

Seks met dieren wordt verboden. Hoe vertel ik het mijn inktvis? Al jaren staat bij ons in de kelder een groot aquarium met daarin een uiterst vrolijke en dartele inktvis. En laat ik maar met de deur in huis vallen: we hebben het leuk. We hebben het hartstikke leuk zelfs. Details zal ik u besparen, maar twee keer per week mag ik graag een duik in het bassin nemen en dan zijn we samen al gauw een paar uurtjes zoet. Als ik de sleutel van de kelderdeur omdraai en het licht aanknip dan hotst en klotst hij in zijn subtropische zwembadje. Zelden zo'n blije homoseksuele inktvis gezien.

Jaren had ik een relatie met de pony van de kinderen, maar dat werd op den duur saai. Erotisch gezien dan. Je kan met een pony niet veel. Het is eigenlijk altijd hetzelfde. Het beest staat in de wei, jij staat erachter en op een gegeven moment kijkt zij geïrriteerd om met zo'n blik van: hoe lang nog? Er is weinig lust bij de pony. En het gaat natuurlijk niet alleen om je eigen opwinding. Je wilt dat de Shetlandse zelf ook aan haar trekken komt.

Ik ben begonnen in mijn puberteit. In *De hond met de blauwe tong* van Jan Wolkers doet een van de figuren het met een kip. Hij neemt het beest in alle vroegte in haar nog warme eitunnel. Diezelfde week begon ik in onze kleine achtertuin een hok te timmeren en kocht ik een stuk of wat

Poules den Dungen. Dat is een mooi, slank, zacht tegenspartelend Brabants kippetje. Bijna nooit hoofdpijn en zeer aanhankelijk. Het vervelende van kippen is dat ze eigenlijk alleen maar in de open lucht willen hutseflutsen en op mijn toenmalige achtertuin keken nogal wat andere huizen uit. Een paar pottenkijkers oké, maar een halve straat die staat mee te loeren werd me gewoon te gortig.

Een paar vrienden van mij doen het wel indoor met een kip, maar die kip is dood. Sterker nog: ze gaan voor de diepvries. Vele malen hebben ze me uitgelegd hoe sensationeel het is, maar mij heeft het nooit kunnen bekoren. Ik vond het gewoon koud. Kreeg zelf kippenvel.

Al gauw heb ik bij mijn vakantiehuisje op de Veluwe een schaap genomen. Dat was vooral voor de gezellige seks. Een schaap houdt altijd de trui aan en kan op het moment suprème subliem blaten. Opwindend zelfs. Maar het seksleven met een schaap is, net als met een pony, op den duur eentonig. Je hebt verder door de week weinig contact. Je kan niet flirten, verleiden, versieren.

Aan knaagdieren, zoals konijnen, cavia's en hamsters heb ik me nooit gewaagd. Ik vind de knaagbeffers geen prettig volk. Het is een bepaald slag. Tikje ordinair, beetje achterbaks en sinds ik weet dat sommigen dag en nacht een marmotje in hun aktetas of binnenzak hebben, wil ik helemaal niks meer met dit soort te maken hebben. Een muis in mijn hol heb ik een keer geprobeerd, maar dat is me ook niet echt goed bevallen.

En toen ontmoette ik Joke, mijn therapeute, die mij ook ooit aan het breien heeft gekregen en zij vertelde dat de duikers op de Virgin Islands hele fijne ervaringen met inktvissen hadden. Dus ik daarheen voor een simpel snorkelweekend en het was eigenlijk meteen raak. Ik had al heel gauw contact met een wat oudere inktvis, die mij veel geleerd heeft. Vooral tederheid. En ik was binnen een half uur verslaafd. Het was in een keer zo veel, zo overweldigend. Al die tentakels tegelijk. Het is een niet te omschrijven totaalervaring. Ik ben nog drie, vier keer teruggeweest en heb toen uiteindelijk een jonge inktvis meegenomen. Een jongetje. En ik heb hem de eerste kneepjes geleerd. Het was even onwennig in het begin, maar al gauw waren we helemaal los. We hebben een totaal vrije spartelrelatie, waarin alles mag. Behalve pijn. We doen elkaar absoluut geen pijn. Maar dat moet ik nu dus wel doen. Zondagmiddag half vijf ga ik het zeggen. Ik hoop dat u op dat moment zacht aan me wilt denken. Wat ik daarna met hem ga doen? Frituren.

Respectloos

Mijn moeder was een koningin! Een regelrechte schat. Tien jaar geleden overleed ze en we hebben haar met een diepe buiging begraven. Alles wat haar lief was stond rond de kuil. Er stond geen hufter tussen. Het regende verschrikkelijk.

Nu is de moeder van Trix dood. Gedoofd als een waxi-entje. Ze is wel chic gestorven. Terwijl de rest van bejaard Nederland verzoop in de eigen urine, één keer per maand mocht douchen en glutonpuree en voorgekauwde schnitzels tot zich moest nemen, luisterde de demente prinses in het duurste verzorgingstehuis ter wereld (één patiënt en negentig man personeel!) naar de laatste vogeltjes. En nooit op een wachtlijst gestaan!

Wat mij het ergste lijkt, is dat je als koningin je moeder niet gewoon gezellig mag begraven. Normaal roep je de familie bij elkaar, huil je een paar liter en graaf je een kuiltje! Zand erover. De laatste adem is geblazen en wat zijn we dan nog waard? Niks toch. Toen Yassin uit zijn rolstoel was geblazen, lag hij binnen een paar uur onder het droge woestijnzand. Zo gaat dat.

Iedereen roept nu om het hardst dat Juul zo menselijk was. Vond ik ook. Ze vluchtte toen het oorlog was, zocht in haar wanhoop over haar bijna blinde dochter een tijdje steun bij een soort Jomanda en hield tijdens de Lockheed-affaire haar graaiende man de hand boven het hoofd. Zeer gewoon en uiterst menselijk gedrag. De laatste interviews met haar waren het leukst. Ze kreeg gezonde schijt aan het belachelijke protocol en riep zowel tegen Mies als Maartje de vrolijkste dingen. Iedereen genoot ervan.

Juliana was nog koningin in de tijd dat allerlei treurige provincio's op 30 april na het aanbieden van de meest smerige lokale kruidkoeken achteruit de bordestrap af moesten. Je mocht de koningin de rug niet toekeren. Jammer dat niet een van die kinkels ooit zijn heup gebroken heeft. Dat waren nog eens tijden.

Juist Juliana heeft dat afgeschaft. Zij wilde gewoon, gewoon en nog eens gewoon! Ze schreeuwde het bijna tegen Mies. Wat een leuke vrouw, dacht ik toen. En nu de beelden herhaald werden, denk ik het nog steeds.

Dus mijn vraag is waarom er niet wat meer respect is voor Juliana. In haar laatste interviews liet ze duidelijk weten dat ze een doodgewone oma was. Een moeder. Een echtgenote. Niks meer, niks minder. Dit wordt ook steeds door iedereen aangehaald. Waarom dan na haar dood al die poespas? Waarom dat gezeul met het lijk van die schat? Zelfs het autoritje van Baarn naar Den Haag kwam rechtstreeks op televisie. Je moet je als land toch echt collectief te pletter vervelen als je hier tijd en geld voor hebt.

En nu ligt ze een weekend opgebaard en trekt een leger truttige bodywarmers en sneue mannen langs haar kist. Voyeurs, die eerlijk toegeven dat ze wel eens een glimp van het paleisinterieur willen opvangen. Bij Claus trokken negentigduizend zachtgestoorden langs de baar en ik vrees dat Juliana er veel meer trekt. Vorige week de Huishoudbeurs en deze week de kist van Juul.

Waarom wordt de lieve Juliana niet met rust gelaten? Waarom laat de koningin dit circus toe? Waarom laat ze al die gluurders in haar tuin? Daarom snap ik Bernhard zo goed. Hij zit heerlijk in Soestdijk en heeft al laten weten dat hij nog niet zeker weet of hij er dinsdag bij de begrafenis wel bij is. Benno, zoals de anjerprins door zijn vrouw altijd liefkozend genoemd werd, heeft gelijk. Waarom zou je je verdriet delen met gestoorde onderdanen uit Cadzand en Boxmeer? Waarom zou je je laten filmen op het moment dat je jankt om het verlies van je vrouw? Waarom zou je tussen types gaan zitten die er alleen maar zijn omdat ze een bepaalde functie bekleden? We hebben het over de dood. Het afscheid! Het slot van een leven. Ik zou ook weigeren. Het gerucht gaat dat hij donderdag achter de bommeldingen op de diverse stations zat.

'Het lijk van mijn vrouw is geen attractie,' schijnt hij door de paleisgangen geschreeuwd te hebben. En terecht.

Wat ik dinsdag doe? Ik drink een borrel met Benno! En een stevige ook. Waarop we drinken? Op Juliana en op de republiek!

Ordecoaching

Even dacht ik aan een aprilgrap, maar dat was het niet. Het gebeurde afgelopen weekend. In het Gooi. In een groot huis. Bij een chique familie. Hockeyers. Er was een kinderfeestje. Een partijtje. Alle vriendjes en vriendinnetjes van de kleine Floris-Jan waren uitgenodigd. Het ging om een verjaardag. Nou en, zult u zeggen. Wat is er tegen een verjaarspartijtje? Niks. Maar om wiens verjaardag ging het? Om die van Floris-Jan? Nee, die was al jarig geweest. Het ging om de verjaardag van de knuffel van de kleine Floris-Jan. De knuffel werd drie. Er zijn uitnodigingen verstuurd, er was taart, limonade en er hingen slingers. De kinderen namen cadeautjes voor de knuffel mee. Waarom werd de verjaardag van de knuffel gevierd? Omdat Floris-Jan dat graag wilde. Anders ging hij huilen. Hij heeft het partijtje er doorheen gedramd. Fijn kereltje die Floris-Jan. Door zijn ouders in de beste kakkerstraditie uiteraard FJ genoemd.

Mijn zus en ik speelden vroeger op zolder dat haar pop jarig was. En dan gaven we ook een partijtje. We krabbelden uitnodigingen. Wie er mochten komen? Mijn moeder en mijn broertje. De rest had geen zin om aan deze flauwekul mee te doen. Het partijtje duurde niet langer dan tien minuten. Een mariakaakje speelde voor taart en een glas water was de limonade. Dat was het spel dat we binnenshuis speelden. Niemand wist dat. Gezinsgeheimen.

Maar nu, in het Gooi, organiseren ouders bloedserieus een partijtje voor de verjaardag van de knuffel van de kleine FJ. Zinlozer kan het leven toch echt niet meer worden!

Nog een aprilgrap die geen aprilgrap is? In dezelfde buurt werden reclamefolders door de brievenbus geduwd. Dat is niet gek, zult u zeggen. Nee, dat is zelfs normaal. Maar het ging niet om het krantje van de Hubo of de Aldi, maar om een aanbieding van een mevrouw. Zij bood zich aan als ordecoach! Als wat? Als ordecoach! Wat dat is? Zij komt helpen als je huis een puinhoop is geworden. Je hebt tientallen dozen met kinderfoto's, zakken vol babykleertjes en een warenhuisafdeling aan oude skispullen. En het komt er maar niet van om daar eens orde in te scheppen. Dan bel je de ordecoach. Je bent namelijk zelf te druk met golfen, de hockeyclub en het organiseren van de verjaardagspartijtjes van de knuffels van FJ, PB en WW. Kortom: geen tijd om op te ruimen.

Misschien wil de coach ook de wijnkelder van je man op streek, kleur en jaartal leggen. Ik heb inmiddels begrepen dat de coach niet een eenmalige opruimer is, maar je levenslang blijft begeleiden. Anders kan je net zo goed de werkster een dagje extra laten komen. Nee, de ordecoach leert je hoe je systeem kunt aanbrengen in je overbodige rotzooi. Zij maakt mappen, dozen, ordners en zet de boel op volgorde weg. Wel samen met jou. Jij moet het kunnen terugvinden. Jij moet weten waar de map kindertekeningen staat. Er zijn drie mappen kindertekeningen. Een map van FJ, een van PB en een van WW. Rest de vraag of de knuffels van FJ, PB en WW ook een eigen tekeningenmap krijgen. Ik zou die beslissing aan de ordecoach overlaten. Het hangt natuurlijk van de grootte van de zolder af. Hebben FJ, PB en WW ook al een eigen peuterpsych? Komen die rapporten in het peuterpsychmapje? Wat zegt de ordecoach daarvan? En de poppendoktersrekeningen? Krijgen de knuffels een eigen medisch dossier? Misschien is het leuk om aan de ordecoach te vragen of ze een aparte cadeautjesdoos voor de knuffels wil maken. Het handigste is op jaar. Dat de knuffel later kan zien wat hij op welke verjaardag kreeg.

Zullen de chique types ook hun dozen met voorkennis bewaren? En de salarisverhogingen van vierenzestig procent die ze zichzelf hebben toegekend?

En een afdeling liefdesbrieven is natuurlijk belangrijk. Diverse dozen met puberale hijgpost. En echtscheiding een, twee en drie mogen ook niet ontbreken. En de liefdesbrieven van FJ, PB en WW. En de liefdesbrieven van de knuffels van FJ, PB en WW. Weet je nog dat Aap met Beer ging? Dat was pas een leuke tijd!

Zaksproetjes

Rebecca Loos is los. Ze toont op de televisie de erotische sms'jes van haar minnaar David, vertelt dat ze allerlei intieme details van de topvoetballer kent en ze is bereid deze vunzige feiten onder ede te onthullen. En dan? Moet de voetballer daarna zijn voetbalbroekje laten zakken om aan het volk zijn wel of niet besneden lid te tonen? Of gaat het om een eikelpiercing en een paar zaksproetjes? Heb inmiddels ook begrepen dat de vedette drie keer per week met zijn schaamhaar in de krullers slaapt. Donderdag las ik in de krant dat de Madrileense chauffeur van David verklaard heeft dat hij zo nog wel wat vrouwen op kan noemen. De man vertelt ook over heftige seks op de achterbank van de door hem bestuurde auto. Achteruitkijkspiegelporno! Ik lees dit bericht in de auto op mijn Belgische tournee. Om precies te zijn tussen Brugge en Brussel. Ik zit naast mijn chauffeur. Mijn chauffeur is een vrouw. Een prachtige vrouw zelfs. Ik vraag mij af hoe het zou zijn om met haar seks op de achterbank te hebben, terwijl ze ook nog rijdt. Dat is pas genot! Ze heeft prachtige lange benen, dus het moet kunnen. Veel sensationeler dan het simpele Beckham-wipje. Ik durf het mijn chauffeur niet te vragen. Stel dat ze ja zegt. Dat zij er ook al jaren van droomt om een keer met deze kleine dikzak... Ik zie in mijn bizarre fantasie de twee airbags uit het stuur en het dashboardkastje komen. Goed dat mijn prachtige chauffeuse niet in mijn hoofd kan kijken. Wat gaan we tekeer. Voor de affaire heb ik nooit aan seks met haar gedacht. Nog geen potje scrabble met haar sloop mijn droomhoofd binnen. En nu opeens laat ik haar alle hoeken van de Volvo zien. En zij mij. Terwijl ze luistert naar de zachte stem van de GPS hangt ze in het hondenrek. We passeren een groot waarschuwingsbord. Een billboard met de tekst: Veiligheidsgordels! Ook achterin! Ik vraag me af of David tijdens de seks in de riemen zat. En ik denk aan mevrouw Beckham. Toch een minder *spicy girl* dan ik dacht. Gewoon een saaie recht-op-en-neermuts. Daarom zocht David een vrouw met iets meer fantasie. Mevrouw Loos toucheert voor haar bekentenissen een kleine miljoen dollar en maakt van mevrouw Beckham een tweederangs mevrouw Oudkerk. Wat een snol die Rebecca. Ze doet me denken aan de bezemkasthoer van Boris Becker. Dat soort moet er gewoon voor zorgen dat de superster zo goed mogelijk aan zijn gerief komt en verder zwijgen. Ze mag d'r Hollandse beentjes dichtknijpen dat ze ooit zover gekomen is. Maar het verkopen van het verhaal is hoogverraad. Natuurlijk worden de verhaaltjes gulzig geslurpt door miljoenen moraalridders in hun Almeerse doorzonhuisjes. Windjacktypes die alleen maar kunnen dromen van een goede beurt op de achterbank van hun chauffeurloze auto. Met hun te dikke vrouw in hun veel te benauwde Vectra.

Buitenechtelijke seks is van alle tijden en houdt miljoenen huwelijken op de wankele benen. Ik ken duizenden mannen die zonder vriendin al lang gescheiden waren. Eigenlijk moeten de echtgenotes blij zijn met alle maîtresses. Zij doen in bed de dingen waar de vrouw des huizes al tien jaar geen zin meer in heeft. Dan raakt haar kapsel in de knoop. Maar de buitenechtelijke huppelkut moet in ruil voor een ringetje, een luxe hotelkamer en een goed diner gewoon haar werk doen en verder keurig haar blonde mondje houden. Het is namelijk geen liefde. Niet voor hem en niet voor haar. Het is gewoon seks en dat is heel wat anders.

Ondertussen luister ik naar het nieuws. Hoor over Ajax-supporters die Feyenoordspelers hebben aangevallen en schaam me diep donkerrood voor mijn Amsterdamse seizoenkaart. Soms stopt ieder denken. Het veldje waar dit fijne treffen plaatsvond heet *De Toekomst.*

En ik schrik niet van de bijna-aanslag op de chauffeur van Fortuyn. Waarschijnlijk heb ik het hartstikke verkeerd, maar mijn gevoel zegt dat er iets in het verhaal niet klopt. Meneer Smolders is in mijn ogen nog steeds een held vanwege het feit dat hij toen achter die idiote grasgrazer Volkert van der G. aanging, maar nu zegt er iets in me dat het niet waar is. Wie de bijna-schutter was? Jules Croiset.

Bianca

JP is vroeg wakker. Veel te vroeg. Het is tien voor vijf. Hij hoort de eerste vogels en realiseert zich dat dit ook de laatste vogels zijn. De stadsmus is uitgestorven, de koolmees is al tien jaar niet meer gezien en voor de laatste grutto's wordt een weiland zonder bouwplannen gezocht. De Betuwelijnlobby, de snelwegmaffia en het hoogbouwende vastgoedgajes hebben gewonnen. Toen mijn zoontje tien jaar geleden over een vogel riep: 'Kijk papa, een levend vliegtuig!' wist ik dat de strijd reddeloos verloren was.

Het is ook maar goed dat de vogels dood zijn. Op 12 juni gaan een paar duizend welvarende nudisten fietsen in de bossen bij Apeldoorn. Naakt fietsen. Je moet wat in 2004. Dat moet een verschrikkelijk gezicht zijn. Al die welvaartstypes die met hun blote aambeien over hun zadels schuren, terwijl de bierbuiken vlak boven de stang klotsen en de keizersneetjes glimlachen naar de bloeiende brandnetels. Ik vrees dat na die dag de bomen het ook voor gezien houden.

Niet alleen JP is vroeg wakker. Zijn Bianca ook. Sterker nog: zij heeft de hele nacht niet geslapen. Opgerold in haar nachtpon heeft ze nagedacht over de verschrikkelijke dag die komen gaat. Maanden heeft ze tegen deze vierentwintigste april opgezien. 24 april: de huwelijksdag van plastic Mabel en haar niet-homoseksuele prinsje. Een man die via zijn voorlichter moest laten weten dat hij geen nicht is. Geen sterk begin van een vlammende relatie.

Bianca piekert en piekert over de komende dag. Het huwelijk wordt een intieme aangelegenheid. Slechts veertienhonderd vrienden zijn aanwezig. Allemaal brave burgers die een beetje nerveus zijn omdat ze er vandaag bijhoren. Valt mijn hoedje op? Is mijn jurk niet al te PC Hooft? Kom ik op de buis?

En de dominee zal spreken. Spreken over liefde. Echte liefde. De chemie van twee mensen. De bruid zal professioneel stralen en niemand kan de films zien die op dat moment in haar hoofd worden afgedraaid. Natuurlijk komt *Die Lange* nog een paar keer langs. De geur van het vooronder, het klotsen van de zee tegen de boot en dat pistool onder het kussen waren prachtige ingrediënten voor een niet-alledaagse jeugd. Uiteraard denkt ze nog een keer aan de wilde nachten met haar gehuwde Bosniër. De hotelsuites, de soupers, de mondaine vakanties. Natuurlijk wist ze dat hij dat niet uit eigen zak betaalde. Maar ze krijgt hem wel vrij. In Nederland blijft ze Mabel, maar in het buitenland zal ze zich prinses gaan noemen.

Ze kijkt opzij en glimlacht naar haar prins die het erg op prijs stelt dat men weet dat hij hetero is. De lieverd glimlacht terug. Hij was het hoogste dat zij kon krijgen.

Bianca schaamt zich voor zoveel negatieve gedachten over dit derderangs stukje koningshuis.

JP legt een hand op haar genachtponde lijf, maar door stokstijf te verstenen laat ze hem duidelijk haar CenterParcsgevoel weten: *nu even niet.* JP zucht. Ze heeft met hem te doen. Hij is vandaag de risee van Delft en wordt uitgekotst door de hele kerk.

Petra, die zich tegenwoordig Laurentien laat noemen,

heeft in de huiselijke hofkring al de meest verschrikkelijke dingen over de gereformeerde glibber gezegd. Als ze gedronken heeft, is ze niet te houden. Máxima deed er nog een flinke schep bovenop. De meest dubbelzinnige details proestten de dames over tafel. Trix moest lachen, maar heeft wel gevraagd of de dames zich vandaag een beetje willen gedragen. Dat zullen ze doen.

Bianca komt uit bad en verstopt zich in de kleren die ze gisteravond heeft klaargehangen. Neutraal. Muisgrijs. Ze denkt heel even aan de wilde combinatie Rebeckham en huivert prettig. Op dat moment komt JP bloot de badkamer binnen. Ze wil dat hij zich snel aankleedt. En niet alleen omdat ze haast hebben.

Op dat moment probeert JP een grapje. 'Weet je waarom Friso zo schijterig meldde dat hij geen nicht is? Hij is bang dat de islamieten hem na de revolutie van het balkon flikkeren!'

Bianca lacht beleefd. Ze hoort vooral 'mieten' en 'flikkeren'. Dan toetert de chauffeur. Het wordt een loodzware dag.

Ontspannen

Het is Koninginnedag. Tien over half elf. Op mijn televisie zie ik zeven Warffumse middenstanders onder het toeziend oog van de koningin Chinese ontspanningsoefeningen doen. Het zal je vader zijn, denk ik hardop. Jij bent puber en opeens zie je dat je midlife-verwekker op een vlonder heel erg raar doet voor een mevrouw en haar familie. Dat een negenjarige zenuwachtig op een viool krast, snap ik. Een demente die nerveus volksdanst, gaat er ook nog in. Maar een volwassen man in een soort oosterse trance tegenover een op een strak schema doorlopende mevrouw met een bloemetje en een hoedje zet me toch weer aan tot pruttelend denken. Wat denkt de middenstander? Voor wie doet hij het? Voor de koningin? Voor zichzelf? Voor Warffum? En stopt hij als Trix langs is geweest? Of ontspant hij nog een kwartiertje door? Belt zijn broer 's avonds om te vragen hoe het ging? Is zijn vrouw trots? Heeft hij slecht geslapen omdat hij voor de vorstin Chinees moest ontspannen? Vragen, vragen, allemaal vragen.

Op dat moment gaat de deurbel. Ik vraag door de intercom wie er is. Ik versta: Wim Kok! Ik moet me vergissen. Ik vraag het voor de zekerheid nog een keer. Het antwoord is weer: Wim Kok.

'*De* Wim Kok?' vraag ik. Het antwoord is ja.

Twee minuten later zit hij bij me aan tafel. Met Rita. Wat ze komen doen? Collecteren. Voor wie? Voor de Nederlandse Hartstichting. Of eigenlijk voor de zojuist ontslagen directeur Manger Cats. Wim legt uit dat zijn leven niet echt veranderd is. Vroeger probeerde hij als vakbondsman voor de werknemers zoveel mogelijk geld te krijgen en eigenlijk doet hij dat nog steeds. De groep werknemers is nu alleen wat kleiner. En hij vertelt vol enthousiasme hoe hij voor Ewald Kist een paar miljoen euro heeft geregeld. Ewald wilde eigenlijk nog twee jaar blijven om zichzelf helemaal af te vullen, maar dat heeft Wim er helaas niet door gekregen.

'Vroeger was ik tegen exhibitionistische zelfverrijking, maar tegenwoordig word ik er zelfs een beetje geil van.' Rita bloost.

En nu komt hij geld ophalen voor Volkert Manger Cats. Voor Volkert persoonlijk? Hij legt uit dat het een rechtszaak wordt en dat Volkert uiteindelijk een paar miljoen meekrijgt. Dus de collecte is wel degelijk nodig.

'Ik had hier jaren eerder aan moeten beginnen,' vertelt Wim enthousiast. 'Weet je wat het leuke is van die captains of industry? Ze hebben meer smaak dan die arbeiders, wonen leuker, eten lekkerder en ze stinken nooit naar zweet!'

En voor ik het weet zit Wim Kok mij de lol van het golfen en het genot van de skybox uit te leggen. Rita belt onderhand met Bianca Balkenende om uit te leggen hoeveel verhuisdozen ze nodig heeft. Haar JP wordt op dit moment zelfs door zijn eigen partij uitgekotst. Zelfs zonder oppositie gaat hij kopje onder. Oppositie is een ouderwets woord. Woutertje Bos zit al een halfjaar lekker te tutten tussen de Pampers en de Olvarit. Op de televisie zie ik een Van Vollenhoven aan een spijkerbroek hangen, terwijl zijn broertje dart met gootsteenontstoppers. Een familie aan het werk en het volk is blij.

Wim legt mij uit hoe blij hij is met de winstcijfers van ABN-AMRO en hoe opgetogen hij is over de op handen zijnde ontslagen bij Shell. Onze koninklijke olietrots wordt weer kerngezond en de aandeelhouders krijgen binnenkort een ouderwets dividend. Alleen moet de milieugroepen nog even de mond gesnoerd worden.

'Daar hebben we veel last van,' vertelt Wim, die mij en passant vraagt of ik ook naar het polotournooi van Eddy de Kroes ga? De hele justitietop is daar. Officier van Justitie Vos is zelfs eregast. Die mag deze zomer ook in de Zuid-Franse villa van Eddy een week of wat vakantie vieren.

Wim is boos dat ik niks in de collectebus doe en verlaat mokkend het pand. Ik roep hem nog na dat het morgen 1 mei is. Hij kijkt verbaasd en vraagt: '1 wat?'

Pompeji

Mijn zoon wil lijken zien. Gestolde lavalijken. De huisjes kunnen hem gestolen worden. De Vesuvius mag ook weg. Het gaat hem om de lijken. U begrijpt het al: we lopen door Pompeji. Vakantie. Veel schoolklassen. Italiaanse schoolklassen. Het verplichte uitje. Ze banen zich een weg door de kou en de regen. Ze zijn er op gekleed. Veel nylon. Het is echt koud. Kleumende toeristen volgen de route van de koptelefoon. Ik sta in een huisje en doe of ik wat muurschilderingen bestudeer. Dat doe ik niet. Ik luister een gesprek af. Drie oudere Nederlandse dames staan buiten het huisje te wachten op hun treuzelmannen. Fantastisch gesprek. Waarover? Over sla. Ik zie de vrouwen niet, maar hoor ze des te beter. De man van de ene heet Henk. Henk houdt van sla. Maar niet van alle soorten sla. Gewone sla vindt hij prima. Andijviesla ook. Gemengde sla is hij gek op. Rauwe spinazie mag. Maar Henk heeft niks met ijsbergsla. Dat vindt Henk geen sla. Een van de dames heeft juist iets met ijsbergsla. Lekker knapperig. Je snijdt het gemakkelijk. Het wordt niet gauw slap. Ook niet als het van de krop is. De mannen sluiten aan en het slagesprek verdwijnt.

Mijn zoon heeft de lijken gevonden. Ik moet komen kijken. Het zijn er maar twee. In een glazen kastje. Hij legt uit dat er gips in zit. Echte lijken met gips van binnen. Nu zie ik de Nederlandse dames. En de drie treuzelmannen. De dames hebben het nu over Máxima. Het gedurfde spijkerjasje van onze prinses. Volgens een van de dames kan Máxima alles hebben. Ze kijken onderhand naar de voorover liggende lavalijken. Ik denk aan gisteravond. Weer een droom verwezenlijkt. Heb een voorstelling in het schitterende San Carlo Theater in Napels bijgewoond. Een van de mooiste theaters ter wereld. Misschien wel het mooiste. Een feest om er te mogen zitten. Ik zag ballet. Beetje tuttig ballet. Kan ook aan mij gelegen hebben. Ik vind ballet al gauw tuttig. Kan niet zo goed tegen die springnichten met die bobbel in hun maillot. Doe normaal, denk ik steeds. Daarbij heb ik een geblesseerde knie en bij elke sprong voel ik mijn knie. Ik zit te schreeuwen van de pijn in mijn stoel. Ik zie mezelf in dit theater spelen. Een vlammende conference in het Italiaans. Een uitzinnig publiek. In de pauze bestel ik haperend koffie en besluit om niet verder te dromen.

Terug in Pompeji. Mijn zoon heeft de lijken gezien. We kunnen naar de auto. Het gaat nog harder regenen. De drie Nederlandse dames manen hun treuzelmannen tot meer tempo. Het woord kunstheup valt. Goed onderwerp. Ik hoor dokters, de knie van Riek, de galblaas van Thea en de dood van een zekere Rob. De suiker heeft hem gesloopt.

De regenbui wordt nu meedogenloos. Iedereen schuilt. De dames knikken naar me. Ze zeggen dat ik van de televisie ben en ze komen straks wel op mijn naam. Ik hoor ze fluisteren dat ik nogal grof in de mond ben, maar wel een mooie vrouw heb. Wim dweepte met me en zijn vrouw ging, als ik op televisie was, altijd wat anders doen. Ze raden elkaar aan zachter te praten. Je hoort hier alles.

En dan verschijnt hij. In de stromende regen. In de verte doemt hij op. De korte broek. Het is amper zeven graden, maar hij draagt hem. Een schreeuwende bermuda. Prachtig. Daarboven een T-shirt en aan de voeten de verplichte Adidasjes. Wat voor sokken? Wit natuurlijk. Hij heeft vakantie. En op vakantie draag je een korte broek en witte sokken. Zijn vrouw had twee jaar geleden een keer een lange broek in de koffer gedaan. Voor je weet maar nooit. Bijna gescheiden. Een lange broek. Op vakantie. Het is een grote man. Vooral breed. Hij komt stralend dichterbij.

'Kijk, een Hollander,' fluistert mijn dochter.

Ik weet zeker dat ze gelijk heeft. Toch blijven we even staan. Voor de controle. Hij herkent me. En fluistert hard tegen zijn vrouw: 'Braakhekke!' Zijn vrouw herkent me ook. De dames zien het nu ook en besluiten met: 'Die heb geen vrouw, dat is een homo!'

Onthoofden

Bush heeft Irak verlost van de mensonterende praktijken van Saddam. Ik zie op elkaar gestapelde blote mannen in de Abu Ghraib-gevangenis en lees dat de heren elkaar oraal moesten bevredigen. In elk geval moest de pielemuis in de mond worden genomen.

'Dat is in die islamitische cultuur heel vernederend,' sprak een woordvoerder van het Amerikaanse leger. Goeie tekst. Dus ik moet het als atheïst wel aankunnen? Is het voor mij minder erg?

Het was een beschaafd weekje. De mensheid toont zich van haar beste kant. Allereerst was ik erg blij met de details van de moord op Maja. Twintig minuten was Goran bezig om de bakvis te wurgen. Twintig minuten! Wat een amateur. Inmiddels heeft hij op het internet bij de Irakezen kunnen zien dat het allemaal veel sneller kan. Een scherp mes is het enige wat je nodig hebt.

In hetzelfde Journaal zag ik lachende Palestijnen triomfantelijk met Israëlische lichaamsdelen zwaaien. Schijnt ook heel vernederend te zijn: dat een ander met jouw handje wuift.

In de Noordoostpolder moesten Afrikaanse asielzoeksters seksuele handelingen met honden verrichten. Lijkt me niet leuk. Hoewel je daar natuurlijk ook weer gradaties in hebt. Labrador beffen is minder traumatisch dan pitbull pijpen. Wat was de godsdienst van die asielzoeksters? Waren de honden besneden?

Ondertussen begrijp ik ook dat het dorpje waar deze verschrikkingen plaatsvonden streng christelijk is. Wat wil God daarmee zeggen? Waarom juist daar? Hebben er ook op zondag perverse handelingen plaatsgevonden? Dat maakt de zonde dubbel erg. Ik begrijp dus dat er mensen zijn die opgewonden raken van een vrouw met een keeshond. Of mij dat schokt? Ja!

Ik was sowieso nogal in de war deze week. Niet door mevrouw Peijs die zomaar opeens elfduizend euro gemeenschapsgeld moest terugstorten. En ook niet door het parlement dat dit vrolijk laat passeren. Ik heb het over de Kamerleden die op dit moment in het land zijn. Ik begrijp dat de meeste parlementariërs met hun partners op kosten van de gemeente Taipei van een lekker reisje snoepen. Op het vliegveld staat een afhaalchinees en die laat ze alle hoeken van dit eilandje zien. Ik begrijp dat dit niet het eerste reisje van onze volksvertegenwoordigers is.

Geert Wilders, die rechtse Mozart van de VVD, was ook al een keer met zijn vrouw naar Taiwan geweest. En daar was ik over geschokt. Niet dat hij zich laat fêteren door de Taiwanese wapenmaffia, maar dat hij een vrouw heeft. Ik heb het over die gozer die ooit bij het uitruimen van het gootsteenkastje een fles bleekwater op zijn kop gehad heeft en nu met een gehandicapt kapsel door het leven moet. Ik had die man altijd aangezien voor een supernicht. Er is toch geen vrouw die iets wil met een man die vrijwillig met een paar deciliter waterstofperoxide en een rukwindföhn met windkracht twaalf zijn haar doet? Hoe zal dat gaan in huize-Wilders? Ik heb wel een beeld: mevrouw Wilders lakt haar nagels en hoort hem onderhand frunniken in de badkamer. Hij moet goed opletten dat de bodem donker blijft, dus hij staat met het bleekmiddel in zijn haar een half uur op zijn handen voor de spiegel. Straks is hij klaar met zijn kapsel en dan kunnen de Wildersjes er weer een week tegenaan. Mevrouw Wilders heeft een keer tegen een vriendin gezegd: 'Soms lijkt het net of ik het met een poedel doe! En op moederdag blaft hij zacht in bed. Zo lief!'

De vriendin vroeg zich af waarom Geert zo extreem fel tegen hoofddoekjes is. Als iemand toe is aan een schaamlap om zijn carnavalskapsel...

Bij ons thuis zijn we echt geschokt. Geert Wilders heeft een vrouw. Dan zullen Albert Verlinde en Jos Brink ook wel met twee blonde mokkels wonen. Ik heb het voorzichtig aan mijn vrouw gevraagd. Wat zij zou doen als ik ook een creatief kapsel zou nemen. Ze keek meer dan bedenkelijk en sprak toen streng: 'Kijk maar op internet. Ik doe het op zijn Irakees. Snel en efficiënt. En daarna zwaai ik met je geblondeerde kop triomfantelijk door de buurt!'

Wat ik toen gedaan heb? Troost gezocht bij de hond.

Billenkoek

Dus Ruud Lubbers zou in het bijzijn van vijf mannen een dame vol bij de billen hebben gepakt. Dan heb je wel lef. Ook begrijp ik uit de krant dat de *Hengst van Kralingen*, zoals onze voormalige premier vroeger in Den Haag genoemd werd, inmiddels ook in Genève een behoorlijke reputatie heeft opgebouwd. Zo gauw hij het hoofdkantoor betreedt, duiken alle vrouwelijke medewerkers onder balies en kopieerapparaten of ze verdwijnen ongezien in bezemkasten en voorraadhokken. Het gerucht gaat dat bij de UNHCR de Ruudsirene gaat loeien als zijn auto het parkeerterrein opdraait. Duizenden vrouwen op de vlucht. Vandaar vluchtelingenorganisatie.

Hoe zal dat gesprek met Kofi Annan gegaan zijn? Op een gegeven moment moet je in detail. Waar gaat de onderrug over in de bilpartij? Zal Ruud het bij de kleine neger even hebben voorgedaan? Hoe lang lag de hand op de billen? Zat er een kneepje bij? Of een vriendschappelijke pets? Is een biltik erger dan een schouderklop? De schouder kan een erogene zone zijn. Vooral de voorkant. En hoe lang heet het schouder? Wanneer wordt het tiet?

Stel dat het inderdaad gebeurd is – de vijf getuigen vertellen dat Ruud een kleine zeven minuten de bilpartij van de dame intens heeft staan kneden – en hij moet zijn koffers pakken. Wat dan? Hoe kom je dan thuis? Hoe pak je je vrouw beet in het halletje? Twee handen vol op het achterwerk of toch wat voorzichtiger? Andere vraag is: is mevrouw Lubbers wel thuis? Of ligt er een briefje op tafel met een tekst voor de oude stier dat ze voorlopig liever even in een chic Blijf-van-mijn-lijfhuis vertoeft? Uit voorzorg.

Wat moet hij daarna? Welke organisatie wil hem nog? Ik denk dat hij zich daarover geen zorgen hoeft te maken. Las gisteren dat onze nationale hoerenloper Rob Oudkerk zo goed als zeker door de Zaanse PvdA wordt voorgedragen als opvolger van de naar Tilburg vertrokken Ruud Vreeman. Rob als burgervader van Zaanstad, dat dan onmiddellijk internationaal de aandacht zal trekken door zijn schitterende tippelzone. Oude pakhuizen worden omgebouwd tot superbordelen waar ook de ziekenfondshoerenloper terecht kan. En veilig. Er is zeer goede opvang voor de uitgemergelde junkies. De burgemeester, die tevens huisarts is, doet persoonlijk de uitstrijkjes.

Misschien is het leuk als onze Ruud de rosse buurt dan opent. Met een vrolijke bilpets of een geraffineerd tepelkneepje.

Zouden er foto's zijn van het billenknijpincident? Of een homevideootje? Mij zou dat niet verbazen. Ik begrijp dat Amerikanen alles vastleggen. Ze hangen met een big smile boven doodgemartelde Irakezen, lachen zich suf als ze gevangenen met stront insmeren, gieren het uit als iemand een bloterik aan een hondenketting door de gang trekt en ook het laten eten uit toiletpotten schijnt in militaire kringen uiterst vermakelijk te zijn. Waarom is dat vastgelegd? Om er later van te kunnen genieten? Dat je als demente bejaarde dan denkt: toen was ik nog goed!

Ander aspect is de leeftijd van de billen. Je moet toch wel

erg lang van huis zijn als je de behoefte voelt om te gaan knijpen in meer dan veertigjarig zitvlees. De kans op putten en pukkels is groot en de massa voelt onsmakelijk week aan. Daarbij heeft het zitvlak op die leeftijd een vertraagd gevoelsleven. Als je er op 18 december in knijpt, volgt er op 27 april pas een aangifte. Dat is geen heftige reet. Vraag me opeens af of je bij Vanessa ook je kont kan laten ophogen? Twee stevige japen en dan twee flinke kussens erin. Hoe zit een siliconenreet? En belangrijker: hoe knijpt ie? Hoe voelt de wc-potrand? Kan je nog plassen zonder bril?

Wat Ruud moet doen? Alles aan Ria opbiechten en verder doorgaan met ontkennen. Niks gebeurd. Het was hooguit een krap halletje en het zou een schamphand geweest kunnen zijn. Of hij werd duizelig en zocht houvast. Het was niet alleen zijn hand. Alle handen knepen! Zoiets. En hij moet zeker niet net als Willem Endstra naar Business Class. Niet bij Harry Mens gaan jokken dat je er niks mee te maken hebt. Want het mag bekend zijn dat het dan slecht met je afloopt.

Euthanatuitje

Dus we gaan de bejaardenberg ruimen, dacht ik, toen ik las dat actieve euthanasie op dementen bij de wet niet meer verboden is. Ik zie verpleeghuizen, mannen in witte overalls met strakke capuchons, vrachtwagens, grijpers en de pers op afstand. Het wordt nog een hele klus om de berg binnen een week of wat weg te werken.

In dezelfde krant las ik dat het merendeel van de mensen geld leent bij familie. Daarom gaat het mis bij de Rabobank. Duizend werknemers worden daar binnenkort ontslagen. Mij lijkt dat heerlijk: ontslagen worden bij de Rabobank! Ontslagen worden bij elke bank lijkt mij een reden voor een zwoel tuinfeest. Ik hoop wel dat de werknemers de bank een flinke poot uitdraaien en met een sappige kluif het marmeren pand verlaten. Ze kunnen niet zeggen dat ze niet weten hoe dat moet. Als je iets leert binnen het bankbedrijf. Ze kunnen bij de Raad van Bestuur op graaicursus.

Geld lenen bij de familie dus. Ik zie de nitwit met zijn beleggingshypotheekdebacle. Hij wil de verhuisschande uit de keurige villabuurt vermijden. Daarbij moeten de kinderen kunnen blijven hockeyen en dan heeft hij nog de wintersport, de tweede auto, de Côte d'Azurvakantie, enzovoort. Dus gauw een geldnoodtonnetje bij zijn oude moeder geleend. En mama is na een jaar veel vergeten, maar dat niet. Ze dringt regelmatig aan op terugbetalen. De eigenlijk failliete nitwit zegt tegen de huisarts dat moeder toch wel erg veel gaat herhalen. De rest mag u zelf invullen.

Als we dan toch de dementen gaan afspuiten, zullen we dan eens beginnen bij de politie? Want veel doller kan het toch niet worden! Ik heb het nu niet over hoofdcommissaris Welten. Die is verre van dement. En die hoeft voorlopig niet bij zijn oude moeder aan te kloppen. Eerder andersom. Het zou me niet verbazen als dat ook nog ergens in de kleine lettertjes van zijn lucratieve contract staat: dat zijn bejaarde ouders gedurende zijn Amsterdamse dienstverband in het Paleis op de Dam mogen wonen. En dat zijn schoonmoeder mag kiezen tussen de bruidssuite in The Grand of in het Amstel Hotel.

Nee, ik heb het over de mensen bij het OM, die hebben besloten dat het mobieltje van een ontsnapte tbs'er niet gepeild mocht worden omdat dat tegen de privacyregels was. De privacy van wie? Van het dertienjarige ontvoerde meisje dat op dat moment misbruikt werd op de achterbank van een gejatte Mercedes? De man was niet echt gevaarlijk. Hij zat vast voor diefstal, verkrachting, brandstichting en bedreiging. Peanuts dus. Daarbij was hij al twee keer eerder vrijwillig teruggekeerd van een ontsnapping. Dus dat zou hij de derde keer ook wel weer doen.

Ik begrijp dat ze in de tbs-kliniek op woensdag rond het middaguur gaan kijken of iedereen die zich maandagochtend had moeten melden, binnen is. Degenen, wier verlof op vrijdag ingaat, zijn dan vaak al vertrokken. Zonder begeleiding. Dat verkracht lekkerder.

Het kan natuurlijk ook zijn dat ze op het OM druk waren met het vrijpleiten van Annemarie Jorritsma die in de schaduwboekhouding van een bouwfraudeur staat. Even

72.000 gulden verrekend met een zwager. Een schaduwboekhouding is toch sowieso crimineel?

Geheel dement zijn ze bij het OM ook weer niet. Ik las gisteren dat er een afgeslacht lijk in de kofferbak van een auto is gevonden en dat het volgens de politie om een misdrijf gaat. Over het in een tas in het Amsterdamse IJ gevonden onderlichaam van een vrouw heb ik nog niks gehoord. Zelfmoord? De zaak is vast nog in onderzoek.

Hoe verlos je de dementen? Ik las een prachtmanier. Voor de kust van Alaska is een zeer luxe Amerikaans cruiseschip met drieduizend bejaarden getroffen door een virus. Ze hangen met z'n allen kotsend over de reling en het ergste wordt gevreesd. Mij lijkt dat wel wat. Eerst geld bij je ouders lenen en ze dan een cruise aanbieden! Dobberend op zee een zacht wolkje mild gifgas vanuit de airco! Maar hoe kom je aan gifgas? Moet Bush misschien toch nog iets beter zoeken in Irak. Over dementen gesproken.

Ruzie zoeken

Volgens Jozias van Aartsen is het verlies van de VVD onder andere te wijten aan de uitspraken van Dijkstal. Vreemd. Zijn ongezouten mening was voor mij een reden om voor het eerst van mijn leven vierkant op de VVD te stemmen. Ik vond het klare taal. Meestal is het: hoe ouder hoe rechtser, maar bij Hans werkt dat precies andersom. Vind ik vrolijk. Een paar VVD'ers hoorde ik zeuren dat het niet kan wat hij gedaan heeft. Je valt je partijgenoten in het openbaar niet af. Wat een gezeur. Dat houdt zo'n partij toch levend? Beetje lawaai. Gezond potje ruzie. Daar wordt iedereen scherp van. En na een tijdje leg je het bij. Anders wordt het een kwaadaardig gezwel. Twee weken geleden had ik mot met het *Brabants Dagblad* en in mijn woede had ik de hoofdredacteur tot een hoerenlopende vreemdganger gebombardeerd. Niet smaakvol, maar wel effectief. Inmiddels is de ruzie bijgelegd. Zij zullen me niet meer screenen en ik zal hem niet meer onterecht op kosten van de krant laten lunchen met een snuffelstagiaire. Excuses over en weer en de zaak is klaar. Ik ga binnenkort met de hoofdredacteur eten. Ik betaal het restaurant en hij het bordeel.

Elkaar af en toe goed de waarheid vertellen kan geen kwaad en in zo'n scheldpartij vallen dan wel eens verkeerde woorden. Nou en? Die woorden zorgen wel voor discussie en gedoe. Ik vond de jodenstervergelijking van Dijkstal weinig smaakvol, maar ik had er ook al een paar keer aan gedacht. En ik was het eigenlijk wel met hem eens. Beetje herrie is toch leuk? Dat houdt ons wakker. Anette Nijs vindt haar minister een muts met weerhaken en zegt dat in iets andere woorden in *Nieuwe Revu*. Daarna had ze onmiddellijk moeten aftreden. Niet dat getut van: zo heb ik het niet bedoeld. Zo bedoelde ze het wel. Ruzie is lekker. Ruzie lucht op.

Daarom word ik zo droef van het voetbaltrainersvakbondje waarbinnen is afgesproken dat ze geen kritiek op elkaar mogen leveren. Wat een impotent getut. Dus als Adriaanse vindt dat Dickie een hele slechte bondscoach is, waarmee je nog niet van de veteranen van Madurodam wint, dan mag hij dat wel aan de coniferen melden, maar niet aan een journalist. Ik vind het altijd leuk als ik van een collega lees dat hij mij een derderangs cabaretier of een verschrikkelijke nitwitcolumnist vindt. Daarna kijk ik met extra aandacht naar de man zijn show of lees ik voor het eerst zijn stukje. Meestal trek ik dan de conclusie dat ik het in zijn geval niet had gezegd. Niet dat ik zo goed ben, maar in zo'n geval word ik vaak overvallen door het gevoel van: laatste kan ik niet meer worden. Maar dat het gezegd of geschreven is vind ik juist prima. Zo'n mening houdt iedereen toch wakker? Ook mij. Juist mij.

Toen ik vorige week die bejaarde oud-strijders in Normandië zag, dacht ik in eerste instantie dat het een trainend Nederlands elftal op het strand van Noordwijk was. En ik was ook niet verbaasd toen ik Advocaat vorige week hoorde zeggen dat hij blij was dat Keizer, Swart en Rensenbrink in de buurt van de telefoon blijven zodat hij ze te allen tijde kan oproepen. Het is toch prachtig dat een incontinentieluierfabriek en een rollatorfirma na het ultrakorte EK de nieuwe hoofdsponsors van de KNVB worden? Heel Nederland denkt er toch zo over? En waarom mag Cootje dat dan niet hardop zeggen? Het antwoord van Dickie moet gewoon zijn dat die Co zijn bek moet houden. Zoals hij ook Jan Mulder de wind van voren gaf. Heerlijk.

Maar wat blijkt: de HH voetbaltrainers mogen elkaar alleen maar veren in de reet steken. En iedereen weet: te veel veren belemmeren een gezonde stoelgang.

Of ik zelf ook kritiek uit op andere komieken? Ik niet. Ik zeg waar ik om lach en als ik er niet om lach noem ik het gewoon niet. De mannen van Jiskefet zitten niet te wachten op mijn mening dat ze al een paar jaar niet meer leuk zijn. Waarom niet? Dat weten ze zelf ook wel.

Spijtrap

Stokdoof ben ik van vakantie teruggekeerd. De Middellandse Zee heeft mijn beide gehoorgangen aangetast. Het lijkt of de wereld verpakt is in een dik pak watten. Dat is dan ook het woord dat ik om de drie seconden tegen mijn familieleden roep. *Watte?* Ik hoor vrijwel niks. Volgens de dokter is het maar voor enkele dagen. Maandag wordt de boel uitgespoten en is het voorbij. Best wel jammer. Het is een aangename stilte.

Als mijn kinderen iets vragen, roep ik voor de zekerheid maar dat het goed is. Gistermiddag kwam mijn zoon met de nieuwste *Playstation* thuis. Mijn dochter had een supersonische MP3-speler en vier dvd's bij zich. Mijn verbaasde vrouw kreeg te horen dat het mocht van papa. Zij is dit weekend met haar vriend naar Barcelona. Het schijnt dat ik het goed vond.

Zo zie ik deze week de Olympische Spelen zonder deskundig commentaar. Of dat bevalt? Zeer. Af en toe zie ik onze Alex in het straalbezopen *Carnaval House* in Athene met een sporter in de weer. Ik weet nooit of het *live* is of een archiefopname. Zelfde prins, zelfde sporters en precies hetzelfde publiek. Hoewel? De kroonprins oogt opgelucht nu hij weet dat zijn nichtje Margarita gaat scheiden van de claimbaron. Tussen de regels door lees je dat het er in dat huwelijk behoorlijk olympisch aan toe ging. Worstelen, boksen en judo waren Edwins favoriete sporten. De onfortuinlijke prinses moest vooral rennen. Zal Edwin nog een spijtrap op de markt brengen? Met enige verbazing las ik het bericht over de rap van de man die twee keer geprobeerd heeft zijn vrouw voor haar dood te cremeren. Hij heeft spijt dat het niet gelukt is.

Wel mooi om na een misdaad een liedje te schrijven. Is misschien iets voor de kickbokser Zlatan Ibrahimovic. Een rechtse hoek voor Van Bronckhorst, een peut in de rug voor zijn collega Heitinga en een gestrekt been voor Van der Vaart. De wedstrijd was 'vriendschappelijk'.

Woensdagavond laat kwam ik terug in ons land en had een heerlijke nacht vol oude kranten. Zes weken oud nieuws! Je merkt dat je niet veel gemist hebt. Las dat de inmiddels veroordeelde Fons S. niet zo goed leeftijden kon schatten. Bij PSV stond hij regelmatig langs de kant bij de pupillen, terwijl hij dacht dat hij naar de veteranen keek. Smullen was de rel rond het RTL-kijkcijferkanon Nico Zwinkels. Begreep dat de doe-het-zelver jarenlang aan allerlei speciale regels gebonden was. Zijn gulp moest dichtgenaaid zijn, hij mocht geen vieze dingen zeggen en geen vrouwen vingeren onder het metselen. Het gerucht gaat dat hij de vaste klusjesman van Ruud Lubbers wordt.

Ik lees de kranten overigens met meer argwaan dan ooit. Hoe onafhankelijk is de journalist? Hoeveel belang heeft hij bij zijn onderwerp? Begrijp dat de ministers regelmatig worden ondervraagd door journalisten van wie ze een paar dagen daarvoor nog een mediatraining kregen. Of de schnabbeljournalist mocht als dagvoorzitter van een congres de standpunten van een ministerie verhelderen. Door een terecht boze Theo van Gogh kwam ik erachter dat ‘filmjournalist’ Jacques Goderie de zalen van Pathé programmeert. Zo’n man kan die films dan toch moeilijk in zijn tijdschrift- en televisierubriekjes afkraken? Dus elk woord is in het belang van zijn eigen portemonnee! Of ik verbaasd was? Nee, daar ben ik inmiddels te oud voor. Mensen gaan nou eenmaal gemakkelijk door de knieën voor een flinke zak geld. Ook in mijn vak. Veel collega’s zijn bereid grapjes te maken op dealerdagen van Japanse middenklassers of nog erger. Wat denkt u van een middag in een skybox met wat vastgoed-LPF’ers? Van mij mogen ze. Als ze later maar niet pathetisch gaan zeuren over de ingeboete geloofwaardigheid bij hun oorspronkelijke publiek.

Soms lijkt een krant jaren oud. Ik lees dat ze bij *Vrij Nederland* stiekem elkaars mailtjes lezen. De oude tijden van de anonieme dreigbrieven van Rinus Ferdinandusse herleven. Ik glimlach met mijn dove hoofd. Ze gaan hun gang maar.

‘Blind is erger’, vertrouwde een vriend mij gisteravond in het café toe. Ik keek naar zijn vrouw en dacht: ‘Jij weet wat het is!’ Moest zacht om mezelf glimlachen en murmelde toen ik naar huis liep: ‘Het leven is wél leuk!’

Sportartsen

Terwijl ik sprakeloos toekijk hoe de school in Beslan uitgaat, lees ik in mijn ochtendblad dat Paul Witteman stopt met schnabbelen. Dat is dus Nederlands nieuws. Zal dit bericht het Journaal halen? En wie gaat het dan voorlezen? Annette of Gijs?

Heb veel nieuws gezien. Vooral sportnieuws. Te veel sportnieuws. Kan dan ook geen blije medaillewinnaar meer velen en bij het woord *toppie* word ik spontaan overvallen door een heftige psoriasisaanval. Zelfs mijn hartkleppen schilferen als onze Barendrechtse zwemgodin dit verschrikkelijke woord uitspreekt. Moest wel weer erg lachen om oermoeder Erica, die vertelde dat de Nederlandse schoolkinderen te dik zijn. Er moet meer geld voor de sport komen. Wie kan dat regelen? Ik stel voor om Joep van den Nieuwenhuyzen in te huren. Las laatst dat de sjoemelende bedrijvendokter getrouwd is geweest met een Van der Valk. Daar heeft hij het dus geleerd.

Verder zag ik Ivo Niehe tot het uiterste gaan om zwangere Anky van Grunsven aan het janken te krijgen. Het lukte hem niet. Terwijl hij zijn zuigende vragen stelde, werden we met de camera rondgeleid in huize-Van Grunsven. Anky woont zo groot dat ze zich normaal per Salinero van de keuken naar de woonkamer verplaatst. Anders is het niet te doen.

Sportnieuws. Het blijft leuk. Ben zeer benieuwd naar de confrontatie van Zlatan met zijn vriend Van der Vaart. Neemt Rafael persoonlijk wraak op Ibrahimovic of heeft hij het uitbesteed? Wie schopt de Zweed lek? Zijn transfer naar Juventus had ook nog een bizar kantje. De spits Arouna Koné van Roda JC werd door de medische staf van Ajax afgekeurd. En dat wil wat zeggen. Dan moet de aardige jongen uit Ivoorkust toch echt vrezen voor zijn leven. Ik zou als ik hem was een stervensbegeleider aantrekken en een mooie plek zoeken om op zachte wijze het aardse met het eeuwige te verwisselen. Als de medische staf van Ajax iets onregelmatigs vindt dan is er echt wat aan de hand. Normaal neemt men het bij de landskampioen traditiegetrouw niet zo nauw. Dokter Rolink was in de jaren zeventig al kwistig met de spuit en heeft ervoor gezorgd dat menig speler een paar maandjes langer strompelde dan nodig was. Maandjes? Jaren! En wat dat die jongens gekost heeft? Jan Mulder is door het medische wanbeleid van de Amsterdamse voetbalclub dusdanig aan lager wal geraakt dat hij zich nu heel vernederend in een blauw leeuwenpak van de Postbank moet hijsen om de winter door te komen. Bij de oud-Ajacied Danny Hesp moest bijna een been worden geamputeerd omdat het gips een week of zes strakker zat dan het korset van Madonna. Bij de voetbalclub Inter Milan ontdekte men een aantal jaren geleden dat het hart van Kanu harder ruiste dan de Hondsbossche Zeewering bij windkracht twaalf en dat de speler met spoed geopereerd moest worden. De Ajax-dokters hadden nooit iets gehoord.

Bij PSV kan men er trouwens ook wat van. Arjen Robben werd onlangs na vier minuten revalideren na een fikse spierscheuring alweer ingezet en iedereen weet nog hoe dat afliep. Binnen een minuut ging hij krimpend naar de kant.

Het heeft zijn transfer naar Chelsea alleen maar bespoedigd. Weg bij die Brabantse kwakzalvers, dacht de Groninger. En de Eindhovense doelman Lodewijks moest ooit na een doodschop van Ajax-spits Dani gewoon doorspelen van de clubarts. Met een zware hersenschudding stond de onfortuinlijke keeper een kwartier lang tegen de doelpaal te kotsen. Wie die PSV-dokter is? De vader van Pieter van den Hoogenband. Daarom is zijn zoon gaan zwemmen.

De gegijzelde school is ondertussen van het scherm en vervangen door de verhoren van de commissie-Duivesteijn. Een tafel slaapverwekkende politici spreekt tot een enquêtemoe land. Wat een saaie sukkels. Als ik politicus was zou ik het wel weten: een fles bleekwater over mijn hoofd en als een geföhnde Mozart alleen maar rechtse onzin kakelen. Dwars tegen alles in. Ik zou net zolang doorgaan tot ik zelfs door de VVD werd uitgekotst. Te rechts voor de VVD. Als je dat lukt, zit je tegen de gekkenhuisopname aan. Het leven is wél leuk!

Allemaal theater

Een moeder in Beslan staat tussen twee doodskisten. In de ene ligt haar zoon en in de andere haar dochter. Kinderen van twaalf en veertien. Onwezenlijk beeld. Ze huilt hartverscheurend. De dochter heeft haar balletjurk aan. Ik zie dit alles in *Nova.*

Meteen daarna begint de door Jeroen Krabbé gepresenteerde AVRO-serie *Allemaal theater.* Een clubje actreutels praat op gezwollen toon over de meedogenloze *Aktie Tomaat* van vijfendertig jaar geleden. 'Het was een drááámááá,' kakelt het acteursvolkje.

Ik zit op dat moment nog met de moeder in mijn hoofd. De moeder met de kinderkisten. Het contrast is me te groot. De uitgemoorde school in Beslan en een paar rotte tomaatjes naar op hoorspeltoon declamerende toneeltypes.

Er komt een dag dat een actreutel gevraagd wordt om de vader of de moeder van de vermoorde onschuld te spelen. Welke toon slaat hij of zij dan aan? Als je een langs je geschminkte kop suizend tomaatje al als een hongerwinter ervaart, hoe speel je dan de echte wanhoop?

Over theater gesproken: begreep nu uit de krant dat je als ministerie voor enkele tonnen de heren Paul Witteman en Marcel van Dam kon inhuren en dat je dan met je ambtenaren *Lagerhuisje* mocht spelen. Wat een intens kinderachtig gedoe. Drie jaar geleden was ik met mijn toen elfjarige zoon mee op werkweek en die speelde op de bonte avond ook alleen maar televisieprogramma's na. Maar dat doen ze in Den Haag dus ook. Zullen de ambtenaren van Onderwijs in het openbaar gediscussieerd hebben over de ordinaire graaicultuur op hun ministerie? Ik las in de krant dat in elf gevallen ieder besluit om tot salarisverhoging over te gaan ontbreekt. Twee directeuren kregen, in strijd met interne richtlijnen, een dienstauto en vrij taxigebruik. Hiermee was 54.000 euro gemoeid. Een andere ambtenaar kreeg een ton om zijn pensioengat te repareren. Volgens de Rekenkamer is moeilijk meer na te gaan 'door wie, wat, wanneer, aan wie is toegekend' op OCW.

Nou lijkt het me leuk als Marcel van Dam in een nagespeelde aflevering van het Lagerhuis met zijn Utrechtse tongval aan zo'n gevulde topambtenaar vraagt: 'Vindt u dit geen vorm van buitenproportionele zelfverrijking?' terwijl diezelfde ambtenaar weet voor welk salaris Marcel de achterkant van zijn gelijk staat binnen te halen. Allemaal theater.

Op hetzelfde moment was de heer Wim Kok een paar Haagse pandjes verderop bezig om met een kabinetscrisis te dreigen als hij zijn miljoenenverslindende Betuwelijn niet recht door het Groene Hart kreeg. Tineke Netelenbos stond drie kamers verder allerhande feiten over dit onrendabele spoorlijntje in de papierversnipperaar te duwen. De parlementsleden waren te schijterig voor een lekker rellerige en verfrissende val van het kabinet-Kok en de ambtenaren van Tineke durfden hun bek niet open te trekken tegen de valsheid in geschrifte van hun bazin. Waarschijnlijk te druk met het dichten van hun pensioengaatjes. Voor de commissie-Duivesteijn, die geheel uit geeuwende Kamerleden bestaat, geven ze het allemaal probleemloos toe. Vervolgens verdwijnen deze feiten in een enkele duizenden pagina's tellend rapport dat door niemand wordt gelezen. Men belooft dan beterschap en vast en zeker meer transparantie. Dit laatste is het grootste jeukwoord van deze nog jonge eeuw. Heerlijk die democratie. Allemaal theater.

In Haarlem is onderhand rumoer ontstaan omdat Emile Ratelband bijna een huis voor de Tokkies heeft gekocht. De buurt wil deze familie Flodder niet. Ik zou als buurt juist blij zijn. Stel dat die gloeiendekolengoeroe Ratelband er zelf gaat wonen. Dan daalt je huis pas in waarde.

En een paar kilometer verderop zijn in een natuurgebied Schotse hooglanders ingezet om in het wild parende homo's af te schrikken. Ik ben geen dierenvriend, maar vind het wel heel zielig voor die hooglanders. Misschien is dat een mooi na te spelen drama voor Nederlandse acteurs: het protest van cruisende homo's tegen de aanwezigheid van Schotse koeien in hun paargebied. Hoewel? Dan hebben we weer een ander probleem: vind maar eens een homoseksuele acteur! Kortom: Het leven is wél leuk!

Pinnen

Gisteren stond ik achter Adje Scheepbouwer te pinnen dus dat duurde wel even. Hij stond te goochelen met twee kaartspellen aan bankpasjes. Achter mij stond een ongeduldige Joep van den Nieuwenhuyzen. Hij moest ook poenen en had erg veel haast. Hij moest zijn vliegtuig halen. Hij stond te vloeken en te schelden. Hij woonde jaren op Curaçao en daar werd hij tenminste wel begrepen. Daar zeiken ze niet over een faillissementje en het wegsluizen van achttien miljoen. Hier is het allemaal heel burgerlijk en moralistisch.

'Straks word ik nog gearresteerd,' sprak de bedrijvendokter.

'Als ik iets voor je kan regelen, doe ik dat graag,' sprak een grijze krullenbol met een paard aan de teugel. Het was Eddy de K. met het polopaard van zijn zoon, die een paar meter verderop aan een roedel journalisten stond uit te leggen dat polo absoluut niet elitair is. In de schaduw van de polotypes stonden wat rimpelloze vastgoedteefjes, die wij bij ons thuis steevast *Schoemachertjes* noemen. En als ze mislukt zijn, heten ze *Vanessaatjes.* Ik zal dat nooit opschrijven omdat je van die Schoemacher onmiddellijk een kort geding aan je broek krijgt. Wij bezigen dit soort termen uitsluitend in de huiselijke kring. Zo noemen wij De K. en

Harry Mens bij ons thuis altijd gewoon maffia. Ik zal dat woord in het openbaar nooit gebruiken.

Adje stond met zijn zestiende pasje de automaat leeg te sleuren. Een oude vervuilde zwerver stond hem op afstand verdrietig te bekijken. De man had gescheurde kleren, stonk naar de drank en droeg maar één schoen. Zijn linkervoet was bloot en vertoonde een wondje. Iemand legde uit dat de zwerver twee jaar geleden nog een hele gewone huisvader was met een redelijk goede baan bij de KPN. 'Op een dag werd hij ontslagen en toen is het faliekant misgegaan.'

Adje pinde onverstoorbaar door. Hij hoorde niks. 'Hij moet met dat wondje naar de dokter. Anders krijgt hij wondroos en dat kan knap lastig zijn,' zei Tineke Netelenbos die in de rij was aangesloten. Ze stond samen met Hanja Maij een beetje te giebelen. Hanja vond het helemaal niet erg dat Tineke haar vooral de schuld had gegeven van het mislukken van het ridicule spoorlijntje tussen de fruitbomen. Zij begreep ook wel dat dit bij het spel hoort. En dat gezeur over anderhalf miljard!

'Guldens hè. Geen euro's,' lachte Tineke.

'Is er nog ergens een potje?' fluisterde Joep in de richting van de dames.

'Neelie bellen. Die beschikt nu over veel grotere Europese bedragen,' opperden de dames in koor.

Onderhand las ik dat het isolatieproject van de woningen rond Schiphol geraamd was op 180 miljoen euro, later werd het bijgesteld tot 234 miljoen en de teller eindigde op 396 miljoen. Gelukkig wentelde de huidige staatssecretaris alle schuld af op haar voorgangers. Snelle leerling!

Ondertussen bemoeiden de dames Netelenbos en Maij zich met de voet van de zwerver. Hij moest met zijn voet in sodawater. Had Jan Peter ook moeten doen. Soda ontsmet.

Maar vind op het Binnenhof maar eens soda.

Misschien had hij zijn pootje een tijdje moeten baden in het waterstofperoxide van Geert Wilders. Die heeft altijd een flesje voor zijn rare poedelkapsel in een bureaula liggen.

Adje was inmiddels klaar. Er ging een duidelijke opluchting door de rij. Ik was eindelijk aan de beurt. Maar helaas. De automaat was helemaal leeg. Ik vroeg of iemand een andere automaat in de buurt wist.

'Ik weet er wel een, maar die is ook leeg,' sprak Adje triomfantelijk. 'Ik heb de afgelopen uren alle automaten geplunderd.'

'Wat een smerige oplichter,' brieste Van den Nieuwenhuyzen. 'Inhalige hebberd!'

Adje zweeg in alle talen. Hij moest weg. Solliciteren. De dames Maij en Netelenbos vroegen of ik over de bijzondere ontmoeting een stukje zou schrijven en of zij er ook in voorkwamen. Of ik al een titel wist? Ik keek de dames vriendelijk aan en zei: 'Pinnen!'

Verbaasd verdwenen ze in de massa. Ik dacht aan een kwetsend spreekkoor, iets met hoeren en Den Haag, maar liet het uiteindelijk bij een zacht mompelen: 'Het leven is wél leuk.'

Hazeslaapje

Een vriendin van mij vroeg zich af hoeveel dagen het zou duren voor de eerste Hazesgrap werd gemaakt. Donderdagmiddag om een uur of drie had ik het eerste mailtje al binnen. Een grafzerk met een uithangbord van Heineken eraan. Inmiddels begrijp ik dat de *grap* door heel Nederland gaat. Ik denk dat Hazes er wel om kon lachen. Hoewel? Kon de arme man nog lachen? Volgens mij was hij radeloos doof en totaal op. Als je vijfentwintig jaar lang twintig biertjes per dag drinkt, heb je op een gegeven moment meer dan honderdtweeëntachtigduizendvijfhonderd biertjes tot je genomen. Da's veel. Da's heel veel. Dat is meer dan zestigduizend liter.

Ik denk dan ook dat niemand donderdag verbaasd was toen hij hoorde dat de lieve volkszanger was overleden. We hebben het collectief zien aankomen en volgens mij wist ook hij het als geen ander.

Wel mooi dat zo'n Amsterdamse jongen uit De Pijp met zijn dood het land even totaal heeft verlamd. Het mobiele telefoonverkeer nam tijdelijk met tien procent toe, de hele programmering op alle televisienetten moest worden omgegooid en heel journalistiek Nederland maakte overuren om alle zangers over de man te laten praten. Geen onvertogen woord. Ik zou ook niet weten waarom. Hazes was een ongelooflijk aardige man. Ik heb hem drie keer in mijn leven ontmoet en aan alle drie de keren bewaar ik goede herinneringen.

De eerste keer was vijfentwintig jaar geleden in de kantine van een platenstudio. We deelden een broodje. Hij had toen al een paar grote hits op zijn naam staan. Honderdduizenden platen waren er van hem over de toonbank gegaan en ik wist op dat moment precies wie de tot dan toe zeven verkochte exemplaren van mijn debuutelpee in bezit hadden. Het gesprek was leuk. Geen greintje poeha, geen seconde borstklopperij, niks van dat al. Integendeel. Ik sprak een schuchtere Amsterdamse jongen, die oprecht verbaasd was over zijn eigen succes.

De tweede keer zag ik hem in een Vinkeveens café. Laten we zeggen dat zijn carrière tijdelijk in een dipje zat. Hij zat aan de bar en vertelde een mop. Wel een leuke mop trouwens. Maar ook een mop die ik al kende. Dat was ons enige contact. Ik heb overdag nooit dorst en hij lag al wat bakkies op me voor. Ik vond hem toen een beetje zielig. Maar nog steeds even aardig.

De laatste keer hadden we het heel kort over de terecht veelgeprezen documentaire *Zij gelooft in mij*. Hij had getwijfeld, maar was inmiddels overtuigd. Vaak spelen in dit soort documentaires artiesten zichzelf en zie je tenenkrommende huiselijke tafereeltjes. Bij Hazes niet. Hazes hoefde niemand te spelen, omdat hij nooit speelde. Hij wás Hazes. En ik denk dat dat door iedereen feilloos herkend is.

Het mooie is dat je niet precies kunt aangeven wat Hazes tot zo'n bijzondere figuur maakte. Het is een combinatie van heel veel. De man, zijn stem, zijn teksten, zijn schaamteloze drinken, zijn leven, zijn shit, zijn tranen en ga zo maar door. Je kan er niet precies de vinger op leggen. Hij doopte de pen in zijn hart en samen met het rijmwoordenboek maakte hij er een prachtig Hazeslied van. Door niemand anders te zingen. En door iedereen mee te zingen.

Ik wandelde op zijn sterfdag door Groningen naar mijn hotel. Uit alle kroegen klonk Hazes en iedereen lalde uit volle borst mee. Tot diep in de ochtend stommelden studenten richting hun kamers en stuk voor stuk floten of neurieden zij *De vlieger* of *Een beetje verliefd.* Ik werd er telkens vrolijk van wakker.

Maandag is hij voor het laatst in de Amsterdam Arena. Zijn kist op de middenstip en ik hoop dat het stadion bomvol zal zijn. Terecht. En ik denk ook dat iedereen vrede met zijn dood heeft. De man was ziek, op en leeg. Een dove zanger kan niet verder. Het *hazeslaapje* is voor eeuwig en in zijn geval meer dan verdiend. De man is honderdenzes geworden of misschien wel tweehonderdentwaalf. En in de hemel zal hij met een biertje aan de bar nooit pochen over zijn successen, maar zachtjes in zichzelf mijmeren: Het leven was wél leuk!

Rouwdouwen

Willem Oltmans is dood. Zal Frits Barend speechen? Er zijn al Bekende Nederlanders die na de veelbesproken Hazesdienst in de Amsterdam Arena onmiddellijk naar de notaris zijn gerend om in hun testament te laten vastleggen dat Frits niet *als beste vriend* mag spreken op hun crematie, begrafenis of vriesdroging. De curieus gekapte journalist bedoelt het ongetwijfeld goed, maar het komt zo andersom over.

Donderdagmiddag hoorde ik al dat Oltmans 's avonds zou sterven. Heel journalistiek Nederland was op de hoogte. Hij heeft zijn heengaan minutieus geregisseerd. De media konden zich op die manier goed voorbereiden. De slechterik in mij dacht even: misschien wilde Willem vorige week al hemelen, maar werd ook hij overvallen door de plotselinge dood van onze volkszanger en heeft hij het toen een dag of wat uitgesteld. Uit angst te worden ondergesneeuwd. Dit zijn van die gedachten die ik altijd netjes voor mezelf hou en nooit hardop zal uitspreken. Zelfs niet dronken. Het zegt namelijk meer over mij dan over de overledene.

Wie zal er bij Willem gaan speechen? Soekarno is dood, Saddam Hussein verhinderd en de in de ogen van de overledene onschuldige Bouterse durft vast niet. Misschien wil

Adriaan van Dis een paar roerende herinneringen ophalen. De televisieruzie tussen Adriaan en Oltmans blijft een van de leukste beeldbuisbijeenkomsten. Zal er een krans namens de regering op de kist liggen? Ik vrees van niet. Het is jammer dat hij dood is. Het was een mooie flamboyante paradijsvogel in ons o zo saaie kippenhok.

Wat ik wil na mijn dood? Ik wil niks. Maar ik heb dan ook niks meer te willen. Iedereen gaat zijn gang maar. Als mijn vrouw vanaf mijn sterfbed rechtstreeks naar de borreltafel van Barend & Van Dorp rent om het weduwe-aanwezigheidsrecord van de vrouwen van Bram Vermeulen en André Hazes te verbeteren, moet ze dat vooral doen. En als het volk wil smullen van het door haar vertelde en door reclameblokken onderbroken relaas over mijn laatste adem, moet het volk maar lekker smullen. En als men het laatste persoonlijke liefdesbriefje van mij aan mijn vrouw op de hoes van een dvd of cd wil afdrukken, vind ik het best. Wat is smaak? En wat is smakeloos? Ik weet het zo langzamerhand niet meer, maar het zal me dan ook jeuken. Ik ben dan dood en geef me op dat moment over aan het ongedierte dat mijn botten schoon zal knagen.

Wel wil ik mijn fans verzoeken om mijn kleine voortuintje niet te bedelven onder pluchen Flappies, flesjes Buckler en van die intens treurige, in cellofaan verpakte benzinepompboeketjes. En ik hoef ook geen waxientjes. In het voortuintje staan namelijk de kinderfietsen. Vandaar. Ik begrijp de goedbedoelde steun, maar bespaar ons de rotzooi. Ook geen rouwadvertenties. Zeker niet met bedrijfslogo. Schrijf mijn familie een lieve brief en verder niks. Het gaat toch verder niemand wat aan wat je van me vond.

Ik hoef ook geen condoleanceregister op internet. Hoewel? Dat is wel lekker vlug, schoon en goedkoop rouwen.

En misschien kom ik dan wel in de condoleanceregistertoptien. Eerste zal ik niet worden, maar achter André en Pim kan ik misschien wel als goede derde eindigen. En ik hoop dat de mensen die mijn familie via de computer sterkte gaan wensen ook nog even langs Juliana, Freddy Heineken, Claus en Herman Brood surfen. Al is het maar voor de gezelligheid. En er valt taaltechnisch een hoop te lachen om de teksten van de analfabeten.

Het mooiste was natuurlijk de doodstille minuut voor de wedstrijd Ajax-Roda. Vijftigduizend zwijgende voetbalsupporters. Geen onvertogen lettergreep. Misschien was het een minuutje stil uit solidariteit met de doofheid van Hazes. Bij die arme man was het namelijk al maanden dooden doodstil. Of rouwden de Ajax-supporters over het verloren seizoen?

Doe bij mijn dood ook maar een stille minuut. Hoewel? Ik merk meestal dat ik in zo'n minuut aan hele andere dingen denk. Ik acteer droefheid en laat onderhand de komende week door mijn kop gaan. Wat moet ik allemaal? Er zit altijd wel een etentje, een feestje of een vrolijke bijeenkomst met een stuk of wat vrienden tussen. Ik huil, maar denk juist met uitzicht op de kist: Het leven is wél leuk!

Angsthazenwinden

Als morgen iemand een vernietigende column over mij wil schrijven en de hoofdredacteur zou deze weigeren omdat het zielig voor me is, zou ik onmiddellijk mijn medewerking aan NRC *Handelsblad* opzeggen. Ik schrijf dit naar aanleiding van een weinig complimenteuze column van Arnon Grunberg over VPRO-medewerker Freek de Jonge, die door het gidsje van die omroep geweigerd werd. Dat is toch een regelrechte belediging van Freek, die mij mans genoeg lijkt om op een aanval op hem wel of niet te reageren.

Grunberg was zo slim om het stukje alsnog in het Belgische omroepblad *Humo* af te drukken. Hij vertelde daarin dat het elders geweigerd was. In *Vrij Nederland* van deze week verdedigt de hoofdredacteur van de VPRO-gids, ene Hans van Dalfsen, zich uiterst slap. Hij had net een interview met de jarige komiek afgedrukt en Freek was aan een nieuwe serie voorstellingen begonnen. Vandaar.

Het stukje van Grunberg was niet zachtzinnig en ik vond het persoonlijk erg geestig. Ik vrees dat Freek er zelf minder om gelachen heeft. Hoewel? Het lijkt me dat hij wel wat kan hebben.

Je kan Grunberg een hoop verwijten, maar schrijven kan hij. Tot nu toe ben ik zelf twee keer aan de beurt geweest in zijn VPRO-stukjes. Beide keren wilde hij me dood hebben.

Hartstikke dood zelfs. De tweede keer gaf hij me ook nog een zelfmoordtip mee: ik moest met een defecte parachute uit een vliegtuig springen. Daarna heb ik weken met zelfmoordplannen rondgelopen. Waarom heeft hoofdredacteur Hans van Dalfsen mij dit aangedaan? Omdat ik bij de VARA zit? Ik ben toch ook een mens? Grunberg neem ik niks kwalijk. Kwetsen is ons werk.

Eerlijk gezegd ben ik verbijsterd dat een clubje als de VPRO dit soort censuur toepast. Als het Waddinxveense sufferdje een lullig stukje over de voorzitter van de Boskoopse winkeliersvereniging weigert, dan snap ik dat. En dat ik in het programmaboek van Ajax niet teruglees dat we Van der Vaart wat vaker op de sportpagina's dan met zijn Barbie in allerlei glossy bladen willen zien schitteren, begrijp ik ook nog. Maar dat de VPRO een grappig stukje over een kritische cabaretier weigert, vind ik ronduit onthutsend. Het leuke is dat als de column gewoon in het gidsje was afgedrukt er geen haan naar had gekraaid. Dan was het buiten de grachtengordel niemand opgevallen. Nu krijgt het veel meer aandacht. Veel lezers willen nu weten wat hij precies over mijn jarige collega geschreven heeft. En inderdaad: het cursiefje gonst over het internet.

Deze week hoorde ik nog een ander mooi voorval: Oltmans ging dood en in *de Volkskrant* verscheen een in memoriam waarin zijn verdediging van het vrije woord nogal geprezen werd. Arie Kuiper, de vroegere hoofdredacteur van *De Tijd,* stuurde een ingezonden brief waarin hij schreef dat het met die verdediging van het vrije woord nogal meeviel. Hij somde in zijn schrijven een aantal door Oltmans gesteunde dictatoriale regimes op. Stuk voor stuk regeringen en leiders die de perscensuur niet echt schuwden. In die brief sprak Kuiper er ook zijn verbazing over uit dat Pieter Broertjes, hoofdredacteur van *de Volkskrant*, een rouwadvertentie had ondertekend. Daarin werd Oltmans' verdediging van het vrije woord ook al geprezen. De brief werd keurig afgedrukt, alleen werd de passage over de heer Broertjes geschrapt. Volgens de heer Broertjes heeft een vazal van hem dat gedaan. Niet op zijn gezag. Een inktkoelie die op promotie en een grotere lease-auto hoopt.

De penetrante geur van angsthazenwinden hangt op de redacties van beide ooit zo linkse clubjes. Wat zou ik me als cabaretier en/of hoofdredacteur genaaid voelen. Zelf schrijf ik wekelijks in de VARA-gids en in datzelfde blaadje word ik regelmatig afgeserveerd door Herman Brusselmans en Theo van Gogh. Bij de laatste vind ik dat zelfs prettig. Zou het verschrikkelijk vinden als hij fan van me was. Maar als ik zou horen dat de VARA zijn stuk geweigerd had of erin had geschrapt... Dan pas zou ik gekwetst zijn. Nu niet. Juist niet. Nu denk ik als ik zo'n stukje lees: ik irriteer, dus ik besta. Kortom: Het leven is wél leuk!

Stropdas

'Maar je kan hem toch ook zo strikken dat hij helemaal onderaan hangt? En dan prop je hem in je broek en doe je je jasje dicht!'

Aan het woord is Bartina Koeman, die haar man Ronald bijstaat zijn das zó te stroppen dat je die treurige 1 niet ziet.

'Maar dan heb ik weer zo'n klein stropje,' oppert Sneeuwvlokje. Het is zondagochtend en het echtpaar staat al een uur te hannesen voor de spiegel in de slaapkamer. De tijd dringt, Ronald moet naar zijn werk en hij wil niet weer voor joker staan met die kleuterige 1 op zijn das.

'Anders tekenen we een haaltje bovenaan de 1 zodat het op een 7 lijkt,' stelt zijn trouwe echtgenote voor.

'Maar als wij verliezen en Willem II wint, staan we achtste en loop ik na de wedstrijd weer voor lul,' zegt de Ajaxtrainer wanhopig.

'Maar als jullie winnen en Heerenveen verliest, sta je weer zesde. Dus we kunnen ook een extra das met een 6 maken. Want een 6 is zo een 8,' houdt Bartina de moed erin.

Terwijl Ronald worstelt met zijn stropdas zucht hij: 'Dan moet ik straks aan Neeskens vragen of die nacompetitie leuk is.'

Mevrouw Koeman heeft een nieuw idee. Volgens haar moet Ronald het dasje vlinderen als een ouderwetse butterfly, maar dat is volgens de trainer te vrolijk. Dat staat te blij.

Zelden is het woord stropdas beter van toepassing geweest dan in het geval van dit wurgtouwtje. Het uniform van de Ajax-trainers moet toch door een bestuursvergadering zijn gegaan. Hoe kunnen volwassen mannen dit goedkeuren? Zelf snap ik het wel. Voorzitter John Jaakke is niet alleen een oude corpsbal, hij is zelfs voorzitter van de senaat van zo'n kakkersclubje geweest. En die rijkeluiszoontjes hebben nou eenmaal een apart gevoel voor humor.

Zo kwamen Delftse corpsballen vorige week op het lumineuze idee om een vrindje dat ging trouwen een levend varken aan te bieden. Zó grappig. Het beest scharrelde een tijdje door het Amsterdamse partycentrum De Duif, raakte zwaargewond toen het van een trap flikkerde en werd vervolgens krijsend van de pijn aan een boom gebonden. Heel fijnzinnig allemaal.

En je personeel stiekem voor lul laten lopen is iets wat die kakkers ook heel graag doen. John Jaakke lust er wel pap van. Vorig seizoen liet hij de clubleiding rondsjouwen in wanstaltige zuurstokroze overhemden, waardoor de trainersstaf eerder leek op de verlopen directie van een tweedehands Oost-Duits bordeel met Poolse kippenvelhoeren. Van die snollen die al een kleine dertig jaar over de houdbaarheidsdatum zijn.

Die hemden waren geleverd door een zekere Oger. Dat is een modepooier in de Amsterdamse P.C. Hooftstraat, die onlangs ruzie kreeg met de stadsdeelraad Zuid omdat hij aan zijn creditcardklanten geen wijntjes meer mag schenken. Dat is namelijk zijn succesformule. Eerst de klant zachtjes lam voeren en hem vervolgens in een ordinaire krijtstreep hijsen. Daarna smeer je hem nog een paar kamerbrede Fortuyndassen aan.

En dit jaar heeft Oger die blufdas met die wanstaltige 1 bedacht. Het gerucht gaat door Amsterdam dat de baas van Oger een doorgewinterde Feyenoord-fan is en dat hij zich helemaal het schompes lacht omdat het hem telkens weer lukt de trainersstaf van de concurrent zo voor schut te zetten. Het Ajax-bestuur moet de kleding de afgelopen twee jaar stomdronken hebben uitgezocht.

'We kunnen dit seizoen nog wel wat winnen. Als Juventus bestraft wordt voor het dopinggebruik in 1996 wint Ajax alsnog de Champions League,' stamelt Ronald en vraagt zich al stroppend en strikkend af of ze dan alsnog naar het Leidseplein moeten. En dan mag hij natuurlijk niet mee en staat Louis van Gaal weer op dat podium te krijsen. Die schijnt een 1 op zijn borst te hebben getatoeëerd.

'Ik voel me een 0,' zucht Ronald en als een echte prins Claus smijt hij zijn das in een hoek van de kamer. En terwijl de tranen in zijn ogen wellen, schouderklopt Bartina hem naar de deur en fluistert in zijn oor: 'Het leven is wél leuk!'

Woordwapen

Alles is inmiddels geschreven over de afgelopen dinsdag op beestachtige wijze afgeslachte columnist en cineast Theo van Gogh. Het enige wat ik eraan toe kan voegen, is dat ik niet verbaasd was. In juni zei ik tegen een vriend iets over 'de zelfmoord van Theo' en bij het zien van de film *Submission* wist ik dat hij zijn doodvonnis getekend had.

Toen hij in een interview zei dat hem als dorpsgek niks zou overkomen, begreep ik niet hoe hij de harde kern van de fundamentalistische moslims zo kon onderschatten. Ik vond dat naïef. Vooral omdat ik Theo zag als een intelligente gozer die niet levensmoe was. Toen de dokter hem vertelde dat hij zijn leefstijl moest veranderen als hij de vijftiende verjaardag van zijn zoon wilde meemaken, stopte hij met drinken en viel meer dan dertig kilo af. Uit liefde voor zijn kind. Maar zijn strijd tegen de islam werd alleen maar heviger. Het woord geitenneukers werd zijn stopwoord. Kamikaze, dacht ik. En juist die gedachte vond ik nog het ergst. Een volk dat voor tirannen zwicht...

Extremisten zijn meestal geen lachebekjes. Jaren geleden werd ik gevraagd of ik een jaartje het woord wilde voeren voor een organisatie die zich fel kant tegen de bio-industrie. Wat mij bij die doorgaans goedbedoelende activisten opviel, was dat ze zo ontzettend weinig humor hadden. Met de bioboeren viel meer te lachen dan met die door de onbespoten muesli gebleekte herbivoren. Ik hield het dan ook gauw voor gezien. Er zijn weinig mensen die zich verheugen op een avond gezellig stappen met Volkert van der G.

Zo denk ik dat er op een verjaardag van fundamentalistische moslims ook niet veel te lachen valt. Die jongens zijn te streng in de leer om een goede profetenmop te vertellen. En wat te denken van een feestavond met een roedel Veenendaalse artikel-31'ers? Gods woord ligt als een basaltblok op hun nooit ontwikkelde lachspieren. Die gereformeerden konden vorige week trouwens extra genieten. Toen hadden ze door het ingaan van de wintertijd een uur langer zondag.

Daarom kom ik graag bij die losbandige Brabantse katholieken. Voor een vrolijke *Brabo* is het geen enkel punt om de paus in een mop in zijn Ferrari door de Amsterdamse rosse buurt te laten jakkeren. Elke katholiek heeft gelachen om de film *Life of Brian*.

Maar op het moment dat geloof waarheid wordt, stopt de humor. Humor relativeert namelijk en zet aan tot twijfel. En daar houden extremisten niet van. Ze hebben aan één boek genoeg.

Afgelopen week werd mij vaak gevraagd of ik na dinsdag nog wel alles durf te schrijven. Maar dat durf ik al heel lang niet meer. Ik let al jaren op mijn woorden. Hells Angels? Ze gaan hun gang maar. Hooligans? Vecht je dood. Fundamentalisten? Succes met geloven. Ik hou me er mooi buiten. Dus gezwicht voor de tirannen? In zekere zin wel.

Laf? Afgelopen week kreeg ik dat soms te horen van mensen wier mening nooit verder komt dan de toog van de voetbalkantine of de bittertafel van hun stamcafé. Op die plek is het gemakkelijk lullen. Hun stukje zoemt niet via het internet door het land. Ik noem het niet laf, maar realistisch.

Het woordwapen is onschuldig, dacht Theo. Maar het woordwapen is dat niet. In elk geval niet bij de moslimfanatici. Die zijn door de niet altijd diplomatieke woorden en film van Theo diep gekrenkt en kunnen niet anders dan reageren met geweld. Ze hebben namelijk geen woorden. Daarbij denken ze ook nog dat ze na de laffe daad hoog in de hemel aan het ontmaagden kunnen slaan. Lekker geloof eigenlijk.

Het woordwapen. Voor ons is het onschuldig, maar voor die paar gekken niet. Je hoeft de w alleen maar om te draaien en er staat moordwapen. Een woordspeling dus. Moordspeling mag ook. Theo heeft het woordwapen onderschat. Hij besefte niet dat het oorlog was. Maar het is oorlog. Oorloger dan ooit.

Het zal lang duren voor ik aan het eind van een column weer durf te schrijven: Het leven is wél leuk!

Wehkampburka

Zal Ayaan Hirsi Ali zich al realiseren dat ze de rest van haar leven een burka moet dragen? Een burka uit lijfsbehoud. Dit mag je toch wel heel zachtjes een gotspe noemen. Bestaan er kogelvrije burka's? En durft ze een burkawinkel in? Of wordt het een burka van de Wehkamp?

Deze gedachte kietelde mijn nog steeds ongeruste ziel op het moment dat ik onze verstandige koningin een jongerencentrum zag betreden. Ze ging daar van gedachten wisselen met jeugdige Amsterdammers, onder wie diepgelovige moslims. De meisjes droegen hun hoofddoek en Beatrix was hoedloos. Waarom? Onze vorstin draagt toch altijd een hoed? De meest curieuze hoofddeksels staan op haar wereldberoemde stijfselkapsel. Soms bescheiden en dan weer een satellietschotel waar je probleemloos alle zenders tegelijk mee kunt ontvangen. Het is altijd weer spannend hoe ze uit de auto komt. En nu was ze opeens blootshoofds. Waarom? Signaal? Voorbeeld? Provocatie? Ik weet het niet meer, maar ik zie in alles iets. Een vingerwijzing, een diplomatiek protest.

Terwijl ik dit bedenk, leg ik de laatste hand aan een dreigfax aan mezelf. Het wordt namelijk hoog tijd dat ik weer eens als nieuws in de krant kom. Zover ik weet ben ik namelijk de laatste kogelbriefloze Bekende Nederlander en daar moet hoognodig wat aan gedaan worden. Zoals ik ook de enige BN'er ben die afgelopen tien dagen niet op televisie is geweest om iets over de vermoorde cineast te zeggen. Of men me vergeten was? Integendeel. De telefoon gloeide voortdurend, smolt bijna van mijn bureau. Maar je wordt zo langzamerhand een bekendere Nederlander door niet op de beeldbuis te verschijnen. Alles stamelde de afgelopen tien dagen in kakelprogramma's door elkaar, iedereen had een bijzondere band met de overledene en allemaal hadden ze een oplossing voor het multicultiprobleem. Terwijl ik voorzichtig dacht: misschien moeten we even zwijgen. Hoerenlopers moeten het woord kutmarokkanen vermijden zoals ik het woord hoerenloper niet meer moet gebruiken. En het begrip geitenneukers wil ik helemaal niet meer horen. Misschien zijn we klaar. Letterlijk en figuurlijk uitgescholden.

Het is voor mij sowieso brievendag. Heb vannacht een emotionele condoleancemail aan Greetje Duisenberg gestuurd. Het moet voor haar verschrikkelijk zijn nu ze zo'n goede vriend als Yasser Arafat heeft verloren. Ik twijfel of ik een paar waxientjes bij haar huis zal ontsteken. Zal ik mijn Palestijnse theedoek als teken van rouw in haar portiek leggen? Een paar kamelenknuffels? Greetje verdient steun.

De begrafenis van Yasser was uiterst amusant. Heerlijke televisie, zo'n hossende kist. Hij won het niet van Khomeiny, maar kwam dicht in de buurt. Wat hebben wij dan toch altijd saaie crematies. Beschaafd muziekje, paar lieve toespraken en dan koffie, cake en wegwezen. Vroeg me bij de dood van onze eerste televisieneger Donald Jones af of ze tijdens zijn afscheid zijn hitje *Ik zou je het liefst in een doosje willen doen* hebben gedraaid. Lijkt me met het zicht op de kist een rare tekst. Het kan natuurlijk wel een crematiehit bij omgelegde maffiosi worden.

Ondertussen is blank Nederland na de moord op Van Gogh toe aan luchtige onderwerpen. Ik zag dat men zich bij de wat commerciëlere media als RTL en *De Telegraaf* oprecht afvraagt of de tieten van Georgina Verbaan wel echt zijn. Voor de oudere lezers: Georgina is een zeepsterretje en de vaste scharrel van *Quote*-hoofdredacteur Jort Kelder. Vroeger had ze gezonde meisjeserwtjes en nu heeft ze in de *Playboy* buitenaardse pompoenen. En de vraag of ze echt zijn, is deze week het nationale borrelvraagstuk. Een homo van de Amsterdamse zender AT5 mocht even voelen. Het waren zijn eerste borsten, dus hij durfde niks deskundigs te zeggen.

Toen ik naar het item keek, vroeg ik me wel hardop af: wat heb ik liever? De tieten van mijn vrouw met een paar honderdduizend ranzige rukkers delen in de *Playboy* of ze exclusief voor mezelf in een prachtige burka? Ik kies voor het laatste. Maar ik ben uiteraard bloedjaloers op Jort Kelder, die denkend aan zijn mooie meisje regelmatig zal mompelen: 'Het leven is wél leuk!'

Prozacmosselen

Zondagochtend hoorde ik in het leuke radioprogramma *Vroege Vogels* dat mosselen tegenwoordig Prozac krijgen. Waarom? Om ze te ontstressen. Het was geen beschuldigend vermoeden van een protesterende milieugroep, maar een officiële mededeling van een mevrouw die de voortplanting van deze Zeeuwse beestjes regelt. Zonder de antidepressiva willen de schaaldieren namelijk geen seks. Een symbolischer slot van onze beschaving kun je bijna niet verzinnen.

Het regende de hele week. Gods voorzorg om de kerken en moskeeën nat te houden. Het is na de moord al warm genoeg in Nederland. Heter kan de herfst niet meer worden. Vannacht droomde ik over de reïncarnatie van Theo van Gogh. Hij keerde terug op aarde als geit in Iran. Dit als straf voor zijn godlasterende praatjes.

Een Marokkaan vraagt aan een Nederlander of hij een vuurtje voor hem heeft.

'Ik rook niet,' antwoordt de Nederlander een beetje angstig.

'Maar straks wel,' glimlacht de Marokkaan.

Mag dit grapje van Donner? Mag het van Jan Peter? Van de koningin mag het zeker. Hoe ik dat weet? Van Trix zelf. Afgelopen maandagmiddag belde ze mij omdat ik 's avonds een liedje voor haar zou zingen in het prachtig verbouwde Carré. Of ik ook nog wat ging zeggen. Ze hoopte het zo.

'Kwets me,' smeekte ze bijna wanhopig. 'Anders word ik gek! Een vorstin om wie niet gelachen wordt bestaat niet. We kosten genoeg. Jullie hebben recht op lol om ons. Zie het als statiegeld'.

Ze legde kort uit hoe verschrikkelijk ze opzag tegen een avondje beschaafd amusement in een Carré vol gestoomde smokings.

'Ik wil dat het politiek correcte deel na afloop schande spreekt over je optreden. Anders hebben ze niks te babbelen. Het wordt toch weer zo'n veel te lang liedjesprogramma, dus schudt ze tegen het einde maar even wakker,' sprak de koningin op strenge toon.

We kwamen overeen dat ik haar rechtstreeks zou bedanken voor het vrolijke materiaal dat zij en haar familie mij al jaren leveren. En ik zou iets zeggen over het vrije woord. Dat ik hoopte dat Donner en ik niet van onze fiets gesneden werden, maar dat ik hem wel *een gereformeerde klootzak* mocht blijven noemen.

'En je doet je oudste spijkerbroek aan en als je tegen me spreekt, houd je je handen in je zak. Als *De Telegraaf* je optreden maar afkeurt!'

We kregen het over het tuttige dubbelenamenduo Jan Peter & Piet Hein en Trix vertelde hoe zwaar de wekelijkse bezoekjes van de premier waren.

'Zijn afwezigheid was een verademing. Met Zalm kan je tenminste lachen.'

We namen het gewone huiselijke leven ook nog even door. Ik informeerde naar haar ongeneeslijk zieke vader en zijn overlevingskansen.

Volgens Trix zou papa zich hier ook wel weer doorheen

kunnen slaan, maar het gerucht ging dat Balkenende op ziekenbezoek wilde komen en een uur lang van die zouteloze gereformeerde praatjes zag zij toch als een vorm van actieve euthanasie.

'En vooral het emotieloze opleestoontje zal papa geen goed doen.'

Samen moesten we erg lachen om de paaldansende achternicht van Máxima, die met een kroontje op haar hoofd met een roombotergeile act door ons land reist. Trix vond het jammer dat zij niet in het openingsprogramma van het verbouwde Carré zat. Zij wist van wie die nicht het had en ze vertelde over de wilde danspartijen van haar Argentijnse schoondochter op feestjes in de huiselijke kring.

'Dan gooi zelfs ik mijn haren los en beesten we tot diep in de nacht de splinters van het parket. Ter compensatie van dat gietijzeren keurslijf. En we wonen mooi, dus we hebben nooit buren die bellen. We zijn geen prozacmosselen!' grinnikte ze brutaal.

Mijn kinderen vroegen na afloop met wie ik zo moest lachen aan de telefoon.

'Met Trix,' antwoordde ik en ging op zoek naar mijn alleroudste spijkerbroek en trainingsjackie. Tien minuten later stond ik in mijn verlopen kloffie voor de spiegel. Klaar voor Carré. Klaar om de queen te kwetsen! En ik dacht alleen maar: Het leven is wél leuk!

Röntgenfoto's

Tot mijn twintigste wist ik niet dat het algemeen bekend was dat Frank Sinatra enorm zwaar geschapen was. Buitenproportioneel zelfs. Ik kwam daar pas achter toen ik in die jonge jaren in een aantal kroegen de bijnaam *The Voice* kreeg. De dames noemden mij zo. De dames die het konden weten.

In elk vak is veel afgunst. In mijn vak zeker. Doodordinaire beroepsjaloezie.

1. Welke cabaretier trekt de volste zalen?

2. Welke columnist verkoopt de meeste boeken?

3. Welke schrijver heeft de mooiste vrouw?

Deze drie vragen kan ik probleemloos met ik beantwoorden. Volmondig zelfs! Vooral over het laatste antwoord is een discussie zinloos. Ieder Boekenbal kijk ik vol medelijden naar mijn collega-stukjesschrijvers, die wekelijks ploeteren op een scherpe en humoristisch bedoelde column, die vervolgens amper en zonder glimlach wordt gelezen. Maar dat vind ik niet het meest meelijwekkend. Het treurigste is het feit dat ik hun vrouwen op dat feestje mag aanschouwen. Dat ze overdag geen succes hebben, is natuurlijk vervelend, maar als ik zie met welk monster ze zich na zo'n mislukte dag door de eenzame nacht moeten worstelen, denk ik: wat een leed.

Sommige columnisten hebben bovenstaande regels met een briesende geest tot zich genomen. Het ergste is dat ze weten dat ik gelijk heb. Hun stukjes zijn niet leuk, ze worden nauwelijks gelezen en ze hebben een lelijk wijf. Ze willen me niet vermoorden, maar zouden het niet erg vinden als ik binnen twee jaar overlijd aan een ongeneeslijke vorm van geurkaarsenkanker. Wie vertelt het aan het gereformeerde lachebekje Andries Knevel? Want daar moeten ze ook wel eens heen om hun bundeltje aan te prijzen. Als columnist bij Knevel! Wat een leed.

Omdat men mij toch wil kwetsen, worden er de laatste tijd allerhande grachtengordelroddels over mij verspreid. De NRC zou van mij af willen, ik zou mijn eigen boeken opkopen om ze uit de ramsj te houden en de anekdote over mijn bijnaam *The Voice* zou ik zelf hebben bedacht. Op damespartijtjes zou juist gierend over *Klein Duimpje* gesproken worden. Een jaloerse echtgenoot van een van mijn exen heeft de grap verspreid 'wie de jongeheer van Youp wel eens gezien heeft.' Het antwoord is: Niemand. Te klein om zonder loep waar te nemen.

Mij doet het allemaal niks. Hoewel? Het is niet helemaal toevallig dat ik volgende maand voor heel veel geld bloot in het feestnummer van een damesblad verschijn. Ik moet wat belastingschuld inlossen. En let op dames: niets verhullend. Het enige wat ik nog draag is mijn bril. De foto's zijn genomen op een warm strand op Bonaire en ik lig daar ontspannen met mijn apparaat over mijn rechterschouder. In het spraakmakende interview vertel ik uitgebreid waarom Napoleon en ik altijd onze hand tussen onze jas houden.

Natuurlijk weet ik dat heel Nederland rond de kerst over mij zal struikelen. Men zal spreken over fotoshoppen, siliconen en andere hulpmiddelen, maar u begrijpt dat ik de röntgenfoto's al op zak heb. Afgelopen week heb ik mij gemeld in een Amsterdams ziekenhuis. Toen ik aan de infobalie vertelde wat ik in de aanbieding had, was er opeens geen wachtlijst meer. Eén röntgenapparaat bleek echter niet genoeg. Er moesten er drie naast elkaar worden gezet. Anders ging het niet lukken. Dat duurde even.

Onderhand las ik in de wachtkamer in een ochtendblad dat de Amsterdamse zwervers tegenwoordig met shirtreclame lopen. Een ijsmerk op hun warme jas. Zou het niet leuker zijn als een dakloze met een reclame van een makelaarskantoor op zijn rug loopt? Een makelaar, gespecialiseerd in tweede huizen!

Na een klein halfuur was ik aan de beurt. Ik stond in de ene kamer en mijn Vrolijke Frans, zoals ik hem zelf graag liefkozend mag noemen, ging via een tussendeur door naar de andere kamer. De radioloog was totaal verbijsterd. Dit had hij nog nooit gezien.

Ik keek licht arrogant, vouwde de boel onder mijn kleren en verliet glimlachend het hospitaal. Nog net hoorde ik de prachtige assistente een opmerking over mijn vrouw maken. Wat ze zei? 'Haar leven is wél leuk!'

Opvolger

Steeds als ik een paar lullige woorden aan Bernhard had vuilgemaakt ging de telefoon: de een of andere adjudant of persoonlijke secretaris die mij wilde doorverbinden met *Zijne Koninklijke Hoogheid.* De prins wilde graag praten over hetgeen ik geschreven had. Maar ik had er helemaal geen zin in en legde dat uit aan de vazal van Victor Baarn. Een columnist moet zijn slachtoffers niet persoonlijk spreken. Daarbij vind ik het irritant als iemand mij op mijn geheime privé-nummer belt. Ik heb een heus kantoor met een paar zeer deskundige medewerkers, die gespecialiseerd zijn in slachtofferhulp en nazorg voor personen die door mij in deze krant zijn aangepakt. Maar naar mijn kantoor heeft de goede man nooit gebeld.

Toen ontving ik op een dag een brief: waarom ik hem *vooroorlogse Duitse ziekenfondsadel* had genoemd en een *op onze kosten feestvierende schuinsmarcheerder.* Nooit beantwoord. Waarom niet? Allemaal geen tijd voor.

Moest erg lachen om mijn collegaatje Jeroen Krabbé, die tegen Frits Barend had gezegd: 'Als Bernhard doodgaat, moet je mij bellen,' om vervolgens aan de prins te melden: 'Ik ben gevraagd door Barend en Van Dorp!' IJdelheid heeft weinig grenzen. Begreep ook dat Jeroen en de prins als twee oude nichten heel intiem een uurtje hand in hand hebben gezeten. En na Krabbé kwam zijn op één na beste vriend Rik Felderhof. Ik hoop te zijner tijd een vrolijker sterfbed te hebben.

Waar het in deze dagen om gaat?

1. In welk pak uit de koninklijke verkleedkist wordt Bernhard in Delft bijgezet?
2. Wie zit waar in de kerk?
3. Worden zijn bastaards vol in beeld gebracht?
4. Krijgen we zijn minnaressen te zien?
5. Horen we nu eindelijk voor welk mokkeltje de door hem toegegeven Lockheed-miljoenen bestemd waren?
6. Wordt Henk Vredeling uitgenodigd?
7. Vertelt iemand de grappige anekdote over Benno die, toen hij ooit met compromitterende foto's geconfronteerd werd, sprak: 'Doe mij er daar maar drie van, daar twee en die andere foto's heb ik al!'

Of liegt de huisdominee hoe goed zijn huwelijk met Juliana was? Volgens mij kun je op deze bijzetting totaal los. Iedereen die hem gekend heeft moet naar voren komen en alles vertellen. Ik denk dat we ons tranen lachen en met het hele land een middag topamusement beleven. Geef elke spreker een mooi glas chablis en laat hem of haar uitgebreid praten over de gezonde schijt die Bernhard levenslang aan de hele kermis gehad heeft. Als er iets is dat de koningin en haar hele en halve zussen zal troosten dan is het een frivole middag vol prachtige Bernhard-verhalen. We verkopen de rechten wereldwijd via John de Mol en zijn in één klap van de staatsschuld af.

Belangrijker vraag: wie gaat hem opvolgen? Wie gaat na Bernhard zorgen voor de kruidige anekdotes vol financieel gesjoemel en buitenechtelijk gedoe? Een monarchie bestaat al eeuwen bij de gratie van halve waarheden, roddel en achterklap. Daar betalen we ze toch voor? Tussen de Oranjes zit weinig bruikbaars. Ze zijn te braaf en te netjes. Ik denk dat we op Máxima moeten hopen. Na haar tweede kind wordt zij ongetwijfeld de *Madame Bovary* van Oranje. Ze verveelt zich nu al regelmatig te pletter en gaat binnenkort heimelijke afspraakjes maken met Jan Mulder of Hans Teeuwen, die daar allebei nu al hardop van dromen. En het blijft niet bij afspraakjes. Ze neemt risico's. Er komen geruchten over ruige feesten waar ook Mick Jagger gesignaleerd is. Er moeten foto's verschijnen van een afgelegen haciënda op een doodstille Argentijnse pampa. Ze geniet daar van drugs, erotiek en rock-'n-roll. Anders is het leven zo ondraaglijk saai. Zowel voor haar als voor ons. Wij zijn de sprookjessmullende onderdanen van deze woest aantrekkelijke toekomstige koningin. Natuurlijk is het zielig voor Alex, die in dit drama de sneue rol van zijn oma Juliana toebedeeld krijgt. Maar het is niet anders.

Maar ze moet het doen. Anders is de monarchie onleefbaar. En alleen na een wild leven ga je tevreden dood. Net als Bernhard, die op het moment dat Balkenende zijn zalvende praatjes op televisie uitsprak, gierend tegen Petrus zei: 'Het leven was wél leuk!'

Veilig voelen

De voorzitter van de LPF schreef een aantal weken geleden een dreigbrief aan zichzelf en nu blijkt dat de partij zestigduizend euro handje contantje heeft overhandigd aan een niet bestaand Belgisch beveiligingsbedrijf. Goed idee. Het lijkt me onzinnig om echte kleerkasten in te huren als de dreiging uitsluitend van jezelf uitgaat. Dan zou ik ook een paar fantoombelgen oproepen.

Het leven is zinloos. Duizenden mensen keken donderdagavond naar een oefenende rouwstoet zonder lijk en een door het Journaal geïnterviewde muts in een geel windjack vertelde dat het oefenstoetje heel indrukwekkend was. Hoe saai moet je leven zijn als dit al een verpletterende indruk op je maakt? Of ik naar de bijzetting ga kijken? Absoluut. Wij hebben thuis een toto georganiseerd. Op welke rij zit Jeroen Krabbé? Wie het goed heeft of er het dichtst bij is, krijgt de pot. Die kan aardig oplopen want we kijken met de hele buurt.

Verder ben ik na een week van onthullingen totaal uitgeprinst. Ik kan de naam Bernhard niet meer zien en horen. Het enige beeld dat van de man overblijft, is een de hele dag aan de telefoon hangende verwende bejaarde, die het heerlijk vond om op onze kosten witte wijn te slobberen met allerhande hermelijnvlooien. Verder waren zijn hobby's vreemdgaan en jagen en is hij heel erg gestraft voor zijn aangenomen steekpenningen van Lockheed. Een normaal mens draait in zo'n geval een aantal jaren de bak in, maar hij moest alleen zijn uniform uittrekken. Hoewel we dat ook niet moeten onderschatten. Het inleveren van je uniform schijnt voor een Duitser erger te zijn dan tien jaar brommen. Als het lichaam van deze man met zoveel tromgeroffel door de straten van Den Haag en Delft wordt getrokken, citeer ik graag onze eigen koningin, die het jaren geleden zo treffend zei: 'De leugen regeert!' Wat humor zou zijn? Als alle soldaten vanmiddag schuin zouden marcheren! Mooie knipoog naar de prins.

Ondertussen begrijp ik dat moslimfundamentalisten een aanslag op de Amsterdamse Wallen beramen. Dus veilig vrijen is er ook niet meer bij. Wat willen onze moslimvrienden? Dat alle hoeren besneden in een burka achter de ramen gaan? Krijgen de hoeren vanaf nu ook persoonsbeveiliging? Nog even en je ligt met een snol te wippen, terwijl er twee beveiligingsgorilla's naast het bed staan. Dat heet: veilig voelen. Als Wilders naar de hoeren gaat, wordt het dringen in het peeskamertje.

Moet het beeld van de Rotterdamse Sekskabouter na plaatsing persoonlijk beveiligd worden? Volgens Donner moet persoonlijke beveiliging geen statussymbool worden. Ik begrijp wel wat hij bedoelt. Een paar weken geleden trof ik in de hal van het Rotterdamse Hilton vier enorme beveiligingsreuzen. Ik vroeg of het voor mij was. Nee, het was voor De Tokkies. Even dacht ik aan een grap, maar het bleek werkelijk zo te zijn. De Tokkies gingen op koopavond de Lijnbaan op en werden omringd door hele grote sterke mannen in uniform. Ik word bij het zien van één Tokkie al doodsbang, laat staan van vier Tokkies tegelijk. Dat overleeft mijn zwakke hart niet. Ik zou dan ook denken: beveilig het volk als deze nieuwe *Daltons* door de winkelstraat marcheren. Maar het is dus andersom.

Wat is nog veilig? Luchtverfrissers, lees ik in de krant. Door het alarmerende bericht dat deze stankverspreiders kankerverwekkend waren, is de verkoop van deze rotzooi gehalveerd. Volgens de fabrikant is dat heel erg. Volgens mij niet. Het scheelt een hoop misselijkheid. Wie heeft toch bedacht dat deze spuitbussengeur lekker is? Je kan tegenwoordig geen taxi instappen of er hangt een weeë geur uit een flesje. In Nijmegen ben ik laatst met zware koppijn mijn hotel uitgevlucht. Daar deed men een geurtje in de stofzuigers. Volgens mij moet er met spoed een luchtverfrissersverbod komen. Met het oog op de volksgezondheid.

Waar gaat het nog om in ons bestaan? Kerstverlichting, nepdennen en winkelcentra vol kerstmuzak. Ik vlucht. Waarheen? Naar de Amsterdamse RAI om me op de Miljonairsbeurs vol te laten lopen met roze champagne en ik zal daar met een bek vol kaviaar regelmatig kotsen: Het leven is wél leuk!

Benard

Van sommige strenge dichters mag *schavuit* niet op *affuit* rijmen, terwijl: '*zat nooit zijn straf uit*' weer wel mag. Ik zou het als Dichter des Vaderlands na de bijzetting van onze nationale vreemdganger wel geweten hebben. Vooral als ik het gedicht een paar dagen later, ofwel na het sappige interview met het ex-NSDAP-lid Bernhard zur Lippe-Biesterfeld in *de Volkskrant*, had mogen schrijven. Hoe zal dit ochtendblad afgelopen dinsdag op Huis ten Bosch ontvangen zijn? Ik vrees door een dampende en stampende Trix.

Een van de leukste onthullingen vond ik dat hij na de door Nederland verloren finale van het WK voetbal in 1974 een poging heeft gedaan om een paar vertegenwoordigers van onze regering van een Beiers dineetje te weren. Hij dacht natuurlijk: wij Duitsers hebben gewonnen en dat vieren we lekker met landgenoten onder elkaar.

Verder was het interview niet meer dan een bevestiging van jarenlang nationaal gekoesterde vermoedens:

- zijn huwelijk was een regelrechte farce,
- in Londen had hij zijn uniform meer uit dan aan,
- daarna trok hij decennialang woest wippend over de wereld met als gevolg minimaal twee bastaardjes,
- het door hem gesmeekte smeergeld is voor honderd procent bij zijn buitenechtelijke mokkeltje terechtgekomen,

- het afgepakte uniform vond hij verschrikkelijk
- en verder had hij zijn lange leven lang schijt aan alles en iedereen. En vooral aan zijn vrouw, die hem naar eigen zeggen adoreerde.

Ik kwam niet verder dan de gedachte: wat een onhebbelijk verwende zeikerd. Dat dat met Zijne Koninklijke Hoogheid moest worden aangesproken. Wat een grap!

Het is goed dat het nu allemaal bekend is. Al is het maar voor mammie, die zogenaamd heel blij was met de twee buiten de deur gefokte dochters van Zijne Koninklijke Hoogheid. Ik vrees dat dat wel meevalt. Iedereen weet dat mammies met veel dingen blij zijn, maar niet met de mededeling dat er in een of ander buitenland gezinsuitbreiding heeft plaatsgevonden. Vanaf nu houdt iedereen nog meer van die tikje wereldvreemde Juliana, die een kleine vijftig jaar in een echtelijke hel moet hebben geleefd. Als ik haar was, had ik me ook aan een Oibibiaanse zweefteef als Greet Hofmans vastgeklampt. Sterker nog: ik had me levenslang in de Ursula-kliniek laten opsluiten.

Trix zal boos zijn, maar zich ook bevrijd voelen, nu de lucht door haar vader zelf ontwolkt is. Hoewel? Ik denk dat hij alleen heeft toegegeven waar hij uiteindelijk niet meer onderuit kon. Het zou mij niet verbazen als er her en der nog meer koninklijke kindertjes rondsjouwen en dat het geld van Lockheed slechts een fractie is van alle nooit ontdekte smeerpoen.

De bijzetting van afgelopen zaterdag vond ik mooi. Vooral de drie F-16's als herinnering aan de befaamde Lockheed-affaire boven Delft. Een vrolijke knipoog van de overledene, tevens regisseur van zijn eigen feestje. Op hetzelfde moment rolde het jongensboek *De prins spreekt...* van de persen en zaten Broertjes en Tromp zich te verkneukelen voor de televisie.

Alleen heeft Bernhard met dit boekje het werken van zijn oudste(?) dochter verder volkomen onmogelijk gemaakt. Hij is de grootste republikein van het land gebleken. Hij heeft de monarchie door zijn bekentenissen volledig ontmaskerd als één groot misverstand, een bordkartonnen wanvertoning. Alleen al dat er jarenlang op Koninginnedag een defilé langs deze diep ongelukkige familie is getrokken. Het domme volk was nog niet weg of pappie ging tot aan zijn kruin afgevuld met chablis en pink champagne zijn World Wildsexlife Fund verder organiseren.

Op deze pagina werd onlangs de vraag gesteld wat er met Soestdijk moet gebeuren. Ik denk dat we het moeten opdelen in de Greet Hofmans-vleugel, een zweefliegclub waar mensen onder leiding van Irene met dolfijnen kunnen discussiëren en in de andere kant een luxe bordeel waar uitsluitend met smeergeld kan worden betaald.

En of we het koningshuis moeten opheffen? Integendeel. We houden ze. Mede dankzij Bernhard, Mabel en Margarita roep ik namelijk al jaren: Het leven is wél leuk!

Zwarte kerst

Hoe zal de kerst bij Mart Smeets eruitzien? En bij Tommie Egbers? Mag de telefoon op het antwoordapparaat? Of zitten ze er de hele dag naast in de stille hoop dat John belt met de vraag of ze bij zijn *Talpa* willen komen?

En hoe zit het bij Evert ten Napel? Zal hij zachtjes hopen op de landelijke actie *Evert moet blijven*? Ik zie het voor me: voetballers die een vijfdaagse vastenactie houden en hooligans die dreigen met een stadionboycot tot Evert terugkeert op de buis. En hoe zal de kerst bij Frank Snoeks zijn? Gek wordt hij van het in zijn kop stampen van de korfbalregels en het kaatsreglement.

Wat ik ervan vind dat het voetbal naar John gaat? Ik vind het wel gunstig. Dan kan hij in die tijd geen Big-Brother-achtige shit uitzenden.

Of ik naar zijn voetbalzender zal kijken? Ik vrees weinig tot nooit. Ik ben de laatste jaren een beetje dichtgevoetbald en kan geen analyse meer zien of horen. En zeker niet de mening van Hugo Borst over de mening van Jack van Gelder, die een mening heeft over wat Dick Advocaat van Jan Mulder vindt. Dit alles gaat al jaren kilometers langs me heen. Mijn afstandsbediening begint spontaan te zappen zo gauw hij een voetbalpraatjesprogramma in beeld krijgt.

En hoe zal het kerstdiner bij Frits Wester zijn? Staat zijn

Nieuwsquiz-trofee op het buffet in de eetkamer of slingert het prul nog ergens achterin zijn auto? Mevrouw Wester had haar man willen verwennen met een verrassingsmenu, maar hij heeft alles al geraden. Een carpaccio van tonijn, een wildbouillon, kalkoenmedaillons met cranberrycompote en een kaasplateau. Hij ontkent dat hij stiekem in de keuken heeft staan loeren.

'Toeval, toeval en nog eens toeval,' roept de door iedereen uitgelachen journalist tegen zijn verdrietige echtgenote. Hij zal raar opkijken als een politicus binnenkort op een van zijn vragen antwoordt: 'Dat hoef ik u niet te vertellen, want dat weet u al!'

En hoe zal het kerstdiner bij de Oranjes zijn? Ik zie een doorlopend overgevende Máxima die meldt dat ze niet zwanger is, maar dat ze steeds spontaan moet vomeren als ze aan de poespasserige bijzetting van de onlangs overleden opa van haar man denkt. De kerk, de dominee, de bloemen, de gasten.

'Wat een gelul,' roept de prachtige vrouw van onze kroonprins en ze sluit haar vlammende betoog af met een helder *zum Kotzen*! Duitser kan het niet. De rest van de familie zwijgt, behalve Irene, die zich hardop afvraagt of een van haar halfzusters, de tuinarchitect Alicia von Bielefeld, weet dat je met de bomen en de plantjes moet babbelen. Anders worden de bloempjes depri.

Anjerprozac, denkt de vorstin en schenkt zichzelf nog eens fors in. Bij het hek staan twee lakeien en een marechaussee onderhand aan een drammende Jeroen Krabbé uit te leggen dat de familie deze avond graag onder elkaar wil zijn.

'Maar ik ben een héle goeie vriend,' kakelnicht onze nationale lijkenlikker door de Haagse nacht om vervolgens zwaar gepikeerd af te reizen naar de dochter van Albert Mol.

Bij de familie Ritsma zit iedereen aan Rintje uit te leggen dat het diner al zes uur geleden is afgesloten met een griesmeeltoetje, maar Rintje wil nog koffie en zolang hij koffie wil, heet het kerstdiner nog kerstdiner.

'Pas als ik ga slapen, is het klaar,' bromt de Beer van Lemmer tegen zijn uitgeputte gehoor.

Jan Peter legt aan zijn vrouw uit waarom hij de familie Van Gogh na de moord op hun zoon Theo niet heeft opgezocht. 'Die mensen waren al zo verdrietig, dus die zaten echt niet op mij te wachten'.

Zijn vrouw beaamt het stilzwijgend. Zij wil hem nog vragen wat hij binnen het normen-en-waardendebat vindt van een 56-jarige prins die hem in een negentienjarige studente duwt, maar ziet ervan af. Ze wil maar één ding: bandeloos tekeergaan in een stal in Bethlehem. De ruigste seks ooit. De os, de ezel en alle herders mogen vrolijk meedoen. Zó heeft ze tabak van de zalvende, gereformeerde praatjes van haar altijd montere echtgenoot. Ze wil los en vreemd en heel hard over de wereld schreeuwen: Het kerstfeest is wél leuk!

Wijfwijfwijf

Wie is de god van de tsunami's? Is dat de god van Knevel of die van Mohammed B.? Ik vroeg me dat zachtjes af, terwijl ik in het kielzog van minister Remkes over het strand van Phuket sjouwde. Het was een nogal gênante bijeenkomst. De bulldozers gromden in de verstikkende lijkenlucht en de Nederlandse minister probeerde, omringd door een tiental Nederlandse fotografen, cameramensen en microfoonsjouwers, zijn blazoen te ontsmetten.

'Het zijn hun binnenlandse zaken en niet onze Binnenlandse Zaken,' hoorde ik de Groninger telkens weer uitkramen. Het zag er allemaal nogal potsierlijk uit.

Veel vragen brandden, maar ik stelde ze niet in het gezelschap van de concurrentie. Ik hoopte de minister voor mezelf te krijgen. In de hotellobby bijvoorbeeld. Dan wilde ik graag weten wat dat Thaise massagegrut al die jaren van zijn onsmakelijke gebit vond. En of ze blij zijn dat hij het nu een beetje heeft laten opfrissen. En of die kleine meisjes die westerse dikbuikzwijnen ook moeten zoenen. En wat de specialiteiten op zijn eilandje Ko Samui zijn. Ik hoopte dat hij aan mijn mannen-onder-elkaarknipoog zou zien dat ik het niet over het eten had. En misschien mag ik een keer mee. Lijkt me gezellig: met een stuk of wat getrouwde Groningse mannen van in de vijftig naar een Thais knijpstrandje! Vroeger vond ik dat allemaal ranzig, maar sinds ik weet dat onze nationale verzetsheld prins Bernhard hem op zijn zesenvijftigste in een negentienjarig meisje propte, zie ik het als onschuldige deugnieterij. Goed voorbeeld doet goed volgen.

Terwijl mijn collega-journalisten braaf hun werk deden, maakte ik me los uit het Hollandse gezelschap. Een paar honderd meter verderop lag een vette veertiger op een stretcher. Henk heette deze Limburger en hij legde mij uit waarom hij geen mondkapje droeg.

'Dan word je zo raar bruin en loop je al heel gauw met zo'n witte vlek om je mond. Voor je het weet zie je eruit als tweederangs cliniclown,' vertelde hij mij in onvervalst Limburgs. Hij was daar voor veertien dagen met zijn vriend Sjeng en ze hebben geen seconde overwogen om de vakantie af te blazen. De reis was betaald en overal in de wereld is wel wat. En in hun hotel was weinig schade! In Zeeland komen nu toch ook weer gewoon toeristen? En maakt het uit of je na een week of na een jaar weer op dat strand zit? En nu was het lekker rustig. Hoewel die teringherrie van die bulldozers hem behoorlijk begon te irriteren.

Henk had echt wel medelijden hoor. Gister liet hij zich masseren bij een Thais meisje thuis en moest hij echt wel even slikken toen ze samen de opgebaarde lijkjes van haar broertje en zusje van de massagetafel tilden. Zo klein woonden die mensen. De massage werd geen succes. Hij werd gek van haar gejank en vroeg dan ook op een gegeven moment: 'Wat gaan we doen? Gaan we janken of doen we nog even *something special*?' Uiteindelijk was hij zonder betalen vertrokken.

Voorzichtig vroeg ik of hij wat aan giro 555 had gegeven.

'Geven?' zei Henk. 'Krijgen zul je bedoelen.' Of ik wist

wat er allemaal mis was gegaan deze vakantie. De lijkenlucht, de rotzooi, de herrie, het slechte eten, ondrinkbaar water, enzovoort. Hij schonk verdomme zijn vakantiedagen en dan wilde hij daar wel wat voor terugzien. En om het verwijt dat hij had moeten helpen bij de ramp moest hij lachen. Hij werkte zich het hele jaar het schompes en kwam hier om even lekker te liggen. Volgende week wapperden zijn handjes weer. En hij las allerlei dingen over die mensen hier, maar geen woord over de verpeste vakanties van de Nederlanders. Hij ging claimen bij 555. Toen opeens zag hij Remkes lopen.

'Is dat niet die LPF'er?' onderbrak hij zijn monoloog. 'Zie je wel. Die snapt ons tenminste. Die komt hier naar het strand om ons een hart onder de riem te steken. Die weet wat de kleine man doormaakt. Zie je nou wel dat er een god bestaat. Wat tof van die gast! Weet je: Het leven is wél leuk!'

Der Untergang

Een vriend van mij had onlangs een verjaarsfeest met een thema. Geen kinderfeest, maar heuse intellectuelen onder elkaar. De gastheer en zijn vrouw waren waarschijnlijk op voorhand al bang dat het partijtje net als andere jaren een stomvervelende bijeenkomst zou worden en hadden daarom maar een gezamenlijk gespreksonderwerp bedacht. Wat het thema was? *Hoe word ik gelukkig.* Je moest er een verhaaltje over houden. Mijn vriend vroeg mij om advies. Ik raadde hem aan om als het feest al bezig was af te bellen met als antwoord op de themavraag dat je zielsgelukkig wordt door niet naar dit soort feestjes te gaan. Maar hij vertelde mij dat hij dat niet kon maken. Het feest speelde zich af bij zijn Zeeuwse schoonfamilie en de verhoudingen waren toch al redelijk gekarteld. Daarbij moesten ze ook nog samen een deel van de kerstdagen door, dus...

Het klonk allemaal bodemloos treurig en getrouwd. Themafeestjes. Wat een hel. Wat ben ik blij dat ik elke avond in een theater sta te kakelen en nooit naar dit soort treurige bijeenkomsten hoef.

Nog erger zijn de verkleedpartijtjes. Kakkers hebben er nogal eens last van. Dan wordt hij veertig en is het thema *sixties.* Of alle vrouwen moeten als Pippi Langkous. Dat is lachen! De hele hockeyclub in *Caribbean Style* bezorgt mij ongeneeslijke psoriasis en dan ook nog in zijn hevigste sneeuwstormvariant.

Ondertussen begrijp ik dat Michael Jackson vooral van ongekostumeerde slaapfeestjes hield, maar dit terzijde.

De Britse prins Harry had afgelopen week ook een gekostumeerd bal en dacht: ik doe een tropenkostuum in generaal-Rommelstijl aan. Met alles erop en eraan. Wehrmacht-embleem en hakenkruis. Als onvervalste nazi dus. Waarom als nazi? Wat is de humor? Wat is de link?

Maar dan komt een veel interessantere vraag: waar haal je zo'n uniform en rode armband met hakenkruis vandaan? Als we op de foto nou een door hem zelf met viltstiften in elkaar geflanst armbandje zagen, maar het is een echte, met een vetgedrukt hakenkruis. Die moet in die familie toch ergens in een la gelegen hebben?

Als je op de paleiszolders van onze koninklijke familie gaat zoeken, vind je in oude verkleedkisten ook nog wel wat vrolijke nazi-franje, maar dat is logisch. De Oranjes zijn eigenlijk volledig Duits en dan kan je er niks aan doen. Maar Harry doet het uit balorigheid. Ik wilde in mijn jeugd ook wel eens shockeren, maar deed dat toch nooit als nazi.

Toch schijnt dit soort enge balorigheid met studenten te maken te hebben. Het is nog niet zo heel lang geleden dat op een Leids corpsballenfeestje bij Pro Patria het Horst Wessellied ten gehore werd gebracht. Het gerenommeerde VVD-Kamerlid Hans van Baalen moet nog steeds vijf keer per week uitleggen dat hij daar niet bij was. Hij is overigens de enige die zichzelf daar niet gezien heeft. Was net die brief aan Glimmerveen aan het vernietigen! Kijk naar de gemiddelde ontgroening en je ziet de studentenlol in het kleineren en het vernederen.

Er zijn inmiddels heel wat foto's van koninklijke types

met een bruin tintje. Bernhard was door zijn broer opgegeven bij de Reiter SS en Claus was met tegenzin lid van de Hitlerjugend. Maar zij trokken die uniformen tenminste nog uit! Harry trekt het aan! Omdat het feest is!

Steeds vaker vraag ik me af: wordt het geen tijd voor een Europese koninklijke Untergang? Dat we al die lintenknippende nitwitfamilies eruit flikkeren? Te beginnen met de Oranjes. De papa van Máxima, de maffia van Mabel, Edwin the loser, pedoprins Bernhard met zijn kind bij een kind en wat wordt het volgende klusje? Moeten wij dit onderhouden?

De foto van nazi-Harry hangt bij ons thuis op het humorprikbord. Duitse humor bestaat niet, maar dit is Britse humor! En als mijn dochter vraagt waarom zij steeds naar die vreselijke foto moet kijken, wijs ik haar op de voornaamheid van die mensen. En dan roep ik met mijn rechterarm in de lucht en de hakken strak tegen elkaar: 'Hun leven is wél leuk!'

Dronken droom

Heel Nederland sjouwt met een Schipholpas langs duizenden douanes, terwijl een Amerikaanse president in de aankomsthal op een groot scherm God dankt en aan zijn volk uitlegt waarom hij zijn generaals toen opdracht heeft gegeven om naakte Irakezen op elkaar te laten stapelen. Er wordt een foto van deze vernedering getoond, maar ik vergis me: het is een foto van een nudistenbijeenkomst. Zeven naaktlopers liggen op een blote Paul de Leeuw die seks heeft met Nina Brink in de bruidegomssuite van het Amstel Hotel. Jort Kelder maakt röntgenfoto's voor het prachtblad *Quote.* Paul is vastgebonden met sjaaltjes van het merk Hermès. Omdat hij als homo anders niet wil? Nina schijnt al haar sekspartners vast te binden. Niemand wil namelijk. Ik hoor Nina's haarlak kraken. *Met Nina onder de* WOL vind ik een te gemakkelijke woordspeling en die verkoop ik aan een andere cabaretier, die besloten heeft om in vijfenvijftig dagen vijfenvijftig verschillende voorstellingen op televisie te gaan spelen omdat hij vijfenvijftig wordt. 's Morgens schrijft hij, 's middags leest hij voor en 's avonds stamelt hij de voorstelling vanaf zijn laptop live op televisie.

'Wacht maar als ik tachtig word,' galmt hij me toe.

Mijn vrouw zegt dat ik niet te lang naar een naakte De Leeuw moet kijken. Ze is bang dat ik de verleiding niet kan weerstaan en spontaan nicht word. Ik bel mijn broer of hij een nieuwe betonnen vloer in zijn huis wil. Ik doe hem die vloer cadeau. Hij krijgt dan wel het lijk van mijn vrouw erbij. Mijn broer stemt toe mits hij dan de stille tocht voor haar mag organiseren. Hij denkt aan een optocht van achteruitrijdende auto's waaruit de carnavalshit *Ali, hou jij me tassie effe vast* klinkt. Ik bel mijn huisarts, maar die is protesteren. Ik wil mijn vrouw op legale wijze ombrengen. Gewoon verkeerd medicijngebruik.

Op giro 555 is inmiddels negenhonderd miljard gestort en het schijnt dat Sumatra, Sri Lanka en de Thaise kust worden omgebouwd tot villawijken. Het hele tsunamigebied wordt één groot Wassenaar. Vanessa begint er een tietenbijvulkliniek, de hele bevolking rijdt in een jeep en het grootste probleem over vijf jaar is dat de Aziaten te vet zijn. Te vet en te depressief. De psychotherapie komt in het ziekenfondspakket. In Atjeh is het een luxe om een huisje in de Noordoostpolder te hebben en je af en toe te laten masseren door twaalfjarige Emmeloordse meisjes. De grootste angst is dat in Azië de verveling toeslaat en dat de jeugd uit baldadigheid stoeptegels van viaducten gaat gooien. Onderhand vertellen mijn kinderen wanhopig dat er een quizverbod bij de publieke omroep komt.

'Alle quizzen gaan naar de commerciëlen en Frits Wester gaat ze allemaal presenteren,' vertelt mijn nog steeds levende vrouw, die eraan toevoegt dat Frits van dat idee een chronische stijve krijgt. Alle antwoorden al weten. Hij wordt gek bij het idee. Peter R. de Vries vraagt aan mij waarom mijn vrouw nog leeft. Hij heeft over twee weken uitzending en vraagt of ik weet hoe lang beton minimaal moet drogen. Dit was een vraag uit de IQ-test, waar dit jaar een roedel Onbekende Nederlanders aan meedeed. BN'ers die zelfs het antwoord op de vraag *Hoe heet je?* nog fout hadden.

'Ik heet De Vlieger en ik zit aan de grond,' zegt een man die door de maffia onder schot wordt gehouden. Peter R. de Vries maakt aantekeningen en zegt dat zijn volgende uitzending al vol zit, dus of ze even kunnen wachten. Derk Sauer vraagt aan De Vlieger of hij een briefje van honderd miljoen kan wisselen. Ik sta met hem in Hoorn in het Westfries Museum naar een ingelijste alarminstallatie te kijken en Louis van Gaal vraagt hoeveel rondjes een cirkel heeft. Nina Brink roept naar Louis dat *bed* op AZ rijmt en Driek van Wissen is blij dat Louis weer werk heeft. Hij was doodsbang dat de succestrainer anders *Dichter des Vaderlands* geworden was. Ali B vraagt of hij in de column mag, anders staat hij een dag niet in de krant.

Ik schrik wakker, kijk verbaasd om me heen, zie mijn vertrouwde slaapkamer en stamel zacht: 'Het leven is wél leuk!'

Rijbewijs

Al een tijd verschijnt *Het Parool* op kabouterformaat en als je zo klein bent dan kan je minder nieuws kwijt op je voorpagina. Dus lees je op de cover alleen de echt grote zaken. Afgelopen donderdag stond voor op die krant dat de cabaretier Youp van 't Hek zijn rijbewijs was afgepakt. De midlifekomiek had anderhalf jaar geleden op een Zeeuwse provinciale weg gas gegeven, was geflitst en moet nu boeten. Hij wou gewoon zo snel mogelijk Zeeland uit. Wie wil dat niet? Maar is dat voorpaginanieuws? Voor het Amsterdamse dorpssufferdje *Het Parool* wel. De kwaliteitskrant NRC *Handelsblad* zou aan zo'n zaak geen letter besteden. Althans dat dacht ik. Maar niks hoor: pagina drie! U leest het goed: de kwaliteitskrant NRC *Handelsblad* had dit nieuwtje op pagina drie! Dat allerlei blondjes van RTL Boulevard en SBS Shownieuws zijn kantoor gingen bellen kan ik nog snappen. Zoals ik ook de man van *De Telegraaf* begreep. Hij leeft van dit soort gelul. Maar NRC *Handelsblad*. Misschien zegt het meer over de komiek en is hij werkelijk een vedette. Zijn snelheidsovertreding haalde zelfs NOS Teletekst. Kan je nagaan wat er gebeurt als de topcabaretier binnenkort al telefonerend met honderdeenenveertig en een slok op door de bebouwde kom raast... Dan verschijnen er extra edities en worden de televisieprogramma's onderbroken voor een extra Journaal.

Het gevolg van dit wereldnieuwsbericht in alle media was wel dat het kantoor van de cabaretier overuren mocht maken. Overbezette telefoonlijnen, dichtgeslibde e-mail, fans met bloemen aan de deur, een man faxte dat hij een stille tocht door Vlissingen wil organiseren, bij de bewuste flitspaal branden sinds het nieuws bekend is waxientjes en er liggen honderden knuffels met een brilletje in de berm. Verder zijn er al tachtig mensen die mij een chauffeur hebben aangeboden. Als laatste belde een stamelende stotteraar van het door mij altijd graag gelezen kappersblaadje *Nieuwe Revu* met de vraag of hij de eerste met dit aanbod was. De schat moest er een leuk stukje over schrijven. Zijn wanhoop droop uit de telefoonhoorn. En zijn moeder maar blij zijn dat hij werk heeft.

Verder belde de Groninger Commissaris van de Koningin Hans Alders met de vraag wat het schoof als hij de Nederlandse koning van de lach ging rondrijden. Hij had tijd zat en in elke stad waar de grappenmaker moet optreden heeft hij wel een of meer schnabbeltjes. Op die manier kan hij het mooi combineren. Zijn aanbod belandde op het stapeltje Ed Nijpels, Harry Borghouts en Boele Staal, die al eerder contact hadden opgenomen. Ook Erik de Vlieger belde of zijn chauffeur de lolbroek mocht rondrijden. Hoe die chauffeur heet? Erik de Vlieger.

De chauffeur van de paus meldde zich ook, maar krabbelde terug nu zijn baas weer aan de beterende hand is. Jammer. Een pauselijke Ferrari is toch een jongensdroom. De Duitse omkoopscheids Robert Hoyzer meldde zich ook en was blij dat hij werd afgewezen. Hij had met een vriend gewed dat hij de baan niet zou krijgen. Wie die vriend was? Dick Jol!

Verbaasd was de impresario van de topkomiek niet door

het aanbod van de ex-chauffeur van prins Bernhard, die gewoon werk zoekt. Wel dat hij een dienstauto van het Koninklijk Huis meeneemt. De AA 17. In hofkringen wordt deze AA-auto al jaren de Alicia-Alexia genoemd.

Is het leven te doen zonder rijbewijs? Jawel. Zeker nu de beeldschone studente B zich heeft gemeld. Een vonkende vrouw van drieëntwintig lentes. Onweerstaanbaar mooi en vrijgezel. Zij gaat hem rijden. Heel zacht. Heel rustig. Ze slakken de komende maanden door het land. De ritten kunnen hem niet lang genoeg duren. Zet de stoplichten maar op rood. Hou die spoorbomen maar dicht. Naast haar zittend in de file denkt hij maar één ding: als ik mijn rijbewijs terug heb, flits ik meteen weer langs dezelfde Zeeuwse paal. Alleen nog harder. Zo hard dat zijn rijbewijs voorgoed wordt ingenomen. Met deze chauffeuse wil hij levenslang en hij kan op dit moment alleen maar fluisteren: 'Het leven is wél leuk!'

Honnetampon

Dus je wipt al een jaar of vierendertig met je maîtresse, een tijdje uitsluitend in je dromen, daarna in een heus hemelbed dat een beetje stiekem is weggestopt in een kasteelvleugel, je bent inmiddels zevenenvijftig en je moet met je bijna tachtigjarige moeder gaan babbelen of je je mag verloven...

Ben je dan een sukkel? Ja, dan ben je een enorme sukkel. Verder is Charles een gewone jongen. In een geile bui vertrouwde hij Camilla ooit telefonisch toe dat hij in een volgend leven graag als haar tampon wilde terugkeren. Zij werd door zijn echtgenote Diana, een *rottweiler met de kop van een merrie en het lijf van een dekhengst* genoemd. Gister zag ik de heks door het beeld schuifelen en ik weet niet of de prins nog steeds dezelfde reïncarnatiedromen heeft. Mij lijkt het een benauwd en vooral muf baantje.

Tijdens de tamponfantasieën van Charles liet zijn vrouw zich bespringen door een hitsige butler. Precies zoals het hoort in sprookjes. Of het nieuw is? Nee hoor. De betovergrootmoeder van Camilla liet zich al vlijtig vingeren door de betovergrootvader van Charles. Gewoon hele doodnormale ordinaire burgers. Het gaat net als bij ons.

Ons koningshuis bestaat bij de gratie van bronstige Bernhard. Door hem kachelen er nu toch een stelletje rare types over deze aardbol. Neem alleen maar Margarita, die samen met haar ex voor de rechter moet verschijnen in verband met een omgangsregeling voor de hond. De wat? De hond! Over de goudvissen, de cavia en de wandelende tak zijn ze het eens, maar de hond is een struikelblok. Hij wil het beest in de weekends en zij vindt het emotioneel gezien beter als de hond bij haar blijft.

Vraag is natuurlijk: wat wil de hond? En er is er maar een die dat aan het arme beest kan vragen en dat is de moeder c.q. schoonmoeder van het ooit zo gelukkige stel. Prinses Irene dus. Die gaat met de hond in therapie, vraagt een adviesje aan de oude wijze eik in de achtertuin, benoemt een dolfijnenjury en komt binnen drie maanden met een bindende uitspraak.

Ongetwijfeld komt deze week hondenkenner Martin Gaus in een aantal praatprogramma's uitleggen wat zo'n echtscheiding emotioneel betekent voor het arme beest. Naar wie moet hij luisteren? Mag hij van Edwin wel bedelen en van Margarita niet? Geeft Margarita hem uitsluitend vegetarisch voedsel en krijgt hij van De Roy van Zuydewijn lekkere Nederlandse dioxinebrokken vol bedorven pens, milt en pancreas? Dat verwart de viervoeter.

Gaat de rechter oordelen in het belang van de in onmin levende prinses en haar nepbaron of kijkt hij uitsluitend naar de hond? Het is een Franse buitenhond, een echt campagnebeestje. Moet hij op die etage in De Pijp van ons onfortuinlijke prinsesje? Maar dat Franse kasteeltje duurt ook niet lang meer. Edwin is dusdanig failliet dat er gevreesd wordt voor een daklozenbestaan. Een koninklijke zwerfhond dus.

Misschien geeft Edwin de neefjes van zijn ex weer de schuld. Dat zij Paco nooit serieus hebben genomen. Dat hij openlijk vernederd is omdat hij nooit aan de hondjes van

Trix mocht snuffelen. En dat hij nooit zonder riem door de paleistuinen mocht raggen. Lekker los met de labradors en retrievers van de rest van de familie. Het schijnt dat Paco een keer een poging heeft gedaan om het jonge hondje van Christina te bespringen. Alleen Bernhard moest daar hartelijk om lachen. Hij moedigde Paco zelfs aan en adviseerde het beestje dat niet in de tuin te doen, maar er een ranzig steegje voor te zoeken.

Donderdag is de rechtszitting en ik vrees dat ik heel vroeg op de publieke tribune zal zitten. Ik wil geen lettergreep missen van deze zaak. En ik neem mijn woorden terug dat ik van de Oranjes en de Windsors af wil. Ze moeten blijven. Ze geuren en kleuren mijn leven. Vaak ben ik diep depressief, maar als ik over deze huwelijken en scheidingen lees, dan kan ik niet anders dan heel hard schreeuwen: 'Het leven is wél leuk!'

Uit elkaar

Hun huwelijk sloeg al jaren zowel geestelijk als lichamelijk nergens meer op. Door de week verscholen ze zich in de loopgraven die werk en kinderen heten en in het weekend dronken ze zich op de hockeyclub door de anders veel te stroperige dagen. Dat deden ze met lotgenoten. Veel schrale huwelijksmoppen met een vleugje vitriool.

In de herfstvakantie van 2003 ging het mis. Het huisje dat ze gehuurd hadden was te klein. Zeker in combinatie met het slechte weer. Ze kwamen elkaar echt tegen en ze kwamen er in een schreeuwend en snikkend huilbuigesprek achter dat de liefde al jaren op was. Ze moesten uit elkaar.

Het moest verteld worden aan de twee kinderen, de wederzijdse ouders en de uitgebreide vriendenkring. Hun oudste dochter zat echter vlak voor haar schoolonderzoek. Het leek hun niet handig om het haar nu te vertellen. De week daarna ging hun zoon met zijn klas op werkweek naar Berlijn en zijn moeder wilde niet dat hij zo ver van huis verdrietig was. Hij zat toch al op het randje van de heimwee. Er werd besloten om het een maandje op te schorten.

In die maand volgden nog een aantal nachtelijke wanhoopssessies en als er niet zo veel bij gedronken was, hadden ze elkaar misschien wel begrepen. Nu eindigde het telkens in een oceaan van zoute tranen en een sissend schreeuwen om de kinderen niet wakker te maken. Het werd alleen maar nog duidelijker: ze moesten uit elkaar.

Op 5 december vierden ze al jaren sinterklaas met haar zus en haar gezin en dat wilden ze niet afzeggen. Hij stelde voor om als surprise een vrolijk penthouse te maken met daarbij een gedicht waarin alles duidelijk werd. Papa ging verhuizen. Hij deed dat niet. Het werd een standaard sinterklaasavond en iedereen vond na afloop dat ze elkaar flink de waarheid hadden verteld.

Half december waren haar ouders vijfenveertig jaar getrouwd en gingen ze met de hele familie een lang weekend naar een hotel op de Veluwe. Het leek hun beter om in dat feestelijke eten geen roet te gooien. Dat hadden de bejaarde ouders niet verdiend.

Daarna kwam de kerst, die ze al jaren in het huisje van vrienden vierden en dat was toch een traditie die ze niet wilden verpesten. De kinderen verheugden zich er uitbundig op. In het nieuwe jaar zouden ze...

Vlak voor het weekend dat ze het zouden vertellen kwam het bericht dat haar vader een kleine operatie moest ondergaan. Een niet te vergruizen niersteen. Paar dagen ziekenhuis, moeder alleen en in de war, niet het moment om... en voor ze het wisten was het krokusvakantie. In die week gingen ze al jaren met zeven gezinnen skiën in Chamonix.

Het eindexamen van hun dochter kwam nu wel erg dichtbij en de schat kon een scheiding van haar ouders er absoluut niet bij hebben. Dus werd het juni.

Hun beste vrienden belden over de zomervakantie. Of ze weer dat huis in Toscane zouden huren. Het was vorig jaar zo gezellig geweest. Ze wisten dat hun vriendenkring onraad zou ruiken als, dus...

In september kreeg zijn moeder een klein herseninfarct

en vond zijn broer het nodig om te melden dat hij van zijn vrouw af ging. Hij had al jaren een vriendin.

Ze vonden het moment van de onheilstijding tegenover de zieke ouders redelijk asociaal. Hun schoonzus was ernstig over haar toeren en ze besloten haar een weekje mee te nemen naar een huisje. Ze kozen voor de herfstvakantie. En ze kozen voor het vakantiepark waar hun eigen huwelijk het jaar ervoor gestrand was. Dat was het enige park waar nog plek was.

Lange gesprekken over de losbandige broer volgden. Hij was een onverantwoordelijke losbol, een egoïst, een schoft, een beest, een hufter. Meneer deed maar en dacht zeker dat hij alleen op de wereld was.

En dezelfde broer kraste op dat moment in de toiletdeur van zijn oude studentenkroeg de onware woorden van zijn favoriete columnist. En alle mannen lazen: Het leven is wél leuk!

Darkroom

Wie legt mij nou toch uit hoe het zit in het leven? Ik lees al een aantal dagen over *bareback*-feesten. Dat zijn partijtjes waarop condoomloze homo's elkaar stevig uitwonen. Alles mag en als dat soort homo's zegt alles, dan bedoelen ze ook alles. Van je hiv-hiv-hiv-hoera en daar gaan we nog een keer. Begreep inmiddels uit een krant dat het in Amerika zelfs in is om je expres te laten besmetten. Fijne feestjes. Dus eerst de darkroom in en dan na een halfjaar een testje. En als de uitslag positief is? Dan vrees ik dat degene die besmet is weer een feestje geeft om het vrolijke virus verder uit te venten.

In de Tweede Kamer is er nu gediscussieerd over de vraag of de feesten verboden moeten worden. Volgens D66 moet je dat niet doen, want dan gaan ze de illegaliteit in. Volgens mevrouw Vos van GroenLinks moet er voldoende licht in de darkroom komen, zodat je kan zien met wie je het doet, en hoe! Vooral die laatste toevoeging 'en hoe' vind ik wel grappig. Dat je enigszins weet waar je op de ander zijn lichaam bezig bent.

'Je ruft uit je bek!'

'Dat is mijn reet meneer en wilt u hem uit mijn oor halen!'

Zelf ben ik redelijk heteroseksueel en ik lees dan ook altijd met verbazing over de darkrooms. Ik begrijp dat je in een donker hol verdwijnt en dan op de tast gaat brailleneuken. Dus je weet niet of je het met een gesyfiliseerde treknicht doet of met een puistenkop met gonorroe. Het lijkt me op het eerste gezicht niet aantrekkelijk. Ik heb na het lezen van de verslagen dan ook besloten om voorlopig hetero te blijven. Lekker veilig. Bij het afscheidnemen pak ik af en toe een vreemde vrouw bij haar kont en trek haar tegen mijn rooms-katholieke kruis. Heerlijk.

Hoe zal het gaan bij de Dekhengst van Kralingen, zoals Lubbers in zijn Haagse jaren werd genoemd? Zal Ria blij zijn dat Ruud weer lekker thuis is? Of vindt ze al die publicaties over nachtelijk overwerk op hotelkamers toch niet echt leuk? Het is toch niet vrolijk om dat over je man te moeten lezen? Mag ik Ria troosten met de mededeling dat vijftig procent van de reizende zakenmannen in hotels dit soort voorstellen aan loslopende dames doet? De pogingen mislukken vaak. Hoewel? De wereld ontploft van de loslopende vrouwelijke singles die smachten naar een heus nachtje vrijblijvende vrolijkheid.

Maar de meeste zakenmannen zijn wat anoniemer dan de heer Lubbers en kunnen gewoon hun gang gaan. Voor hen komt in elk geval nooit het gênante moment waarop ze een verslaggever moeten vragen om even voor slachtoffer te spelen. Dat je wil laten zien hoe je haar bij de deur besprongen had. Dat was voor Ruud absoluut dodelijk.

Maar nu zit Ruud thuis. Hij leest de krant. En wat doet Ria? Ria gaat steeds weg in de hoop dat hij haar bij de voordeur ook weer even ouderwets bij d'r achterwerk grijpt. Sterker nog: ze gaat per dag wel tien keer de deur uit in de hoop dat hij haar zal vatten, maar Ruud snapt er niks van en leest rustig verder. Mijmerend over een darkroom voor oudere hetero's.

Ondertussen zit Ronald ook thuis. We hebben het over een opgeluchte Koeman, die een best wel talentvol Ajax niet meer aan de praat kreeg. Tegenover hem op de bank zit de Griek Charisteas, die gisteren door het bestuur bij hem is afgeleverd. Deze Griek komt toch niet verder dan de bank, dus dan maar op de canapé bij Ronald. Vanaf de eerste seconde dat hij het veld opkwam, zag elke supporter: dit is een mislukking in de categorie Kinkladze. Deze Griek kan helemaal niks. Niet schieten, niet lopen en niet koppen.

Ronald wacht thuis op een telefoontje van zijn zaakwaarnemer. Voor hem komt vast wel weer een club. Maar voor Ruud? Voor Ruud rinkelt er niks meer. Hooguit de huistelefoon. Ria die hem vanuit de echtelijke darkroom erotisch toehijgt: 'Het leven is wél leuk!'

Gebroken hart

Schoot schaamteloos vol toen het Journaal me vertelde dat hij dood was. De griep en de koorts zullen zeker geholpen hebben, maar mijn ogen prikten. Fel en gemeend.

Na de laatste Ajax-Feyenoord sprak ik hem in de parkeergarage van de Arena. Ik zei tegen mijn zoon dat hij deze hand zeker moest schudden. Meneer Michels maakte daar een relativerend grapje over. En hij kwam in januari naar Carré, vertelde hij, en of ik die avond wel een beetje extra mijn best wou doen.

Het was waar. Meneer Michels was een oude man geworden. Veel jongens hadden het al verteld. Na de dood van zijn vrouw had hij een stevige jas uitgedaan. Iets verontrustte mij die middag. Ik durfde het niet hardop uit te spreken, maar mijn gevoel fluisterde: het is klaar met meneer Michels. Hij vindt het wel goed zo.

Voor het eerst ontmoette ik hem bij het WK in 1990. De lift van Hotel Crowne Plaza, een chique tent in de schaduw van het Pantheon. Ik zei niks omdat ik weet wanneer ik nederig moet zwijgen. Hij was samen met zijn vrouw Wil. Hij brak het ijs met de woorden: 'Hé, *mister Buckler* is er ook!'

In de hal beneden praatten we nog even door over voetbal, Toon Hermans en het linkerbeen van Pavarotti, die in diezelfde lounge zat te puffen. Tijdens dat gesprek schudde een man hem vlug de hand. Toen hij weg was, vertelde hij wie het was. Een speler die hij ooit getraind had bij 1. FC Köln, die nogal onder de plak van zijn vrouw zat, waarop hij op Michelsiaanse wijze afrondde met: 'We noemden haar altijd Wil!' Mevrouw Michels lachte stralend.

Waarom was de voetbalcompetitie vroeger veel en veel leuker? Omdat alleen de kampioen mee mocht doen aan de Europacup. En waarom was de Europacup leuker? Omdat je er elke ronde uitgeknikkerd kon worden. Elke wedstrijd was daarom spannend. De Champions League is aangelengde commerciële rommel. Voetbal is een testbeeld geworden waar je verveeld langs zapt.

Daarom schoot ik ook vol. Omdat meneer Michels heeft bijgedragen aan heel veel gelukkige uren van mijn gemakkelijke jeugd. Vroeger duurde een Europacupwedstrijd ongeveer veertien dagen. Twee weken had je lichte verhoging en vrat je alles wat met de wedstrijd te maken had. Sportprogramma's, foto's, speldjes, sleutelhangers en elke lettergreep van een speler of trainer liet je zestien keer door je gehoorgang joggen. En zeker de duidelijk uitgesproken lettergrepen van de schaarse woorden van Rinus Michels.

Ik kan nog zoveel tevoorschijn toveren uit die tijd. De mistwedstrijd tegen Liverpool, 4-0 uit gewonnen van Nürnberg, de zinderende trilogie tegen Benfica met de ontknoping in Parijs, de afdroogfinale tegen AC Milan (drie keer Prati!), de uitoverwinning tegen Atlético Madrid en uiteindelijk de finale op Wembley tegen het Griekse Panathinaikos. Voor vijfenzeventig gulden (reis én kaartje!) was ik erbij.

Hij en Ernst Happel stonden aan de basis van het Nederlandse voetbal. Zij creëerden een nieuwe mentaliteit. Zij maakten kampioenen. Niemand van mijn generatie vergeet toch het WK '74? Wat een fantastisch kampioenschap. Genoeg over gezegd en gesproken.

In 1988 flikte hij het nog een keer. En toen helemaal goed. Europees kampioen. En hoe. Ik was er toen door privé-omstandigheden niet bij, maar woonde het hele EK in de televisie.

Na de dood van zijn vrouw was het met hem gedaan. Iedereen zei het, iedereen zag het en hij was de laatste die het ontkende. Hij vond er nog maar weinig aan. De laatste keer sprak ik hem na mijn voorstelling in Carré. Hij had een mooie avond gehad, verzekerde hij mij, en hij had hard gelachen. Maar met zijn tweeën is lachen leuker.

Paar weken later ging hij onder het mes. Een nieuwe hartklep. Maar dat was het natuurlijk niet. Het hart was gebroken. Meneer Michels bestond namelijk al jaren uit meneer en mevrouw Michels. Vandaar. De chirurg heeft het gezien. Hier was geen redden meer aan.

Ik denk aan een man die mij en met mij miljoenen zoveel prachturen heeft bezorgd, prachturen waarin ik niets anders kon denken dan: Het leven is wél leuk!

Broervansyndroom

Zelf had ik er nooit zo'n last van. Ik bedoel het broervansyndroom. Ik was jarenlang de broer van de watervlugge, eenhandige linksbuiten van het Nederlands hockeyteam. Ik was er zelfs wel trots op. Iedereen roemde zijn sportieve kwaliteiten. Daarbij is mijn broer Tommy een aardige man en ik vond het altijd leuk als iemand mij in een café of op een feestje confronteerde met de familierelatie. Het kan erger. Je zal de broer van de broer van Carlo Boszhard zijn. Of de zus van Edwin de Roy van Zuydewijn. Zo'n dubbele naam heeft wel weer het voordeel dat je bij het voorstellen de helft weg kunt laten. In barre tijden noem je jezelf gewoon De Roy of uitsluitend Van Zuydewijn. Ik zou in hun geval trouwens glashard *Jansen* zeggen. Hoorde laatst dat zelfs de hond Paco zijn naam officieel veranderd heeft.

Ik kom hierop door de rouwadvertentie van de broer van Rinus Michels. De hele blubber van een niet al te vrolijke familierelatie werd in een regel of wat naar buiten gekotst. Op het sterfbed hadden de oude mannen het gelukkig toch nog goed gemaakt. Als dit geen voer voor het rapaille van de roddelbladen is. Vandaag bij het definitieve afscheid van *De Generaal* staan alle telelenzen van de rioolratten ongetwijfeld gericht op de broer van de nieuwe bondscoach van Droomland.

De broer van Rinus Michels. Het lijkt mij een dagtaak. Meer dan veertig jaar lang moet je overal en nergens aan allerlei lulletjes lampenkatoen uitleggen dat je de broer bent van de man die zo beroemd was dat alleen al zijn stemgeluid de omzet van een ontbijtkoekenbakker kon verdubbelen. Dat is jouw broer. Niemand vraagt ooit wat je doet, wat je hobby's zijn, waar je woont en waar je op vakantie bent geweest. Nee, iedereen wil alles van je broer weten. Je moet altijd, maar dan ook altijd over je broer praten. Ik zou, als ik de broer van Rinus was, mijn broer zijn gaan haten.

Maar als ik de familie Michels was, had ik de broer beschermd tegen zijn bekentenissen in de rouwadvertentie. Ik had deze kleinburgerlijke ellende lekker binnenskamers gehouden. Dat soort familieleed gaat niemand toch wat aan? Hoewel? De spiegel zal ook troostend werken. In alle families is het hommeles en nu we weten dat het bij de familie Michels ook geen koek en ei was, gaat er ongetwijfeld een zucht van verlichting door de Nederlandse nieuwbouw.

Waarom zou je de ellende zelf melden? Afgelopen week liet een tragische miljonair uit de Betuwe vier sleepvliegtuigjes boven zijn huis cirkelen om zijn vrouw ervan te overtuigen dat hij nooit vreemd was gegaan. Hij had er een journalist en een fotograaf van een landelijk ochtendblad bij gehaald. Ik denk dat die vrouw nu onmiddellijk van die gek verlost wil worden. Tot nu toe had ze de huwelijkse ellende binnenshuis kunnen houden, maar nu weet het hele dorp het. Het hele dorp? Het halve land. Ook staat er nog in het artikel dat zij dacht dat hij vreemdging omdat ze een kartonnen koffiebekertje van McDonald's in zijn auto vond. Dat soort treurigheid. Daar hebben Annelies en Robert Wennekes uit Kerk-Avezaath het over. Ik zou als ik die Annelies was snel vluchten. Ze woont met een levensgevaarlijke gek.

Sleepvliegtuigjes zijn bekend speelgoed van simpele te rijke zielen. Zo verpestte ooit een gefortuneerde vader in het Gooi het huwelijk van zijn dochter door boven het stadhuis van Naarden twee vliegtuigjes met de tekst *Lieve Marja, ik mag er niet bij zijn, maar toch van harte – Papa* te laten cirkelen. Ik heb haar toen aangeraden om tijdens zijn sterfbed een vliegtuigje met de sleeptekst *Sterkte – Marja* boven het ziekenhuis te laten cirkelen. Maar dat durfde ze niet.

Kortom: hou de vuile was in de mand. En als je het moeilijk vindt om door het leven te moeten als de broer-van kan ik je aanraden om zelf beroemd te worden. Wereldberoemd in Nederland, herkend in Stadskanaal en Schin op Geul. Heerlijk. Nageroepen in Den Helder en Terneuzen. Op zo'n moment denk ik altijd blijer dan ooit: Het leven is wél leuk!

Uit Putten

Ben ver weg. Zit in Peking. Chinese tournee. Begonnen in Hongkong, vanavond hier en volgende week in Sjanghai. Vrolijk toertje. Het is weer eens wat anders dan Putten, waar de culturele raad de naam van je programma verandert omdat de titel voor de plaatselijke zwartkousen aanstootgevend zou kunnen zijn. Dit overkwam Claudia de Breij. Haar programma heet *Claudia zuigt* maar het plaatselijke dorpshuis had er *Claudia speelt* van gemaakt. Waarom? De gemiddelde gereformeerde denkt toch niks bij zuigen? Hooguit aan stof. Meer valt er toch ook niet te zuigen op de Veluwe?

Uiteindelijk is Claudia tijdens de voorstelling van het podium gestapt omdat een of andere *vidioot* haar met een camera zat op te nemen. Of ik dat ook gedaan zou hebben? Ik was er niet eens opgestapt. Als men op voorhand al aan de inhoud van mijn werk gaat zitten sleutelen, dan blijf ik die avond lekker thuis.

Dit soort dorpsrelletjes is lekker nieuws. Zeker als je het leest in een vliegtuig dat je met hoge snelheid lekker ver van je vaderland verwijdert.

Was ook wel toe aan wat afstand. Te veel radeloos gekakel gehoord de laatste tijd. Kauw nog steeds op het optreden van de paranoïde nepbaron Edwin bij de heren Barend en

Van Dorp. Ik mag die Margarita hartelijk feliciteren met het feit dat ze bij deze enge man weg is. Ik kijk wel erg uit naar zijn nieuwe politieke partij. Zeer benieuwd wat voor patiëntenvereniging dat gaat worden. Misschien wordt het net zoiets als Wilders. Want die is ook helemaal de weg kwijt. In zijn beginselprogramma worden ministeries opgeheven, de ontwikkelingshulp stopgezet, de helft van de ambtenaren ontslagen.

Aandoenlijk programmaatje, Geert. Je hebt me in het vliegtuig heerlijk laten grinniken. De rechtse Mozart van de lage landen. Vroeg me alleen af of je, als je de islamitische scholen gaat verbieden, ook de School met den Bijbel in Putten gaat sluiten.

Ik vind zo langzamerhand alles best. Als je dat haar maar zo houdt. Normaal vind ik alle geverfde mannen enorme tutmutsen, maar jij moet dat tragische bleekwaterkapsel zo houden. Het is zo grappig om zo'n geparfumeerde nicht in het parlement te hebben. Ik raad je aan om prins Edwin de Roy van Zuydewijn als tweede man aan te stellen. Verder kan je Ratelband nog vragen en dan heb je volgens mij een uiterst vrolijk cocktailtrio. En mocht je nog een vierde man nodig hebben, dan stel ik Bart Chabot voor. Lijken me heerlijke vergaderingen. Waar jullie het over hebben doet er niet toe, maar kakel lekker door elkaar heen. Roep maar wat. Dat er een ministerie voor worstenbroodjes moet komen of een hulpfonds voor verkeerd gespoten botoxteefjes. Maakt niet uit. Roep maar wat. Als je maar in die Kamer blijft.

Ondertussen sjouwde ik een dag of wat door Hongkong. De stad is benauwd, druk, erg leuk en er wonen in een bepaalde wijk 160.000 mensen op een vierkante kilometer. Hoe ze dat doen weet ik niet, maar ze doen het. En tussen die miljoenen Chinezen lopen natuurlijk ook veel rare types als Wilders en Edwin. Maar hier versta ik ze niet. Zij mij ook niet en dat is maar goed ook. Ik zou hier met mijn conferences niet ver komen. Want China is natuurlijk één groot angstig Putten. Wilders en prins Edwin kwamen hier ook niet ver. Daarom kan ik wel met een glimlach deze kant op vliegen, maar ik vlieg volgende week toch met een grotere grijns terug. Terug naar het landje waar nog steeds iedereen alles mag roepen. Hoewel? Op het moment dat ik dit schrijf, besef ik dat dezelfde Geert Wilders nog steeds ondergedoken zit. Net als Ayaan. En Pim en Theo zijn al dood. Vermoord.

Ik schrijf deze regels hemelsbreed een kilometer van het Plein van de Hemelse Vrede. Er zijn tienduizend executies per jaar in China. Ik kijk naar buiten, de avond valt over een vredig ogend Peking. Opeens vraag ik me af of dat schroefje een microfoon is en ik weet al lang dat ik glashard lieg als ik hier schrijf: Het leven is wél leuk!

Zondevoeding

Hier in Sjanghai probeer ik mijn vaderland te vergeten, maar dat is niet gemakkelijk. Ik loop over een straatarm marktje, ruik de verschrikkelijke stank van een doerian en moet onmiddellijk aan het benauwde Nederlandse literaire wereldje denken. Leon de Winter loopt door mijn hoofd. Hij kreeg onlangs ruzie met een paar verlate pubers, die de *Gouden Doerian* voor het slechtste Nederlandse boek wilden uitreiken. Zijn vrouw Jessica Durlacher stond met haar meesterwerk *Emoticon* op de longlist. In plaats van dat hij erom kon lachen of deed of hij het niet eens gelezen had, klom hij in de hoogste klapperboom en begon te foeteren. Of hij Goebbels erbij haalde? Maakt u zich geen zorgen. Goebbels werd erbij gehaald.

Toen vond ik het allemaal te kinderachtig voor woorden, maar nu ik zo ver van huis door die specifieke Aziatische doeriangeur aan het relletje moet denken, krijg ik opeens de pest in. De doerian herinnert me aan Hollandse spruitjes.

Prins Bernhard schoot ook nog even door mijn hoofd. In Peking belandde ik diep in de nacht in een hele treurige hoerenkit vol blinde snollen. Als je in mijn oor gaat lispelen dat ik een *nice body* heb, dan ben je toch wel toe aan een roodwitte stok en een kwispelende geleidehond. In die tent zaten treurige Europeanen van midden vijftig met meisjes van een jaar of negentien te zwijgen. Taalprobleem. Dus dan wordt het een beetje tragisch braillegewriemel in de erogene zones. Een Nederlander zei dat hij misselijk werd van het leeftijdsverschil en ik legde uit dat de man die ons zeer gewaardeerde koningshuis overeind heeft gehouden, hem op die leeftijd ook in zo'n jong ding frommelde. Een paar dagen later zag ik in het Journaal dat er in Wageningen een bevrijdingsmonument komt dat sterk doet denken aan een erectie. En het monument was ook een ode aan onze prins zaliger. Ik ga, gezien de tijd van het jaar, nog steeds uit van een aprilgrap. Ik zou, als je toch met humor bezig bent, in de zijkant heel groot het bankrekeningnummer van Victor Baarn beitelen.

Het Journaal in Sjanghai? Geen enkel probleem. Je plugt je laptop in de muur van je hotelkamer, gaat naar een bepaalde site en als je wilt, krijg je zelfs Linda de Mol met *Loveletters* op je scherm. Dat moet je wel willen. Als verdrietige Amsterdammer had ik de vier doelpunten van PSV in de Arena maar even niet aangeklikt. Had van mijn zoon begrepen hoe vernederend het allemaal was. Zinloos, want op mijn vlucht tussen Peking en Sjanghai werden de Brabantse doelpunten in het vliegtuig van Dragon Air alle vier groot vertoond.

Ver van huis loskomen van je vaderland is moeilijk. In Sjanghai zag ik de eerste dag een Nederlander in de lift van het hotel, 's avonds ontmoette ik hem in een kroeg waar Nederlanders mij mee naar toe hadden genomen en de avond daarna kwam ik hem weer tegen in een ander café. Elkaar in twee dagen drie keer tegenkomen in een stad van twintig miljoen mensen, vind ik veel. Maar Nederlanders klonteren net als de andere buitenlanders graag samen.

In de kroeg die de Nederlanders in Peking tot hun clubhuis hebben omgedoopt, wordt tijdens de borrel een bitterballetje geserveerd. Heimweevoedsel. Het eten in China is fantastisch. Maar niet voor iedereen. Een Nederlandse expat in Peking vertelde mij dat hij elk halfjaar een doosje Nederlandse frikadellen het land insmokkelt. Zijn vrouw vriest ze in en elke zondagavond zit de Brabantse familie te smikkelen van een *open ruggetje*, zoals ze het frikadelletje ketchup noemen. Een andere landgenoot neemt altijd Nederlandse sambal mee omdat die Chinezen dat volgens hem niet kunnen maken. Zondevoeding.

Vanavond land ik zacht op Schiphol en mompel ik nog een keer het Chinese tourneerijtje Hongkong-Peking-Sjanghai en dat klinkt anders dan Deventer-Delfzijl-Dordrecht. Duizenden beelden, geluiden en geuren vullen mijn kokende hoofd. Rinkelfietsen, toeterauto's, wolkenkrabbers, sloppenwijken en knipperreclames. Hoeren, travo's, gokkers en massage-Chinezen. Het was veel, heel veel, en meer dan regelmatig dacht ik de afgelopen twee weken: Het leven is wél leuk!

Probleemrijk

Verbaasd was ik wel over het feit dat John de Mol mij had uitgenodigd om met hem te brainstormen over zijn nieuwe familiezender. Vooral omdat ik de mediamiljardair in dit krantenhoekje nogal eens voor rotte vis heb uitgemaakt. Ik vroeg hem waarom hij juist mijn mening wilde horen. Zijn antwoord was simpel: 'Tegenstand vonkt en houdt wakker'.

Of ik een naam voor zijn zender wist? *Kliekjes-tv*! Waarom? Omdat ik bij dat Talpa-gedoe zo'n gevoel van opgewarmde hapjes heb. Voetbal en dan geen Chelsea–AC Milan, maar Roda JC-RKC. Verder de uitgekeuvelde Barend & Van Dorp, zijn zus en nationale troeteltrut Linda, een Albertloze Beau en het muffe afgekloven Big Brother. Geen zender dat je denkt: ik stel mijn emigratie een jaartje uit.

Of ik ideeën had? Persoonlijk dacht ik aan *Probleemwijk* en dan niet Brabantse Bronx vol getatoeëerde analfabeten, die stoned van hun eigen wietplantages elkaars ruiten inkinkelen, maar de Blaricumse variant. Dan zie je Antony Burgmans van Unilever, goed voor twee miljoen euro per jaar, die door de chauffeur van de Kleisterleetjes van Philips vierkant wordt uitgelachen omdat hij regelmatig zijn eigen zwembad staat te zuigen. Of je toont aan dat Moberg volgens de woensdag gepubliceerde jaarcijfers keurig de karige 3,5 miljoen euro vangt, maar dat er in een geheim laatje in het Ahold-hoofdkantoor een ander jaarverslag ligt waarin hij via de Zaanse boekhoudmethode de ooit beloofde tien miljoen alsnog vangt. Of dat je de baas van Nuon (800.000 euri!) zes dagen op een monteur van zijn eigen bedrijf ziet wachten.

Verder lijkt het me leuk om in te breken in de PC van een BN'er, dus dat je de geile chatsessies tussen bijvoorbeeld Peter R. de Vries en een hitsig redactieblondje laat zien. Dat is niet leuk voor de vrouw en kinderen van De Vries, maar dan had papa maar niet zo opgewonden moeten MSN'en. Wij bepalen wat er moreel wel of niet in de computer van Peter hoort.

Maar het leukste lijkt me een reportage over de Sittardse nieuwbouwwijk Hof Kollenberg, waar benauwde Limbo's bang zijn dat hun huis in waarde daalt omdat er ook een paar lieverds met een verstandelijke handicap komen wonen. Dan zet je zo'n buurtmongool bij het hek van zo'n geglazuurd villaatje en die gaat dan vragen stellen aan een verveelmevrouw, die haar clubs in de auto laadt om met een paar geeuwvriendinnen te gaan golfen. En dan laat je die mevrouw aan die debiel de regels en de bedoeling van de golfsport uitleggen. Dat je een paar uur door de laatste restjes natuur struint om een balletje richting een gaatje te meppen. En dat dat ontspant. Die mevrouw moet dat zestien keer uitleggen. Niet omdat de Kollenberg-josti de regels niet begrijpt, maar omdat hij niet snapt dat dat ontspant. Volwassen vrouw probeert balletje in gaatje te krijgen en knapt daarvan op. Dan vergeet ze even alles! Het suffe seksloze huwelijk, het jonge willige kantoormokkeltje van haar verliefde man, haar domme Lonsdale-zoontje, het maandelijkse gevecht om de buren financieel bij te benen en meer van dat soort doorzonzorgen. En dan wil ik dat die debiel daar echt niks van begrijpt en de mevrouw zo vreemd vindt dat hij besluit om te verhuizen. Omdat hij bang is dat met dit soort buren zijn eigenwaarde daalt. De jongen legt haarscherp uit dat dat het ergste is wat er in je leven kan gebeuren. Het dalen van je eigenwaarde.

Doodstil keek John me aan en vroeg: 'Wat is de moraal? Wat willen we ermee zeggen?'

'Heel simpel,' antwoordde ik. 'Dat debielen niet golfen!'

'Verkocht,' zei John. 'Prachtidee! En die jongen wordt dan haar *caddy*, zodat het dan alsnog goed afloopt. Da's leuk voor de kijkcijfers. Zo'n blije debiel in een elektrisch wagentje softfocus gefilmd. En dan laten we die lieverd aan het eind van het programma met een Burberry-sponsorpetje op zijn hoofd in de camera kijken. En dan komt er een *voice-over*, het liefst de stem van mijn zus Linda en die zegt dan tot slot: 'Het leven is wél leuk!'

Duitse herder

De eerste Nederlandse agent die vijf keer raak schiet. Dat was mijn reactie toen ik over het gezinsdrama in Hilversum hoorde. 's Avonds kwam een deskundige vertellen dat het ook met het beroep van de hoofdagent te maken zou kunnen hebben. We moesten de werkdruk bij de politie niet onderschatten. Donder op met je softe deskundigengeneuzel, dacht ik. Het gezin is gewoon een achterhaalde samenlevingsvorm. Het aantal gezinsdrama's per jaar valt mij alleszins mee. Zelf heb ik ook regelmatig de neiging om bij mij thuis het hele zootje ritueel om te leggen. Vooral op regenachtige herfstvakantiemiddagen als de familie zich al een dag of vier in een benauwd vakantiehuisje horizontaal ligt te vervelen. Dan kan ik zeer begerig naar de Japanse messenset loeren. En dat heeft niks met de ondraaglijke werkdruk van de cabaretier en schnabbelcolumnist te maken. Zo'n elkaar de tent uit jennende familie is gewoon niet te doen. Het gezin is een geforceerde constructie. De meeste kinderen juichen zich op hun achttiende het huis uit en doen hun jaarlijkse best aan een verschrikkelijk kerstdiner. Tot de dood van de ouders houden de broers en zusters het vol. Daarna flikkeren de meeste families op natuurlijke wijze onlijmbaar aan scherven. Alleen jammer dat ze zelf ook weer een gezin gesticht hebben.

Alleen voor de christenen is het gezin nog de hoeksteen van de samenleving. En voor de rooms-katholieken kan die hoeksteen niet groot genoeg zijn. Condoomloos doorfokken is het devies van een club bejaarde vrijgezellen in Vaticaanstad. Het was daar deze week groot feest. De schaapjes hebben een nieuwe herder gekozen. Een *Duitse herder.*

Bij een Duitser van 78 ga ik onmiddellijk zitten rekenen. Hoe groot is de kans op een bruin verleden? In dit geval was die kans wel erg groot. In 1927 geboren en daarna getogen in Beieren? Dan kan hij er niks aan doen. Toch moet God hem niet. Iedereen kent het verhaal van Kaïn en Abel. Beiden brachten een offer aan God. Abel verbrandde zijn liefste kalfje en volgens de gelovigen accepteerde God de rook. Deze was wit en kringelde richting de hemel. Kaïn joeg de hens in zijn tuinafval. De rook was zwart en sloeg neer. Volgens de Bijbel moest God hem niet. Ik geloof niks van die onzin. Ik denk: die Abel was een dierenbeul en had wind mee. En die Kaïn was efficiënter en had wind tegen. Maar volgens de gelovigen is het een keuze van God geweest. Als dat zo is, dan moeten ze nu ook even goed nadenken. Onze kardinaal Simonis heeft verklaard dat nadat Benedictus XVI gekozen was de Sixtijnse Kapel blauw stond van de rook. De kardinalen kuchten de kalotjes van hun tonsuur. De rook wou niet wit worden, laat staan opstijgen. Dus dan zegt God volgens mij: 'Foute keus, oprotten met die Duitser!' Maar de kardinalen gaven de schuld aan de kachel. Zo is geloven wel heel erg gemakkelijk.

Fantastisch briefje van Trix. Even melden dat ze de paus helemaal geen charlatan vindt. *Hoe kan ik een niet gekozen staatshoofd van een klein kutlandje nou niet erkennen? Daarmee zou ik mezelf en mijn hele familie toch volkomen belachelijk maken,* had ze in eerste instantie geschreven, maar deze regels waren door de RVD geschrapt. Het meest moest ik lachen om het schilderijtje dat het volk aan de jubilerende vorstin gaat aanbieden. Een doekje van 800.000 dollar dat de ex van prinses Christina vlak na zijn scheiding heeft verkocht. Dan hoefden de Oranjes aan deze vrolijke Cubaan geen alimentatie te betalen. En nu mag het volk hetzelfde doekje terugkopen en weer aan de Koninklijke Familie schenken. Dus wij onderhouden met zijn allen de bijstandsvader Jorge Guillermo!

Maar ik hou van Trix. Zeker als ze deze week de 26.000 asielzoekers met een generaal pardon beloont onder het motto: jullie wonen hier langer dan onze Máxima, dus waarom niet...

En als iemand aan haar vraagt waarom ze zo'n royaal gebaar gemaakt heeft, zal ze zachtjes zeggen: 'Mazzeltje in de schilderijenhandel en daarom voel ik lente. Heel soms denk ik heel stiekem: Het leven is wél leuk!'

Eindelijk thuis

Dit wordt mijn laatste column in deze krant. Per 1 mei stap ik definitief over naar *De Telegraaf.* In gedachten zie ik veel lezers nu enigszins raar kijken. Youp naar *De Telegraaf*? Maar dat vond hij toch altijd een heel sneu rechts schreeuwkrantje voor ultradomme mensen? Dat vond ik ja. Met nadruk op vond. Inmiddels heb ik bij *De Telegraaf* een aantal aardige mensen leren kennen van wie ik alles mag schrijven. Dat heeft de hoofdredactie mij gegarandeerd. Ook over de karpatenkoppige lezers van die krant. En ik mag er meer doen. Puzzelrubriekje, operetterecensies en een vrolijk kookhoekje. Dat mocht ik bij deze krant allemaal niet. Eergisteren heb ik mijn overstap aan de hoofdredactie van NRC *Handelsblad* bekendgemaakt. Ze kwamen nog wel met een burgerlijk verweer dat ik vorig jaar een contract had getekend voor 400.000 euro per jaar! Wat een ouderwets moralistisch gelul. Dat was vorig jaar en ik kreeg van het wakkere ochtendblad een artistiek niet te weigeren aanbod. Plus een puzzelrubriek, operetterecensies en het kookhoekje. Ik geef toe dat ze inderdaad meer dan vier ton boden, maar meer geld is niet de reden van mijn vertrek. Ik ga weg omdat ik mij bij *De Telegraaf* creatief gezien beter kan ontplooien. Die kans heb ik de afgelopen twintig jaar bij NRC nooit gekregen. En voor de goede orde: ik blijf socialist.

Maandagavond zal ik bij Barend & Van Dorp mijn opmerkelijke stap toelichten en dan zal ik ook meteen bekendmaken dat mijn oudejaarsconference 2005 door John de Mol op *Talpa* wordt uitgezonden. Waarom ik het bij Frits & Henk vertel? Omdat zij mij geen lastige vragen zullen stellen over John. Zij zullen niet zeggen dat John de koning van de wansmaak is en vooral randdebielen-tv à la Big Brother produceert. Zij horen zelf bij zijn stal. En als zij vragen waarom ik vorige week op alle podia nog riep dat ik een godsnakende hekel had aan deze pulptelevisieproducent dan zal ik uitleggen dat dat cabaret is. Dat is mijn werk. Dat moet je los zien.

Gisteravond had ik een heerlijke commerciële welkomstborrel bij mij thuis. De fijnbesnaarde Wilma Nanninga van *Privé* heb ik uitgelegd dat ik het nooit meende als ik haar een dom lijkenpikkend gansje noemde. Het spijt me zelfs. De rest leest u maandag in een openhartig interview. Aan John de Mol, die lang bleef hangen, heb ik verteld dat hij al mijn kritiek aan zijn adres niet al te serieus moet nemen. Ik ben eigenlijk een grote bewonderaar van de kijkcijfermiljardair en ik heb hem ook verteld dat ik zo blij en trots ben dat ik nu bij de club hoor. Verder kwamen Froger, Joling en Gordon een biertje drinken. Zij hebben meteen wat opnamen voor hun *reality soap* gemaakt. Ik vind die jongens al zo lang zo goed en was er zo trots op dat ze bij mij thuis wilden filmen. Ze zijn namelijk best kritisch. Het is iets wat ik in het najaar ook ga doen. In 17 delen kunt u het wel en wee van de Van 't Hekjes zien. Verder heb ik gisteravond eindelijk kennis gemaakt met Carlo & Irene (leuke mensen, erg spontaan, zit zondag al in hun programma), Conny en Hans, Robert ten Brink (regelt een reclame voor mij en mijn kinderen - twee ton bruto!), Albert Verlinde (gaat ook weg bij dit linkse parochieblaadje), Beau (ving een miljoen netto voor die ondergoedcommercial en kijkt wat hij voor mij kan doen!) en een nog wat timide Spijkerman. Timide omdat hij nieuw is in dit gezelschap en nog een beetje van slag omdat Vara Keur het programma *Kopspijkers* heeft stopgezet.

'Het is regelrechte contractbreuk,' zei een nog nasnikkende Jack en als Jack ergens niet van houdt...

Maar maandag vertrekt hij met zijn voltallige spijkercabaret voor de opname van *Bobo's in the Bush* en dan heeft hij twee heerlijke weken om het allemaal te vergeten...

Zelden zag ik mijn vrouw en de echtgenote van Jack zo genieten. Ik hoorde ze dan ook tegelijk kraaien: 'Het leven is wél leuk!'

Zonderling

Niet lang geleden bezocht ik een oude zieke vriend in zo'n veel te groot medisch centrum. Voor ik zijn kamer had gevonden was ik een uur verder. Een of andere autist had in dit nieuwe ziekenhuis een designbewegwijzering ontworpen, die je alleen kon snappen als je minimaal drie flessen illegale Georgische wodka had genuttigd. Uiteindelijk arriveerde ik op de betreffende afdeling. In de hal bij de liften zat een plukje gestreeptepyjamamannen illegaal te roken. Twee van de drie hadden een stellage op wieltjes waaraan een zak met troebele urine hing.

Mijn vriend lag op de rochelkamer en hij lag net als de rest pruttelend te slapen. Ik heb een kwartiertje bij hem gezeten en alles op het zaaltje goed geobserveerd. De voorgedrukte beterschapkaarten, het kartonnen mandje treurig fruit, een puzzelboekje en het onaangeroerde blad met ziekenhuisvoedsel.

'Meneer eet slecht', sprak de aardige verpleegnicht. Ik tilde de deksel van het bord en zag wat rouwrandworteltjes, kruimaardappelen en een kromgetrokken stukje draadjesvlees. Dit alles in een gestold piskleurig sausje. Naast het bord stond een zurig griesmeeltoetje.

'Meneer heeft gelijk,' was het enige wat ik kon antwoorden. Toen ik wegging, trof ik bij de lift zijn zoon, die diep zuchtte over de vervelende bezoekuren, de avondspits en zijn ontregelde gezin. Burgerlijk geneuzel dus. Het duurde hem allemaal te lang. Hij moest elke dag uit Almere komen. Daar woonde hij op Frietsaus 11.

'Dus je bent blij als hij dood is', opperde ik. De zoon schrok van mijn woorden. Ik niet.

Later begreep ik dat mijn vriend helemaal niet meer wakker is geworden. Hij sliep die avond vredig in. Zo stond het op de kaart. En volgens de nabestaanden was hij nu bij mama. Hoe ze dat zo zeker wisten stond er niet bij. Zo'n rouwkaart met zo'n dun grijs randje. Paar dagen later was de clichécrematie met na afloop slappe niet te warme tempokoffie en een zompig broodje. De uitvaartleider keek steeds heel discreet op zijn horloge en precies op tijd waren we de koffiekamer uitgebonjourd. Toen ik omkeek, zag ik een verse verdrietfamilie de ruimte betreden. Een paar weken later sloegen de kinderen van mijn vriend elkaar de hersens in om twee oude kandelaars, een valse piano en een Tomado-afdruiprek.

Veel en vaak heb ik nagedacht over het dertien-in-een-dozijn-einde van mijn vriend. Via aanleun en bejaardenhuis naar een verpleegtehuis en dan via een hospitaal je urn in. Hoe kan je voor jezelf zo'n ziekenfondsslot voorkomen?

Word zonderling. Doe als de twee weken geleden overleden Amsterdammer Jean Voitus van Hamme. Mijd jarenlang elk contact met je buren, hou een tamme kraai op zolder, voer piepkuikens aan de reigers en verzamel zoveel vuil in je huis dat iedereen door de stank op afstand blijft. Het einde is gruwelijk en mensonterend en toon dat aan de wereld. Toen zijn geliefde Paula stierf, wilde hij haar nog even bij zich houden. Niks lijkwagen, kist en dan oven of graf. Gewoon thuis vergaan. Opgerold in een oud tapijt. Misschien heeft hij haar ook wel aan de reigers gevoerd. Dat die nieuwe mussen tussen de piepkuikens door af en toe een stukje Paula kregen. Kan misschien op haar rouwkaart: *Heeft haar lichaam ter beschikking gesteld aan de reigers.* Ik vind het pure poëzie.

Jean Voitus van Hamme had gelijk. Hij wilde niet in een bejaardenhuis waar de televisie nog harder staat dan de verwarming. Had hij zijn dode lief aangegeven dan was er een leger hulpverleners op hem afgekomen. Intakegesprek, oriëntatie-ontmoeting, aftastbijeenkomst en uiteindelijk was hij tussen de murmelende pampers geëindigd. Voorgebakken voor de uiteindelijke crematie. Kijk naar het eindelijk weer leuke *Jiskefet* en je snapt alles. Jean Voitus van Hamme verdient een standbeeld als voorvechter van het individuele sterven.

Zo ga ik het ook doen. Dus als u over dertig jaar een klein, dik, kaal, oud mannetje met een zak piepkuikens over de Albert Cuyp ziet scharrelen dan moet u goed naar hem luisteren. Op een gegeven moment stapt hij op een zeepkist en schreeuwt hij tegen de hongerige vogels: 'Het leven is wél leuk!'

Geloof erbij

Is de aangespoelde pianoman de nieuwe Messias? Dit was donderdag het sluitingstijdonderwerp in mijn stamkroeg. De vaste gasten hadden genoeg op om er een heldere mening over te hebben. Iedereen sprak inmiddels alsof hij een keilbout als tongpiercing had, maar men was het erover eens dat de pianoman buitenaards moest zijn. Het is onmogelijk dat iemands foto wereldwijd verspreid wordt en dat hij vervolgens door niemand wordt herkend. Dan ben je niet van hier. Welk ruimteschip bracht hem?

Tot een paar dagen geleden was ik wars van zaken als buitenaards leven, ufo's en een andere wereld. Alle waarzeggers, handlezers, voetzoekers en piskijkers konden wat mij betreft de boom in met hun rare glazen-bolbabbeltjes. Vooral bij het medium Jomanda kreeg ik altijd een niet te stoppen slappe lach. *Geflipt in Tiel*, dacht ik steevast als ik de hemelsblauwe heks op televisie zag doordraaien in een veilinghal vol halve zolen. Wat een klootjesvolksverlakkerij was mijn primitieve mening. Maar daar is verandering in gekomen sinds ik deze week een televisiefragment van het Betuwse medium met mijn naar *Tien* vertrokken VARA-collega Jack Spijkerman zag. Het was een opname uit 2001. Jack reikt aan de waterinstraalster *de gouden nachtspiegel* uit. Dat was toen een onzinbokaal voor iemand die zich volgens het programma *Kopspijkers* een beetje belachelijk gedragen had in de media. Je ziet Jack en Jomanda een beetje bekvechten en zij vertelt hem dat hij ooit ontmaskerd zal worden door het cijfer 10! Dat hij door het cijfer 10 zijn ware aard zal tonen. Het fragment is te zien op www.geenstijl.nl en ik kan iedereen aanraden om het goed te bekijken. Niet om die arme Jack te pesten, maar om het feit dat die rare Jomanda vier jaar geleden dat getal 10 zo stellig noemde. Ze zegt ook nog dat Jack haar te zijner tijd zijn excuses moet komen aanbieden. Lijkt mij een glorieus begin van zijn programma op die nieuwe zender. Ik heb het fragment inmiddels een paar keer bekeken en twijfel ondertussen behoorlijk aan mijn bijgeloofcynisme. Ik vrees dat ik al die jaren behoorlijk misgeschoten heb en dat deze dame inderdaad contacten onderhoudt met een hogere macht.

Terug naar de pianoman. In eerste instantie dacht ik dat het gewoon een stuntende concertpianist was. Een man die probeert om internationaal door te breken. Slim plan: smoking huren, de zee in lopen en daarna verward op het strand gaan liggen. Ik dacht ook nog even aan een stuntje van een studentendispuut, maar nu weet ik het zeker: de pianoman is gezonden door de baas van Jomanda, ofwel door God zelf. Hij komt de schoonheid prediken. De woordenloze verlosser praat door te zwijgen. Hij musiceert. Muziek is universeel en mooie muziek stemt mensen positief. God ziet al veel te lang dat er uit zijn naam gevochten wordt. Bijbels worden al eeuwen misbruikt om oorlogen te voeren en korans worden op wrede wijze door de plee gespoeld. Dit zet aan tot haat, leidt tot rellen en kan zelfs een wrede geloofsoorlog tot gevolg hebben.

Hoe los ik dit op? Dat dacht God begin april en hij kwam toen op het geniale idee om zijn autistische zoon te sturen.

'Ze zullen hem in eerste instantie in een gesticht opsluiten, maar op een dag zullen ze hem pen en papier geven en dan zal hij een piano tekenen. Daarna zal hij een wereldtournee maken en in elk land bewonderd worden', sprak de goede God lui *loungend* op zijn hemelse troon.

En zo zal het gebeuren. Binnenkort gaat de zwijgende pianoman op reis en zal hij overal triomfen vieren. Hij wordt het wonder van dit decennium en langzaam maar zeker wordt het alle gelovigen duidelijk dat er maar één God is en dat is de God van pianoman en Jomanda. De wereld krijgt één geloof! Het geloof van de zwijgende pianoman. De vrede daalt neer, de saamhorigheid groeit en de wereld wordt prachtig. Zo prachtig en saamhorig dat alle gelovigen vol overtuiging op de muren van de kerken en kazernes zullen spuiten: Het leven is wél leuk!

Tourneedruiper

Dus ik kom met mijn jaarlijkse tourneedruiper bij de huisarts, hij schrijft het gebruikelijke receptje voor en ik ga via de apotheek weer fluitend naar huis. Papa is weer schoon voor de zomer! De enige twee die van de kwaal weten zijn de dokter en ik. Zo gaat het al een jaar of twintig, maar dat is binnenkort verleden tijd. Want als de nieuwe plannen van minister Hoogervorst doorgaan, moet de dokter de kwaal doorgeven aan mijn verzekering. In dit geval *Zilveren Kruis.* Mooie naam voor de verzekering van je geslachtsziektes.

Bij de verzekeringsmaatschappij voert een lief meisje alle kwalen in in de computer en ze blijft even hangen op de naam *Van 't Hek.* Vooral de combinatie *druiper/ Y. van 't Hek* vindt ze interessant. Is dat Youp van 't Hek? Die man is toch getrouwd? Dan kan je in principe toch geen geslachtsziekte oplopen? Of is zijn vrouw zo'n losbol? Ze checkt de adresgegevens en verdomd: Y. van 't Hek, grachtengordel, Amsterdam. Dat moet hem zijn. Ze duikt wat verder in zijn dossier en ziet bilspleeteczeem, voetschimmel en okselroos. Interessant.

Het verzekeringsmeisje heeft nooit een eed afgelegd en vertelt 's avonds in de kroeg over de *druppelknuppel* van de kleine cabaretier. Men stelt haar voor meer namen van zogenaamde BN'ers in te tikken. Leuk spelletje. En de volgende avond heeft ze inderdaad veel nieuws: Jack Spijkerman slikt sinds een paar weken pillen tegen vergeetachtigheid en Edwin de Roy van Zuydewijn heeft iets oranjebitters tegen wanen. Hij ziet zichzelf regelmatig als klein wit zwijntje en vreest binnenkort door Willem-Alexander persoonlijk te worden afgeknald! Rafaël van der Vaart gaat volgend seizoen uit voorzorg antidepressiva innemen. Als je vrouw voor hoer wordt uitgemaakt en je woont op een steenworp van de Reeperbahn dan krijg je het zwaar.

Ze heeft Rocky T. ook ingetypt, maar toen crashte de computer. Te veel medicijnen. Wat dom om John de Mol af te persen. John is op dit moment de Hilversumse Sinterklaas. Je hoeft hem helemaal niet af te persen. Als je hem belt en je zegt dat je op zijn zender iets wil stamelen, krijg je zo een paar miljoen.

Maar terug naar mijn zilverenkruiskwaal. Het is toch uiterst interessant dat de privacy van iedereen officieel geschonden wordt. Democratisch goedgekeurd door ons eigen parlement. De deur van de spreekkamer van de dokter kan voortaan open blijven. Iedereen mag horen dat de bekende homoseksueel zijn anus laat bleken op kosten van de zorgverzekeraar omdat hij al jaren psychisch lijdt onder zijn veel te bruine ster.

De hele week bazelt iedereen over de Europese Grondwet die me niks interesseert. Ik ben het namelijk zowel met jastemmers als met de nee-stemmers volledig eens en ik ben blij dat ik woensdag ver weg ben, zodat ik niet kan stemmen. En ik machtig ook niemand. Waarom niet? Omdat het niemand wat aangaat wat ik stem. Een doodgewone privacykwestie!

Daarom wordt het hoog tijd dat we massaal nee roepen

tegen Hoogervorst. Dat er niet alleen een huisartsenstaking komt, maar ook een landelijke patiëntenactie. Dat we keihard opkomen voor onze huisartsen en onze privacy. Nog even en de verzekeraar weet dat zijn zwager al jaren Refusal slikt in verband met zijn drankprobleem en dat zijn labiele broer een psychisch watje is omdat hij er niet tegen kan dat er jaarlijks vijftig miljoen donzen kuikentjes levend in een kuikenversnipperaar worden gegooid.

De spreekkamer van de dokter dient hermetisch afgesloten te blijven. En niet de verzekeraar zegt naar welke specialist je wordt doorgestuurd, maar dat bepalen de dokter en jij samen. Verder niemand!

Daarom hoop ik dat de huisartsen weken doorstaken, net zo lang tot Hoogervorst er doodziek van is. De meeste dokters zijn te aardig om te staken en maken zich instinctief zorgen om hun patiënten. Maar ik smeek ze door te gaan. Al is het maar om mijn komende tournees vrolijk te houden. Mijn druiper gaat alleen mijn huisarts aan en verder niemand. Een artiest is een zeeman. In elk stadje een ander schatje! En bij al die meisjes wil ik keihard kunnen roepen: 'Het leven is wél leuk!'

Euronetniet

Zit in Italië en sinds gisteren krijgt mijn laptop geen contact met mijn internetprovider. Steeds meldt een Italiaanse dame via een bandje dat contact met het door mij gekozen nummer onmogelijk is. Vóór die tijd was het geen enkel probleem. Tot donderdag kon ik vanuit mijn Romeinse hotel probleemloos surfen over het web en me onstuimig vrolijk maken over Jan Peter Balkenende, die na het overtuigende non van de Fransen zei dat 'wij ze een lesje zouden leren'. De Fransen liggen inmiddels gierend van het lachen onder de Eiffeltoren en onze premier is daar de kwibus van heel Europa.

Maar goed, internetten kan dus niet meer. Vanuit dit huis in de Sabijnse heuvels is het onmogelijk om contact te krijgen. Wat doe je dan? Dan bel je de helpdesk van de firma Euronet om het probleem te bespreken. Dat kan niet omdat de helpdesk een 0900-nummer heeft en dat kan je niet bellen vanuit het buitenland. Ik verzin een list. Mijn kantoor belt het nummer en verbindt mij via de centrale door.

Ik vertel het probleem en de man van de helpdesk zegt dat het onmogelijk is om vanuit het buitenland het toegangsnummer te draaien. Ik vertel dat dat tot gisteren wel werkte. Onmogelijk. Toch is het zo! Kan niet! Welles. Nietes. Welles. Nietes. De man vindt mij een pedant en eigenwijs ettertje en ik vrees dat hij gelijk heeft, maar tot donderdag heb ik echt via dat nummer gesurft.

Hoe ik dan wel toegang krijg? Heel simpel: ik kan een nummer in Italië draaien, mijn e-mailadres en wachtwoord intikken en ik zit op het net. Lijkt me een prima idee. Dus ik vraag hem om het Italiaanse nummer. Dat heeft hij niet. Waarom niet? Dat weet hij niet, maar hij heeft het niet! Maar hij is toch een helpdesk? Klopt, maar hij heeft het niet. Hoe ik het dan kan krijgen? Heel simpel: via de website van de firma Euronet. Daarop kan ik een programmaatje downloaden en dan heb ik alle toegangsnummers vanuit welk buitenland dan ook.

Goed idee! Maar hoe kom ik op de website? Dat lijkt hem geen probleem. Alles wijst zich vanzelf. Ik vertel dat ik belde om te vertellen dat ik geen verbinding kon krijgen om op het internet te komen. Dat weet hij. Maar hoe moet ik dan iets downloaden van een website waar ik niet op kan komen? Dat weet hij ook niet. Hij wenst mij succes en wil ophangen. Maar dat wil ik niet. Ik wil op het internet en leg de man uit dat het voor mij belangrijk is, omdat ik columnist ben en op de hoogte moet zijn van het nieuws. Dat is dan mijn probleem. Maar hij kan toch even voor mij kijken wat het Italiaanse nummer is? Nee, dat kan hij niet. Dat moet ik zelf doen. Hij wil nu echt ophangen en wenst mij succes.

Ik vraag de man van de helpdesk of ik iemand van de directie van Euronet kan spreken. Dat kan niet. Dat soort bedrijven staat in geen enkel telefoonboek en verschuilt zich achter helpdesks waar je ongetwijfeld ook nog voor betaalt als je belt. De helpdesk van Euronet heeft geen nummer van een directie tegen wie je even stoom kunt afblazen over het feit dat je je internet alleen maar aan de praat krijgt als je iets downloadt van het internet dat je niet kunt ontvangen.

Hoe ik dan moet klagen? Ook weer via de website die ik niet kan ontvangen. En toch wil ik deze week de directie van Euronet bereiken om te zeggen dat het raar is dat ik mijn niet-functionerende internet alleen aan de praat kan krijgen middels mijn niet-functionerende internet. Dan maar via de krant dacht ik, ik schrijf het gewoon op. Neem nooit Euronet want als je écht hulp nodig hebt, dan kunnen ze je niet helpen. En ik hoop dat de directie van Euronet net zo boos is over dit stukje als ik gisteren was. Pas dan ben ik tevreden en zal ik vanavond zachtjes tegen mezelf fluisteren: 'Het leven is wél leuk!'

✉

Uit diverse Ajax-kringen hoorde ik het bericht dat op de trouwkaart van Sylvie Meis en haar Raffie als cadeautip staat: ✉ Dacht eerst dat het een grapje was, maar het schijnt echt waar te zijn. Een miljonairshuwelijk, live op de buis en dan bij de deur een mand waar de receptiegasten hun envelopje met inhoud in kunnen deponeren. Prachtige burgerlijke treurigheid. Beverwijk ten voeten uit.

Belangrijke vraag: wat stop je in dit geval in zo'n envelop? Hoeveel? Tientje? Honderd euro? Duizend? Of zeg je als collega-voetballer, vaak ook multimiljonair: 'Ik stop er een cheque in van vijftigduizend eurootjes!' Dat je met het hele elftal plus technische staf een dik half miljoen neerlegt, zodat de bruidegom in zijn dankwoord iets mag vertellen over welk huis hij en zijn bruid voor dat bedrag op het oog hebben. Je kan de bruid ook een envelop met een tegoedbon voor een Porsche geven. Of is dat te suggestief? Een Porsche is een beetje hoerig karretje. Wat ik in de envelop zou stoppen? Een envelop. Dat vroeg het bruidspaar namelijk.

De hele huwelijkssoap is live op SBS uitgezonden en het zal ongetwijfeld een succes zijn geweest. Een miljoen caissières en *Viva*-lezeressen heeft gisteravond zitten zwelgen voor de buis. De jurk, de bloemen, de speech, het boeketje -

wat een sprookje. De Nederlandse Beckhams stapten romantisch in het bootje. Op de trouwkaart stond een citaat van Shakespeare. Raffie kent al het werk van de grote Engelse schrijver en hij vond het moeilijk kiezen dit keer. Sylvie had liever iets van Yeats gezien. Dat is al jaren haar favoriete dichter.

De vroegere zangeres Bonnie St. Claire liet zich een paar maanden geleden ook live in de echt verbinden op SBS. Zij had een dusdanig respectabele leeftijd bereikt dat ze uit voorzorg een doodgraver huwde. Dus het televisietrouwen wordt een trend. Las op een van de showpagina's dat een zekere Tooske ervan afzag. Tooske heeft ons wel de beelden beloofd. Ik hoop dat het op dvd komt. Of op een verzamelaar: de trouwerij van Raf en Syl, de gekkenhuisopname van de onder curatele gestelde Corneille, de begrafenis van Hazes en als bonustrack mijn zelfmoord. En dan uitbrengen rond sinterklaas.

Lief dat mensen nog steeds in huwelijken blijven geloven. Of is het toch meer sprookjestelevisie? Kan je, als je niet meer in het huwelijk gelooft, bij SBS bezwaar aantekenen tegen de uitzending van het huwelijk van de Van der Vaartjes? Of zelfs Kamervragen stellen? Ik vraag dat omdat een paar christenfundamentalisten heftig protesteren tegen het RVU-programma *God bestaat niet.* De Tweede-Kamerleden Slob en Van der Vlies geloven in God en voelen zich gekwetst door de uitzending van de beroepspuber Robbie Muntz. Maar kan je je als niet-gelovige ook gekwetst voelen als er op zondagochtend een meneer van de EO begint over een gozer uit Nazareth die tegen de vissen lulde en zogenaamd schaamteloos brood vermenigvuldigde? En die ook nog eens uit zijn graf opstond en later naar de hemel vloog? Het wordt toch op een uur uitgezonden dat je kans hebt dat kleine kinderen kijken. Of is dat prima?

Mag je zo'n kakeldominee na zijn uitzending niet opsluiten naast Corneille? Het zijn toch rare praatjes. Mij lijkt het heerlijk als ik trouw in de kerk en je kans hebt dat de zoon van God de inhoud van de envelopjes vermenigvuldigt. Dat is pas lekker. Dan zou ik drie keer langer op huwelijksreis gaan, een nog groter huis kopen en de rest van het bedrag reserveren. Waarvoor? Voor de alimentatie.

De huwelijkspoespas wordt steeds groter. Kijk vandaag bij de familieberichten, zoek wat kakkersnamen en weet welk leed die mensen dit weekend doorstaan. Al die huwelijken duren inclusief de bachelorsparty's en afterlunches tegenwoordig een dag of zes. Totaal afgepeigerde familieleden storten zondagmiddag volledig in. Wat een gedoe. En dan te bedenken dat de bruidegom binnen twee jaar mijmerend voor de spiegel staat te stamelen over zijn vrijgezellentijd. Wat hij stamelt? 'Het leven was wél leuk!'

Reuzenrad

Heel zacht huil ik boven in het reuzenrad. Onder mij de kermis. Ik overweeg een sprong in het eeuwige diepe omdat mijn leven totaal spaak gelopen is. Ik heb onherstelbare fouten gemaakt en dit is in mijn wanhoop mijn enige uitweg. Toch aarzel ik. Het uitzicht is mooi en de mensen zijn van bovenaf kleiner, nietiger dan ooit.

Ik zie de kermis scherp, heel scherp zelfs. Ik zie en hoor alles. Zo zie ik de poema zijn kooi openmaken en zichzelf bevrijden. Hij is zijn gevangenschap beu en wil niet langer zijn dagelijkse kunstje flikken. Hij moet al dertig jaar wel honderd keer per avond voor een handjevol mensen de kop van zijn baas in zijn muil nemen. Dat vinden de mensen leuk. De open muil ziet er dreigend uit, maar in werkelijkheid is het één grote geeuw. Een geeuw van verveling. Laatst heeft hij overwogen om de veel te dikke kop van de dompteur er in één keer af te happen, maar uit angst voor de gevolgen heeft hij het nooit gedurfd. De gevolgen zouden meedogenloos zijn. Hij krijgt dan zeker poema-tbs en dan kom je nooit meer vrij. Hooguit een paar uurtjes met een elektronische enkelband. Hij moet er niet aan denken. De poema kijkt nog een keer om en wandelt richting Veluwe. Daar wacht een grote politiemacht op hem met als opdracht: neerknallen zonder pardon. Niks geen verdoving, gewoon hartstikke dood. Ik wil de poema waarschuwen dat het zijn dood wordt. Dat hij beter nog dertig jaar muffe kunstjes kan blijven doen, dat vrijheid niet bestaat, maar ik spreek geen *Poemaas.*

Wel Nederlands en ik hoor op dezelfde kermis een rechter beslissen dat een levensgevaarlijke gek niet levensgevaarlijk is en dat hij aan het handje van een onschuldig lief meisje per trein door het land mag reizen. Op hetzelfde moment hoor ik bij de gokautomaten een officier van justitie vertellen dat de telefoongesprekken van de levensgevaarlijke krankzinnige niet afgeluisterd mogen worden omdat dat een inbreuk op zijn privacy is. Vanuit mijn reuzenrad zie ik de inmiddels ontsnapte idioot een pistool kopen, hij laadt het meteen door, dat schiet sneller. Hij vraagt voorbijgangers naar een bootje. Waarschijnlijk omdat hij *Schippers* heet. Schippers willen een bootje.

Uit het spookhuis maanwandelt een pigmentloze neger, een beroepsengerd die alle kinderen de stuipen op het lijf heeft gejaagd. Het gekrijs in het spookhuis gaat iedereen door merg en been. Een klein groepje scandeert: 'Michael, Michael' en is blij dat hij het spookhuis uit is. Als een poema sluipt hij weg van de kermis.

Achter de achtbaan probeert een voetballer een meisje uit te kleden. Zij zegt dat ze dat zelf wel kan. Ze kan het als geen ander. Ze is tenslotte stripteasedanseres geweest. Paar meter verder ligt een student in coma omdat zeven liter water hem te veel geworden is. Hij wilde het Groningse record breken. Dat stond op zes liter. Ik kijk huilend naar de kermis en weet dat de sprong naar het toekomstloze niets mijn enige uitkomst is.

Op dat moment krijgen dronken kermisgasten me in de gaten. Ze zien me als een leuke attractie. Ze vervelen zich al jaren te pletter en schreeuwen dat ik moet springen. Ze willen bloed zien. Er worden weddenschappen afgesloten. Om bier. Nog meer bier. En dat terwijl ze al volledig afgetankt zijn. Er kan geen glas meer bij.

Verwarde man in reuzenrad. Symbolischer kan je het hele leven niet samenvatten. Ik huil dat ze op moeten houden, maar ze schreeuwen door. Het rapaille wil vermaakt. Mijn wanhoop is een kermisnummer.

En dan opeens zie ik licht. Iets verderop op een veldje zijn jonge jongens aan het voetballen en ze spelen het spel zoals God het ooit bedoeld heeft. Fris, vrolijk en lachend. Langs de kant staat de aardige Foppe aanwijzingen te geven. Het publiek stroomt in groten getale toe. Hooliganloos volk langs de lijn. Ik klim uit het reuzenrad en bel mijn zoon. We gaan erheen. En opeens ben ik genezen en denk hardop: 'Het leven is wél leuk!'

Ontregeld

Net op het moment dat ik onbedaarlijk moet lachen om de combinatie *Hilbrand Nawijn* en het woordje *Denktank*, gaat de bel. Een meneer van een gracht verderop. Of ik mijn bootje wil weghalen. Ik lig namelijk op zijn plek! Zijn plek? Hoezo zijn plek? Of ik het bordje niet had zien hangen. Hij had inderdaad een plankje opgehangen met daarop de mededeling dat die zes meter gracht gereserveerd was voor zijn drijvende gordelspeeltje. Ik leg uit dat ik een puber ben van 51 en dat ik dan juist mijn boot daar neerleg. Dat die bordjes mij mateloos irriteren, juridisch geen enkele waarde hebben en dat ze me doen denken aan de handdoek van de Duitser. Die legt 's morgens in alle vroegte zijn handdoeken op de beste ligbedjes naast het hotelzwembad. En claimt op die manier de hele dag zon. Met deze vergelijking is meneer niet blij en dat stemt me vrolijk.

Sinds 1984 heb ik een bootje en tot vier jaar geleden kon je dat ding overal neerleggen. Plek zat. Waarom weet ik niet, maar in een paar jaar tijd zijn er vijfduizend bootjes bijgekomen en de bezitters van deze dingen claimen opeens hun eigen plekje. Waar ze het op baseren? Geen idee. Huurcontract? Dorpsdenken? Ik vrees het laatste. De man was door mijn Duitse handdoekverhaal helemaal ontregeld.

Onderhand denk ik na over de komkommerpoema, die

misschien wel een panter is. Het zou zelfs kunnen dat er meer wilde dieren lopen. Een panter én een poema! Mij lijkt het leuk om elke dag op de Veluwe een wild dier te droppen. Vannacht zet ik een giraffe uit, morgen twee olifanten, maandag een nijlpaard, dinsdag een roedel tapirs, woensdag een zebra en zo rommel ik lekker door. Niemand weet waar ze vandaan komen, maar opeens is de Veluwe een soort nationaal Krugerpark. Ontregelen, daar gaat het om. Verbazen. Mensen in de war maken.

Een vriend van mij woonde vroeger ordinair groot in het Gooi. Landhuis met een park eromheen. Op een nacht had hij een balorige bui en heeft hij met een vriendje de auto van zijn moeder in de woonkamer gezet. Door de tuindeuren via het terras naar binnen geduwd. Op de plek van de salontafel. Op het dak van de Morris Mini had hij de kandelaars, de kristallen asbak en de tafelaansteker gezet. En toen is hij lekker gaan slapen. De moeder kwam 's morgens beneden en kreeg bijna een hartverzakking. Een ijle kreet ging door het chique landhuis. Haar zoon begreep het ook niet. Toen hij ging slapen stond de auto nog gewoon in de garage. Jaren later ontmoette ik de moeder, die zich nog altijd vrolijk maakte om het ontregelende voorval. Ze zag de humor er wel degelijk van in. Daarom zijn die wereldkampioenschappen voetbal van die jonge jongens van onder de twintig nu zo leuk. Het domme voetbalspel wordt weer fris en fruitig gespeeld. Rare solo's, slechte passes of juist hele fraaie, het is alles door elkaar. Foppe lacht, Ali B rapt, de jongens fietsen zich door de zomer en de aardige Jan Joost van Gangelen praat het vrolijk aan elkaar. Heerlijk. Maar wat gebeurt? Opeens zat er donderdag een analyticus. Hugo Borst in dit geval. En die komt met oudemannengezeur en bejaardengezever. Quincy maakt een onnodig schaartje te veel, een ander is te gretig, weer een ander nog te ondoordacht. Waarom een analyse? Waarom niet gewoon plezier? Lekker voetballol! Hugo doet aan die oudjes van The Muppets denken. Die hadden ook altijd wat te zeuren. Hoewel? Die waren nog geestig. Waarom moet zo'n jongehondenkampioenschap muf gemaakt worden door bejaardenpraatjes?

Ik wil vrolijkheid. Zomer. Salades. Ik wil vrolijkheid en liefde. En die wordt mij gegeven. Die krijg ik geheel gratis. In de tuin van mijn zeehuis scharrelen op dit moment twee gespikkelde meeuwenkuikens. Hun ouders zitten krijsend op het huis van de buren en vallen me aan als ik de tuin betreed. Dus ik moet binnenblijven met dit warme weer. Totaal ontregeld dus. Ontregeld, maar zielsgelukkig zie ik het meeuwengezin ploeteren. En badend in het klamme zweet denk ik maar één ding: Het leven is wél leuk!

Leeuwenhart

Vroeger, in mijn theaterjeugd, was er nog wel eens een discussie over de vraag of je als kritisch cabaretier wel of geen reclame deed, een interview aan *De Telegraaf* gaf en of je wel of niet voor de TROS optrad. Dat is redelijk achterhaald. Tegenwoordig gaat het over hoeveel John de Mol moet schuiven als je in je giroblauwe Loeki de Leeuwpak van de Postbank het weer bij *Talpa* presenteert. Ook ik ben gezwicht. Ik zit binnenkort in een grappig bedoeld spotje met dominee Ter Linden, majoor Bosshardt en Wim Kok. Kok meldt zich daarin bij mij namens de top van ING, die optiemiljoenen wil beleggen. De dominee zegt iets moreels dat door mij wordt weggewoven. De majoor staat met een collectebus, maar wordt door Wim en mij genegeerd. Daarna leg ik als leeuw uit hoe je van die tien miljoen vijftien miljoen kan maken. Wim zie je daarna als een hondje achter me aanrennen.

Of het invloed heeft op mijn cabaretwerk? Of ik als columnist nog iets kritisch kan schrijven over de Postbank? In het geval van de Postbank is dat niet nodig. De Postbank is namelijk een geweldige bank. Ze geven veruit de hoogste rente, je kunt je spaargeld bijna altijd zonder boete opnemen, en ze betalen hun mensen niet alleen goed, maar ook de secundaire arbeidsvoorwaarden zijn geweldig. Verder beleggen ze uitsluitend in milieuvriendelijke projecten en ik heb begrepen dat ze ook heel aardig zijn voor de gepensioneerden van de bank. Ook de toegankelijkheid voor rolstoelers is prima in orde.

De spotjes worden pas volgend jaar uitgezonden. Ook voor, in en na het nieuws van de nieuwe succeszender *Talpa.* Dat gaat door Beau van Erven Dorens in uitsluitend een string gepresenteerd worden. Hij wil losser dan Philip Freriks! Nou, maak je geen zorgen. Dat wordt smullen.

Ik had natuurlijk wel weer de pech dat de opnames van de Postbankspotjes plaatsvonden op de heetste dag van het jaar. Filmen is vooral wachten en ik zat dan ook acht uur te gutsen in dat leeuwenpak. Mijn zweet mengde zich met dat van Jan, Remco en een geheim aantal anderen. Allemaal BN'ers die u de komende maanden nog gaan verrassen.

De opnames vonden plaats bij een benzinestation op de A1. Niet al te ver van de afslag Hilversum. En terwijl Wim, de dominee en de majoor bij de schmink zaten, wandelde ik in mijn pak een beetje heen en weer. Opeens zag ik iets opmerkelijks: een heftige vrijpartij in een auto. Een man en een vrouw gingen enorm tekeer. De kledingstukken vlogen in het rond. De lingerie bungelde uitbundig aan de achteruitkijkspiegel. Toen ik dichterbij kwam zag ik wie het waren: John de Mol en Medy van der Laan.

'Alles wat je wilt,' hoorde ik Medy opgewonden roepen. 'Echt alles, alles en nog eens alles!' Daarna riep ze iets onverstaanbaars en hoorde ik John alleen maar tevreden grommen, waarna hij 'meer, meer, meer' riep.

Van alle Postbankleeuwen word ik tot nu toe het best betaald. De eerste leeuw Howard Komproe deed het nog voor een lullige tienduizend euro, Jan Mulder en Antonie Kamerling kregen een luizig miljoentje, Remco kreeg alweer meer en ik vang er een kleine vier miljoen euro voor. Netto!

Hoef ook niet meer te vrezen dat ik de azijnpissers van *Nova* of *Zembla* achter me aan krijg. Heerlijk dat al dat linkse gezever binnenkort is opgeruimd. Dat hoorde toch ook bij de vorige eeuw. Dat bijvoorbeeld *Nova* een item had over het leeggeviste IJsselmeer of over de kabeljauwschaarste. Of dat de laatste vissen op deze wereld lagen weg te rotten in de schappen van de supermarkt. Of dat *Zembla* een aflevering besteedde aan Lance Armstrong, die de apparatuur voor zijn eigen dopingonderzoek betaalde. Nee, dat geneuzel is gelukkig allemaal voorbij. Rechts Nederland zegeviert en heeft gelijk. Het gaat om geld, geld en nog eens geld. Het enige spul dat gelukkig maakt. En met die vier miljoen op mijn Postbankrekening zal ik de hele zomer uitbundig kraaien: 'Het leven is wél leuk!'

Inhoud

Colofon

Is Youp leuk? werd in het voorjaar van 2007, in opdracht
van Uitgeverij Thomas Rap te Amsterdam, gezet door
CeevanWee in Amsterdam en gedrukt bij drukkerij
Wöhrmann te Zutphen.

Omslagontwerp: Eva Kohnstamm
Foto omslag: Bob Bronshoff
Tekening achterplat: Peter van Straaten

Deze columns verschenen in eerder in *NRC Handelsblad*

1e druk februari 2007
2e druk februari 2007
3e druk november 2008

ISBN 978 90 6005 659 2